庫JA

〈JA981〉

ススキノ探偵シリーズ

探偵、暁に走る

東　直己

早川書房

6607

ハミへ。

探偵、暁に走る

登場人物

俺……………………………ススキノの便利屋
高田……………………………ミニＦＭ局のＤＪ
松尾……………………………北海道日報報道局札幌圏部部長
岡本……………………………〈ケラー〉のバーテンダー
松江華…………………………〈バレアレス〉のオーナー
近藤雅章………………………イラストレイター
西口秋…………………………デパートの外商部長
西口タエ………………………秋の母親
西口亜紀江……………………秋の妻
大岳……………………………〈ホビーショップ大岳〉の店主
桐原満夫………………………桐原組の組長
相田……………………………桐原の元側近。神経難病患者
石垣三千夫……………………相田の介護係
萩本源…………………………産業廃棄物処理業者
濱谷のオバチャン……………アパートの雇われ管理人
アンジェラ……………………〈トムボーイズ・パーティ〉のダンサー

1

地下鉄が札幌駅に停まった。乗降口が開いた。最初に乗り込んで来た男を見て、俺は、タダじゃ済まないな、と思った。

その男はスキンヘッドだった。ファッションではない、地ハゲであるようだった。よく光っている。なかなかの迫力だった。俺より一回り上、という年輩に見えた。六十代そこそこか。

ガキが、入口をふさぐように立って、薄バカの口をポカンと開けてケータイをいじっていた。男は、そのガキを突き飛ばして、ノシノシと入って来た。突き飛ばされたガキは、よろめいたが転びはしなかった。驚いた顔で、そして怒気を含んだ目で、スキンヘッドを睨み付けたが、それ以上のことはできずに、俯いて隣の車両に移って行った。

スキンヘッドの男は、酔っ払っている。機嫌が悪そうなむっつりとした顔だ。そして、その顔は、みんなに知られている。つまり、面割れ者なのだ。名前は、俺だって知っている。

近藤雅章《こんどうまさあき》。

　近藤雅章は、やる気満々だった。

　時間は午後四時。酒好きの人間なら、飲み始めていても不思議ではない時間ではあるが、近藤雅章は、完全に酔っ払っていた。自分が面割れ者である、ということに、完全に無頓着なようすで、酔っ払って、ぐらぐら揺れている。スキンヘッドで、ヒゲぼうぼうで、腹が前に突き出たデブだ。一見すると、食い過ぎのホームレス、という感じではあるが、そうではない。職業は、イラストレイター、デザイナー、ま、要するに画家だ。札幌在住で、全国的な規模で仕事をしている男だ。そして、わりと頻繁に、ローカルのテレビ番組……ワイド・ショーのような番組に出て、無責任なことをワイワイ喋っている。

　藻岩山山麓だかどこだかに住んで、CGでイラストを描いて、ネットを使って中央の出版社に納品しているらしい。毎月、各社の小説誌に作品が載っているのは知っている。単行本・文庫本のカバー装画もよく見るし、その独特のタッチが、JTBの〝日本の祭りキャンペーン〟のポスターで日本中に知れ渡ったこともあった。作品によって、いろんな表現方法を駆使して、非常にレベルの高い仕事をする画家だ、という印象がある。

　それだけに、つまらないオヤジギャグを連発して、世の中の出来事にあれこれと雑な意見を述べる、テレビでのこの男の姿と、全国的に活躍する画家、というイメージが、全くちぐはぐで、面白い。

　ただ、北海道や札幌市など、地方自治体の仕事や、その天下り団体の仕事などには手を出さず、完全に商業ベースで仕事をすることにこだわっているらしい。そんなようなことを、やや感情的な文章で書いたエッセイを新聞で読んだことがある。自治体の仕事を受注したり、あるいは自治体の諮問機関、評議委員会などのメンバーになって、その肩書きを名刺に刷って喜んでいるくせに、レベルの低い仕事しかできない、そんな〝地方文化人〟を、心から軽蔑している、という内容の文章で、こういうエッセイを執筆し、それが掲載された、その経緯、事情に興味を持った覚えがある。

いったい、なにがあったのだろう。

とにかく、近藤雅章の作品を見たことのある人間は札幌にはあまり多くないかもしれない。JTBのポスターは例外として、近藤雅章の作品は、そんなに人目には触れない。本を読まない、小説を読まない、本屋に行かない、そういう人間は、近藤雅章の作品とは無縁だ。だが、なにしろテレビに出るので、北海道では、顔は知られている。それに、エッセイが新聞に掲載される場合には、顔写真が付いている場合が多いし、折々、大きなインタビュー記事などが掲載されることもあるし、講演の抄録が新聞記事になることもある。だから、顔だけはみんなにバレている。

そんな男が、夕方のまだ四時に酔っ払って、ひとりで地下鉄に乗っている、というのもどうかと思うが、とにかく本人には、自分が面割れ者であって、顔がローカルに知れ渡っている、という自覚はないらしい。

ムスッとした表情で車両に乗り込んで、あたりを睨み回した。そして、いきなりやる気満々で歩き出した。なんだろう、と思って進む方向を見ると、彼の進路の延長上の座席に、「B系ファッション」のチンピラが、足を組んで投げ出して座っている。口をポカンと開けてケータイをいじっている。その横で、同じく口をポカンと開けた娘が、大きな鏡を覗き込みながら、睫毛をいじっている。近藤雅章は、そのふたりの前に立った。いきなり、男の、組んで投げ出した足を蹴飛ばした。

「足を組むな、田舎モン！」

そして、チンピラが右手に開いて持っていたケータイを弾き飛ばした。

「地下鉄の中でケータイはやめろ、低能！」

そして、その脇の女の鏡と化粧道具を叩き落とした。

「地下鉄の中で、化粧をするな、ブス！」

近藤雅章は、一瞬にしてこれら三つの動作を行ない、三つのセリフを大声で怒鳴った。

車両の空気がピリピリと緊張した。

足を蹴られた男が、立ち上がった。

別にこのチンピラ男の味方をするわけじゃないが、公平に考えて、ひとつ言っておくべきだ、と思われるのは、この男は、自分が足を蹴飛ばされ、ケータイを弾き飛ばされた段階では、もしかしたら、少しは反省していたかもしれない、ということだ。男は、少なくとも、この段階までは、反撃しようとはしていなかった。

だが、勢いなのかなんなのか、ま、ただ単にムカついただけだろうが、近藤雅章が、この男の〝オンナ〟を攻撃したので、そこで初めて、男は立ち上がったのだ、と思う。で、それがいったいなんなんだ、と言われれば、ま、それまでの話だが。

「おい、オヤジ」

そう呟いたチンピラ男の声は震えていた。

「貴様、逆らうのか！」

近藤雅章はそう怒鳴って、いきなり握った拳を振り上げて、そのまま振り下ろした。空手の連中が「鉄槌」と呼ぶ強烈な殴打だ。

チンピラ男は、完全に油断していた。六十がらみの、ある程度顔を知られている画家が、まさか公衆の面前で、本気で殴るとは思っていなかったらしい。当然だな。その結果、渾身の力を込めた鉄槌を頭頂部にまともに受けて、顔をしかめてうずくまった。

あちらこちらで、小さな拍手が聞こえた。だが、それは車両に広がることはなく、線香花火の終わりのように、地味に立ち消えになって、車内はしんと静かになり、地下鉄の走る音だけがやけに響く、気詰まりな緊張があたりに充満した。

近藤雅章は、そんな空気には無関心らしく、上から威圧し、押し潰すような迫力で、「B系」カップルの前に立ち尽くし、睨み付けている。男を殴り倒して、そして些か興奮は収まったらしい。あとは落ち着いて、男の反撃に備えてじっと見つめ、警戒している、という雰囲気だ。

午後四時の地下鉄の中は、それほど混み合ってはいないが、空席はなく、各車両であちらこちらに何人かずつが立っている、という状態だった。出来事を目撃した乗客たちは、みな、固くなって、成り行きを見守っている。鏡などを叩き落とされて、強張って俯いていた女が、しくしく泣き始めた。その時、近藤の表情に微妙な居心地の悪さが漂った。

なるほど。近藤雅章という男は、それほどバカではないのだな、とわかった。

酔っ払っている時に、なにか大きな出来事が起きて、それでちょっと正気に戻る、ということがある。近藤雅章は今、ちょうどそのような状態にあるようだった。勢いでここまで飛ばして来たが、ふと立ち止まり、自分の行ないを振り返って、恥じている、ということが感じられた。

その時、うずくまっていたチンピラ男が、憎しみのこもった唸り声を出した。

「てめぇ……いきなり、なんすんのよ！」

少しは冷静になりかけていた近藤雅章が、これでまた腹を立てたのがわかった。

「なにぃ!? なんだ、その口の利き方は、田舎モン！」

顔を蹴ろうとしたらしい。左足に体重を移し、右足を上げた。爪先で蹴るのではなく、顔に踵をぶち込むつもりなのだろう。チンピラの方では、それは予想していたようだ。右手を、ダブダブのズボンのポケットに入れた。ナイフを取り出すつもりなのがわかった。

その時には、すでに俺は近藤雅章の前に立ちふさがって、両肩を押さえていた。と同時に、床に倒れているチンピラの右肩に、後ろ向きに踵をぶち込んで、ナイフを取り出そうとするのを阻《はば》んだ。

録音した女の声が、英語で、次は大通に止まる、というようなことをアナウンスした。地下鉄が、緩やかに減速を始めた。

「なんだ、あんたは」

近藤雅章が気色ばんで、俺の目を睨み付ける。酒臭い。

スピードが徐々に落ちる。俺と近藤は、進行方向にちょっとよろめいた。

「やめなさいよ近藤さん。あなた、近藤雅章さんでしょ？」

「なにぃ？　なんで知ってる？」

近藤がもつれた舌でそう答えると、車両の中に失笑が広がった。

「ほら、みんな、笑ってる。みんな知ってますよ。あなたが画家の近藤雅章さんだ、ということは」

「おかしいな」

小さな笑いが広がって、これはなかなか熄《や》まない。

「だから、みんなクスクス笑ってるんですよ」

「おかしいな」

近藤の顔が、耳まで赤くなった。酒の酔いの赤らみと相俟って、ドス赤黒い、というような顔色になる。どれほど飲んだのだろう。

チンピラが右腕を動かす気配があった。尻を向けたまま、その右肩に踵をぶち込んだ。顔を蹴るよりはましだろう。もちろん、こいつがナイフを取り出すよりも、ずっとましだ。

こいつのためにも。

「大通です。降りましょう」

「なんだ、君は。なんのつもり……」

「いいから。とにかく、降りた方がいい。降りて、少し頭を冷やした方がいい」

「なんだと。私はこれから、知り合いのママが新装オープン……」

「いいから。降りますよ」

襟首と胸倉を摑んで、開いたドアから引きずり降ろした。

近藤雅章は、ホームでぼんやりと立っている。ドアが閉まり、さっきまで俺たちが乗っていた地下鉄が、滑るように発進し、消えた。

「ありがとう。助かった。誠に、申し訳ない」

近藤がそう言って、素直に頭を下げた。俺は、ちょっと驚いた。

「あ、いや、そんな」

「引っ込みがつかなくなったな、と困ってたんだ。感謝する。ありがとう」

「いえ、別に。じゃ、これで。いろいろと、お気を付けて」

そう言うと、きちんと直立していた近藤雅章の、なにかネジがまた外れたようだった。

「いやいや、それじゃ申し訳ない。どうですか、一杯、飲みましょう。なに、ママのオープン記念は、ま、九時くらいまでに行けばいいんだ。時間を持て余してたんだ。……あなた、名前は何ですか。はぁ。なるほど。いや、私、きっとまた忘れます。人の名前や顔を覚えるのが、最近、めっきり苦手になって。いや、顔は覚えますよ。腐っても、あなた、あたしは画家だ。ただ、その覚えた顔と名前が結び付きづらくなってさて。ははは。混線するんだな。ははは。ま、OK。とにかく、OKです。飲みましょう。飲めるんでしょ？　酒好きの顔をしてますよ。ははは。ちょっとそこに、珍しい、札幌じゃ珍しい立ち飲みの店があってね。今は？　十六時二十二分。もう、バッチリです。バッチグーだ。飲めます。飲めますとも。大丈夫。行きましょう。お礼に、奢らせて下さい。いや、あなたのおかげで助かった。……お名前は、タカハシさんでしたっけ？　あ、違う。……はぁ。なるほど。あ、また忘れるな。でも、感謝してるんです。わははは。じゃ、行きましょう。いい立ち飲み屋なんですよ。札幌じゃ珍しい。あなたも覚えておくといいです。……タカハシさんでしたっけ？　あ、違う。……もうダメだな。あなたがタカハシさんじゃないことだけは、はっきりとわかってるんですけどね。覚え損なった。ははは」

混乱したことを言いながら、「じゃ、こっちです」と近藤は、先に立って歩き出した。俺は、ひとりで歩かせるのがなぜか心配で、その後について行った。

2

俺はこの時、知り合いが麻生《あさぶ》に開いたフィリピン料理屋〈チョコレート・ボール〉で一仕事して、ススキノに飲みに戻る途中だった。

〈チョコレート・ボール〉の経営者、というかママをやってるマキは、昔からの馴染みだ。別に深い関係はない（泥酔して記憶をなくした夜もあるから、完全になにもなかった、とは断言はできない）が、二十代の終わりから四十前くらいまでの十年ほど、一緒に遊び回った飲み仲間のひとりだ。田舎のスーパーの経営者一族の娘で、家出同然で飛び出してススキノに流れ着き、以来、ぶらぶらしながらも男を取っ替え引っ替えして、そこそこ食いつないできた。生活力にはわりと恵まれている。これが最近、十三歳年下の自称ピーターというフィリピン男と一緒になった。ピーターはセブ島出身で、セブの家庭料理が作れる、と言うので、マキが「これで最後だから」と二十回目か二十五回目くらいの「最後のお願い」を親父に甘えて（ま、これがマキの「生活力」の源泉であるわけだが）、まとまった開業資金を出してもらい、今や時代遅れになって久しいが、俺らの目にはとってもノスタルジックに映る、「トロピカル」な雰囲気の店を作って、ま、場所が麻生だ、という理由もあって、そこそこ繁盛しているわけだ。

だが、そこそこ繁盛すると、ゴミやクズがおこぼれを狙ってタカリに来るようになる。それは、阿片戦争を起こしたイギリスや、プラザ合意を実現させたアメリカを見るまでもない歴史上の真実で、そこそこ繁盛していた〈チョコレート・ボール〉には、ここんとこ数日、夕方になると、ブレイクダンス風のダブダブズボン、フード付トレイナー（つまりこういうクズ連中の姿恰好を、B系ファッションと呼ぶらしい）のチンピラども数人が入って来て、店内をぶらぶらと落ち着きなく歩き回ったり、ギャアギャア騒いだりするようになった。

ま、最も古風なエンツたかりだ。

ここで問題なのは、マキの実家は、田舎のスーパーであって、つまりもちろん、地元ヤクザとの付き合いはある。だが、そこに話を持って行けば、わりと派手な問題になって、こじれ具合によっては、ややこしいことになるかもしれない。ヤクザってのは役所と同じで、金儲けのためなら、あれこれ手管を使って、問題をややこしくするのが得意だ。……得意、というか、それが本来の、連中の商売だ。事態をややこしくすることによって、すんなりとキレイに解決するよりも、数倍・数十倍の収益を上げようとするわけだ。ヤクザと役所はそういうカスリで生きている。

という問題がある上に、マキは、札幌のスジもんどもとも、正面切って揉めたくはない（知り合いも多いし）。その上なによりマキは、実家であるスーパーの、そういうようなヤクザもんどもとの繋がりが厭でイヤで、田舎を飛び出して札幌に出て来て、青春を謳歌したのであって、いくら初老期に差し掛かりつつあるからといって、そしていくら十三歳年下のフィリピン男を守るためとはいえ、節を曲げて、また昔の田舎臭いヤクザどもの世界とヨリを戻したくない（「ホント、頭の悪さはピカ一だから、あの連中。それに口は臭いし、言葉、ナマってるし」）、ということもあって、ま、俺が「昔のヨシミで」お願いされちゃった、というわけだ。

俺は別に、こういうことを生業《なりわい》にしているわけじゃないが、昔なじみの友だちが困っていれば、助ける。麻生の街にはあまり馴染みはないが、要するにススキノで話をつけることにすればいいだけの話だ。

〈チョコレート・ボール〉に入ったら、聞いた通りのB系の連中が五人、わいわい騒ぎながらハロハロだったかロコロコだったか、そんなような名前のトロピカルなかき氷の飲み物を、お互いにはねかしてしぶきをかけ合ったり、口に含んだかき氷を吹き出し合ったりして、わざとらしく大声で笑いながら、遊んでいた。そこらが、甘いシロップ混じりの水で、べとべとになっているらしい。年齢は、十八とか二十歳《はたち》過ぎくらいには見えるのだが、幼稚園児以下のバカどもだった。

その五人は俺が入ると、一瞬、動きを止めた。俺は別に、変わった恰好をしているわけではない。ロングターン、サイドベンツの正統的なダブルのスーツを着ている。生地は、タナー織りの、ミッドナイトブルー。絹のシャツは濃い臙脂で、ネクタイはチャコール・グレイ。

五人は、ちょっと緊張したらしいが、すぐに緊張をほどいた。ひとりが肩で調子をとりながら一歩前に出て、薄バカの分際で、俺に向かって「おっす、先輩、おっす」と言った。顔に拳を叩き込んで、鼻の軟骨を砕いてやった。それから、右手で一番体の大きなやつの喉を正面から握り、そのまま足を絡めて床に倒した。もちろん、後頭部がダイレクトに床にぶち当たらないようには加減した。床の上でもう一度喉を絞め、顔をしかめたので足を伸ばして立ち上がり、離れる前に睾丸を思い切り蹴った。もちろん、思い切り、というのは言葉のアヤだ。死なないように加減はした。

それから、名刺を一枚、飛ばした。

俺の名前と、メールアドレス、銀行口座番号、〈ケラー・オオハタ〉というバーの住所が書いてある。便利なので、最近はこういう「ツール」を使っている。

「もしも俺に用があったら、その〈ケラー〉って店に来れば、連絡が付くから。わかったか？」

立ち尽くしていた三人が、コクコクと細かく頷いた。

「じゃあな。〈ケラー〉で待ってるぞ」

「いや、あの……」

その時、奥から甘えたオカマみたいな声が聞こえた。

「Good friend!」

ピーターがいそいそと出て来た。右手を差し出している。

「俺は握手は嫌いだ」

と言った時には、すでに俺の右手はピーターの右手に包まれていた。生温かくて、気持ち悪い。

「I don't understand Japanese! ハッハァ！ ありがとう、ありがとう！」

こういうのは煩わしい。

「マキは？」

「In Maruyama. Watching, and buying」

「買い出しか」

ま、それはいい。マキはああ見えて、人が殴られるのを見るのを怖がる。こっちとしても、あまり人には見られたくない。

「おい、お前たち」

まだぼんやり立っている連中に言った。

「こういう時は、倒れた仲間を連れて、さっさとフケるもんだ」

三人は、はっと我に返ったようすで、パタパタと動き、倒れた仲間ふたりをいたわり、ゆっくり立たせたり、「ティッシュ、ティッシュ」と騒いだりし始めた。ピーターがそれを見て、いかにも嬉しそうに、両手を叩いてはしゃいだ。指を差して腰を屈めて笑っている。

「Peter, you're so crude」

「O'yeah? Yes, I'm crude loco-loco」

そう言って、開き直ったような、丸出しのニヤケ面で、俺の顔を真正面から眺める。どうも気に入らない。こんな男のどこが良いのだろう。若いから、いいのか。単に、十三歳年下のガイジン、というところに価値を見出しているのか。マキが、そんな薄っぺらな女だとは思えないが。

「Close your idiot's mouth」

「ハッハァ！」

バカな面をして、わざとらしく笑ってから、「Done!」と言って口を閉じた。

「……ま、どうでもいいよ。バイバイ」

「Thank you so very much, pal. マキにも、話しする、しておく」

「I'm not your pal. マキには、俺が自分で電話するよ」

こいつがどんなウソをつく人間か知らないが、あまり信頼できないような気がする。

倒れたり、あたふたしている五人をまたいで、俺は〈チョコレート・ボール〉を出た。

＊

で、まっすぐ地下鉄駅に向かい、最初に来たススキノ方面真駒内行きに乗り込んだわけだ。

そして、近藤雅章が、札幌駅で乗り込んで来た。

つまり、俺と近藤雅章の出会いは、全くの偶然だ、ということだ。

偶然というのはごく普通に世界に満ちあふれている。中には恐ろしい厄災を伴ってくる、呪われた偶然もある。俺にとって、近藤雅章は、本当に呪われた偶然そのものであるのだが、もちろん、出会ったばかりの頃は、そんなことは全く考えもしなかった。

俺は、甘かった。

＊

「ここ、ここ。いや、実際、最近は立ち飲みが増えて来てね。札幌にもね。ここ。昼間っから飲むのにはね、ちょうどいいんだ、ここは。街ん中でね、ふと、『ちょっと一杯やりたいな』なんて気分になった昼下がり。どこに行くか。本格的に飲む気はない。ただ、軽く一杯ひっかけて、なにかつまみたい。そんな時、こういう店は貴重ですよ。じっくりと、群衆の中の孤独を嚙み締めつつ、静かに飲むのに最適ってわけで」

そんなことを、静けさとは無縁の、酔いの混じった口調でまくし立てながら、近藤は俺を、地下鉄大通駅のすぐそばのビルの地下に導いた。なるほど「立ち飲み」の提灯が、赤く点《とも》っている。

「ここだ、ここ。安直で、いい店ですよ。さ、どうぞどうぞ」

近藤は、俺の手を引っ張って中に入った。

中は、結構賑わっていた。機嫌良さそうな中年男たちがぎっしり詰まっているが、中には、ひとりでグラスをクイッと切れ味よく傾ける若い女性や、和やかに談笑している女性グループも混じっている。平和な光景だ。店内は、壁沿いにぐるりとカウンターが延び、その他に店の真ん中あたりに丈の高いテーブルがあって、それを十人ほどの酔っ払いたちが取り囲んでいた。壁沿いのカウンターも、ほぼ埋まっている。だが、うまく切れ目を見つけて、近藤は分厚い体をカウンターの中ほどに押し込んだ。

「申し訳ない、どうもどうも」

などといかにも酔っ払いらしい口調で場所を作り、「ほら、タカハシさん、じゃない、とにかく、ここ、ここ」と機嫌よく俺を呼ぶ。

「まず、酒と食い物を買って来るよ」

私が言うと、はっとした顔になり、それから眉間にシワを寄せて、深く深く頷いた。

「それだ。まさしく。まさしくそれこそが、先決問題。いや、参った。さすがだ。さすがはタカハシさん、じゃない」

店に入った途端、まだ一滴も飲んでいないのに、すっかり酔いが復活したらしい。「いや、まさしくそれこそが」と何度も呟きながら頷いている。

「近藤さんは？　なにを飲む？」

「いや、自分で買うから。俺はとりあえず、場所取りだ。番兵してます、ここで。ハハハ。で、先にタカハシさん、じゃない、とにかく、買って来ればいいよ。その後、バトン・タッチ！」

そう言って、頭の上で両手をパチン、と叩いて、大きな音を立てた。

「わはは」

浮かれている。酒を飲むのが、本当に嬉しいらしい。

俺は、瑞泉のオン・ザ・ロックと鳥串、ガツ、枝豆を買って近藤の横に戻った。

「おお。なるほど。先ずはビール、などと口走る俗物ではない、と。よしっ！　その心意気やよし！　立派です。いや、ホント」

そう言い残して、微かにふらつきながら、酒とツマミを買いに行った。

ほどなく、ビールと枝豆、冷や奴にモツ煮込みなどをプラスチックのトレイに載せて戻って来た。

「一転、私は俗物路線でね。とりあえず、ビール、という。そんな人間なんだ、俺は」

「どうでもいいですよ、別に」

「笑ってください、どうせ」

「なに言ってるんですか」

「しかし、本当に助かりました。ありがとう。いかん、いかん、と自分でもわかってるんだ。あんなことを続けてたら、いつか刺されるだろうな、ということはわかってるんだけどね。どうも、田舎モンを見ると、ムカムカしてね。危ないよなぁ……」

近藤はそう言いながら、上の方を見上げた。埃がこびり付いたテレビが、ゴムバンドで天井の隅に固定してある。相当古い年式の、立方体のブラウン管テレビだ。

夕方のニュース・ショーが始まっていて、とりあえず「今日のニュース」に一段落がついたらしい。画面の右上に文字が斜めに刻まれている。

〈総力特集　再生なるか社会保険庁　第2弾〉

社会保険庁の、このところの一連の不祥事を取り上げて、その流れを説明し、その後、あちこちに建てて大赤字を出している施設の現状やその処理などを解説する。糾弾や追及のネタはいくらでも湧いてくるようだった。

「ふん」

近藤は鼻を鳴らした。

「手癖の悪いのはどこにでもいるもんだけど、……こいつらは、ホントに……」

テレビ画面では、社会保険庁が何億何百億もかけて作った豪華な「保養施設」がほとんど利用されずに、ただひたすら高い人件費と維持費を支出した後、二束三文で自治体に買い上げられた、という例を、丁寧に説明している。

「私もね、某グリーンピアに泊まったことがあるけど、いい施設だったよ。豪華で、静かでな。そりゃ、静かだよな。客が他に誰もいないんだ。料理がまずくてさ。従業員教育がなってない。俺、つまり客がいるのに、俺の目の前で、従業員同士がペチャクチャ立ち話して、ゲラゲラ笑ってるんだ。腐った連中だ。人から預かった金を無駄遣いして、気楽な商売で、金をばらまいて、暢気にやってるんだな、と感心したよ。以後、一度も行ってない。マトモな人間なら、みんなそうだって」

吐き捨てるように呟いた。

「……近藤さんは、健康保険は？」

「国保だよ。ブンビ国保ってのがあって、これには非常に助かってる」

初めて聞く名前だ。

「ブンビ？」

「文芸美術、国民健康保険組合。ま、作家とか、画家とかさ。その周辺職域の人たちが、業界団体を作って、組合に加入するんだ。すると、国民健康保険組合のメンバーになれる」

「じゃ、国民年金も？」

「まさか。あんなもの」

「へぇ。それで、平気なの？」

「当たり前だ。あんな連中に金を預けておいたら、なにやるかわかったもんじゃないからな。あいつらが自分で作ったCMで、女タレントが言ってたじゃないか。『納めないと、貰えない』って」

「ああ。覚えてる」

「ってことは、『貰う気がないから、納めない』というのも、正しい理屈だ。ちがう？　論理的に考えたら、そうなるだろうが。ある命題が真であれば、その対偶は、常に真だ」

「なるほど」

「受給する気なんかさらさらないから、掛け金も払わないのさ」

「なるほどね」

「あんなことを平気でやらかす連中に、自分で稼いだ大事な金を預ける気になるわけ、ないよな。なぁ、タカハシさん、じゃない」

「まぁ、確かに」

「とにかく、アメリカは大喜びだろ」

「アメリカが？」

「そうさ。日本国民が、健康保険や年金を信じなくなったら、アメリカ資本の生命保険会社が儲かる。セールスレディが足を棒にして歩き回らなくても、テレビで０１２０の電話番号を繰り返すだけで、客がどっと駆け込んで来るって仕組みだ。日本の個人資本は、もう、アメリカの保険会社にすっぽりかっぱらわれるんだ」

復活した酔いが、少し飲んだビールで刺激されたのだろう。見る見るうちに完全な酔っ払いになって、語り続ける。

「厚労省とかの幹部がきっと、アメリカからガバッと金をもらってるんだろ、きっと。で、日本の社会保障やセーフティ・ネットに対する不安をあおれ、ってなわけだ。ガバガバと無駄遣いや汚職をして、国民の不安を掻き立てろ、と。そうすると、アメリカの金融資本に日本の個人資産が逃げ込むわけだ」

「……」

「そう言やぁ、小泉も厚生大臣だっただろ。厚労大臣か？　どっちだったかな。とにかく、そんな流れでアメリカから、がっぽり貰ってるんだろ。で、郵政民営化で郵便貯金をアメリカの金融資本に進呈して、社保庁を腐らせて、国民をアメリカの保険会社に寄付してさ。その見返りに、プレスリーの家に入れてもらって、喜びのあまり、『優しく撫でてね』なんてことをカタカナで歌って、踊って見せたわけだ。よくできてる」

飲み屋のカウンターに似合いの陰謀話だ。近藤雅章という画家の酒癖が、だんだんわかってきた。

「なるほどね」

俺は苦笑気分で頷いた。

そこで近藤は、俺の方を見て、「おや？」というような顔になった。

「ところでタカハシさん、じゃない、とにかくあなたは、どんな御商売をなさってるんですか？　パッと見、ま、サラリーマンじゃないでしょう。今どき、そんなダブルのスーツに臙脂色のシャツ、なんて、そんなサラリーマンがいるわきゃない」

「……ま、そうですね」

「とは言っても、御同業、という感じでもないしね。広告関係？　それともメディア関係者かな？」

俺は、具体的にどう言っていいのかわからなかったので、黙ってニヤニヤしていた。

「いや、申し訳ない。飲んでる相手の、商売の詮索なんて、無用の野暮だけどさ。ただ、こっちも絵描きなんて商売やってる関係上、気になるわけね。『この人を、自分の作品世界の中に登場させるとしたら、なんで食ってる人物、ってことにしようかな』、なんてことを頭の中で、ひっくり返したり、裏返したりするんだ。ワハハハハ！」

いきなり大声で爆笑した。驚いた。だが、すぐに笑いは収まった。……無意味な爆笑だったらしい。

「……」

黙っている俺の目を見て、腕を組んだ。

「さて、どういうお仕事か……」

考え込んでいる。

「私は、……まぁ、無職ですね」

「ほぉ……つまり、無職という意味は、誰にも雇われてはいない、という意味ね」

「……まぁ、そうですね」

「生粋《きっすい》の自由人、というわけだ」

「生粋かどうかは……それに、画家だって、ま、自由人でしょう」

「そんなこともないけどね。これで、いろいろと……で、タカハシさん、じゃない、とにかく、食い扶持《ぶち》はどうしてるの？　いやまたこりゃ、不躾《ぶしつけ》な質問で恐縮だけど。……興味津々、てやつだな、今の俺は」

「食い扶持……は、まぁ、一番金になるのは、仲間内でのバクチですね」

当然ながら、近藤は冗談だと受け取った。だが、ある種の不穏な空気は感じたらしい。

「ハハハ」と笑って、これでこの話題を終わらせた。そしてチラリと俺の目を見た。俺はにっこりと笑って見せた。

その時、突然、俺たちの腹のあたりから、弱々しい女性の声が聞こえた。

「あら、ちょっと、近藤さんでしょ？」

俺と近藤は顔を見合わせ、それから声のした方を、……つまり、腹の辺りを見下ろした。

そこには、シワクチャだが、活き活きとした目に表情があって、なんだか可愛らしい感じの、小柄なオバアチャンが立っていた。目許に軽い笑みを含んでいる。

「はぁ。そうですが」

近藤は落ち着いた口調で言った。街の中で、見知らぬ人に声をかけられる、ということは、近藤にとっては珍しいことではないらしい。

「あ、やっぱりそうだ。近藤さんだ。私、よくあのほれ、見てるの。お昼《しる》にね。誰だっけ、あのほれ、女の」

「ああ、松前和世《まさきかずよ》さんですね。SBCの。午後二時からの。〈午後はDO!〉でしょ？」

「ああ、そうそう。その番組。松前さん、松前さん。私、あの人が好きでねぇ……」

「一週間に五日、毎日出演ですからね。大変ですよね」

適当に話を合わせながら、ビールを飲み、枝豆を食べている。すっかり落ち着いて、聞き流しているわけでもなく、適当に相槌を打つ。ま、番組の関係者としては、順当な対応なのだろう。

「あのね、近藤さん」

「はぁ」

「私ね、実はね」

「ええ」

「ツホウが出てね」

「え？」

「ツホウ、ツホウ。……認知症ってのかい？」

痴呆、か？　そうは見えないが。

「……オバアチャンが？」

近藤も、半信半疑の口調で言った。見た目は、ごく普通の老女で、痴呆状態にあるようには見えない。

「そ。私。……まだ、軽いんだと。それは、自分でもそう思ってるんだけど、……アッコがね、『バアチャン、ちょっと病院さ行ってみないかい』ってさ。とうどうそう言われたもんだも。いや、あたしもあんた、ちょっとは、最近、なんかおかしいな、とは思ってあったんだけど、……いや、したから、『病院さ行ってみっか』っちゅわれた時はね、ああ、やっぱし、他人様《しとさま》から見ても、何かあるんだな、と思ったさ」

「いや、そうですか。それは……まぁ、こう、お話をしている、この感じからは、とてもそんな風には……」

近藤は、ちょっと前屈みになって、真剣に話を聞く、という姿勢になった。

「そうでもないのさ。……いや、しかしねぇ、……痴呆は、辛いもんだわ。あたしもほれ、ボケちまったらさ、それでもう、なんもわかんなくなって、それで、幸せだぁって、思ってたもんさ。したけど、全然、そうでない。いやぁ、辛いもんだんだよ。不安でねぇ。辛いもんだ」

「……そうなんですか……」

近藤は、親身な口調で言った。

「なんで、こんなんなっつまったかねぇ……」

「まぁ……」

近藤は老婆の縋《すが》るような視線を、同情に満ちた真剣な眼差しで真正面から受け止めた。驚いた。こんな技は、俺には使えない。

「その症状によっては、進行をくい止めたり、遅らせたりすることもできるそうですよ」

「そう言うんだけどねぇ……。なんで、こんなんなるまで、生きつまったかって、それが後悔のタネで」

「そんなふうにお考えになるもんじゃないですよ。それは全然違う」

近藤は、軽い口調で、しかしキッパリと言い切った。

「だらいいんだけどねぇ……」

そう言い残して、お婆さんはフラフラと歩み去った。店から出て、書店の方に歩いて行く。視界から、消えた。

「ふぅ……」

近藤は小さく溜息をついた。その声は、なんだか思ったよりも若々しかった。そのままの雰囲気で俺の顔を見て、「だいぶ辛いんだろうな」と同意を求めるように言う。

「らしいね。……でも、こういうことは、よくあるの？」

「こういうこと？」

「街で、知らない人にいきなり声を掛けられる、という……」

「ああ、まぁね。そりゃ、よくある。……ま、直接声を掛けられる、ということはあんまりないけど、周りの人が、チラリチラリとこっちを気にしてる、というのはしょっちゅうだ」

「それでも、平気なの？」

「平気じゃないが、平気にしてる。……そういうのがイヤなら、テレビで仕事をしなきゃいいだろ、って話だし。酒を飲めば、酔うんだ。甘いもんを食ったら、胸焼けするんだ。テレビに出たら、面が割れるんだ。それがイヤなら、飲まなきゃいいじゃん、食わなきゃいいじゃん、出なきゃいいじゃん、って話」

「ま、そりゃそうだ」

「……まぁ、私が出てる時間帯は、ま、食事の支度を始める奥さんたちが見てる、そんなあたりだから、既婚主婦は相当知ってる。あと、飲食店情報があるんでね。そんなわけで、飲食店の関係者も見てる。だから、昼間や夕方のデパート、特に食品売場、なんてのに行くと、もう、周囲から一身に視線を浴びるわけだ」

「だろうな」

「一方、たとえば、ブラブラとビジネス街を、日中散歩したりしてると、ま、サラリーマンたちとすれ違うわけだが、そういう、男たちは、私の顔などほとんど知らない。だから、視線を浴びることもない」

「そういうもんですか」

　顔は知らなくても、目立って視線を集めるだろう、と思うのだが、ま、本人の意見には逆らわないことにした。それに、事実、視線を浴びることはないかもしれない。すれ違うサラリーマンたちは、「目を合わせたら、ヤバい」と視線を逸らすのだろう、多分。それほどに、近藤の外観は物騒だ。

「ところがね、……場外馬券売場に行くと、面白い」

「ほぉ」

「土曜日・日曜日、競馬ファンでごった返している、狸小路の馬券売場のあたりに行くと、オヤジたちが私に声を掛けるわけだ。見たことあるぞ、なんてね」

「なるほど」

「つまり、連中は、平日の午後から夕方にかけて、テレビを見てるわけだ。だから、私の顔を知ってる。そして、土日は馬券売場に来てる、そういう連中。……なにやって食ってるんだと思う？　謎だね」

「ああ、なるほど。そういうこと」

などと話が弾んで、ふと気付いたら、俺は泡盛のロックを数杯空けて、近藤もビールを二杯、そして国士無双に切り替えて二杯飲んでいた。結構つまみ類を食べたので、そこそこ腹が膨らんだ。

「チッ」

近藤が小さく舌打ちをした。

「どうした？」

俺も、ちょっと酔っている。

「いや。……どうも、痛いんだ。酒が回ってきたせいか、痛い」

「痛い？」

「ああ」

そう言って、右手で拳を作り、テーブルの上に置く。小指の付け根がぽってりと膨らんでいる。拳を開いたり握ったりして見せるが、小指の動きがぎこちない。口の中で「いたたた」と呟く。

「どうした？」

「……骨が、どうにかなったな」

「ええ？」

「……あの、ガキの頭に鉄槌を喰らわせた時だ。しっかり握ってたつもりだったんだが、ちょっと甘かったらしい。打ち下ろした時、変な感触があったんだ。イヤだな、と思ったけど、ま、騙し騙し飲んでたんだけど、……こりゃ、よくてヒビ、下手すりゃ、折れてるかも知らん」

「どうする？」

「う〜ん……」

「肋なら放っときゃつながるけど、手はなぁ。大事だぞ。下手すると、ヘンなくっつき方をしたら、後々困るんじゃないか？」

「う〜ん……」

「主な筆記具は？」

「ま、……今は、パソコンだ」

「だとしたら、……右手の小指は、なかなか大事な部分だろ」

「そうだな。……病院、行って来る」

「近藤さん、保険は？」

と尋ねてから、文美国保だ、と思い出した。

「保険証のカードは持って歩いてるから、大丈夫だ。……今、何時だろ」

「五時は過ぎたな」

俺は腕時計は持っていない。ケータイも持たない。だから、時間がわからない。……壁に時計があった。五時四十二分くらい。

「五時四十三分か」

近藤がテレビ画面を見上げながら言った。なるほど。そこにもあるか。

「この時間でもやってる整形外科、どこか知ってる？」

「ススキノでよけりゃね」

「どこでもいいさ。入院するわけじゃない」

「ススキノの外れで、中島公園の近くに、整形外科があるよ」

そう言って、住所を教えた。

「わかった。ありがとう」

近藤はそう言うと、ストゥールから降りて、出て行った。この店は前金だから、出ようと思ったら、即座に出ることができる。

あっさりと出て行く、その後ろ姿を見送った。視界から消えた。

俺はなんとなく、そんな気分になって、グラスの泡盛をグィグイ飲み干して、後を追って店から出た。近藤の後ろ姿が、札幌の観光みやげを並べた、ひっそりとしたコーナーを通り抜けるところだった。

「近藤さん」

呼び掛けると、立ち止まって、振り向いた。俺は歩み寄った。

「付き合うよ」

近藤は、全く普通の顔で、「そりゃどうも」と言って、また歩き出した。向こうの方、特に何の意味もなく置いてあるらしいソファのところで、小柄な人影が立ち上がった。そっちを見ると、さっきの、小さなオバアチャンだった。にっこりと嬉しそうに笑い、近藤に向かって丁寧にお辞儀をする。近藤も、ついでに俺も、御辞儀をした。オバアチャンが、嬉しそうに、俺たちに向かって歩いて来た。

3

俺たちは、なんとなく正体不明の三人連れになって、そのまま地下鉄駅まで歩いた。

「ところで、お名前はなんとおっしゃいますか？」

近藤が丁寧に尋ねた。

「あら、私？」

そう答えるお婆さんの口調は、なんとなく娘っぽかった。

「ええ」

「ニシグチ、というの。結婚前はタナベだったんだけど、結婚して、ニシグチです」

「西の口、ですか？」

「そうそう」

「では、西口さんは、どちらまでいらっしゃるんですか？」

「あれま。……近藤先生は？」

「いや、私は先生じゃないですから。ただの絵描きです」

「そんな。先生でしょ」

近藤は優しい苦笑いを浮かべた。

「ま、それはそれとして、ええと、私はこれから、中島公園の近くの整形外科に行きます」

「あらぁ……やっぱり、どこかお悪くて」

「いえ、ちょっと。転んで手をぶつけまして」

「あらぁ……まだお若いのに」

「いくら若くても、転ぶ時は転びますよ」

そう言った近藤の言葉は、耳に入らなかったらしい。お婆さんは地下鉄のカードを券売機に挿入して、二百八十円のボタンを押した。

「どちらまで、いらっしゃるんですか？」

近藤が再び尋ねた。西口さんは、答えなかった。近藤の質問を無視した。と言うか、聞こえないふりをしたように俺は感じた。……もしかすると、自分がどこで降りるべきなのか、わからないのではないか。そんな考えが頭に浮かんだ。それで、適当な金額のボタンを押した。

同じことは近藤も感じたらしい。俺の方を見て、（どうしようか）という表情で眉を持ち上げた。確かに、ここで「それじゃ」と別れるのは難しい気分だった。その後ずっと、「無事に帰っただろうか」と気になるだろう。家に送り届けるか、家族に託すか、なにかそのようなことをしなければ、こちらの気持ちが収まらない。

お節介を焼こうとしているのではない。

……こちらの気持ちの平穏のために、なにかひとつ……

と俺がグズグズしているのを尻目に、近藤雅章はごく自然な口調で「途中まで、一緒に行きましょうか」と話しかけた。西口さんは「あら、近藤さんと？」と嬉しそうな笑顔になる。

「ええ。私は、中島公園まで行くんですけど。西口さんは、どちらにお住まいですか？」

この質問は、すんなりと頭に入ったらしい。地下鉄をどこで降りるか、という方向からアプローチすると、はっきりわからないが、住んでいる街、という質問には無理なく答えられる、そんな具合なのだろうか。

「あたしはね、ほれ、中郷《なかごう》通り商店街で、息子が店やってんの。ちっちゃな本屋。あたしの旦那さんがね、もうだいぶ前に亡くなったけど、百姓だったのに本が好きでね、そいで戦争終わった後、土地借りて、本屋始めたの。右も左もわからないのに。それで、その後を、息子が継いで」

そこまで一気に喋って、突然静かになった。黙って近藤の顔を見ている。

「はぁ。なるほど。中郷通り商店街の、何丁目くらいですか？」

「八丁目さ」

「なるほど。……じゃ、地下鉄は、……そうだな、南郷七丁目で降りられるわけですね」

「ああ、そうそう。そうなの。南郷七丁目」

「じゃ、私は中島公園だから、一緒にホームまで降りましょう。で、中島公園に向かいます。そして、このタカハシさんが新札幌に行くそうだから、一緒に東西線に乗って、南郷七丁目まで送ってくれますよ」

「ね、タカハシさん」

なにを言ってる。

そう言って、小声で続ける。

「どうせ暇だろ？」

「あんたが行けよ」

「ズキズキ痛いんだ。でも、ここで別れると、その後ずっと気になる。だから、頼むよ」

ちょっと考えたが、確かに、ここで「じゃ」と別れるのは、やや難しい。

「じゃ、そっちの病院が終わったら、……ススキノの〈ケラー〉って店に来てくれ。俺も、家に送り届けたら、そこに行って飲むから」

「〈ケラー〉？　〈ケラー〉って、あの地下にある？　あそこは、えーと……」

考えながら住所を言う。合っている。そうだ、と俺は頷いた。

「あ、知ってるよ。たまに行く。知り合いの新聞記者が、よく行く店なんだって。いい店だな、と思ってね。讀賣新聞北海道支社のカワムラって記者、知らない？」

「知らない」

「そうか。そいつが教えてくれた店だ。場所はわかる。じゃ、そこで」

「了解」

西口さんが、不思議そうにこっちを見ている。近藤が「ごめんなさい、内緒話してるみたいになっちゃった」と気軽い口調で言って、「じゃ、行きましょう」と歩き出した。西口さんも、屈託なくついて来た。

近藤は南北線のホームに行くのだろう、と思っていたが、東西線のホームに一緒についてきた。それは西口さんも気にして、「あら、中島公園に行くんじゃないの？」と尋ねたりした。それは、まだまだ地下鉄の路線はわかる、と自分や俺たちに確認して見せている、という感じでもあった。

「いや、お見送りしますよ。なにしろ、西口さんは、私のファンだし」

そんなようなことを平気で喋るやつが現実にいるわけだ。俺は、感心した。もっと感心したのは、そう言われた西口さんが、なんだかポッとはしゃいで、娘っぽくはにかんだ、というこの事実だ。

「あらま、うれしいわ」

＊

俺は、ＪＲにせよ地下鉄にせよ、プラットホームでは、常に左端か右端、要するに運転席のすぐそばの乗車位置に立つことにしている。何度かホームから突き落とされそうになったことがあり、本当に突き落とされたことも一度ある。そんな中で、自然と身に付いた用心だ。先頭車両の位置に立っていると、万が一突き落とされても、助かる可能性が高い。とりあえず、時折背後を気にして尾行の有無をなんとなく確認して、ホームでは端に立つ、ということを習慣にして生きている。別に荒っぽい世界で命のやり取りをして生きているわけではない。俺は常にヘラヘラしているだけだが、いつどこで誰の恨みを買っているかわからない、というのが現代社会の恐ろしさではありませんか。

だが、近藤はそういうことは全く気にしない男だった。……ま、それが普通か。ホームの真ん中あたり、適当なところに、近藤は漫然と立った。恐ろしいほどに無防備だった。その後ろに小柄な西口さんがちょこんと立った。俺は、その後ろにぼんやりと立った。立っている場所が端ではないので、ちょっと落ち着かない。後ろを見たが、ま、当然ながら、俺を突き落とそうとしているやつはいない。だが、ま、それはそれとして、落ち着かない。

「西口さんは、中郷通りにお住まいになって、何年におなりですか？」

近藤が体を傾けて、横顔で西口さんに尋ねた。その時、「列車が入って来ます。白線の内側にお下がり下さい」というアナウンスが流れた。

西口さんが、すすす、と前に出て、近藤の脇から身を躍らせて、レールに飛び下りた。

＊

何人かが悲鳴を上げたが、呆然としている人間の方が多かった。なにが起きたのか、咄嗟には理解できない。ぼんやり立ち尽くしている俺の目の前で、近藤が飛び下りた。俺は思わず前に出て、覗き込んだ。車両のライトが俺を、俺の左半身を照らしているのがはっきりわかる。警笛がけたたましく鳴り響いた。

「タカハシさん！　頼む！」

近藤が、小柄な西口さんを両手で持ち上げ、ぐん、と勢いを付けて高々と差し出した。

「早く！」

受け取った。そのまま、西口さんを左脇に抱えて、咄嗟にしゃがみ、俺は右手を下に突き出した。

「つかまれ！」

地下鉄が警笛を鳴らしながら突っ込んで来る。

「無理だ！　逃げろ！」

近藤はしゃがみ込んだ。一瞬、転がったように見えた。西口さんを左腕で抱えて、尻餅をついた俺の目の前を、地下鉄が通り過ぎた。

地下鉄は、停止位置のはるか手前で停まった。停まって、そして初めて、今まで急ブレーキの音が激しく耳に刺さっていたのだ、ということがわかった。空気はしんとしている。俺はなんだか、真空の壁に閉じ込められているような気がした。その壁の向こうから、沸き立つようなざわめきが渦を巻いてやって来た。俺の周りに、人々が詰めかける。俺は、自分が西口さんを抱えて、締め付けていることに気付いた。慌てて力を緩め、西口さん、西口さん、と怒鳴りながら、大丈夫ですか、と喚いた。見ると、蒼白な顔で、ブルブル震えている。口の周りのシワが、とても深く刻まれている。駅員が俺を揺すった。

「今、落ちましたね！　おふたり、落ちましたね！」

「ええ。この人を……」

「あ、こちらが、最初に落ちた」

「ええ」

そこに、運転士らしい男がやって来た。地下鉄の車体に手をついて、体を支えている。今にも倒れそうだ。「う～」と呻いている。

そこに駅員がもうひとり来て、いきなりホームに膝をついた。ホームと車両の隙間から、怒鳴った。

「もしも～し！　もしも～し！」

「タカハシさん！　じゃない、とにかく、タカハシさん！」

近藤の声が力無く答えた。

「えっ！」

膝をついていた駅員が、喜びに満ちた声を出した。笑顔で、俺たち、周囲に立っている野次馬を見渡した。それから、すぐにまた隙間に怒鳴る。

「大丈夫ですか！　大丈夫ですか！　怪我は！」

「怪我は、ないです、多分。……西口さんはどうなりましたか。……タカハシさん！」

最初に来た駅員が、俺に言った。

「あなた、タカハシさんですか」

「いえ、違うんです」

「は？」

「違うんですけど、ちょっと事情がありまして。ちょっと失礼」

俺は前に出て、膝をついている駅員の横にしゃがんだ。

「西口さんは、大丈夫だ！」

「よかったぁ……」

近藤が心の底からの声を出した。

西口さんが、ワァッと泣き出した。

その泣き声が、あんまり身近に聞こえるので驚いたが、俺はまだ、西口さんを、左脇に抱えて締め付けていたのだった。

4

地下鉄車両を移動させるのか、と思っていたが、そうではなかった。近藤は遺体になっているのではなく、自分で動けるわけで、車両の継ぎ目の隙間から両手が出て来て、じたばたとホームの上を動いた。手がかりを探している。

「あ、出られますか？」

「つかまって。引っ張りますから」

駅員や運転士が手を差し出し、なんとか引きずり出し、引っ張り上げようとする。

「うわいたたたたた！」

近藤が大声で悲鳴を上げた。

「あ、失礼！　申し訳ない！」

運転士が恐縮して謝った。

「どうも、小指が折れたみたいだ」

「あ、なるほど」

頭のいい男だ。

「重いなぁ……」

そう呟く駅員の口調は、しかし惨事を回避できた喜びに満ちていた。

「申し訳ない」

詫びる近藤に「いや、そんな。大丈夫ですか」と答える声も、のんびりしていた。周りで、野次馬たちが笑った。

車両と車両、そしてホームとの隙間から近藤雅章の上体右半分がやっと出て来た。足を闇雲にバタバタ動かしているらしいのがわかる。駅員たちが腕をしっかりつかみ、上体に腕を回して、うん、と引っ張った。近藤は、とうとう、「いてててて」と呻きながら、引きずり出された。

「はぁ〜、やれやれ」

ぎこちない恰好でホームにへたばった。それから、手足を緩慢に動かして、なんとか立ち上がった。

「はぁ〜、やれやれ。何とか助かったか」

立って、ふらふらしている。誰からともなく、拍手が湧いた。俺も思わず一緒になって、力を込めて手を叩いた。

＊

「お体はいかがですか？　歩けますか？」

若い駅員が近藤に尋ねる。胸の名札には「札幌市交通局　駅務三課　守田信二《もりたしんじ》」とあった。

「特に、どうということはないけど、小指の付け根が痛いな」

「そうですか。……オバアチャンは、大丈夫ですか？　どこか、痛いところ、ありませんか？」

西口さんは、尻餅をついたような恰好でぺたりと尻をホームにつけて、ヘンな恰好で座っている。強張った顔で、黙り込んでいる。

「歩けますか？」

「……はい……」

うつろな表情で、それだけ答えた。何度か立とうとしたが、うまく立てないようだ。

「ちょっと、こちらでお休み下さい。……おばあちゃん、おんぶしますか？」

西口さんは、しばらく無言だったが、とうとう小さく頷いた。守田駅員が背中を向けて、しゃがみ込んだ。西口さんはそれに負ぶさろうとするのだが、足がうまく動かない。

「お手伝いしますよ」

俺は声を掛けてから、西口さんの両脇に腕を入れて、持ち上げた。守田駅員が、背中を向けたまま、ちょっと後ろ向きに近付いた。なんとか西口さんを守田駅員の背中に預けることができた。

「では、ちょっとこちらでお休み下さい」

守田駅員が西口さんを背負ったまま、歩き出した。俺たちはその後に続いた。そのまま、仮眠室のような部屋に連れて行かれた。ちょっと小さめの会議室、という広さで、部屋の半分が高くなっていて、畳敷きの和室になっている。近藤が、のそのそと歩いて和室部分の段差、要するに上がり框《がまち》の部分に腰を下ろした。その脇に、守田駅員が西口さんを座らせた。西口さんは、ちょっと妙な具合に体を歪めて、左手を畳について、傾いて座った。ちょっと心配な姿だった。

「どうぞ」

守田駅員がパイプ椅子を俺に勧めてくれた。そして、その場には他にも、いつから一緒だったのかよくわからないが、中年の女性がふたり、中途半端な顔つきで、テーブルの脇に立っている。守田駅員が、「あなたは？」というような視線を向けた。ふたり並んで立っている、左側の、痩せて背の高い方の女性が、考え考え話し始めた。

「あの、……私たち、看護師なんですけど、新札幌の、外科病院に勤めてます、あの……」

彼女の横で、中肉中背の目の表情が活き活きした女性が頷いた。

「あの、……それで、休日なんですけど、……あの、それで、なにかお役に立てること、あるかな？　なんて思って……」

「あ」

駅員が恐縮した表情になるのと同時に、和室部分の上がり框に腰掛けた近藤が、呻くように言った。

「右手の小指の付け根が、ジンジン痛いんですけどね、……なんとかなるでしょうか」

「私、近藤先生のファンです」

近藤の言ったことが耳に入らないような、上気した顔で言う。その横で、中肉中背が頷いた。

「それで、ついあの、……お役に立てたら、と思って、あの。あのタチバナと申します」

「もう、するんですか」

近藤が下らないことを言ったが、タチバナ看護師の耳には入らなかったらしい。左肩に掛けていたトートバッグの中に左手を入れ、近藤の顔を見つめながら中をゴソゴソ掻き回す。そして革でできた薄い名刺入れを取り出して、一枚引き出しながら、近藤に一歩近付いた。

「あの、タチバナと申します。あの、新札幌にあるジンユウ会病院で、看護師やってます」

「はぁ」

「あの、私、近藤さんがこの前テレビで、マナーが悪い連中は、本当はマナーが悪いんじゃなくて、頭が悪いんだ、とおっしゃったこと、私、本当にそうだなぁ、と思いました。なんだか、自分の考えを代弁して頂いたようで、嬉しかったんです。本当に、患者さんの中にも、とんでもない人がいて、そのたんびに、私、本当に辛い気持ちになるんですけど」

熱心に語っているタチバナ看護師を無視して、中肉中背の女性が俺や守田駅員に名刺をくれた。俺は自分の名刺を渡した。女性の名刺には〈仁宥会病院　第一外科　外来　看護師　友部　碧〉とあった。タチバナ看護師は、まだ語り続けている。

「そんな時、私、ああ、この人たちは、マナーが悪いんじゃなくて、頭が悪いんだな、って、そう思ったら、私、少し楽になれました」

「はぁ。なるほど。……なるほど。……私、そんなこと、言いましたか」

「はい！」

そう言って頷き、近藤の顔を見つめている。こんな肥満したヒゲオヤジのどこがいいのか、と不思議だが、ま、ファンてのはそういうもんなんだろう。

「ところで、右手の小指が……」

「近藤先生の……」

「いや、その先生はやめてください」

「あ、はい。……それじゃ、あの、私、近藤さん……でいいですか？」

「はい」

「あら」

タチバナ看護師は、はにかんだような笑顔になった。三十代半ば、といった見当だが、表情や仕種が子供っぽくて、ちょっと可愛らしかった。髪を短くカットしている。もしかしたらこの女性は、自分を、実際よりももっと老けて見えている、と思い込んでいるのかもしれない。

「あの、それで、私、近藤さんの、絵も好きです」

「あ、それはどうも」

熱心に語り続けるタチバナ看護師を放置して、友部看護師が西口さんに近付いた。横に座り、なにか語りかけ、西口さんの左腕をとった。タチバナ看護師はまだ語り続けている。

「あの実は私、大橋サクラ子さんのエッセイが好きなんです。それで、今、《テンポ》っていう雑誌に、月刊の、連載してるでしょ、大橋さん。女ひとり酒……」

「ああ、〝女ひとり旅の酒〟ね」

「あ、はい」

「ありゃおもしろいね」

「あ、はい。それで、近藤さんが、そのイラストを担当なさってて」

「ええ。そうですね」

「近藤さんのお顔やお話は、テレビでずっと知ってたんですけど、絵を拝見したのは、大橋さんのエッセイのイラストで初めて見て。驚いたんです。『ええ！　あの近藤さんは、こんな素敵な絵を描くのかぁ』って。それで、一層好きになりました」

「そりゃどうも」

近藤が、俺の方を、ちょっと照れたような顔つきでチラリと見た。

「大橋さんとお会いになったこと、おありですか？」

「一度ね。あの人は、東京の門前仲町に住んでるんだ。老舗の佃煮屋の娘さん。御両親所有の高級マンションに独り暮らしでね。お嬢さんだな。で、一度、連載が始まってすぐ……だから、一昨年かな、東京に行った時、編集部の仲介でね。彼女の縄張り、ナカチョウで飲みました。蕎麦屋で軽くね。いやぁ、昼間っから、飲む飲む。酒はいくらでもOK、という感じだったな」

「そうなんですか……。大橋さんて、本当に旅がお好きですよね」

タチバナ看護師がうっとりした顔で呟くように言う。

「そのようですね」

近藤が、また俺の方をチラッと見た。(なんとかしてくれ)という視線だった。

「ところで近藤さん」

俺は、ちょっと大きな声で言った。タチバナ看護師が、ちょっと驚いた顔で俺を見て、そして周囲を見回した。「他者」や「外界」の存在を思い出したようだった。

「右手の小指が痛いって?」

「ああ、ジンジン痛む……この指は、仕事をする時に結構使うんだよな」

タチバナさんの顔が引き締まった。

「ああ、そうか。マウスを動かしたり……」

「そうだ。エンターキーを押す時も頻繁に使うし」

突然、ドアが開いた。走って来たらしい、荒い息をついて制服の上着の袖に腕を通しながら、初老の男が入って来た。駅長とか、そういうような要職にある駅員だろう。

「守田。運行再開」

小声で言う。守田駅員が、は、と会釈して、「では」と俺たちに向かって丁寧にお辞儀をした。そして、頭を下げたまま「本当に、ありがとうございました！」と言った。

本気で感謝している、と感じた。

近藤は、相当凄いことを行なったのだ。そのことに、改めて、気付いた。

今まで、なんとなくぼんやりしていたらしい。西口さんが、ふわっとホームから浮き上がって、すとんと落ちて行く場面が、何度も頭のスクリーンで再生される。

守田駅員は、初老の駅員と小声でやり取りをして、また丁寧に御辞儀をして出て行った。

「あのう……」

初老の駅員が、誰にともなく言った。〈札幌市交通局　大通駅　井坂利明《いさかとしあき》〉という名札を付けている。

「どういうことだったんでしょうか……」

西口さんは、ぼんやりと座って、体を友部看護師に預けている。友部看護師は「ここは？」などと真剣な顔で尋ねながら、西口さんの体を点検しているらしい。近藤雅章は畳に腰掛け、右手を差し出している。タチバナ看護師が、近藤の右側に座り、右手を撫でたり小指をちょっと動かしたりしている。

つまり、現状で、なにかを話すのは俺だ、ということだ。

見たことを、とりあえず見たまま、一通り説明した。近藤雅章氏と、病院……ではなくて、ススキノに飲みに行こうと思って地下鉄ホームにいたら、いきなり西口さんが飛び下りた。

……そこで、声が自然と小さくなった。西口さんがそこにいるのだ。

「あちらのお婆さんが、御自分で、飛び下りた、ということですか？」

井坂駅員もひそひそ声になった。

「少なくとも、私の目にはそう見えましたね」

俺は西口さんの方を気にしながら、そう答えた。西口さんの表情は全く動かなかった。

「ちょっと、外で話しませんか」

俺が言うと、井坂駅員は頷いて、先に立ってドアから出た。俺も後に続いた。

「それで、……自殺……を……企図した、と……そういうことでしょうか」

ドアを丁寧に閉めて、それでもひそひそ声で、井坂が言った。

「さぁ……私たちも、西口さん……あのお婆ちゃんは、西口さんとおっしゃるんだそうです。私たちも、あの直前に、出会ったばっかりで」

そして、近藤と立ち飲み屋で飲んでいたら、西口さんに声を掛けられたのだ、ということを説明した。近藤の顔をテレビで見て、知っていたらしい。そして、痴呆の症状が出た、辛い、と自分で言っていた。

「そうなんですってね。有名人だって。ウチの連中も言ってました。イラストレイター？で、テレビでもコメンテイター？……」

「だそうですね。私も顔だけは知ってました」

「ほぉ。……私は、一度も見たこと、ないんですけどね。平日の昼間は、ま、よっぽどのことがなきゃ、テレビ見ませんし」

「でしょうね」

俺は、さっき近藤が言っていたことを思い出した。

「それにしても、なぁ……」

井坂はそう呟いて、ドアの向こうを窺うように、肩をすくめた。

「痴呆が出た、というのも、また……」

「なにもわからなくなるから幸せだ、と思ってたそうです。しかし、いざこうなってみると、辛いものだ、とおっしゃってましたね」

「そんなもんですかなぁ……じゃ……いや、ま、まだ結論を出すのは早いか」

「これから、どうなるんですか？」

「もう少ししたら、警察が来ると思います。で、事情を話して……それで終わり、ということでしょうかね。あとで消防か警察から、おふたりに感謝状を差し上げることになると思いますんで、そのあたり、よろしくお願いします」

はぁ？

「あと、広報に連絡したので、……そろそろマスコミが来るはずです。御面倒でしょうけど、ひとつよろしくお願いします」

「いやあの、ちょっと待ってください。それよりも、近藤さんが小指を骨折したらしいのでね。できるだけ早く病院に行きたいんだけどな」

「ああ、そうか……う〜ん……どうするかな」

井坂はなにごとか考えながらドアを開けて中に入った。そして近藤の方に行き、「今回は、どうも、いろいろとありがとうございました」と丁寧に頭を下げてから、タチバナ看護師に尋ねた。

「看護婦さんでいらっしゃいますか？」

「新札幌の仁宥会病院の」

近藤がぶっきらぼうな口調で言った。

「はい、そうなんです」

「いかがでしょうか。……折れてますか？」

「レントゲンを撮ってみないと、正確なことは言えませんけど、その可能性はあると思います。折れた、というか、欠けた、というか。手の指ですから、結構デリケートで。早くレントゲンで見て、早急に適切な処置をしないと。変に繋がって、ちゃんと曲がらなくなったりすると、お仕事にも差し支えます」

真剣な表情で訴えるように言う。俺にとっては、ただのハゲたヒゲ面のデブ、しかも酔ってチンピラを殴るような危ない酒飲みだが、ファンにとっては、全く別の存在である、ということはよくわかった。タチバナ看護師は必死だ。

「そうですか……お婆ちゃん、こんにちは」

　今度は西口さんに向かった。西口さんは、友部看護師に体を任せたまま、頭を下げた。

「大変でしたねぇ……ちょっと、お話を聞かなきゃならないんだけど、ええと、どうしようかな。おうちはどこですか？　御家族の方にも、ちょっと御連絡……」

「それは、やめてください」

「え？」

「地下鉄に飛び込んだ、なんて知られたら、息子に叱られます」

　静かな口調でそう言ってから、べしょべしょと涙をこぼした。身の回りを探す仕種をする。思い出した。立ち飲み屋では、小さなバッグを持っていたはずだ。今は、ない。おそらくは、地下鉄の軌道のところに落ちているのだろう。で、その中に、ハンカチが入っている、というわけか。

「お婆ちゃん、これ。使って下さい」

　友部看護師がポケット・ティッシュを差し出した。西口さんは、両手で受け取って、恐縮して押し頂くようにして、一枚取り出して、鼻をかみ、目の周りを拭った。

「そうは言ってもねぇ……」

　しかし、大事なポイントがある。俺はわざと少し大きな声で言った。

「西口さん、あれでしょ？　飛び込んだんじゃないですよね。よろけて、落ちちゃったんでしょ？」

　西口さんが、顔を上げて俺の顔を見た。俺は、重々しい顔を作って、重々しく頷いて見せた。その横で近藤も言った。

「そうですよ。あれは、よろけて落ちたんだ」

「そうですか？　そういうことですか？　そういうことですよね？」

井坂が念を押すように、念を押し付けるように言った。「あ、はい……」と西口さんは、おずおずと認めた。

「じゃ、とにかく、御家族に迎えに来てもらいましょう」

安堵の口調でそう言って、井坂は西口さんの家の住所や電話番号を尋ねた。西口さんは、白石区中郷通りの住所と電話番号をスラスラと答えた。店名は、西口書店。「お兄ちゃん」と「アッコ」と「ミヨ」と「テツ」の五人暮らし。

井坂がケータイを取り出して、番号を押そうとした。

「あ、そうだ、でも」

西口さんが慌てて言った。

「今は、家には誰もいないかもしれないから」

「は？」

「お兄ちゃん……息子の携帯電話にかけてください」

そう言って、身の回りをキョロキョロ見回した。バッグがないのか。

「私のバッグ……」

「取って来ましょうか？」

俺がドアから出ようとした時、ドアが開いて守田が入って来た。手に、いかにも老女がぶら下げそうな小さなバッグを持っている。ちょうどよかった。西口さんの目が輝いた。バッグを受け取り、丁寧にお礼を繰り返し、出て行く守田に深く御辞儀をした。そしてもどかしそうに小さなバッグを開けると、中から大きな財布を取り出して、開いた。カードが何枚も入っているのが見えた。指を舐めながら小さな紙片を取り出す。レシートの類らしい。畳んだ真っ赤な紙が出て来た。それを広げて、十一桁の数字を読み上げた。なるほど。老婆がすぐに見つけられるように真っ赤な紙に書いたのだろう。大きめの文字で。西口さんは眼鏡をかけずに読んだ。

「じゃ、さっそく御家族に御連絡して、お迎えに来ていただきますから、それまでちょっと待ってて下さいね」

井坂が優しい口調で言うと、西口さんは静かに頷いた。

「私は早めに病院に行っていいですか。連絡先は置いて行きますから。なにか御用件があったら、連絡下さい」

近藤がそう言って、名刺を差し出した。

「病院は、どちらの？」

井坂が、念のため、という口調で尋ねた。

「こちらの、タチバナさんの、仁宥会病院で御世話になろうかな、と。これも何かの縁ですから」

「なるほど」

近藤とタチバナ看護師は同時に立ち上がった。

「ミドリはどうする?」

タチバナ看護師が尋ねた。友部看護師は、ちょっと考えたが、身軽く立ち上がった。

「お婆ちゃんが……どうも、心配なの。御本人は、痛いところはない、とおっしゃるんだけど。でも、……最悪、大腿骨……」

タチバナ看護師も眉をひそめた。

「あの、医者は、もう少しで来ます。医務室から、こちらに急行しているはずです。……ちょっと、説明していただけませんか、現状を。医者に」

そう言われて、友部看護師は「あ、はい、もちろん」と頷いた。

「よくあるんです……」

「え?」

「高齢者の場合、痛みを訴えなくても、……骨折している、というケースはそんなに珍しくないんです」

全員が、小さく頷いた。

「じゃ、とにかく、私は小指を看てもらいます。連絡は、また後ほど」

近藤がそう言うと、タチバナ看護師が「あ、はい」と頷いて、ふたりで出て行った。その途中、俺の前を通る時、近藤が名刺を差し出した。ついでに、という感じで、交換する、というタイミングではなかった。

「酒が中途半端になっちゃった。いつか、連絡下さい。メールが一番確実かな」

「了解」

そして、有名人とそのファンは、肩を並べて出て行った。

ドアが閉まってから、俺と井坂は顔を見合わせた。

「ああいう出会いもあるんですな」

井坂が言った。

「とすると、非常に派手な出会いだな」

「ですねぇ……」

友部看護師が「ふふふ」と大人しげに微笑んだ。

「なるほどなぁ……」

溜息をついてから、井坂は自分のケータイを取り出して、さっき自分が書いたメモを見ながらボタンを押した。耳に当てる。

「あ、もしもし、私、札幌市営地下鉄大通駅の井坂、と申しますが、西口書店さんでいらっしゃいますか。あ、書店ではなく。……はぁ。……ええと、それで……」

ノックもなく、またドアが突然開いた。警官がふたり、入って来た。その後ろから、ドアが閉まる間もなく、半袖の短い白衣を着た医者が入って来た。小走りで来たらしい。やや赤い顔をしている。息が弾んでいる。友部看護師がツカツカと近寄って、なにか説明を始めた。

ふたりは言葉を交わしながら、傾いて畳に座っている西口さんに近付いた。

俺は、どうやら状況を説明する役のクジを引いたらしい。警官ふたりがこっちを見る。俺は、なんとなく井坂を見た。井坂は、ケータイを耳に当てて丁寧に話しながら、警官ふたりを見て、会釈した。警官ふたりは、お互いの目を見て、頷き合った。それから、ふたりは、和室の畳にぼんやり座っている西口さんを見た。西口さんは、なにも反応しない。警官ふたりは、またお互いの目を見て、頷き合った。

5

警官ふたりのうちの、太ってベルトが腹に食い込んでいる方が、俺と話をして、もう少し若くて痩せている方が、西口さんから話を聞く、ということになったが、西口さんが思ったよりも弱っているので、とりあえず近くの病院で手当することになったらしい。医務室で応急手当、ということになりかかったが、なるべく早めにレントゲン写真を撮影する必要がある、と医者が主張し、病院に運ぶことになった。だが、駅員には人員の余裕がない。そこで、救急車を呼んで、消防隊員に近くのどこだかの病院まで、運んでもらう、ということになった。

慌ただしい人の出入りがあって、結局、俺とふたりの警官以外は、全員いなくなった。

警官はふたり、俺の方を見ながら、コソコソと内緒話をする。俺は「何だこの野郎」という気分で、ムスッと立っていた。何度か無線でも小声でやり取りをして、どうやら、近くの交番に行くことになったらしい。

「じゃ、あの、旦那さん、あのう……」

と太った方が喋りかけた時、ドアがコソッと開いて、隙間から井坂が顔をのぞかせた。俺たちがまだいるのを見て、安心したような、戸惑ったような顔になった。

「あ、あの。どうもお疲れ様でした」

手に鍵束を持っている。

「これから……？」

問いかける井坂に、太った方の警官が言った。

「ええ。これから、ちょっと交番でお話を聞きます」

「あ、なるほど。じゃ、連絡先など、よろしく」

地方公務員同士、いかにも役人ふうの挨拶を交わす。業務の引き継ぎ、というようなことなのであろう。

「じゃ、旦那さん、すみません、お時間とらせませんから、ひとつ……」

任意同行というやつか。

「この近くの交番というと？」

「大通交番ですわ。あの、テレビ塔の一階にある」

俺は、基本的にとっても単純なのだ。

一度、中に入ってみたいな、とは思っていたのだ。なにしろ、子供の頃からいつも見ている交番だ。俺はなんとなく、機嫌がよくなった。

「あー、はいはい」

＊

交番に着いたら、一番手前の、広い部屋の片隅にあるテーブルの前に座らされた。中にいた三人の警官が、「どうだった」というような言葉を交わす。太った警官が「マル、マル」と指でマルを作ってにっこりした。

「じゃ、旦那さん、すいませんね、すぐに済ませますから、ちょっとお話聞かせてください」

口調は丁寧だし、顔は笑っているが、目はこっちをじっと見つめて、揺るぎない。

「はぁ」

俺はひとつ頷いて、痩せた方の警官が整えてくれたパイプ椅子に腰掛けた。

太った警官が主に質問して、メモを取った。痩せた方が、ノートパソコンを持って来て、俺の話をほとんど同時に打ち込んでいく。最初に住所氏名電話番号、年齢、職業などを聞かれた。住所を言うと、不審そうな表情で俺の顔を見た。

「ススキノですか」

「そう。別に珍しくはないさ。特に、最近は」

「はぁ……ご職業は、自営ですか」

「そう」

「主にどんな？」

「何でも屋だ」

「……はぁ……」

「無職、という言い方もある」

尋ねたいことが頭の中で渦巻いているのが感じられた。だが、それらはこの際、無視することにしたらしい。

「それで、ええと……一緒にいらっしゃったのは、近藤雅章さん。……この人は、有名人らしいですね」

「そのようですね」

「テレビに出てる。本職は、絵描き？　イラストレイター？　とか？　デザイナー？」

「そういうふうに聞いてる」

「前からのお知り合いですか？」

「いや、あの直前に、初めて会った」

「ほぉ」

「地下鉄の中で」

「ほぉ。どんなきっかけですか」

「……ま、あの、近藤さんが、チンピラにからまれてたわけだ」

逆だけどな。

「ほぉ。あんなおっかない顔の人にからむチンピラがいますか。度胸があるな」

「……ま、……テレビに出てるだろ、みたいな。酔っ払ってたね」

「そのチンピラが？」

「ええ」

逆だけどな。

「で、あなたが、仲裁に入った、と」

「ま、そんな大袈裟なもんじゃないけどね。やめなさいよ、と。で、大通で、ちょっと無理に降ろすような形になって」

「近藤さんは、なんて言ってました？」

「ま、大事《おおごと》にならずに済んで、助かった、というような……」

「なるほど。……いろいろと、人目もあるしね。大変なんでしょうね、有名人は有名人なりに」

「はぁ……ま、でしょうね」

とてもそんなことを気にするような男ではなかったが。

「それで、大通で、つまり、そこで降りた、と。……それから？」

「で、立ち飲み屋があるから、ちょっと飲もうか、ということになって」

「お宅さんも、結構、飲むんですか。……ま、飲む顔してますな」

そう言って、太った警官は酒飲みの笑顔になった。俺も、表情を合わせて笑った。

「で？」

「それで、とりとめもなく飲んでたら、いきなり、あのお婆ちゃん……西口さんに声を掛けられたわけだ」

「ほぉ。……顔を見たことある、ということで？」

「そう。テレビに出てる人だね、と」

「なるほど。で、お婆ちゃんは、どんな話を？」

「最近、ちょっといろいろと変調があったらしい。家族……きっと、息子の奥さん、つまり、嫁、ということだと思うけど、『病院に行かないか』、と言われて、ま、本人も少し自覚があったらしいけど、で、病院に行ったら、痴呆の初期だ、と言われたらしい。で、これがなかなか辛いんだ、という話をしてた」

「……なるほど。……そうやって、いきなり声を掛けて、そういう話をする、ということがそもそも……」

「どうかな。それはちょっと違うように感じたな。こうやって話すと、確かにいささかピントがずれてる感じがするけど、近藤さんは、ごく自然に対応してた。……彼にとっては、知らない人間……ま、お婆ちゃんとか、そういう人にいきなり話しかけられる、ということはごく普通、全然珍しいことじゃない、という感じだったな」

「そうですか」

「ま、それで、その時は終わったわけだ。西口さんは、話題のとぎれ目で、ふと出て行った。で、またしばらく飲んでたら、近藤さんが、小指……」

「ん？」

「いや、そうじゃなくて、じゃ、とりあえず、ススキノでちょっと本格的に飲むか、ということになって」

「なるでしょうね」

警官は、また酒飲みの顔になって、嬉しそうに頷いた。

「で、大通駅に向かったら、またどこからともなく西口さんが現れて、なんとなく俺たちと一緒に改札を通って、ホームに降りた」

「それは？　理由は？」

「ごく普通だ。帰るところだったらしい。自宅は、中郷通り商店街、最寄り駅は南郷七丁目。顔馴染みを見つけたので、ごく普通に一緒になった、ということかな」

太った警官は、納得して頷いた。「で？」という感じで眉毛を持ち上げる。

「で、ホームで電車を待っていたら、いきなり、下に落ちた」

「事故？」

「いや、誰が触ったわけでもない。西口さんが、自分から飛び下りたわけでもない。なんか、フラッとよろめいた、というか」

「ふん……よろめいた」

「で、落ちた、と思ったら、もうすでに近藤さんが飛び下りてた」

「地下鉄は、どこら辺まで来てましたか」

「それは……ああいう時の記憶ってのは、大袈裟に再構成されるもんだろうから……、ま、正確には言えないな」

「じゃ、誇張された記憶でもいいですから」

「もう、ぎりぎり真正面、という感じだったな。今思うとね。少なくとも、俺は飛び下りることは不可能だったな」

「……すごい人ですね」

「近藤さん？」

警官は無言で頷く。

「ま、そうだね。俺も、今になって、つくづくすごいな、と思ってる」

「実際には、記録された映像では、西口さんが落ちてから、そこを車両が通過するまで、二十秒ちょっとあったんですけどね」

「あ、そう。もう映像は見てきたんだ」

「ええ。だから、映像で見ると、なんだか間延びしてるんですけどね。奥の方でひとり、ポトンと落ちた、もうひとり、ポンと落ちた、ひとり助けた、車両がブレーキを掛けながら突入、と。ま、ごく淡々とした映像で」

「そうですか」

「それだけにね。すごい映像ですよ。自分にはできないな、と。そう思いますね」

俺は黙って頷いた。

それから、状況説明の補足のような細かいことを幾つか聞かれた。それで、俺の事情聴取は終わったらしい。

「ええと、……それで、近藤さんの連絡先は御存知ですか」

「さっき名刺を貰ったけどね」

警官が手を差し出そうとした。

「でも、これを他人に教えていいかどうかは、改めて確認しないとね」

警官が眉をひそめた。

「いや、しかし」

「個人情報の取り扱いは、慎重に、ってね」

「それは、そうだけど……」

「あの人は、業界団体に入ってるはずだ」

「え？」

「よく知らないけど、イラストレイター協会とか、デザイナー協会とか、そんなのがあるんじゃないかな」

「なぜ？」

「そういう団体に入って、それで国民健康保険組合に加入している、と。そんなような話をしてたから。だから、きっと加盟団体はサイトを作ってるだろうから、そこの名簿欄かなにかで、住所は確認できるんじゃないか？」

「……」

「あと、グラフィックデザイナー年鑑とか、そんなのにも載ってるだろう。あ、もちろん、北海道年鑑には確実に載っているだろう。掲載拒否をしていない限りは」

警官は、イヤな顔をして横を向いた。

「私も、メールで近藤さんに聞いてみるよ。警察に連絡先を教えていいかどうか。問題ない、という返事だったら、……どうする？」

太った警官とパソコン警官は、顔を見合わせた。パソコン警官が小さく頷いて、パソコンのバッグから薄い名刺入れを取り出して、一枚寄越す。俺もお返しに、自分の名刺を渡した。〈北海道警察　奈良本琢磨〉とあって、その他にはメールアドレス、携帯メールアドレスしか書いてない。氏名の読み仮名も書いていない。裏返してみると、真っ白だ。職務上の名刺ではなく、この奈良本警官が自費で作った名刺なのだろう。ま、こういう名刺もあっていい。だいたい、俺の名刺も、こんなようなもんだし。

「なんと読むんだ。ナラモト・ブタマロか」

「それ、豚って字じゃないですよ」

「わかってるよ。タクマ君、でいいのか?」

「そうです」

「このアドレスにメールすればいいんだな?」

「はい。よろしくお願いします」

「じゃ、そのパソコンから、私のアドレスに、空メールを一通、送っておいてくれ」

「あ、このPCはネットには繋いでないんですよ。でも、わかりました。あとでケータイから空メールをお送りします」

「よろしく」

＊

あたりはもう、すっかり暗くなっていた。秋がどんどん深まっている、そんな時期だ。ついこの前まで続いた、記録的な暑い夏が、なんだか遠い昔の出来事のような感じがする。テレビ塔からススキノまでは、歩いても十分ほどだ。当然足が向かって不思議じゃないが、どうもちょっと気が進まなかった。近藤と飲んだ立ち飲みの酒が、中途半端に額からミゾオチのあたりに漂っている。後を引くのか、もう味わいが濁ってしまったか、どちらとも言えない微妙な混じり具合で、飲まないのは寂しいが、飲むと無理している、という感じになってしまう、そんな調子だった。

こういう時は、一度キレイに冷ましてから飲む方が、気持ちよくなれる。

そんなようなことを考えながら、ブラブラとススキノ方面に進み、ススキノの東側を通過して、外れにあるビルの、俺の部屋に戻ってしまった。

ま、それはそれでいい。それに、麻生や大通駅で体を動かしたせいもあって、汗もかいたし、スーツにもシワができた。

スーツとシャツを脱いだ。で、クリーニングに出す袋の中に押し込んで、ベッドに腰掛け、脇のデスクに置いてある、二十世紀に製造されたパソコンに向かって、メールをチェックした。ほとんどが不特定多数を相手にした迷惑メールで、迷惑メールフォルダに自動的に遺棄されている。受信ボックスには三件、知り合いからの酒の誘いのメールだった。〈華〉からのメールに、今夜、遅くに行く、と返信した。

それから、近藤雅章の名刺のアドレスにメールを送った。

〈近藤雅章様

先程、立ち飲みで一緒に飲んだ「タカハシ」です。西口さんのようすはどうでしたか。また、近藤さんの小指はどうでしたか。

私は、警官に状況を説明しました。なにかの間違いで、ふらついて落ちたようだ、というように話しました。警官は、近藤さんの話も聞きたがっていますが、どうしますか。住所などを教えることの可否を知らせてください。名刺を見せてくれ、と言われましたが、近藤さんがOKと言ったら教える、と返答して、まだ教えていません。

担当警官は、態度は良好です。悪い人間ではない、と感じました。ま、裏金作りには加担させられているんだろうけど。そのことを、恥じているタイプだ、と感じましたが。なんの根拠もない、ただの印象ですが。

それから、御都合のよろしい折、飲みませんか。西口さんのようすを知りたいし。

御検討の程、よろしくお願いします〉

受送信ボタンをクリックして、シャワーを浴びた。

バスタオルで髪をゴシゴシやりながらメールチェックをすると、近藤雅章からの返信があった。

〈メール拝受。私の小指は、小さなカケラが欠けた、と云うことらしいです。剝離骨折と云うらしい。痛み止めと消炎剤を処方してくれて、そのほかに簡単なギプスを作ってもらって、それで終了。

それにしても、西口さんのことが気になりますな。

私の住所などは、警察に通知して頂いても構いません。

明日お忙しいですか。

もしもお時間おありでしたら、ちょっといかがですか。鴨鴨川の川端に、ボロい木造のウマい鰻屋があるのですが、御存知ですか。これから冬に向かって、鰻がどんどんうまくなる時期です。十九時頃から私はそこで飲んでますが、いらっしゃいませんか〉

行く、と返信した。

＊

ペンシルストライプのダブルのスーツを着て、部屋から出た。駅前通りの交差点を斜めに渡って、ススキノ市場のクリーニング屋に、さっきまで着ていたスーツを出して、果物屋でゴールデンキウイを十個買った。

で、キウイのビニール袋をぶら下げて、歩いた。〈ハッピービル〉まではいささか距離があるので、タクシーを拾ってもいいのだが、今回は歩くことにした。

人間、少しは歩かなきゃな。運動不足で、咄嗟の時に飛び下りるのが一瞬遅れる、なんてのは、カッコワルイだろ。

6

ススキノの南西外れにある〈ハッピービル〉は六階建ての細長いビルだ。見ただけで、いろいろと無理して建てたな、ということがわかる。これが、桐原組の自社ビルであり、根拠地であり、組長の桐原満夫の住処だ。一階がサラ金〈マネー・ショップ・ハッピー・クレジット〉の店舗と事務所で、二階に部屋住みの若い連中の寮と当番部屋がある。で、三階が組の事務所で、四階の半分が会議室、五階・六階が桐原の居室だ。

四階の半分は、相田の病室、というか寝たきりになった相田のための部屋だ。相田は桐原の側近だった男で、数年前、脊髄小脳変性症という神経難病の症状が出た。原因も治療法もわからない病気だ。発症した時は、足がふらついたり、言葉がもつれたりする程度だったのが、急速に悪化して、検査入院などを何度か繰り返したが、あっけなく寝た切りになってしまった。で、桐原は、このビルを建てる時、相田の部屋を特注した。寝た切りの病人を看護し介護するさまざまな機能が揃っているのだ、と言っている。

二階の当番部屋は、日《にち》当番の若い者《もん》が寝起きし、詰めるための部屋だが、桐原組の場合は、日当番の連中は、掃除や客のもてなしなどの用事の合間、普通なら当番部屋でテレビやゲームをしているような時間に、相田のベッドの脇で麻雀やトッカンなどをやって過ごす。相田が眠ると、麻雀などは中止して、ひっそりとケータイをいじり始める。

そんなわけで、ヤクザの事務所の当番部屋は、どこでも独特のニオイがあるもんだが、桐原組のハッピービルには、それがない。

俺は、店舗入口は避けてビル裏手のドアの前に立った。インターフォンを押して、ポッと灯る赤い小さな光を見つめる。

「合言葉でも言うか？」

俺が言うのと同時に、プッと音がしてロックが外れた。ドアを開けて中に入ると、そこは小さなエレベーターの内部になっている。ボタンを押して、四階まで上がった。

＊

相田は、介護用のベッドに体を預けて、上半身を起こした形で、斜めに寝ている。俺を見て、瞬きをした。歓迎してくれたのだろう、と俺は勝手に思う。

もうだいぶ前から、相田は喋らなくなった。申し訳ないと思うが、言っていることがわからないのだ。それで聞き返すと、がっかりした顔でそっぽを向く。そのうちに、喋らなくなってしまった。今では、相田は桐原にしか喋らない。桐原は、相田が喋ることを理解できる。でも、相田が口を利いてくれないにしても、俺のことを嫌っているわけではない、と俺は勝手に思っている。だから、月に一度くらい、最近の出来事を話しに来る。相田はなにも言わないが、喜んでくれている、と俺は勝手に思い込んでいる。

ちょっと前までは、眉毛は動いた。体が動かなくなり、顔の表情筋のほとんどが動かなくなると、眉毛の動きが、実に雄弁になるのだった。歓迎や、喜びや、不満や、疑問、賛成、反対、それらを、眉毛の動きは表現した。

だが、今はもう、眉毛を動かすのも一苦労であるようだ。相田は上体を起こした、斜めに傾いた姿勢で、無表情に静かに、そこにいる。ピクリとも動かない。だが、頭はしっかりしていて、なにかをしきりに考えているのだ。だが、それを表現する方法はない。桐原は、眼球の動きとか、呼気とかで操作するパソコンを導入しようと熱心に勧めたことがある。だが、相田はそれらにほとんど関心を持たず、「い〜うわぁ〜」と答えるだけだったそうだ。その声は、桐原によると、「その必要はない、俺は要らない」ということらしい。

初めて見る若い者が、ゴールデンキウィ四個をそれぞれ二つに切って、皿に盛り、トレイに載せて運んで来た。真面目な顔つきの、高校中退くらいの年頃の子供だった。相田のベッドの脇にある小さなテーブルにトレイを載せ、持って来たスプーンを手に、「失礼します」と一礼して、キウイを一口、相田に食わせようとした。

「おい、エプロンを忘れてるぞ」

俺が言うと、若いのは激しく動揺し、あたふたとあたりに視線を飛ばし、壁際のチェストに駆け寄って、そこから洗いたてのタオルを持って来た。小刻みに震えながら、「失礼しました」と小声で言って最敬礼し、相田に「失礼します、お着けします」と緊張した声で言い、また最敬礼してから、喉の周り、顎の下、胸のあたりにタオルを敷き広げた。

「なに怯えてるんだよ」

「いえ、あの！」

それだけ答え、また最敬礼して、キウイをスプーンでえぐり、えぐったものをスプーンで小さく半分にして、「どうぞ」と言って相田の口許に持って行く。相田は震える唇を、ゆっくりと、少しずつ開いた。若いのは小さな隙間に静かにスプーンを入れて、「スプーン、出します」と言い、静かに引き出した。

相田の口が動いて、キウイを味わっているのがわかった。上下で噛むほかに、舌を動かして、果肉を押し潰しているらしい。目玉を動かして、俺の方を見た。目尻が、少し緩んだような気がした。喜んでいるような気がした。ま、これも、俺の勝手な思い込み、あるいは希望的な勝手な解釈かもしれないが。

　若いのが、慎重な手つきで、ゆっくりゆっくり、キウイを食べさせる。

「桐原は出かけてるんだってな。さっき、川端から聞いた」

　相田が俺の方を見て、口を動かしながら、瞬きをした。

「ま、別に桐原に会いに来たわけじゃないから、それはそれでいいんだけど。面白いことがあってな」

　相田はまた瞬きをした。

「ちょっと、一杯、貰う」

　窓の脇に造り付けのオークのキャビネットがあって、その中にいろんな酒が入っている。もちろん、当番の若い者は、触るだけでも半殺しの目に遭う。

　細身のシャンペングラスにアードベックを半分注ぎ、脇の冷蔵庫にコントレックスがあったので、それを満たして、ベッド脇の椅子に戻った。

「近藤雅章ってイラストレイター、知ってるか。俺よりも一回り年上、……還暦過ぎてるかな。ちょうど桐原と同じくらいの年輩だ」

　相田は、じっと俺の目を見ている。近藤を知っているのかどうかはわからない。それはともかく、俺は、さっき経験した、西口さん救助事件のことを話した。近藤が、まったく躊躇せずに即座に飛び下りたこと、そして、俺は、呆気にとられたのか、驚いたのか、運動不足のせいか、全く体が動かなかったこと。……呆気にとられたんでもなくて、驚いたのでもなくて、不意打ちで頭が真っ白になったのでもなくて、おそらくはきっと、俺は自分の命が惜しかったんだろう。今になると、そのことがわかる。そして、近藤は、つくづくすごい奴だ、と思う。こんなことがあったんだよ。自己嫌悪、とまでは行かないが、なんか、近藤って奴に、俺は完敗したなぁ、というような思いでさ。しかし、……世の中には、すごい奴はいるもんだなぁ。

俺が話している間、相田はじっと俺の目を見ていた。俺が語り終えた、と感じたんだろう。何度か瞬きをした。

相田が、喜んでいるのが感じられた。今となっては、自分には実行することが不可能な、そんな痛快な行動を実行した、近藤というイラストレイターのことを気に入って、そして憧れているのがわかった。

「あんまりだ、と俺ですら思うような狂暴な暴力オヤジでな。で、だらしない酔っ払いなんだけど、……すごい奴だ」

俺が言うと、相田の目が、嬉しそうに輝いた。

若いのも、いつの間にか手を止めて、俺の話に聞き入っていた。キウィは、一個半が相田の腹の中に消えた。もうとりあえず今はこれ以上食べる気はない、という感じだった。

「それ、冷蔵庫に仕舞っておいたらどうだ？　そうやって手に持ってると、邪魔だろう」

俺が言うと、はっとした顔で俺を見て、それから膝に置いた皿の上の切ったキウィを見て、相田の顔を見て、そして皿を手に取って慌てて立ち上がった。

「失礼しました！」

またもや最敬礼をして、冷蔵庫の方に行く。

「なんなんだ、あいつ」

もちろん、答えを求めて言った言葉じゃなかった。だが、相田の目を見て、自分が相田の答えを気にせずに、独り言を言った、ということが、どんなにこの場合、酷いことか、身に沁みた。相田の目が寂しそうなのが、辛かった。

失敗した。

俺はとりあえず気を取り直し、近藤雅章と初めて出会った、地下鉄車両内での出来事を話した。その脇で聞いていた若いのが、この話を気に入ったらしい。それまで怯えた死に損ないのカエルみたいだったのが、途端に目が活き活きしてきた。相田の目も面白がっているように俺は感じた。

「なぁ、ひでぇオヤジだろ」

若いのに言うと、そいつは途端に怯えて、慌てて、緊張して、「あ、そうですね」と視線を逸らす。

なんだ、こいつは。

そんな調子で、ダラダラと九時前まで時間を潰したが、桐原は結局帰って来なかった。どこでなにをやっているのか、知っている者もいないらしい。幹部連中もほとんど出払っているようだ。夜掃除を終えた当番たちが、相田のベッドの周りに屯《たむろ》し始めた。今夜はトッカンで遊ぶらしい。そいつらに、強張った背中を向けて、さっき相田にキウイを食わせた、初めて見る若いのが、ベッドの脇に控えている。

俺は立ち上がった。

「じゃ、帰るわ」

「お疲れ様でした！」

当番連中がバラバラに立ち上がって、御辞儀をした。さっきからいる若いのも、慌てて立ち上がって、最敬礼している。

「ところでお前、俺とは初対面だろ」

「あ、はい」

「誰も俺に紹介しないってのも変だけど」

当番連中を見回したが、みんなキョトンとした顔で黙っている。

「ま、お前もお前だ。自己紹介くらい、しろよ」

「あ、はい。……あの、イシガキと申します」

で、その後にセリフが続くかと思ったが、それだけだった。

ま、いい。

「じゃ、川端に挨拶して、帰るから」

「お疲れ様でした」

相田の目が俺を追っていた。俺は、ひとつ頷いて、その視線を後にした。

階段で三階に降りた。

事務所にもほんの数人しかいなかった。幹部連中も出払っていて、去年、桐原に許されて一家を構えた川端組の川端弘泰が、当直責任者として残っているだけだった。その他にいるのは、川端組の若い連中が五人。

「じゃ、帰る」

俺が言うと、川端が「お疲れ」と頷いた。川端は、わりと上等な、しかし地味なビジネス・スーツを着ている。銀行の支店長で充分に通用する見てくれだ。

「ところで、上にいる、イシガキってのは、ありゃなんだ？」

「よくわからん。オヤジが、ついこの前、ススキノで拾って来たらしい」

「モノになるのかな」

「……いい年をした引きこもりなんだそうだ。ガキっぽく見えるけど、あれで二十四、とか言ってた。苦労して受験勉強して、北大に入って、一年の夏休みに、なにがあったのか、家から出なくなったらしい」

「そんなもんまでリクルートするのか、今は」

「いや、組に入れたんじゃない」

「？」

「引きこもっていた間、ずっと家の中で、寝た切りのバアサンの介護をしていたらしい」

「自分の？」

「らしい。俺もよく知らんが」

「自分の祖母の介護をしていた、と」

「そうだ。で、可哀相に、そのバアサンが、ついこの前亡くなったらしい」

「……」

「で、ちょっとおかしくなった、というのかな。今度は、家に帰らなくなって、ススキノの周りをうろつくようになった、と」

「なんで」

「そりゃ、食い物が豊富にあるからだろ。で、夜は中島公園で寝てたらしい」

「第一段階だな」

「入口だ。で、なにがどうなったのか、オヤジが声かけたんだな。何度か見かける顔だけど、なにやってんだ、と」

「ほぉ」

桐原は、パッと見、陽気で派手なオヤジ、という感じで、その気になれば、初対面の五秒で、相手を自分の懐に引きずり込むことができる。つまり、典型的なヤクザだ。

「で、身の上を聞き出して、そうか、と。そういうことか、と。話はわかった、と。でも、あんたも若いんだから、このままでいいとは思ってないだろう、と。人間と生まれたからには、人の役に立って、初めて社会的に価値ある存在になるのだ、と」

「目に浮かぶな」

「ああ。あの手で説得して、連れて来たんだな。ウチに、寝た切りの病人がひとりいるから、面倒見てくれ、と。あんたの、その優しい心と、お婆ちゃんを看取った経験が、求められているのだ、と」

「……でも、ずっとヘルパーがついてるだろ？」

「……昼間はな。……ま……実はこの前、……ある事実が判明してな」

「ある事実か」

大袈裟に。

「ああ。……実は、カシラ、オレらにオムツを換えられるのが、死ぬほどいやだったらしいんだ」

「……」

「ヘルパーのオバチャンは、ま、八時五時だからな。それ以外の時は、当番や、オレらや、オヤジがオムツを換えてたわけだ。それと、姿勢転換な。……それが……どうやら、カシラは、それが実は死ぬほどいやだった、と。そのことを、とうとうオヤジに打ち明けたんだな」

「……」

「だから、オヤジは、ヘルパーと交替で、カシラの介護をする人間を連れて来たわけだ。身内じゃねぇ、完全な他人だ」

「はぁ……」

「それが、あのイシガキだ」

「ここがどういう場所か、わかってなかったのか」

「そうらしい。威勢のいい、人の善い、中小企業の社長の家で、お婆ちゃんの面倒を見る、みたいなイメージで来たらしい。ところが、ま、オレら極道がずらっと並んで、『よろしくお願いします』やっらまったもんだから、顔面蒼白で震え始めた」

「……それでも、毎日来てるのか」

「いや、ここに泊まることもある。とにかく、家には帰りたくないらしい」

「……」

「あれでも、だいぶ使さが取れてきたんだぜ。最初の頃は、挨拶するだけで涙ぐんでたんだからな。最近は、自分から、『おはようございます』なんて言うんだから、立派なもんだ。人間、幾つになっても成長できるってのはホントだな」

真面目な顔で、自分の言葉に頷いている。

「しかし、あんなに緊張して、怖がってるのに、なぜまたここにいるんだろう。やっぱり、家には帰れないのかな。それとも、バイト代が欲しいのか。いくらか知らないけど」

「まぁ……それもあるかも知らんが、……イシガキは、自分がいなくなったら、カシラが困る、と思って、……きっと、……我慢してんだよ。どうやらよ、……あいつはよ、そういう人間らしいんだ」

終わりの方は涙声だった。右の掌で、鼻のあたりをゴシゴシこすりながら、鼻水をすすった。そして、「カ〜ッ」と喉の奥を鳴らし、鼻水と痰を一緒くたに、「ペッ」と吐き出した。汚いネバネバは、シャープな直線を描いて飛び、デスクの脇の屑籠の中に正確に収まった。練達の技であった。

7

「わかったわ」

「自分にがっかりしちゃったのね」

華が言う。

「……そうあっさりと理解されると……」

「じゃ、『全然わからないわぁ！』……これでいい？」

俺は思わず苦笑した。

「でも、あなたと比べる比べない、は別にして、確かにすごいね、近藤雅章って」

「そう思う」

俺が頷くと、華は俺の腕の中で体をほどき、俺の右腕と右脇の間から自分の左腕を伸ばして、俺の背中に腕を回し、力を入れて、俺の胸に自分の胸を押しつけた。そして、俺の顎の下に、自分の頭を収納する。俺の胸に左頬を押し付けて、囁いた。

「でも、気にすること、ないわ」

「気にしてるわけじゃない。でも、……あの時、あそこに俺がいて、でも近藤がいなかったら、西口さんは、死んでた」

「そういう考え方は、単純なオバカさんみたいよ」

華はクスッと短く笑って、俺の胸を固い尖った舌でチラリと舐めた。

「どうして？」

「あなたがいて、西口さんがいて、そして近藤さんだけがいない、という状況はあり得ないでしょ。この場合。あなたが近藤さんと会わなかったら、ふたりでお酒を飲まなかったわけだし、そしたら西口さんも、あなたに近寄らなかったわけだし。だいたい、その出来事の時、本来なら、あなたはススキノで飲み始めていたんでしょ。近藤さんに出会わなかったら」

「……まぁ、そうだ」

華は、俺の背中をポンポン、と軽く叩いた。

「ね？　歴史にifは禁物、ってのは、平凡でダルな言明だけど、ま、そういうこと。起きたことは、無意味だけど、必然なの。その必然について、あなたと近藤さんは、西口さんを救うために、神から遣わされた、と思いたがるキリスト教徒もいるかもしれないし、これ須《すべか》らく因縁なるべし、なんてオチを付けて、それで事足りる坊さんもいるだろうけど、全部、無意味。起こったことは起こったこと。なんの意味もないけど、必然なの。あるいは、必然だけど、無意味なの」

俺は、顎を引いて、華の大きな瞳を見た。華も、瞳を動かして、俺の目を見た。フフフ、と静かな笑顔で笑う。

「ふたりでお店を閉めて、後片付けをして、ふたりでこのお部屋に来て、シャワーを浴びて、裸でベッドに入ると、あなたのペニスは大きくなって固くなる。私は、濡れる。これも、なんの意味もないけど、必然なんだわ」

「全然違うよ」

俺はそう言って、体を捻って、裸の華の上に自分の体を重ねた。両肘をベッドについて、体重を支え、仰向けになった華の顔を見下ろした。華は、すんなりと延びた鼻筋をすっと持ち上げ、顎を上げて、俺に無防備な細長い喉を見せた。

俺は、その喉にひとつ口づけをして、唇で華の胸、腹、などを撫でながら、徐々に体を下にずらした。

＊

華は、ススキノの近くの賃貸マンションの一室に住んでいる。俺が住んでいるような古いビルではなく、最近あちこちに建ちはじめた、都心型の新しいマンションだ。華は、この部屋からつい目と鼻の先のビルの最上階、タパスとシェリーの店〈バレアレス〉のフロア・マネージャーで、オーナーだ。ひょんな事で知り合ったが、お互いに、相手のことはほとんど知らない。俺は、華の歳すら知らない。なんとなく三十代終わりくらい、と感じているが、実際のところはどうなのか。まさか俺より年上、ということはないだろうが。

……それならそれでもいいけど。ただし、十八歳未満だったら、とんでもないことになる。

ま、それはともかく、華は俺の歳け知っているはずだ。なにかの拍子に、今年で五十になった、という話をしたことがある。お互いが、今までどんな風にして生きて来たのかも知らない。ただ、「松江」という名字が、別れた前夫のもので、生まれた時の名字ではない、と聞いたことがあるだけだ。華の方は、俺に息子がひとりいる、ということを知っているらしいが、そのことについて、特に話し合ったこともない。

俺は、華に会いたくなったら、〈バレアレス〉に行く。そして、ふたりでそんな気になったら、華の部屋でゆっくり過ごす。華も、俺に会いたくなったら、メールで「来ない？」と寄越す。行けたら、「行く」と返事して、同じく〈バレアレス〉に行く。

思い出した。

「華」

「ん？」

「明日の夜も、もしかしたら、店に行くかもしれない」

「ひとりで？」

「いや、その近藤さんと」

「あら」

「なにしろ、出会った時の酒が中途半端だからさ。だから、再挑戦するわけだ」

「男の人って、そういうの、好きね」

「……性別には関係ないだろう、別に」

「そうかな。……普通、女はそんなことしないな」

「ま、それはそれとして、どうやら鰻を食わせてくれるらしい」

「秋の終わりの鰻。いいわね」

「で、その後」

「お店に来る？」

「流れがそうなったら」

「いいわね。楽しみ。待ってるわ」

俺は、華を軽く抱き締めてから、力をほどいた。

「ね」

「ん？」

「私って、友だちに見せたくなる、そんな女？」

つまらないことを言い出した。

「もちろん」

華は目をつぶったまま、深い溜息をついて、軽く唸った。

8

部屋に戻ったのは朝八時。いろいろあってあまり寝られなかったので、一階の〈モンデ〉でスーパー・ニッカをストレートで二杯飲みながらクロックムッシュを腹に入れて、そのまま眠るつもりでエレベーターに乗った。

部屋に入ってメールチェックをしたら、Takuma Naramotoから着信があった。

〈お疲れ様です。

本日は、いろいろとありがとうございました。また、おふたりの命懸けの人助けに、一同感激しております。

西口さんは、大腿骨の付け根、専門家によれば大腿骨頸部に軽度の骨折がある、とのことです。本人は疼痛もなく、ほぼ自由に歩けるため、入院を拒否しましたが、息子さんにより、なかば強引に、現場から至近の、テレビ塔大通病院に入院、経過を見ているところです。とにかく、大怪我もなく、命に別状なく、なによりでした。

御家族、息子さんですが、おふたりに是非お礼を言いたいので、連絡先を教えてくれ、と頼まれております。また、私ども北海道警察、並びに札幌市消防局からも、一言お礼を申し述べたく、御連絡先を御教示下さいますようにお願い申し上げます。

また、近藤雅章様の御連絡先については、御本人のご同意は頂けましたでしょうか。御連

絡の程、何卒よろしくお願い申し上げます〉

　すぐに返信した。近藤にこのメールを転送する、もしも彼がＯＫと考えたら、自分で直接、奈良本さんに連絡するだろう。また、西口さんの家族との面接や、道警・消防局への連絡なども、近藤雅章の判断に任す、とにかく、助けたのは近藤雅章で、私はただ手伝っただけだから、と書いて送信した。それから、ちょっとした挨拶を付けて、奈良本のメールを近藤のアドレスに転送した。

　ベッドに潜り込んで、足りなかった眠りを味わった。それでも、十時を過ぎたら、もうそれ以上寝続けるのが難しくなった。で、歯を磨いてジーンズと長袖のトレイナーを着て、札幌駅までぶらぶら歩いた。北口の近くにある映画館で、「今村昌平特集」を上映していたので、『人間蒸発』を観た。メタ・ドキュメンタリーとして、時代を遥かに超えていたのだな、と感心した。

　いい映画だったが、それとは無関係に、なんだか、不意に世界がつまらなく、寂しくなった。秋が深まっているからだろうか。寒さが増してきたからか。それとも、俺が五十を過ぎたせいか。

　変だな、と不思議な気持ちになった。こういう時は、サウナに行くのが一番だ。酒を飲むのもいいが、なにかの拍子に酒が曲がり角で間違えて、迷路に迷い込み、世界がどんどん悪くなることもたまにある。その点、サウナにはそんな心配はない。ということはまた、サウナの味わいは、酒よりも薄っぺらだ、ということだが。ま、そんなことはどうでもいい。それに、サウナのロビーで眠ってもいい。気分がパッとしないのは、寝不足のせいもあるかもしれない。

俺たちは、いい時代に生まれた。抗生物質があり、よく効く痛み止めがあり、手術も大概は麻酔が有効だ。酒は洗練され、夢のようにうまいスピリッツがあり、その上にサウナまである。それらの幸せに比べたら、核兵器の悲惨さも、ジャンジャウィードによる虐殺も、こども兵士の悲惨も、肩をすくめてやり過ごすことも不可能ではない。……胸はものすごく痛むけどな。滅茶苦茶な話だ。

そんなことをぼんやり頭の中で転がしながら、俺はサウナの仮眠室のソファの上で、ややぐっすり眠った。

＊

午後六時半を過ぎると、もうあたりはすっかり暗くなっていた。部屋に一旦戻って、この前作ったスーツに着替えて鰻屋に向かった。

先月の今ごろは、蒸し暑くて唸っていたのだが、今は冷たい風が体にしみ込むようだ。鴨川が創成川に向かって曲がる、その傍らにポツリポツリと飲み屋や食い物屋が並ぶ一画がある。大きな柳の木が揺れている。近藤が言った鰻屋は、本当に古ぼけた、昔ながらの木造の建物だ。建物は古く、中もあまり清潔とは言い難いが、道行く人のミゾオチを、非常に強力に直撃する、非常に抵抗しづらいニオイをあたりに漂わせる、非常に旨い鰻を食わせる店だ。

暖簾を弾いて中に入ると、オヤジの威勢のいい「いらっしゃい!」と同時に、カウンターで飲んでいた近藤雅章がこっちを見た。ほどけるような笑顔になる。

「やぁ」

そう言いながら、隣に座った。

「先に飲んでた」

うざくを肴に、燗酒をちびちびやっているらしい。今は七時だが、すでに相当酔っている気配もあった。

俺はあまり燗酒は飲まないが、ま、ここはひとつ付き合おう、と思った。近藤が自分からこの店を指定した、ということは、奢る、というつもりなんだろう。じゃ、奢られよう。この店は、そんなに勘定が高い店じゃない。で、奢られるのなら、近藤が主人ということであり、ならば、主人の好みに合わせるのも客の嗜《たしな》みだ。

「燗酒をお願いします」

「燗一丁!」

小柄なオバチャンが威勢良く注文を通す。

徳利が来て、俺たちはゆっくり飲み始めた。

「小指は、どうだった?」

さっきから気になっている。右手の小指に、プラスチック製の板のようなものが包帯でくくりつけてある。

「付け根の剝離骨折、ということらしい。一週間もすればつながる、という話なんだが、固定しないと、おかしな向きにつながってしまうので、ギプスをしろ、ってことになってさ。それはちょっと困る。右手をギプスで固められちゃ、仕事がなにもできないからさ。そう言ったら、なんだかグニャグニャグニャした細長くて薄っぺらいコンニャクみたいなものを持って来てさ。あ、それが、これなんだけど」

「固いプラスチックの板だな」

「そうなんだけど、これが初めはグニャグニャだったんだ。で、それを、ここんとこに押し付けて、……あれ、なにやったんだろう。密封していたのを開封した、か、なにか、そんなことをしたんだろうな。なんだか、突然どんどん固くなってな。で、で、こういうふうに、このあたりの俺の右手の形にぴったり合った硬い板ができたわけ。で、これを、だいたい一日中、装着しておく、と。ただ、仕事中は、短時間だったら、外してもいい。そのかわり、仕事が終わったら、即座にまた包帯で固定すること、と。ま、そんなわけで、なんとか助かった」

「絵筆とか、色鉛筆とか、……なんというのか、専門家の言葉は知らないけど、そういう、筆記用具は、やっぱりよく使うのか」

「いやぁ……俺みたいなんでも、最近は、あまり使わなくなったな。……半々、てとこかな。パソコンで描くのと、実際に描くのと。でも、パソコンで描く時は、なおさらこの指は使うんだ」

「エンターキーを押すから？」

「まぁ、それもある」

「そうか。ま、とにかく、大怪我じゃなくて、なによりだった」

「本当は、自業自得なんだけどな。右手は大事にしなきゃならないのに。つい、田舎モンを見ると、……いや、酔ってた俺が一番悪いんだけどさ」

そうだそうだ。改めて思い出した。なんとなく、ついつい、この怪我は、西口さんを助けようとした時の「名誉の負傷」のような感じがあるが、実は地下鉄車内で、いきなりチンピラを殴った時のものだったのだ。大きな違いだ。

「まぁしかし、強烈な鉄槌だったね」

近藤は苦笑いを浮かべ、ふん、と鼻で自嘲した。

「気を付けた方がいいね。あんなことを続けてたら、そのうちに、絶対刺されるよ」

「わかってるんだけどね」

近藤は苦笑いをしながら、ギプスで小指を固めた右手で器用に猪口を口に運び、ゆるゆると熱燗を飲む。

「ところで、西口さんはどうなった？」

「警官からのメールは……」

「おう。転送してくれた、あれは読んだ」

「私も、あれ以上のことは知らないんだ」

「そうか。……ま、そりゃそうだよな」

「……あのメールには返信したの？」

「ああ。とりあえずな。……向こうも、困るだろうし。調書が作れずにさ。面倒なことはお断りだけど、必要な範囲では相手になるさ」

　俺は頷いた。思ったよりもマトモらしい。

「表彰するって件は、あれはどうする」

「ありゃぁ、煩わしいなぁ。できたら辞退したいけどな。……うん、そっちは辞退しよう。どうだ？」

「私は異存はないよ」

「ま、話が来る前に、こんなことを決めるのも気が早いかもしれないけど、俺はそういう方向で対処する」

　俺は頷いた。

「……じゃ、後は……」

「西口さんの家族からは連絡があるだろうな。会いたい、と言ってくるかもしれない」

「ま、それは私は会うよ。タカハシさんは、じゃない、どうする？」

「そっちは、近藤さんに任すよ。別に私はそんな大したことをしたわけじゃないし。……それに、家族に会うのは、ひとりの方がいいだろう。つまり、窓口をひとつにする方がいい。

よろけて落ちたんだ、というのは、……まぁ、……手っ取り早く言えば、ウソだからな。ウソの窓口は、二つにするよりは、ひとつにまとめておく方がいい。ふたりがあれこれ話して、つまらないところで食い違って、ボロが出てもつまらないいな」

しばらく考える顔をしてから、「そうだな」と頷いた。

「じゃ、それは、俺が受け持つ。……実際、なんで地下鉄に飛び込もうとしたのか、それはやっぱ、知りたいしな」

「そうだな」

「理由がわかったら、知らせようか？」

それはありがたい。確かに、俺も聞いてみたい。だが、ということは……

「西口さんに聞くの？」

「……うん。聞いてみたい。なにか困ってるんなら、話を聞きたい。……痴呆の症状が苦しかったんだろうか」

「さぁ……」

俺たちは黙り込んだ。あんな歳になって……と言っても、幾つなのか正確には知らないが……自殺を考えるほど苦しむ、というのは辛いなぁ。

「あとは……メディアにどう対応するか、だな」

俺が言うと、近藤も、そうだそうだ、と頷いた。

「特に、『あの近藤雅章』が、ということになるんだろうからな」

「そこだなぁ。……参ったね、実際。番組は、放っておいちゃくれないだろうな」

「そりゃそうだろう。とりあえず、在札全メディアから取材要請があると考えた方がいいな」

近藤は、はぁ〜、と溜息をついた。

「私はねぇ、そういうのが、一番キライなんだけどなぁ。……どうしようかな。仕事が全然できないよ」

「番組に、仕切ってもらったら？」

「ゴゴドゥに？」

？……ああ、思い出した。近藤雅章が出ている番組は、〈午後はＤＯ！〉というのだった。〈ＤＯ〉は、英語の動詞と、北海道の〈道〉の両方の意味を掛けているらしい。一瞬、俺がキョトンとでもしたのだろう。俺の表情を読んだらしい。ちょっと赤面して、右手をごまかすようにヒラヒラさせた。

「あ、失礼。俺の出てる番組のタイトルを、略して〈ゴゴドゥ〉と呼んでるんだ。内輪では。スタッフとか、番組のファンとかはさ。それで、つい……」

「ああ、わかる。わかるよ」

「ああ。……でも、番組にねぇ……」

「取材窓口を、番組にするとかさ。マスコミ対応は、番組に一任するとかさ」

「……う〜ん……そういうテもあるか。……でもなぁ。……スタッフに手間を掛けるし、番組以外のことで、あまり繋がりを持ちたくもなくてね。……俺はね」

「……」

「業界にどっぷり浸かる、という生き方をする奴もいるけど、俺はどうも、そういうのは好きじゃない」

言っていることがよくわからない。ま、ローカル・メディアの世界には、いろいろとなにかがあるんだろう。

「後はね、北海道日報の」

「キタニチ？」

「そう。北日の、札幌圏部の部長が、知り合いなんだ」

嫌われ者の松尾が、あちらこちら異動させられた挙げ句、今は報道局札幌圏部の部長という閑職の椅子に座らせられている。

「ほぉ」

「そいつを窓口にする、というテはあるな」

俺が言うと、近藤はちょっと考えて、言った。

「個人的な繋がりは、まったくなし、ということでうまくできるかな」

「できる、と思うよ。新聞やテレビは見た？」

「いや。テレビは、あまり見ないし。新聞は、とりあえず五紙取ってるけど、今日はなんだか面倒で開いてない」

「地下鉄大通駅で、女性がホームから転落した、と。で、近くにいた男性が飛び下りて、助けた、と。怪我人はない模様。そんな程度のベタ記事だ」

「ま、事実そのままだな」

近藤がホッとした口調で言う。

「だが、もちろん、これだけじゃ済まないさ」

「そうか」

「この段階では、警察が詳しい情報を持っていなかったから、こんな程度の報道で終わったわけだ。でも、メディアの連中は、西口さんや俺たちの情報をしつこく求めてるはずだ。で、何区の誰々、というところまでは発表するだろう。それが、おそらく、……明日の昼過ぎ、かな」

「私が、メールを返信したからだな」

「そう。近藤さんはきっと、明日の午前中には事情聴取に応じることになると思う。きっと、警官が自宅まで出向くだろう。そこで聴取した内容を判断して、午後には道警広報がネタを下ろす」

「……」

「そこで、メディアが驚くわけだ。『あの近藤雅章さんが！』ってわけで」

近藤はつまらなそうな顔で、「う～ん」と唸った。

「で、一斉にアプローチしてくる」

「そうなる前に……」

「そう。そうなる前に、北日の札幌圏部部長に詳しい話をして、情報をまとめさせておく。で、近藤さんに電話なりメールなりファックスなりでアプローチがあったら、『北日札幌圏部の松尾部長に全部話してあるので、松尾部長に聞いてくれ』と返事をする。メールやファックスを前もって用意しておけば、なおさら楽になる」

近藤はちょっと考えた。

「私と、その……カツオ部長？」

「松尾だ。松竹梅の松に、尻尾の尾」

「松尾。松尾」

真剣な顔つきで、何度か繰り返した。

「で、私とそのカツオ部長の関係は？」

「要するに、事件のことを聞いて、最初にアプローチしてきたのが松尾、ね、松尾部長だった、と。そんな話はいくらでも作ることはできる。札幌圏部部長ってのは暇だから、自分ですぐに現場に行った、と。松尾がね。松尾部長がね。なにしろ、北日ビルは現場に至近だからな。で、松尾が自分で目撃者なんかから話を聞いたら、例の有名人、イラストレイターの近藤雅章が助けたのだ、と知った、と。こりゃスクープだ。で、松尾は自分で直接取材した。で、その時に、近藤さんが、これからメディアの取材がうるさくなるだろうから、と取材窓口を一任した。で、松尾、松尾ね。あいつが引き受けた、と」

「なるほど……」

「で、あとはまぁ、そうだな、〈午後はDO！〉はテレビ局はどこだったっけ？」

「SBCだ」

「じゃ、SBCだけは特別に取材に応じる、ということにしてもいいし」

「ま、そうだな。それくらいは、必要かな。……ああ、俺、NHKにも一時レギュラーで出てたんだった」

「じゃ、NHKも別格でもいいけど」

「あと、HANの〈ドンピシャ〉にも、よく出るんだ」

「じゃ、SBCとNHKとHANは別格、か……？」

「……そうだな」

近藤雅章はしばらく考えた。

「いや、そう言えば、俺は札幌のテレビ局とは全部付き合いがあるんだ。各社に面識のある人間がいる。……そういうことを言えば、新聞社もそうだ。……参ったな。各社に、必ず、誰か彼か知り合いはいる。直接電話されたら、ちょっと断れないな」

「じゃ、……なおさら、窓口一本化は必要だ、と思うよ」

近藤はしばらくじっと考え込んだ。そして、頷いた。

「そうだな。名案のように思う」

俺は店のピンク電話を借りて、北海道日報報道局札幌圏部部長のダイヤルインの番号を回した。

すぐに、いかにも暇を持て余しているらしい、気怠《けだる》い声の松尾が出た。事情をざっと説明した。

「なるほど。ま、こっちはいつでも暇なんだ、とにかく。これから、〈ケラー〉に行こうと思ってたんだ」

「俺たちは、これから鰻を食うから……」

「一時間半後、でどうだ？」

「九時過ぎだな。了解」

受話器を置いた。こっちを見ていた近藤に「ということだ」と言うと、うん、と頷いた。

そこに、オヤジが大きな白焼きを一皿、持って来た。

「もう少しで、焼けるから」

旨そうな匂いが、一層濃くなったような気がした。

9

うまい鰻で満腹して、お互いに燗酒五合ほどでほろ酔いになって、俺と近藤は〈ケラー〉に行った。一枚板のカウンターの中ほどで、松尾がギブスンかマティニかなにかを飲んでいた。どちらなのかはわからない。松尾は、サーブされたらいきなりオリーブなり、オニオンなりを食べて、それから飲む、という飲み方をするからだ。

「サウダージ、お願いします」

岡本さんに頼んでから、松尾に言った。

「イラストレイターの近藤雅章さんだ」

「お噂はかねがね」

松尾がストゥールから降りて、名刺入れを取り出す。近藤もきちんと立って、名刺入れを出した。右手のギプスが邪魔臭いらしい。苦労して名刺を一枚引っ張り出した。

「初めまして」

「こちらこそ。当社も、いろいろと御世話になって……あの、去年の日曜版、例のリレー・エッセイの連載、あの時頂いたイラスト、あれはとても好評でした」

「ああ、そうですか。ありがとうございます。……でも、御社であのエッセイ集を発刊なさった時は、イラストは全部カットされましたけどね。いや、別にいいんですけど」

松尾がちょっと俯いた。

「……ああ……ま、当社の出版局は、……半端もんの集まりですから」

「いやいや、そんな」

近藤が「とんでもない」という感じで顔の前で左手をヒラヒラさせた。そのまま、強引に話題を変えた。

「済みませんね、ギプスなんかしてて。目障りでしょう。大した怪我じゃないんですけど、大袈裟にね。ちょっと、骨が欠けたんだそうです。医者が言うには」

「ご不自由でしょうね」

「いや、身から出た錆で」

そして、心配そうに見ている岡本さんに、「平気平気」と左手をヒラヒラさせた。

「この店は御存知でしたか」

松尾が尋ねる。

「ああ、ええ。何度か来たことがあります。讀賣新聞北海道支社のカワムラさんが教えてくれたんです」

「ほぉ……」

「御存知ですか、カワムラさん」

「ああ、お顔は」

松尾は真面目くさって答えた。堅気同士のジャブの撃ち合いってのは、脇で聞いてると面白い。

俺は松尾の右側、近藤が左側、と松尾を挟む形で座った。すぐに岡本さんが、俺の前にサウダージを置いてくれた。

「近藤さんは、なにを飲まれます?」

俺が尋ねると、近藤は手許に置いた松尾の名刺にチラリと視線を投げて、「松尾さんはなにをお飲みですか？」と尋ねた。

「マティニです」

「そうですか。……じゃ、私も同じく。……熱燗を飲んで来たので、口の中がちょっとベタベタするもので」

「畏まりました」

岡本が頷いた。

「ごく、スタンダードな。……ステアで……」

「承知しました！」

それからしばらく、酒についての雑談が続いた。近藤は、松尾に話しかける度に、手許に置いた松尾の名刺を見て、「松尾さんは？」とか「それは松尾さんが正しい」とかしきりに松尾の名字を口にしていた。

だが、そのうちに酒が徐々に回ってくると、結局松尾は「カツオ部長」「カツオさん」になってしまい、俺も「タカハシさん」になってしまった。

話題は徐々に移り、松尾がうまくリードしたせいもあって、俺と近藤の出会いについての話になった。こういう話を聞きながら、松尾は近藤という男について、あれこれと考えているのだろう、と思った。要するに、この男の話は信用できるかどうか、裏表のある人間かどうか、というようなことだ。松尾は決して、意図してやっているのではないだろう。ただ、きっと、人の話を聞き、必要な情報を聞き出す、ということで長年生きてきた男だから、そういうことが身に染みついているのだろう。

「しかし、いきなり蹴るってのは……」

そう言う松尾に、近藤は「いや、実際、反省してます」と殊勝な顔つきで頷いた。そして、「しかし」という表情になって、言葉を続けた。

「それにしても、いや、実際、田舎モンの不作法は、目に余るでしょう！」

酒の酔いもあるのだろう。悲憤慷慨、という口調で言って、それからポロリと呟いた。

「あれは、自家用車普及の弊害のひとつですね。いや、全く」

「自家用車？」

松尾が少し笑みを含んだ表情で、尋ねた。

「そうです。自家用車。あれが、諸悪の根源、田舎モンの発生源なんだ」

「札幌は偉大な田舎だ、と石川啄木は言いましたけどね」

「いや、ま、そりゃそうだけどさ。日本じゃ、どこだって、東京と比べたら田舎だけどさ」

ぞんざいな口調に、酔いがはっきりと出て来た。

「ま、おっしゃることはわかりますけど」

松尾が笑みを含んで言った。近藤は、うん、と頷いて、演説口調になった。

「そりゃま、とにかく、私も、自動車社会の恩恵を受けているし、自動車産業は、所得倍増政策時代の鉄工業や炭鉱産業同様の、国策産業、というか、国の基本だってことはわかってるさ。何千万の国民を食わせている、そして全国民が恩恵を受けている、そんな重大産業ですよ。基幹産業だ。そりゃ。私だって、もちろん、生活の隅々まで、そりゃトラックをはじめ、自動車の運搬力、というか物流によって、すべて支えられている、ということも自覚してるよ。でも、それはそれとして、とにかく、自家用車は諸悪の根源だっての」

「ほぉ」

「私はね、田舎のことは知らない。暮らしたことのある街は、札幌と、あとリスボンとバルセロナとニューヨークだけだから。あと、半年浅草で暮らしたことがあるだけ。……浅草か。はははは。田舎モン丸出しだな、俺。ね、タカハシさん」

「タカハシ?」

松尾が不思議そうな顔で俺を見る。

「いや、なぜかそうなったんだ」

俺の説明は、全く説明になっていない。松尾は片付かない顔をしている。それを近藤は全く無視した。

「ね、カツオさん、そうでしょ。浅草暮らしに憧れて、なんて、俺はやっぱ、もろ田舎モン丸出しだ。わはははは」

「はぁ……」

「とにかく、そんなわけで、田舎の暮らしがどんなものかは、知らない。でもとにかく、都会じゃ、自家用車なんて、無用の長物、邪魔っけなだけだ。そうでしょう!?」

「えぇーと……」

思ったよりも、近藤の酔いは深いようだ。松尾もちょっと持て余し気味になった。

「札幌には、ま、貧弱なりといえども地下鉄やJRがある。不便ではあるけれども、バスも一応走っている。それに、タクシーには自由に乗れる。自家用車に乗る必要なんて、全くない。あれは、田舎モンの乗るものだ」

「……」

「それに、いいですか、カツオさん。タカハシさんも。田舎モンは、自家用車の中で培養されるんだな」

「はぁ」

「我々札幌生まれの人間は、……あれ？　お二人、ご出身は？」

「札幌です」

「私も」

「よろしい。で、我々札幌生まれの人間は、小さな頃、親にびっしり仕込まれたでしょう。バスの乗り方、市電の乗り方。騒いだら叱られ、足を組んで座ったら叱られ、間を空けて座ったら叱られ。乗降口の近くに立ってたら、『他のお客さんの邪魔になる』と叱られて。大声で話したら、『自分の家の茶の間じゃないんだから、静かにしなさい』と叱られて。違いますか？」

「……まぁ……そんな感じでしたね」

「ところが、炭鉱がどんどん潰れて、農業も衰退して、そういう、街中《まちなか》での身のこなしやマナーを身に付けずに大人になった連中が、札幌にどんどん流れ込んで来たわけだ。そうでしょう⁉」

「でも、それは彼らの責任じゃないでしょう。生き延びるために、必死の思いで札幌に来たわけだ」

「そりゃそうだけどね。それは確かにそうだけど、景気の良い方良い方に、儲かる方に儲かる方に、政府の保護が手篤い方に手篤い方に、楽しようとして流れて行ったのは本人じゃないか。あれで、連中が奴隷で、政府や大企業に命令されて送り込まれて、その後、政策が変わって、あるいは会社が潰れて、遺棄された、ってんなら、同情の余地はあるさ。でも、彼らは、強制労働させられてた奴隷とは違うんだから。自分の意志で、一個人が、大人が、産業を選んで就職したんだから。そうでしょう⁉」

相当興奮している。

「ま、確かにそうかもしれないけど、……そんなことを声高に言っても、今更、始まりませんよ」

松尾が宥《なだ》める口調で言った。

「いや、ま、そりゃいいんだ。そういう話をしようとしてるわけじゃない。ただね、そういう風に、目先の端金《はしたがね》の後を追って、流れに乗って、些細な利益に踊らされながら渡り歩いて、街中の身のこなしを身に付けずに大人になって、そして大人になってから、これまた目先の端金と、公の補助金に頼って、都会に流れ込んで来た連中は、公共交通の利用法を、まともにしつけられなかった田舎モンどもだ、と言ってるんだ」

「ちょっとサルコジっぽいですね」

松尾が言ったが、これは近藤の耳には届かなかった。松尾の声が小さかったからではない。

「連中ができることは、自動販売機で切符を買って、改札を通過することだけだ。その後、ちゃんと階段も下りられないし、エレベーターもきちんと使えないし、ホームでも並べないし、その挙げ句、車内でどのようにして、人の邪魔にならないように振る舞うか、そういうことも知らない」

「俺も、東京に行くと、地下鉄が乗りこなせなくて、えらい苦労するよ」

俺が言うと、近藤はイヤな顔で応じた。

「そりゃそうだ。そりゃ、私だってそうだけど、そういうことを言ってるんじゃなくてさ。東京の地下鉄と札幌の地下鉄は、規模と量の違いだ。でも、田舎で育って大人になって都会に来た連中には、日常的な公共交通の利用、というものそれ自体が欠落してるから、まともに公共交通を利用できないんだ。いや、そもそも、街中では、人間は他人の邪魔にならないように気を付けるものだ、ということを知らない連中なんです。田舎で育った、ということは、そういうことだ」

「……」

「そういうことなんです！」

「はぁ……」

「で、そいつらは、自分の子供に、マナーをしつけない。そりゃそうですよね。自分たちが、そもそもマナーを知らないんだから。だから、街中での身のこなし、という伝統のマナーがすっぱりと切れちゃったんです！」

「はぁ」

「すっぱりと！」

「……ええ」

「すっぱりと！」

「……そうですね、確かに」

「すっぱりと！」

「……」

「……で、人の邪魔になっちゃいけないんだ、ということに気付くだけの想像力、というかな、そんなのもない、空っぽの頭の連中ですよ。連中は。あの連中！」

怒っている。

「でも、近藤さん、あなた、そんな立派なしつけを受けたのに、地下鉄の中で、人を蹴ったり殴ったりしちゃ……」

俺が言うと、近藤は、恥ずかしそうな笑顔になった。わりと気持ちのいい笑い顔だった。

「つらい！　それを言われると、実に、つらい！」

俺たちは思わず声を出して笑った。

「まぁ、あれです。正義を振りかざす者は、自己愛、全開状態ですから」

ちゃんとわかっているらしい。

「だから、いくらでも、平気で残酷になれる、というアレですよ。ナチス・ドイツや、文化大革命や、フツ族のツチ族虐殺とか。ま、正義ってのは、あんなもんです」

「ま、そうですね」

「……しかし……ま、話の流れですから、もう少しいいですか？」

まだ話し足りないらしい。

「ええ」

「まだ、自家用車の弊害まで話は行ってないもんで」

「ああ、なるほど」

「とにかく、都会の人間は、江戸時代この方、みんな歩いたんですよ」

「江戸時代は、田舎でもみんな歩いたでしょう」

そう言っても、近藤は無視して語り続ける。

「そのうちに、人力車だの電車だの、バスだの、公共交通を使うようになった」

「人力車も公共交通ですか」

「そりゃそうです。お抱え俥《ぐるま》を持てるのは、大金持ちだった。普通は、都会の住人は歩く。よくよくの時に、人力車を奮発する。今で言うと、高級タクシーみたいなもんでしょう」

「はぁ」

「で、そういう時、人力車にも電車にも、乗るための作法があって、それから外れると、野暮、と馬鹿にされた。親は、そういう作法を、子供に教えたわけです」

俺と松尾は頷いた。

「しかし、田舎から来た連中は、公共交通をあまり使わずに、自家用車に乗るようになったわけです」

「ま、田舎モンじゃなくても、普通に車は持ちますけどね」

近藤は聞いていない。勝手に喋り続けている。

「すると、いいですか、カツオさん、ここが大事なことなんだけど、自家用車の中、つまり、嫌いな恥ずかしい言葉ですけど、『マイカー』、その車内は、つまり、自分の家の茶の間なんだな。『外』でもないし、『ヨソ』でもない。『自分チの茶の間』。これがもう、諸悪の根源、田舎モンの淵源だ」

「……」

「僕ら子供の頃は、家の外は、『ヨソ』だったでしょ。たとえば、動物園に行く時なんか、ちゃんといろいろ用意して、よそ行きの服を着て、母親が弁当を作って、で、お出かけだ。家の玄関から出たら、そこはもう、『ヨソ』だ。ふざけたり騒いだりしたら、叱られる。バスを待つ。バス停でも、騒いだら、『茶の間じゃないんだから、静かにしなさい』と叱られる。バスの中でも、もちろん、ピシッとしてなきゃならない。ふざけたり、騒いだりしたら叱られる。延々とバスに乗って、乗り換えたり、歩いたりして、やっと動物園について、楽しく遊んで、そして帰りはまた、ピシッとしてなきゃならない。そうだったでしょ？」

「いや、ウチはそんなに厳しくなかったですけどね」

　俺が言うと、松尾が、「そうか？　ウチは、オヤジが厳しかったからな。バスん中とかでふざけて騒いだりしたら、容赦なくゲンコツ喰らったよ。いや、ホント、実際、そうでしたね」と近藤に頷いたりしている。

「いや、それが普通ですよ。カツオさん、それが普通。そうやって、都会では、街中での振る舞い方を教え込んだんです。街の中で、図々しく振る舞ったり、他人の邪魔になったりすると、それは、田舎モンとして、笑われる。だから、自分の子供が笑われたりしないように、都会の親たちは、立ち居振る舞いを仕込んだんだ。ねぇ、カツオさん」

「はぁ、まぁ……」

「タカハシさんの親もそうだったでしょう。で、それができない親は、『親の顔が見たい』と軽蔑されたんだ。でも、今はもう、そんなのがなくなった。これ総て、自家用車の弊害です。田舎モンの淵源です。幸せ家族のぬるま湯茶の間が、家の玄関から動物園の駐車場まで、トロトロと街ン中を走り回っているわけです。私の家では茶の間は、家の茶の間だけだった。それ以外は、たとえば、家から一歩でも外に出たら、そこは、外！　ヨソです、ヨソ！　しかるに、なんですか。今の田舎モンどもは、世界中、どこでも茶の間なんだ。それは、嫌いな言葉ですが、マイカーの車内が茶の間だからだ。田舎モンにとっては、世界はどこでも茶の間の延長で、だから連中は、電車の車両の床に座り込んで、大声で喋って、メールをして、椅子に座る時は足を組むわけです。茶の間だから。田舎モンがぁ！」

「ま、落ち着いて」

松尾が、共感に満ちた口調で、穏やかに言った。

「悪貨が良貨を駆逐するように、田舎モンは都市住民を駆逐するんです！」

「いや、しかし、まぁ……」

「都会人は、自分の生まれ育った街で、田舎モンに、多数決で負けてるんだ！」

思い出した。地下鉄の中で暴力を振るった時、近藤は酔っていたのだった。もしかすると、酔うと乱暴になるタイプの酒飲みかもしれない。ま、俺もその傾向なきにしもあらず、ではあるから、他人のことは言えないが、しかし、〈ケラー〉で暴れられても困る。

「ということは、あの西口さんなんかは、駆逐されていくひとりなんでしょうねぇ……」

俺が言うと、近藤は不意に落ち着きを取り戻した。

「ああ、西口さん。……どうして？」

「だって、あの人は中郷通り商店街生え抜きの人でしょ？　ま、要するに根っからの都市住人なんじゃないかな？」

口から出任せだが、ま、近藤をこの話題から引き離す役には立った。

「ああ、そうか。そうなんだろうな、きっと。……どうなったのかな。……なんで……」

そこで、話は西口さんの「転落」と、その救助の話に移った。松尾が、「ふんふん」と頷きつつ、時折質問を挟んだりして、熱心に聞いた。近藤は、「公式にはよろめいて転落、ってことになると思うけど、私の感じでは、あれは、死のうとして飛び下りたんだと思うな」

と言い、俺もそれに同意した。で、それはそれとして、報道では、よろめいて転落、ということにしてくれ、と松尾に頼み、松尾もそれは了承した。

「警察には、転落だと思う、と話しますから」

近藤は真剣な口調で言う。

「だから、お願いします」

そして丁寧に頭を下げた。

「で、窓口一本化計画なんだけど……」

メディアへの対応を、全部松尾に任せたい、引き受けてくれ、と頼んだら、すんなりと受けてくれた。助かった。

「暇だからな。充分に、適切に、対応するよ」

「ありがとうございます」

近藤が丁寧に頭を下げた。厳しい親に叱られ叱られ育った、いい子。そんな感じがして、妙におかしかった。

10

これから記事をまとめると言って、松尾はあっさりと切り上げて消えた。

「どうですか、タカハシさん、もうちょっと飲みませんか」

近藤がニコニコして言う。

「大丈夫ですか？　なんだか、怒ってましたよ」

「ああ、あれ。最近の悪いクセです。でも、気持ちよく爆発したんで、今夜はもう、大丈夫でしょう」

俺は、名刺に書いてあった近藤の住所を思い出そうとした。頭に浮かんでこなかった。

「近藤さんは、お住まいはどちらですか？」

「南区東明。山ん中です」

「ほぉ。……真駒内駅から、どれくらいありますか？」

「歩くと、平らな街を四十分、山道を二時間、くらいでしょうか」

「……そりゃ……大変ですね」

「好きで暮らしてるんです」

「車は？」

「持ちません！」

喧嘩腰で答える。

「空気がとてもキレイなんです。あの森の中に、ガソリンやディーゼルの排気をまき散らすなんて、そんな畏れ多いことは、できません！」

「じゃ、駅から、歩くんですか？」

「いや、その必要はないんです。駅前に、いつでもタクシーがいますから」

「……じゃ、……その森の中で、タクシーは排ガスを……」

俺が言うと、近藤は、明らかに虚を突かれた、というハッとした顔になって、顔を赤らめた。

「いや、つまり、家から最寄りのバス停まで、森を抜けて歩いて十五分で、一時間に二本、あるんです、普通は、それに乗って、真駒内駅まで行って、地下鉄で街まで出て来るんです、しかし、ススキノで飲んだ時は、……ま、これは大例外、ということで、……それくらい、いいでしょう？」

「いや、なにも悪い、とは……」

「とにかく、ススキノで飲んだ時は、ま、例外中の例外として、地下鉄で真駒内まで行って、タクシーで帰宅します。例外的に。あくまで、例外です」

「なるほど。……タクシーでお帰りになるのは、月にどれくらいなんですか？」

別に、深い意図があって尋ねたわけではない。流れで出た、ただの合いの手だ。だが、近藤は目に見えてうろたえた。

「いや、それは……そんな……」

「あ、失礼。根掘り葉掘り……」

「いや、いいですけどね。……ま、はっきり言うと、……ま、だいたい、週に四、五回、という頻度でしょうかね。ハハハ」

無理に笑って見せた。そして、いかにも食いしん坊、という顔つきになって、言葉を続けた。

「ま、それはそれとして、どこかで軽く、なにか食べませんか。鰻はすっかり消化されたようです」

「このすぐ近くに、タパスでシェリーが飲める、夜景のキレイな店があるんですが」

「お！　いいですね！　そこにしましょう！」

そこで、近藤がバルセロナで暮らしていたことがある、と言ったのを思い出した。スペインで暮らしていた男は、〈バレアレス〉のタパスをどう思うだろうか。

「でも、近藤さんは、バルセロナにいたことがある、とおっしゃってましたよね」

「いやいや、あんなの。ほんのちょっと、一カ月にも満たない程度。……でも、懐かしいな。行きましょう、その店に」

「料理が、口に合うかな。本場のスペイン料理を知っている人には」

「いやいや、大丈夫、大丈夫。私、味覚オンチなんですよ」

「はぁ」

「だから、何食っても、ウマイの。はんと、得な性分で」

どうも、頭の芯のところが微妙にズレているように思える。でも、そこがちょっと面白い。

だらしない酔っ払いへの坂道を勢いを付けて転がり落ちていた近藤が、華を見て、踏み止まったのがわかった。それまでは、坂から崖に飛び出して、そのまま転落し、泥酔の泥沼に落ちて溺れ、沼の底でのたうち回るはずだったのが、いきなり崖の途中で急ブレーキを掛けて、斜面で足を踏ん張り、足腰をしゃんと伸ばした、そんな感じだ。

＊

「いらっしゃいませ。まず、お飲み物は……」

そう言いながら酒のリストを差し出す華を見て、近藤はすとん、と落ち着いた。姿勢を正して、いきなり「紳士」になった。

「初めまして。近藤と申します。タカハシさんに連れられて、初めて伺ったのですが」

「タカハシ？」

訝しそうに眉を寄せる。

「ちょっと事情があってね」

俺が言うと、近藤はにっこりした。酔っている。酔っ払いだ。だが、ついさっきまでの見苦しさは微塵もない。「可愛らしい」酔っ払いオジチャンになりきっている。

「デザイナーの近藤雅章さんでいらっしゃいますよね」

華が微笑みながら小首を傾げて、尋ねた。

「はい。おかげさまで、好きなことで食っていくことができるようになって。ありがたいことです」

そんなことをブツブツ呟きながら、名刺入れを出して、もつれる指先で一枚取り出し、丁寧に差し出した。そして華の名刺を受け取り、押し頂いた。その仕種が子供っぽくて、俺は思わず吹き出した。華もクスクス笑った。

近藤は酒のリストを見て、「ほぉ。オロロソの三十年がある」と嬉しそうに呟いて、グラスで頼んだ。俺は、ティオ・ペペを一本頼んだ。

「大丈夫？」

華が真っ直ぐな視線で俺に尋ねる。

「まだ大丈夫だ」

小さく頷いて、「では、お飲み物を先にお持ちします」と気持ちのいい声で言って、向こうに行った。小さく硬い尻が、自然に可愛らしく動いて、遠ざかった。

「友だち？」

近藤が、レーニンの生死を医者に尋ねるスターリンのような目つきで言う。

「そう。友だち」

「やられた！」

近藤は頭を抱えた。どこか芝居じみていて、俺を喜ばせるために、愉快にふざけている、というような感じだった。

飲み物が来ると、近藤はトルテーヤ、豚足、手羽先煮込み、野菜の煮込み、生ハム、パン、チーズなどをパタパタと注文した。

「結構食べるな」

「オーダーの数が多いほど、松江さんが何度も来てくれるから」

近藤は臆面なくそう言い、華の目を見て、柔らかく微笑んだ。悪い気はしなかった。

「タカハシさん、子供は？」

「息子がひとりいる。もう、何年も会ってないけど」

「そう。ま、いろいろとあるね。……俺は、子供はいない。結婚したこともない。でも、……忘れられない子供がひとりいる」

俺は頷いて、続きを待った。

「フィリピンでね。セブ島で」

セブ島。ピーターの出身地だ。ま、偶然だな。

「……突然話を変えるけど、フィリピンは、ダメだな。連中には、ちゃんとした国を作る能力がない」

憮然とした顔で、そう言う。腹に据えかねることがあるらしい。

「なぜ？」

「タイも、インドネシアも、マレーシアも、もちろん、シンガポールも、それなりに、国家というのを作って、曲がりなりにも、つまり、日本やアメリカ程度には、運営することはできる、と思う。近い将来、日本を追い抜いて繁栄することもあるかもしれない。でも、フィリピン人は、てんでダメだ」

「……なぜ?」

「そりゃ、バンコクにも、クアラ・ルンプールにもジャカルタにも、いや、そんなことを言い出せば、香港にもソウルにも、乞食はいるさ。日本にも、ホームレスはいる」

「だろうね。俺は東南アジアには行ったことはないけど。ソウルや香港には、確かに乞食はいた」

俺が言うと、近藤は、うんうん、と細かく頷いた。

「日本にもいるくらいだから、どこの国にもいるんだ。それは珍しくない。だが、フィリピンの乞食は、レベルが違う」

「どう違う?」

「……口じゃ言えないけど。うまくはね。……とにかく、数が違うし、貧乏の質が違う。レベルも、規模も違う。フィリピン人には、公、というものを運営して、社会をよくする能力がない」

「フィリピン人が聞いたら、怒るだろうな」

「どうかな。『そうなんですよ、困ったもんです。乞食たちには』なんて言って、笑うんじゃないかな。中産階級は、勤勉だ。本当に優秀で、努力する。香港やカナダやアメリカに出稼ぎに行って、家族の生活を支えようとする。でも、一部の富裕層が、フィリピンを軽蔑して、顧みようとしない。自分の国に、素っ裸の、栄養失調の乞食がいることを恥じていない。

あの国は、ダメだ」

「……」

「なんて、演説は、まぁどうでもいいんだよな。悪い癖だ。失礼」

俺は、軽く頷いた。近藤はニヤリと笑って、話を続けた。

「で、ま、とにかく、セブ島に行った時の話なんだけど」

「いい島らしいね」

「楽しいところだ。スペイン統治時代の遺跡の古び具合がちょうどいい」

そう言って、なぜか、フン、と鼻を鳴らした。

「泊まったホテルは、とんでもなく豪華なリゾートでね。……もちろん、自分の金で泊まったわけじゃない。三年くらい前だったかな。いわゆる〈ヴィジュアル雑誌〉というか、そんな雑誌で、シニア世代、ま、定年退職後の金持ち夫婦を相手にする雑誌でさ。伊原京太郎《いはらきょうたろう》、ってわかる？」

もちろん、知っている。俺の年代にとっては、渋い重厚な演技で、総理大臣や与党の派閥の領袖、あるいは大商社の会長、なんて役どころでよく見る俳優だ。敗戦後の、日本映画の黄金期には、二枚目スターとして、トップの座にあった、ということも知っている。

「今、いくつぐらいかな」

「七十代半ば、というところかな。一緒にセブに行った時は、『オーバー七十になっても、特にこれといった感慨はないねぇ』なんて言ってたけどね」

「そうですか」

「奥さんは羽島《はじま》トシヱ。俺はね、確か『三四郎』の美禰子役の時に、封切りと同時に見た覚えがあるな。俺たちにとっては、最高の美人女優だった。……それが、伊原京太郎と結婚するんで引退、となった時には、……俺も絵筆を折ろうかと思ったね」

そう言って、笑う。

「まだ画家にはなってなかったけどね」

「……」

「ま、そんなふたりと、いっしょに仕事をするんだな、といささか興奮したよ」

「へぇ。夫婦と」

「そうだ。ま、定年退職後の旅行に、セブ島はいかがでしょ、みたいな企画でな。セブ島観光庁なんかがスポンサーだったらしい。いい夫婦だったな。仲良さそうで。美男美女の夫婦ってのは、老けても、いいもんだ。ま、羽島トシヱは、まだ六十そこそこだったけどね」

「へぇ」

「景色や、二人の写真を、同行した編集部のカメラマンが撮影して、俺は、現地でいろんな素材をスケッチして、こっちに戻ってから、大急ぎでイラストを数点描いて。それに、文章をくっつけて、イラスト・エッセイみたいなのを四本、作った。そういう仕事」

「なるほど」

「で、……あの国が腐ってるってのは、とにかく、会う警官、会う警官、みんな、警官のバッジとか、ピストルとか、弾丸とかを売り付けようとするんだ」

「ほぉ。買ったの?」

「まさか。出国時に、税関で没収されるに決まってる。で、持ち主の警官に戻される。警官は、税関の担当者に、小遣いを渡す。つまり、バッジ一個、記念に、と思って一万円で買ったとする。税関で没収されて、税関担当者は二千円の小遣いをもらって、警官の取り分は八千円だ。そのうち、五千円くらいは、上司やそのまた上司などに差し出すことになってるんじゃないか。こっちは、ただただ一万円の損だ。……税関の担当者がバクチの金に困ってたら、こっちも罰金として一万円取られたりするのかもな。ま、そういう国だ」

「……」

「推測だけどね。きっと、そんなシステムが構築されてると思うんだ。……ま、そんなことは、どうでもいいんだ。子供の話だ、子供の話」

「ああ、そうだった」

「……とにかく、どこにでも、乞食の子供はいる。乞食の子供、というか、子供の乞食だ。大概、素っ裸だ。ま、胸が膨らみかけた、って年頃の女の子は、パンツくらいは穿いていることもあるけどな。……今気付いた。あそこで、毛、陰毛な、それを出してる子供を見たことがない。そう言えば。……つまり、毛が生えると、なんとかしてパンツを調達して、穿くんだろうな。……なんで、今まで思い付かなかったかなぁ……」

真剣な顔で考え込んだ。それから、ふと顔を上げて、俺の顔を見る。

「ま、それはそれとして、とにかく観光地に行くと、子供の乞食たちが集まって来るわけだ。無視して進むのもやや辛い。……だいたい、ホテルの敷地は、鋼鉄製の、高い柵で囲われているんだ。で、入口には頑丈な門があって、そこには白人の警備員がふたり、ピストルを腰にぶら下げて、ライノルを持って立っている。そんな国なんだ」

「……」

「ま、そういうもんだ。それがどうした、とか、言いたいわけじゃない。ただ、ある港で……クルージングに出るために、港に行ったんだ。観光客が乗降する桟橋は決まっているらしくて、そこに、子供の乞食を満載した小舟が漕ぎ寄せるわけだ。必死の顔をして、手を振りながら、観光客、つまり、俺たちだが、それを見上げて、なにか叫ぶ。醜態だ、はっきり言って。……そこで、ひとりの子供を見たんだ」

「どんな?」

「そう怖がらなくてもいい。別にどうということのない、単なる出来事だから。可哀相でも残酷でも、なんでもないんだ」

「そうか。……ちょっと安心した」

「ただ、目が合ったんだ。そりゃ、みんなこっちを見てるから、いろんな子供たちと目が合う。そりゃ、みんな、哀れっぽい、必死の目つきをしてるよ。当然だわな。命懸けだ。それは全員同じなんだけど、ひとり、やっと歩けるようになった、くらいの子供がいてね。おそらくまっ裸だったんだろうけど、男か女かもわからない。子供たちの間に挟まっていて、こっちは上から見下ろすから、チンチンの有無はわからなかった。ただ、その子と目が合った、というだけの話だ」

「……」

「ただ、それだけなんだ」

「……」

「ただ、それだけの話なんだけど、なぜか、その子だけ、その子のことだけが、忘れられないんだ。いつまでも、心に残っている。特になにかがあったわけでもない、その子が特別哀れだったわけでもない。特別可愛らしかったわけでもない。特別、悲しそうな目つきをしていたわけでもない。何十人も何百人もいた、その他大勢の、ただの子供乞食のひとりだ。ジャストオンリー・ワンノブ・キッズベガーズだ。それなのに、どうしても、あの子のことだけが忘れられない。……きっと、人を好きになる、ということはこういうことなのかな。理屈もない、なんの因果関係もない。ただ、好きになる。その子がその子だから。あの子が、あそこにいたから。そして、もう俺はあの子とは永遠に会えないんだけど、生きている間中、あの子が今どうしているか、可哀相で心配で、堪らない気分でいるわけだ」

「……なるほど」

「で、思うのは、きっと、親ってのは、こんな気分で子供のことを思うのかもしれないな、ということだ。で、だとしたら、俺には堪えられない。自分が、親であることに、堪えられない。自分に、子供がいなくて、つくづくよかった、と思う」

「なるほど。……気分は、わからないでもないね。……俺は、息子のいない世界なんて、想像もつかないけどね」

「だろ!? そういうことだよ。そうなっちまうんだよ。あああ、あの子は今、どうしてるんだろうなぁ。元気にやってるかなぁ。……ああ、ダメだ。考えると、やり切れない」

そう言って、近藤は左手のフォークをテーブルに置いて、左手をジャケットの内ポケットのあたりに無理に押し込んで、苦労してB6サイズのノートを引っ張り出した。それから、胸ポケットに差してあったセピア色の水性ボールペンを右手に持って、ノートになにか描き始めた。右手のギプスが邪魔臭いらしく、ちょっと眉を寄せながら、しかし、シャッシャッとかなりのスピードで描いている。

五分ほど描き続け、どうやら完成したらしい。満足そうに眺めている。そこに、華が豚足のワイン煮込みを持って来た。

「松江さん、これ、プレゼントです」

どうやら、近藤が絵を描いたノートは、ミシン目が入っているらしい。ビリビリとページを破って、華に差し出した。それを見て、華の顔が輝いた。

「わ! 素敵!」

そう言って、俺に差し出す。受け取って、眺めた。

海に突き出た崖の上に、女が立っている。はっきりと描かれているのはそれだけなのだが、その女が、裾の長いレースのドレスを着て、大きな帽子をかぶっている華であること、そして、今は夕方で、画面の外で太陽が海に沈んで行くところで、世界はその夕陽に照らされている、ということがはっきりとわかった。セピア色の水性ボールペン一色の絵であるのに。

「日の入りですか」

「そう。わかってもらえて、嬉しいな。バレアレスの崖に、夕陽が射しているんです」

「……すごい」

「いや、……ま、プロですから。ちょっとしたコツなんですけどね」

俺はもう一度じっくり見て、それから華に渡した。

「サインまでしてくださって。ありがとうございます」

感動を湛えた目で、華が言った。近藤は嬉しそうに、胸に手を当てて、気取った御辞儀をした。

「マイ・プレジャーってとこですね」

華が幸せそうに、クスッと笑った。

11

翌日の夕方のローカル・ニュースの時間に、札幌在住のイラストレイターでデザイナーの近藤雅章さん（54）が、地下鉄ホームから転落した女性（76）を、居合わせた男性と協力して、救った、という出来事が報じられた。

……それにしても（54）か。意外に若いんだな。というか、歳のわりに老けて見えるというのか。ま、どうでもいいか。

新聞は、北日だけが夕刊で扱っていたが、その他は、その翌日の朝刊で報じた。松尾が、窓口になってくれているとはいえ、近藤の周りは、相当やかましいことになっているんだろうな、と同情した。だが、ま、こういうのは、徐々に収まるもんだ。

近藤から、〈エライ騒ぎだ。こんな大騒ぎになる、と云う事が分かってたら、警察の事情聴取に応じるんじゃなかったのに〉というメールが来た。

〈こういうのは、すぐに収まるさ〉

そうメールを送ったら、

〈それは知ってるんだけどね〉

と返信があった。

*

松尾も頑張ったんだろうが、近藤自身が、いろんな取材依頼をきっぱりとはねつける、ということができにくい人柄らしく、毎週出ているSBCの〈午後はDO！〉では〈旬感！北海道人録〉とかいうコーナーで取り上げられて、自分がやったことを、自分で説明させられて、恥ずかしそうにしていた。そのほか、新聞二紙にインタビュー記事が載ったが、まぁ、その程度で済んだのは、松尾が相当頑張った、ということなんだろう。二週間ほど経ったら、〈もうすっかり収まった〉というメールが届いた。西口さんの家族が、俺にも会いたがっている、と知らせて来たが、これは断った。会ってなにを話せばいいのだ。

警察と消防から、表彰する、という話があったが、これも断り続けているうちに、一ヵ月ほどで立ち消えになった。助かった。

＊

秋の終わりから冬に掛けて、忙しい日が続いた。大きな出来事があったわけではないが、雑用が次から次から出て来た。この時期は、ま、例年、そうなる。やはり、越年に向けてのあれこれが大変なんだろう。溜まった支払い、ズルズル延ばしてきた決算や精算、いよいよ煮詰まって来た人間関係、なんてのが錯綜し、本格的にこじれ始める時期でもある。

たとえば、〈チョコレート・ボール〉の一件だ。あの時、あの店ですれ違ったB系ファッションの連中は、もうあれっきりで、〈ケラー〉にやって来たり、ケツ持ちが俺の前をウロチョロしたりするようなことはなく、すっきりと終わった。せっかくそれであっさりケリが付いたのに、今度はピーターが、店の売り上げ三十万強を持って、ネイル・アーティスト専門学校の生徒と一緒に逃げちまったりしたので、ちょいとゴチャゴチャするわけだ。俺は最初っからピーターを信用していなかったし、この男に惚れたマキについても、「大丈夫か？」「モウロクじゃねぇか？」と思っていたし、頼まれてホイホイと「B系退治」に出張《でば》って行った自分の軽薄さがちょっと嫌だったし、だいたい、あの時のピーターの馬鹿笑いを思い出すだけでムカムカするし、これ以上付き合うのはゴメンだ、という気分だったんだが、専門学校生の親が、ピーターを警察に訴えたので、話がややこしくなった。ピーターは、実は専門学校生の親からも金を借りていたのだった。あんな男を信用する、というのがそもそも落ち度だ、と思うが、昔の遊び仲間だったマキが、困っているのは見捨てられない。こんなこっ恥《ぱ》ずかしい出来事の解決は、誰にも頼めない。ススキノの一部では「あのマキさん」と知られたマキが、笑いとともに「あのほら、例の薄バカのマキ」になってしまうのだ。いくら自業自得であり、時が過ぎ行く、その結果だとしても、そんな変化を受け入れるくらいなら、マキは舌噛んで死ぬだろう。

　だから、引き受けた。

　ピーターは、馬鹿なやつで、廃車寸前のニッサン・プレジデントに乗って喜んでいる。しかも塗装は真っ赤で、ミッフィーのイラストが描いてあるのだ。知り合いから、タダで譲ってもらったらしい。そういう車に乗って、借金を踏み倒して、店の売り上げを持ち逃げする、なんて芸当は、やはりピーターのような馬鹿にしかできない。

　で、やつの薄ら馬鹿な車は、それほど苦労せずに、発見することができた。苫小牧の知り合いが、フェリー埠頭の駐車場にあるよ、と教えてくれたのだ。で、そのことをマキに告げた。その件は、それで済んだ。結局、マキは親の力を借りたらしい。どうなったのかには興味がない。〈チョコレート・ボール〉の物件の後始末を手伝ってくれないか、と頼まれたが、これは熟慮の末、断った。

そんなような、手間がかかるのになんの得にもならない、非生産的な出来事が続く中で、年が暮れた。

一月二月もススキノの不景気は続いた。新年会も最近は地味であり、道庁の幹部たちは、人目に付く場所では裏金を蕩尽することをしなくなったので、店もタクシーも暇そうにしている。そんな中でも、細かなトラブルは多く、俺はトランプ博打の合間にコチャコチャ動き回ることになった。

たとえば、零細暴力団の組長の女房がやっているスナックに、五十万のツケを溜めた警部補（あと三年で定年）がいて、その回収を頼まれたりした。これは、ちょっと苦労した。

この警部補は、その零細暴力団の本家筋と癒着して生きて来たやつで、数人の刑務官を仲間に引き込んで、札幌刑務所への宅配システムを構築した、わりと頭がスマートなやつだった。服役中の組長も、その女房も、その点では、この警部補と彼が作ったシステムの世話になっている。だが、いくらなんでも、五十万のツケ、というのは、やりすぎだ。そのうえこの頃は、酔うとママ（つまり、組長の女房）の胸を触るようになった。「ママァ〜、酔って来たさ、俺。へへへ、胸タァッチ！」とおどけて触るのだそうだ。「そのうち、いつ本気になるか、わかったもんでないからね」と、今年で四十七になるママは言う。この警部補とは、直接会って、話し合った。話をまとめるまでに四回も会った。結局、警部補はママに謝罪して、三十万返す（それが、ギリギリ精一杯なんだわ）、もう二度と胸には触らない。宅配システムは、このまま続ける。ママは、もちろん、マスコミにこのことを話したりしないし、警部補の上司にも告げ口しない。で、俺が、その約束成立の証人になる。これは、当然ながら、俺にとってはなんの利益もなく、終わった。それはそれで別に文句はないが、警部補が涼しい顔をしているのが気に食わない。定年前に、なにかで一度、役に立ってもらおう、と内心固く決意した。

というような、細々した出来事を淡々と片付けて、〈ケラー〉で飲んだ。近藤がたまに〈ケラー〉にやって来た。酔いの程度や機嫌の良し悪しが、その時々で大きく変わる男で、やや不安定な感じがした。病的ではないが、なにか気になっていることがあるのではないか、と俺は感じた。

話題は豊富で、田舎モンや自家用車への敵意は、最初の時だけで、その後はあまり話題にしなかった。「私は味覚オンチで」と言いながら、食い物の話をするのが好きだった。映画のことも、好んでよく話題にした。「グッド・オールド・ニューシネマ」の頃のアメリカ映画の話を、楽しそうに語った。一昔前のSF小説にも詳しかった。

俺は、彼に会うと必ず、西口さんのことを話題にした。やはり、あの地下鉄での出来事は、自殺未遂だろう。どんな事情があったのか、気になる。だが、俺がそのことを持ち出すと、近藤はなんとなく話を逸らして、別な話題に持って行った。西口さんがその後どうなって、今どうしているのか、などということを話題にしようとしても、すぐに別な話になってしまう。そのことがちょっと気になったが、俺もだらしないからすぐに忘れてしまった。

近藤は、最初の時の印象とは違って、そんなに怒りっぽい男でもないようだった。だが、一度、自転車の乗り方で興奮したことがある。札幌市では、歩道を自転車で走行できることになっている。それが、近藤は気に入らないのだった。

「あのね、俺はね、四十になってから、自転車に本格的に乗るようになった男でね」

「はぁ」

「自転車で、一泊のスケッチ旅行をするんだ。月刊旅行雑誌に、スケッチ&エッセイの連載もしたことがある。自転車については、ちょっとうるさいんだ」

「なるほど」

「で、その立場から言うけど、最低だ、あの連中の自転車の乗り方は」

「確かに、街の中では、邪魔だな」

「あのね、自転車に街中で乗るのなら、走行するのは、車道の左端！　それだけでいいの！」

「まぁ、それは俺もそう思う」

「基本だよ、基本。車道の左端を走るか、さもなきゃ、歩道を押して歩け、って話」

「基本はね」

「そう。で、それだといろいろと面倒、というか自転車に乗ってるメリットがないから、例外として、特例として、歩道を、自転車に乗ったまま走行してもいいよ、ということにしているわけだ」

「そういうことなのかな」

「そういうことじゃなくても、そうなんだ！」

「わかった」

「それなのに、ひどいだろ、自転車の乗り方。いきなり、無言で、後ろから追い抜いていくだろ。時速二十キロくらいで突っ走ってくるだろ。頭の悪い田舎モンは、本当に邪魔臭い」

「……」

「あんまり腹ぁ立つ時は、すれ違いざま、一発ぶん殴ってやろう、自転車から叩き落としてやろう、と思うこともある」

「気持ちはわかるけど、それは……」

「ま、実際にはしないけどね」

「そのほうがいいだろうな。有名人なんだし」

「そんなこと、関係ない！」

「……」

「でもね、一度、狸小路で、いきなり馬鹿が自転車で、猛スピードで右折して、俺に突っ込んで来たんだ」

「へぇ」

「俺の前にいたお婆ちゃんが、悲鳴を上げて走って逃げてな。で、俺も、際どくよければ、よけられたんだけど、ムカムカしたから、ちょっと体をずらして、で、その頃はいろんな迫具を入れたショルダーバッグを左肩にかけてたんで、体をずらしながら、そのバッグの肩紐を外に振ってやった」

「ほう」

「そしたら、見事、その馬鹿のハンドルが引っかかって、自転車はひっくり返ったよ」

「で、どうしたの?」

「自転車は向こうの方に吹っ飛んで、そいつは、鼻血を出して転がってた。で、やっぱり怪我してるのは哀れだから、助け起こしてやろうと思って近付いたら、開口一番、いきなり『歩道を走っても、いいんですよ』と抗議する市民活動家みたいな口調で言ったんで、ムカムカして、腹に蹴りを入れちまった」

「……大人のすることじゃないな」

「だって、その時、俺はまだ四十代前半だったから。……充分、大人か」

「……」

「いや、でもね、周りにいた通りすがりの通行人から、拍手が湧いたんだよ。何人かのオバチャンが、『近藤さん!』なんて声援を送ってくれたし」

俺は呆れて近藤の顔を眺めた。恥ずかしそうにニヤニヤしていた。

暴力的な話をしたのは、この時だけだった。だが、「今でも、歩行者を縫うようにして突っ走ってくる自転車を見ると、本気で引きずり倒そうと思うことがある」と言うので、やっぱそれはまずいだろう、と言った。「わかってるんだ、それは」と、まるでわかってないような口調で、腹立たしそうに答えた。わりと危ないな、という感じはした。

そして、旧市街と新市街という話に熱中した。近藤は、世界各国の大都市には、新市街と旧市街を分けているところが多い、というのだ。近代的な都市機能は新市街に担わせて、歴史的な旧市街を昔のままの姿で残している都市が多いんだそうだ。多くの場合、旧市街は自動車が入れないようになっている。

「札幌もね、そうすればいいんだ」

「はぁ……」

目がギラギラと光っているので、迂闊なことは言えない、と思った。なにしろ、勢いに乗れば、自転車から吹っ飛んで転がって鼻血を出している相手の腹に、蹴りを入れる男だ。

「俺が考えてるのはね、豊平橋のこっちがわと、札幌駅北口のあたりと、中央区役所あたりに、広大な駐車場、兼、荷捌き所を造るわけ。で、そこで車から降りる、トラックから荷物を下ろす。で、中心部は、自動車は乗り入れ禁止にして、網の目のように市電を走らせるわけだ。道路は、人間が歩く。自転車は、専用レーンを走る。荷物は、駐車場兼荷捌き所で、低速の電気自動車に積み替える。電気自動車は、チリンチリンと鈴を鳴らしながら、荷物を届ける。……連結車両も必要だろうけどな。車椅子の人も、安心して、街を散歩できる。なんの不自由もなく。あ、もちろん市電は低床車両で、車椅子でも乗り降り自由なのは、言うまでもないな」

「それはいいいね」

　俺が言うと、近藤は得意そうになって、胸を張り、鼻を膨らませた。基本的に、単純な男だ。

「だろう!? で、市役所とか、道庁とかは、新札幌に移転させるんだ。で、新札幌に都市機能を集中させる。旧市街は、のんびりする場所だ。そうなったら、俺は、〈千秋庵本店〉の屋上に住むんだ」

　時折、わけのわからない言葉が混じる。酔っぱらいの特徴か。で、俺はこの時、近藤からクリチバという街のことを教わった。ブラジルにある都市で、規模は札幌ほど、独特の公共交通システムがあって、札幌とはとても比べ物にならないくらい、美しくて快適な街なんだそうだ。話を聞いているうちに、一度行ってみたくなった。

　そのほか、いろんな話をしたが、どんな繋がりだったか、「いや、この前、びっくりした」と言い出した時の話も面白かった。

「なにが?」

　と尋ねると、こう言った。

「いや、世の中には、感動しない、……というか、感動、という経験を知らない人間がいる、ということを知ったもんだから」

「感動しない……どういうことだろう」

「タカハシさんの場合、感動ってのは、どういうこと?」

「それはやっぱり……」

「俺の場合はね、体に、ゾクゾクッって、……ザワザワかな、戦慄、というのかな。それを感じることね。エクスタシーだよね。オルガスムスとは違うけど。若い連中が、『鳥肌が立つ』なんてことを言う、あれが感動だろ？」

「ああ。まぁ、そうだね」

「そういう経験がない奴がいるんだ」

「……」

「なんでわかったか、というと、その言葉、『鳥肌が立つ』という、あの使い方は間違ってるよな、という話になってね。でも、どうもトンチンカンな受け答えをするから、じっくりと話し合ってみたら、そいつは、あの、ザワザワって感覚を経験したことがない、ってんだな」

「……へぇ……」

「そんな人間、存在してるなんて、とても信じられなくてね。で、周りの連中に聞いてみたら、ほかに三人、いた。……あのね、女の子のいる店で、飲んでたんだ。教育委員会のやつと。で、その教育委員会のやつが、『ザワザワっていう感覚を知らない』と言うやつで、そのほかに、店の女の子のうち、三人が、そういう感覚を『知ぃらな～い！』ってわけ」

ちょっと想像してみた。だが、ピンとこなかった。あの感覚のない人間がいるのか。

「だろぉ？　変だよね」

俺の顔を見て、近藤が言った。不審な気持ちが顔に出たらしい。相手の表情に敏感に反応する男だ。

「そりゃ変だ」

「本人たちは、それで普通だ、と思ってるんだ。つまり、ザワザワっがないのに、その教育委員会の奴は若い頃はビートルズに夢中、ローリング・ストーンズも聞いた、エリック・クラプトンはすごい、なんてことを言うわけだ。ザワザワっがないのに、なんで『すごい』と思ってるんだろ。……みんながキャアキャア言うから、だから、一緒になってワイワイ言ってたってことか」

「……いるんだろうな、そういう奴も」

「音楽を聴いても、映画を見ても、もちろん、絵を見ても、小説を読んでも、一度もザワザワっの経験がない、そんなやつが、教育委員会で文化芸術関係の予算をいじくってるんだ。めまいがするね」

「確かに」

「というか、そいつ、なにを考えて小説読んだり、映画見たりしてるのかな。教養のため、とかなんだろうか。話題のひとつか。理屈で観賞してるんだろうか」

「……」

「感動しないのに、絵を見たり、音楽を聴いたりするってのは、どんなことなんだろうな。……腹が減ってもいないのに、栄養のためにってわけで、むりに腹に食い物を押し込むみたいなことなんだろうか。……そして、もちろん、他人もそうだ、と思ってるわけだから、全人類が、空腹という感覚を知らないで義務感から、食い物を食ってるんだ、と思ってるわけなんだろうか」

「さぁなぁ……」

「気持ち悪いな。吐き気がするくらい、俺は気持ちが悪かったよ」

そして、気分を変えようとしたのか、「俺が、音楽で一番ザワザワっとするのはね」と、フォーレの『夢のあとに』の、ガスパール・カサドと奥さんによる演奏の話を、夢中になって、始めた。いい演奏はいくつもあるが、ガスパール・カサドと奥さんの演奏がダントツで、それ以外のは、「ああ、いいなぁ」と言葉で思うが、カサドの演奏は、もう、ザワザワっとして必ず落涙する、と何度も繰り返した。

涙目の真剣な顔で、今にも泣き出すのではないか、と心配した。不思議な人間だ。

ま、そんなような、記憶と心に残る語らいはいくつかあったが、実際には、そんなに頻繁に会ったわけじゃない。西口お婆ちゃん騒動の後、雪が積もって、年が明けて、雪がだんだん解けて、アスファルトが顔を出し、人々が自転車に乗り始める、そんな頃までに、つまり半年ほどの間に、四回ほど、〈ケラー〉で出会った、というだけのことだ。メールのやり取りもほとんどしなかったし、〈ケラー〉で待ち合わせて飲むこともなかった。

ただ、一度だけ、高田の店に連れて行ったことがある。連れて行った、と言うと、ちょっと話が違うかもしれない。〈ケラー〉で偶然顔を合わせて、なんとなく調子がよくて、とりとめもなく酒が長引いた。で、数軒ハシゴして、ふと気付いたら、ふたりとも高田の店で呆然としていたのだ。

　高田は、学生の頃からの俺の飲み仲間で、中年になるまでオーバードクターで北大農学部大学院にへばりついていたのだが、ひょんなきっかけでススキノの夜の向こう側、つまりカウンターを越えて小さな店の経営者になったのだ。それがとりあえず成功して、今はダイニング・バーのオーナーで、そして午前二時に店を閉めたあとは、ミニFM放送をオン・エアしてDJをやる、というマルチな活躍、と言えば言えないこともないが、実情は、行き当たりばったりに流されて、いつの間にかこうなった、という男だ。空手の達人で、何度か命を助けてもらったことがある。

　で、この時は、ふと気付いたら、俺と近藤は、高田の店の片隅で九〇度の角度で隣り合って、黙々とモルトのトワイス・アップを飲んでいたのだった。珍しく、やけに高田が機嫌がよくて、バタバタと店を閉めて、従業員を帰し、「じゃ近藤さん、よろしくお願いします」などとマジな声で近藤を呼び、定刻通り午前二時に、放送を始めた。

「さて、往生際の悪いノンベの諸君、そして粘られている運の悪いスタッフ諸君、今夜もザ・タカダ・レイト・ナイト・ミュージック、オープンです。今日は、スペシャルゲストをお迎えしてるんだ。名前を聞けば、すぐにわかる、イラストレイターの、近藤雅章さんだ。そう、覚えてるだろ？　地下鉄のホームから転落したお年寄りを、飛び下りて助けたっていう英雄だ。近藤さん、当店へようこそ。いらしていただいて、本当に光栄です」

　などと機嫌よく飛ばした高田も酔っ払っていたが、近藤はそれを遥かに超えて酔っていた。

「ん？　放送？　やっぱ？　これ？　もう入ってんの？　おお！　イエイ！　イエイ！　み

んな、元気でやってるかぁ!? 近藤・ザ・セイバー・雅章、見参、見参〜〜〜ん！」

普通、放送はきちんとまとめる高田が、なぜかこの時は自分の酔いに任せて、大ハシャギしていたのを思い出す。両手を打ち鳴らし、大騒ぎしながら、最初のリクエスト曲、ロン・カーターの『ライト・ブルー』に突入したのだ。余りに不自然で、関節が外れるかと思った。

そんなような小事件もあったが、たいして深い付き合いでもなく、たまに華が、「近藤さん、元気?」と尋ねて、俺が、「元気だと思うよ」と答える、そんな程度の付き合いだった。残念なことに。

12

華の部屋の電話が鳴った。すぐに目がさめた。ベッドサイドの可愛らしい目覚ましの針は午前四時三分。こんな時間の電話は不吉だ。だが、華の電話だ。俺には関係はないはずだ。だが、一体、なんだろう?

華は、寝起きがいい。パッチリと目を開けると、すぐに体を起こしてダイニングのカウンターの上にあるファックスにスタスタと歩いて行く。ベッドサイドの子機のクレイドルは空っぽだ。子機は、どこにあるんだ?

紫の光が、ブラインドの隙間にちらついていた。

「はい」

受話器を取って、華が落ち着いた口調で言った。カウンターの上の小さなランプを点けた。緑がかった光が小さく広がった。華は、眉を寄せて、小首を傾げ、聞き入っている。そして、驚いたことに、俺に向かって受話器を差し出した。

え？

「あなたによ。北日の松尾さん、だって」

俺は慌ててベッドから出た。信じられない。なぜ、松尾がここを。受話器を受け取った。

「もしもし」

「おう。間抜けな声を出すな」

「なぜ……」

「いいか、落ち着いて聞いてくれ」

瞬間、覚悟を決めた。息子になにかあったのか。交通事故か。なんだ。

「あのな、近藤雅章が殺された」

息子じゃなかった。一瞬、安堵の溜息を吐いたが、同時に、近藤の顔が眉間のあたりで揺れた。

「なに？」

意味がわからない。近藤が、殺された。……って、どういうことだ？

「北斗通り商店街の、自転車置き場だ。ついさっき発見された」

北斗通り商店街。場所は分かる。商店街の店主の中には、時折一緒に飲む相手もいる。ススキノの南側、中島公園の南西あたりにある、一本道の商店街だ。……そのことは、すぐにわかるが、……だが、近藤が殺されたってのは、なんだ。

「どういうことだ?」

「北斗通りってのは……」

「いや、場所はわかるよ。飲み仲間もいる。でも、……え? 殺されたって……?」

「俺は今、タクシーで向かってるところだ。現状、詳細不明だ。とにかく、教えたぞ」

電話は切れた。俺は、なにがなにやらわからないまま、近藤が殺された、ということの意味を呑み込もうとした。だが、どうしてもできなかった。意味がわからない。

華が、俺の左手を静かに撫でた。

俺は、受話器を耳に当てて、立ち尽くしていたのだった。華が静かに俺の左手を撫でて、そして受話器を取り上げた。ファックスに戻す。そして、落ち着いた声で言った。

「出かけるの?」

俺は頷いた。

「気を付けてね。……なにがあったの?」

「……松尾が、近藤さんが殺された、というんだ」

華が大きな目を、一瞬、もっと大きく見開いた。目が潤んできた。俺に抱きついた。俺は抱き締めた。

近藤雅章が殺された。……どういう意味だろう。ここで一度寝たら、目が覚めたら近藤が普通に生きている、元の世界に戻れるのだろうか。そんなことはあり得ないのか。華の頭は、気持ちのいい香りがする。そのことをぼんやり意識しながら、俺は、近藤が死んだ、ということの意味を必死になって理解しようとした。

＊

北斗通り商店街は、歴史の古い街だ。最盛期には映画館もあって、賑やかな街だったらしい。だが、今はもう、中央区に呑み込まれて、ごく普通の、そして店を閉めたシャッターがちらほら見られる、地味な通りになっている。その、紫の光が斜めに差している街に、たくさんの人が出ていた。「北海道警察」と記してある黄色のテープが張られ、現場に近付くことはできないようだった。

タクシーから降りて、あたりを見回した。人混みの中に松尾を捜したが、見当たらなかった。もしかすると、現場近くまで行っているのかも知れない。だが俺は、がっしりとふたり並んで立っている制服警官を乗り越えることはできない。

「なにがあったんですか？」

フワフワした分厚い素材の丹前に、毛布のようなものを巻いて震えて立っていたオバチャンに聞いてみた。

「いや〜、なんだべ。人が殺されてるっちゅってたみたいだよ。パトカーがいっぱい来てさ。

目が覚めたのに、まだまだあんた、いっくらでもパトカー来るもんだも。したから、父さんと、なんだべってさ。暖かくして出て来たもんさ」

ほかに数人に尋ねてみたが、詳しいことを知っている人はいなかった。制服警官が、俺たち野次馬を撮影し始めた。どうでもいい。道警と消防の表彰を受けておけばよかったかな、と思った。そうしたら、その表彰状を見せて、被害者である近藤雅章さんと、一緒に人命救助をした人間です、と言うことができた。そうすると、中に入れたかもしれない。

……だが、今さら中に入っても、どうしようもないか。なにがどうなるってものでもないか。だとしたら、やっぱり、表彰は、されなくて正解だった。

俺は、そんなような、下らない、どうでもいいことを、熱心に考え続けた。近藤が殺された、という事実から逃げていたのかもしれない。

「遺体は、もう運び出したんでしょうか」

手近にいたオジサンに尋ねると、「うん。さっき、警察のワゴンに載せて、持ってったぞ」と教えてくれた。だとしたら、もう、とりあえずここに用はない。俺は、ススキノに向けて歩き出した。華の部屋まで、歩いて歩けない距離ではない。今は、歩いていたい。

そうだ。華が、電話を待っているはずだ。俺は公衆電話を探しながら、ススキノを目指した。

＊

六時になる前に、テレビ各局は朝のニュースの放送を開始する。俺と華は、なにをするでもなく、冷めたコーヒーを抱えて、テレビの前のソファに並んで座っている。SBCに合わせてあった。近藤が一番よく出ていたテレビ局だ。

北海道ではわりと名前が知られている、札幌のストリート出身だというアンプラグドの男性デュオ、「ホリゾンタル」のハーモニーが流れて、CGの不恰好なキャラクターたちが騒ぎ始めた。〈朝イチ耕太郎！　グッモーニン！〉という文字が踊り回り、その背景には、徐々に明るくなってきているらしい根室の花咲港の「今の映像」が映っている。それがグーッと横に動いて、スタジオの映像に替わった。若い男女が、春らしいカジュアルな装いで、並んで立っている。ふたり一斉に、元気良く頭を下げた。

「おはようございます！」

声も明るく、清々しい。

若手男性アナウンサーで、中年女性たちに人気がある、ということになっている高梨耕太郎《たかなしこうたろう》と、大学生のアルバイトだ、ということがウリであるらしい、露木芽紅璃《つゆきめぐり》だ。

「高梨耕太郎です！　ご機嫌いかがですか！」

「露木芽紅璃です！　今日もよろしくお願いします」

「今日は、ちょっと暖かい、夏の予感のする、さわやかな夜明けですね」

「はい。今日は、ベッドから出る時も、すがすがしい気分でした」

「それではまず、各地の今の空模様からです。はい、さっきから映っているのは、根室市の花咲港ですが、ええと、根室市は……」

しばらく、道内各地の天気概況が続いた。

華が、静かな小さな動きで目の下を拭った。

「寝た方がいいんじゃないか？　今日も店だろ？　後で辛くなるよ」

「……寝られないよ……」

「だな……」

「気持ちが落ち着いたら、後で、少し寝られるかもしれない」

「そうだね」

「今日は、ずっと一緒にいて」

「わかった」

すぐにでも、現場に戻って、いろいろと調べたい、という気持ちはあった。だが、それだとただただ空回りして終わりだろう、ということは容易に予想できた。まず、現状で明らかになっている情報を集めて、それから方針を立てる方がいい。

テレビ画面は、「各地の今の空模様」から、スタジオの中に戻って来た。さっきまで並んで立っていた二人が、カウンターの向こうに座って、こっちを見ている。天気概況をアナウンスした流れで、顔に微笑みの気配が残っている。それを、一度頷いて、完璧に消し去った。

そして沈鬱な表情を浮かべた。

「今日最初のニュースは、非常に残念な出来事です」

高梨耕太郎が、胃潰瘍の痛みを無言で堪えているような顔つきでそう言って、露木芽紅璃に目を向けた。露木も頷き、同じく泣きそうな顔になって言った。

「つい先程入って来たニュースです。今朝未明、札幌市中央区北斗通り七丁目にある、北斗通り商店街自転車置き場で、男性が倒れているのを、通りかかった人が見つけ、警察に通報しました。すぐに警官が駆けつけましたが、男性は胸と腹部に数カ所、刺し傷があり、すでに死亡していました。死因は、失血死と見られています」

露木が声を詰まらせた。高梨耕太郎が素早く引き継いだ。画面は、さっき俺が見た、北斗通り商店街を封鎖する警官や、周りに詰めかけた野次馬たちの映像になった。「近藤雅章さん（54）」という字幕が出た。

「警察は、所持品などから、殺されたのは近藤雅章さんであり、なんらかの事件に巻き込まれたものと見て、調べを進めています」

高梨耕太郎は、一瞬言葉に詰まったが、続けた。

「ええ、亡くなった近藤さんは、私たちSBCの番組にもよく御出演くださった、札幌在住のイラストレイターで、ご覧の皆さんも、よく御存知だと思います。近藤さんは、昨年十月、地下鉄ホームから転落した女性を、身の危険も顧みず救助したこと、表彰を辞退なさったことなども、記憶に新しいところです。……実は、私も、何度か一緒にお酒を飲んだこともあり、とても信じられません」

画面が切り替わって、ハンカチで涙を拭っている露木芽紅璃の映像になった。露木はこっちの方を見て、悲しそうな恥ずかしそうな顔で、ハンカチで顔をトントンやりながら俯いた。

画面は、〈午後はDO！〉に出演している近藤雅章の映像に切り替わった。スキンヘッドでヒゲ面の、並外れた迫力のある顔が、嬉しそうに目を細めて、なにか語っている。その映像に載せて、高梨耕太郎の語りが流れた。経歴、受賞歴、主な仕事。画面の左下には小さなハメコミ画面があって、その中で露木芽紅璃が目にハンカチを当てている。

画面が、高梨耕太郎のワンショットのアップになった。

「警察では、近藤さんがなんらかの事件に巻き込まれたものと見て、調べを進めています」

そして画面はHANのキー局の全国ニュースに切り替わった。俺と華は、北朝鮮を巡る各国の動きや、六本木の殺人事件や広島の幼児虐待致死事件を、無感動に眺めた。

それが終わって、画面はまたHANのスタジオに戻って来た。高梨耕太郎と露木芽紅璃が、昨夜から今朝未明にかけて、北海道各地のコンビニエンス・ストアで強盗事件が相次いだ、それから、十勝で起きた交通事故で、ふたりが死亡、四人が重軽傷だ、と教えてくれた。それから、高梨が厳粛な顔になって、再び近藤事件のことを簡単にアナウンスした。

画面の下に字幕が流れた。

〈CMのあとは、初夏のお出かけ、お弁当アイデア大公開！　え？　おからで作る簡単オカズ登場!?〉

それとは無関係に、高梨耕太郎が、沈痛な表情で言葉を続ける。

「私も、近藤さんとは個人的にお付き合いを頂き、面白いお話を伺ったこともあります。番組一同、そして私自身、故人のご冥福をお祈り致します」

画面が高梨耕太郎と露木芽紅璃のツー・ショットになった。ふたりが深々と頭を下げた。

画面で、キューピーの顔がついたタラコが、「タ〜ラコ〜、タ〜ラコ〜」という歌に合わせて、飛び跳ねた。

「馬鹿どもが」

思わず呟いた。華が「なぜ？」と小声で言った。

「まともな日本語を使えない連中だ。冥福なんか、ない」

「それはあなたが信仰を持っていないからでしょ？　仏教徒は冥福を祈るものでしょう？」

「正しい仏教には、冥福なんか、ない。調べてみれば、すぐにわかる」

「……」

「それに、俺たちは、祈る、なんてことをしないだろ。俺たちは祈り方を知らない。何故なら、祈るなんてのは、馬鹿のすることだからだ。日本文化には、祈りなんてものはない」

「……なに言ってるの……」

「冥福を祈る、というのは、馬鹿のセリフだ、と言ってるんだ」

「じゃ、こういう時は、なんと言うの？」

「哀悼の意を表します、と言えばいい。大変残念です、と言えばいい。寂しいです、と言えばいい。自分の気持ちを、素直に言えばいいんだ。インチキな宗教用語を持ち出さなくたっていい。華は、どうやって冥福を祈るんだ。冥福を祈ることなんか、できるか？　できもしないのに、冥福を祈ります、と言うのは嘘っぱちだろ」

「……あの……まさかとは思うけど、……ケンカ、売ってる？」

「あ、いや。違う。中し訳ない。悪かった」

華が、すっと体を伸ばして、猫のように画面に近付いた。大きな画面の脇に置いてあるチェストの上に、ちょっと大きめの写真スタンドが立っている。近藤雅章が描いてくれた、バレアレスの崖の上に立つ華の絵だ。今まで、目に入っていたのに、気付かなかった。華が喜んで、シンプルなデザインの写真スタンドを買って来て、それに、ちょっと斜めに傾けて絵を挟み、飾ったのだ。華は、その写真スタンドを、伏せた。

画面では、シャープな演技をする男性俳優が、カードの宣伝をしていた。使用する度にポイントが溜まり、非常に得をするのだそうだ。それから、タバコを喫っても、焼肉をしても、雨の日に洗濯物を部屋干ししても、いろんな気になるニオイがシュッと消える、というスプレーの宣伝があった。

それが終わると、東京のスタジオから「全国のニュース」になった。死傷者が出た住宅火災のニュース。いじめを苦にした自殺未遂のその後。生徒に強制猥褻を行なった教師の事件。スポーツ。パソメディアが新世代携帯パソコンを開発した。などなど。

それから、またCMの時間になった。それが終わると、今度はまた札幌のスタジオだった。高梨耕太郎と露木芽紅璃が、並んでニコニコと座っている。

「ところで、高梨さん、春と言えば？」

「新入生、ですか？」

「はい、そうなんですねぇ」

露木芽紅璃が、〈雪花菜〉と書かれたボードをこちらに見せた。

「高梨さん、この字、読めますか？」

華が、口の中で小さく呟いた。

「おから」

「正解」

俺は言って、リモコンで局を換えた。近藤雅章のニュースをやっている局を選んで、いくつもニュース・ショーを見た。どの局でも、ローカル・ニュースのトップは近藤雅章の事件だった。沈鬱な表情で事件の概要を伝え、彼がどういう人間で、どういう業績があるか、などを悲しそうに伝えていた。それが終わると、ニコニコして、別な楽しいニュースや、芸能人の熱愛発覚、パリス・ヒルトンの御乱行などを教えてくれた。

「もっと、話をしたかったたな」

華が呟いた。本当にそうだね、と俺は頷いた。実際、その通りだった。

「……これから、どうするの？」

「そのことなんだけど、これから俺の部屋に行かないか？」

「え？」

華が首を捻って、俺の顔を正面から見た。

「あなたの部屋？　どうして？」

「ちょっと、パソコンを使いたいんだ」

「なぜ？」

「調べたい情報、送りたいメールなどが、いろいろと」

「なぜ？」

驚いた。「なぜ？」って、なぜだ？

「だって、そりゃ……犯人を突き止めたいし、とにかく、情報をできるだけ集めたいし」

「……じゃ、……今、こうしているってことは、そういう、したいことを我慢して、私のそばにいる、ということ？」

……またなにをゴチャゴチャと。俺は、こういう筋道でものを言う女が嫌いだ。こういう時、嘘でも、「そうじゃないよ」と言って、強く抱くことができたら、もっと長続きするのだろう、と思う。ま、俺の勝手な思い込みかもしれないが。だが、どうも俺は、「なにを下らないことをゴチャゴチャと」としか思えない。それが限界だ、と言われたら、ま、「はい、そうです。承知してます」と答えるしかない。

だが、とにかく、俺も大人だから、事を荒立てたくはない。もう、華とはこれっきりだな、とは思ったが、静かに別れよう、と心に決めて、危なげのない方向を目指したつもりだ。

「我慢しているわけではないよ。華のそばにいたいな、と思っているのは、事実だし。だから、一緒に俺の部屋に行かないか、と尋ねたわけだ」

「……あなたの部屋で、私にはどんなすることがあるの？」

不思議そうに尋ねる。

「そりゃ、ま、俺のそばにいればいい。ベッドで寝ててもいいし、テレビを見ててもいい、本を読んでいてもいいし……」

「あなたが、私に関係ないことをしていて、その横で、私が、あなたに関係ないことをしていればいい、ということ？」

「わざわざ、そんな風に言う必要はないさ。ただ、私は、君と一緒にいながら、調べたいことを調べたいな、と思っただけさ」

「今、〈君〉って言った？」

「……言ったかもしれないな。よく分からない」

「覚えてない？」

「そういうことだ」

お互いに、ふたりで大事に育ててきた、潤いのある想いが、あっさりと砕け散ったことを知っていた。どっちが悪いんだ。どっちも悪くはない。だが、どちらかが悪い、ということになるのなら、じゃ、悪いのは俺だ。

男だし。年上だし。酒飲みだし。

俺は、華の肩をポンポンと撫でて、立ち上がった。

「楽しかったよ。自分の部屋に帰る」

「さよなら」

「元気で」

もちろん、寂しさはあったさ。それは自然であり、当然のことだ。だが、それだけで、別にどうということもなかった。

「たとえ、出て行くのがあなただとしても、あなたが私を捨てたのよ」

俺は思わず笑顔になった。

「ジョーダン・ベイカーのセリフだな」

華も笑った。

「新潮文庫のね」

俺は頷いて玄関に向かった。

13

部屋に戻った。いつ壊れてもおかしくないパソコンから、松尾のアドレスにメールを送った。

〈電話くれ。会いたい。部屋にいる〉

それから、ネットで近藤雅章の情報を集めた。ウィキペディアでは、すでに近藤の死亡を記事に反映していた。その素早さに驚いた。

　サーバーのニュース・サイトでは、事件の報道は、着々と更新されていた。だが、内容の深まりはあまりなかった。

　電話が鳴った。

「もしもし」

「北日、松尾だ」

「おう」

「部屋ってぇから、松江さんの部屋に電話したら、もう帰った、と言われたぞ」

「その通りだ。……お前、なんで華の部屋を知ってるんだ？」

「馬鹿にするな。ブン屋と付き合うなら、これくらい、覚悟しておけ」

「そりゃぁないだろうよ」

「だってお前、雪のちらほらと降る午前三時のススキノを、お前と若い美女が、並んで楽しそうに歩いていりゃぁ、後を尾けるだろうよ。当然ながら」

「声を掛けて、一緒に飲みに行けばいいじゃないか」

「お前ひとりならな。でもあんな、二十歳以上も年下みたいな女を連れて、甘い雰囲気で歩いてられちゃあ、俺だって立つ瀬がないね。それに、後を尾けたわけでもない。そんな必要はなかった。俺は、逃げも隠れもせずに、堂々とただ歩いてたんだ。気付かなかったのは、お前の油断だ」

「……」

「六条三丁目の連中は、ま、みんな、お前のことを幸せ者《もん》と思ってるみたいだぞ。地域の話題ってやつだな」

「……電話番号は？」

「驚いた。お前は、電話帳ってものが日本にはある、ってことを知らないのか？　住所を突き止めたら、あとは電話帳のページを捲《めく》るだけで、番号は分かる。松江さんは、掲載拒否はしていないようだな」

「……」

「ちょいと気の利いたギャグがあってな。聞きたいか？」

「……」

俺の沈黙に構わずに、松尾は続けた。

「パーティで、男が、ま、松江さんみたいな美女に声を掛けるわけだ。『電話番号を教えて頂けますか？』。すると、女が答える『電話帳に載ってるわ』。で、男はもう一度尋ねる。『じゃ、お名前を教えてください』。で、女は言う。『それも、電話帳に載ってるわ』……な？　ちょいといいだろう。このジョークが成立したのは、ま、携帯電話なんてのの登場を、誰も想像していなかった大昔だろうな」

「そんなに面白くないな」

「ま、仕方ないだろ。二十世紀のギャグだ」

「……」

「ところで、お前が電話くれ、というから、電話したわけなんだが」

そりゃそうだ。

「今度の事件について、知ってることを教えてくれ」

「朝飯がまだなんだ。ちょいと腹が減ってるんだな。ついさっき、帰社したところだ」

「俺は、……まぁ、別に腹は減っていない」

「俺は、減ってるんだ」

「了解。どこがいい？」

「中途半端な時間だなぁ……」

パソコン画面の右下を見た。7:02。

「寝そびれちまった。寝酒がはっきり残ってる」

そう言って、アクビをしたらしい。う〜んと唸って、「いい店がないな」と呟いた。

「この時間じゃな」

「我が社の人間には会いたくないし」

「じゃ、時計台裏の小路の北側に、五階建てのビルで、〈ホテル斉藤〉というのがある」

「ウチのすぐ近くだな。……聞いたことがないな」

「知らないだろうな。ちょっと特殊だから」

「……なんだ？」

「怖がらなくてもいい。ただ、中に入る時は、土足禁止だから、気を付けろ」

「なんだ？　誰でも入れるのか？」

「ああ。別に向こうは客を選ばない」

「普通のホテルか？」

「もちろん」

「……」

「で、玄関から入って、突き当たりが食堂だ。朝定食、一般は五百二十円。結構うまいぞ」

「一般、てのは？」

「宿泊客は、四百七十円、ということだ」

「わかった。……朝定食は、どんなんだ？」

「自分で行って、聞いてみろ。日替わりだ。その他に、そばやうどんもある。親子丼もある。モーニングセットもあるぞ。コーヒーは、ちゃんと落としてる。つまり、インスタントじゃない」

「……なんなんだ、それは」

「とにかく、玄関で靴を脱ぐのを忘れるな。玄関脇に隠居のバアサンがいてな。土足で上がると、二十分は叱られるぞ」

「……」

「あと、食堂に入ったらすぐ左手の壁際に、食券の自動販売機があるからた。そこで食券を買うんだ。水、お湯、お茶は、セルフサービスの機械がある。酒類はなしだ」

「……わかった。とにかく、行ってみる」

「俺も、これからすぐ行く」

＊

玄関から入ると、いきなり男たちの汗のニオイが立ちこめる。おそらく、どこかでなにかの決勝大会があったんだろう。靴を脱いでスリッパに履き替え、奥まで進んだ。安っぽいベニヤ板の内装で、床は浮き沈みする。今の世の中の建物ではない。昔は古い旅館だったらしい。それが、俺が中学生くらいの時に鉄筋コンクリートのビルに建て替えたのだ、という話だが、それでもすでに三十数年は経過している。突き当たり、黄緑に塗装された木製の大きな引き戸をガタガタ開けると、青春の熱気と賑やかな語らい……というか、喚き合いの騒音がはみ出した。中では、髪の短い、贅肉のない、食欲旺盛の、大声で喋る若人♂達が、ぎっしりと犇《ひし》めいていた。


見回すと、松尾は窓際の、部屋の北東角の二人掛けの小さなテーブルに座り、朝定食のトレイを前に、心細そうにあたりを見回していた。痩せた体で、いつもと同じ、黒いパンツに黒いシャツ、黒いジャケット。俺と目が合って、いかにも嬉しそうな笑顔になった。俺はモーニングセット二百八十円の食券を買って、松尾の前に座った。

「待たせたか。急いで来たんだけど」

「ここは、なんなんだ？」

「つまり、〈ホテル斉藤〉だ」

中年の女性が、俺の食券を受け取りに来た。この女性は、斉藤さんだ。前は別な名字だったのだが、結婚して、斉藤さんになった。

「だから、どんなホテルなんだ」

「北日札幌圏部部長も知らないか。ここはな、歴史があるんだぞ。全室和室、料金格安のホテルだ。教員共済や公務員共済の宿泊所よりも、ずっと安いらしい。そんなもんの値段なんか、俺は興味もないし、知らないけどな」

「……」

「で、ここの客の大半は、高校や大学の、体育会系サークルの連中だ。つまり、合宿所、というか、札幌以外……道外も多いんだ、そういうところから、札幌の大会とか決勝とかに来る、先生に引率された生徒や学生が五人一部屋とか、六人一部屋とかで泊まるホテルだ。そういう客を相手にしている関係なんだろうけど、朝早くからやってる。早朝出発、なんてことも多いんだろうな。だから、食堂では早くから飯が食える。で、早朝からやってて、安いにもかかわらず、駐車場がないんで、タクシー運転手はほとんど来ない。つまり、周りにいるのは札幌以外のところから来た若い連中で、ちょっとややこしい話をしても、盗み聞きされる心配は余りない」

松尾はあたりを見回して、若人達の熱い喚き合いの騒音が、工事現場のように響き渡っているのを改めて認識して、頷いた。

「なるほど。よくわかった。ＯＫ。納得だ。でも、最初に中に入った時は、驚いたぞ」

「血が騒いだか？」

松尾は、結婚していて、子供もいるが、実際にはホモで、札幌のその世界では、わりと名前が通っている。この〈ホテル斉藤〉は、発展場ではないが、雰囲気は似ていないこともない。

松尾は、フン、と鼻を鳴らした。

「お前は本当に、連想が貧弱な奴だ」

「よく言われるよ」

「直した方がいいぞ」

「この歳になると、どうかなぁ……」

「で？　なにが聞きたい？」

「全部だ」

コーヒー、厚切りトースト、バター、ジャム、ポテトサラダ、目玉焼き、のモーニングセットがテーブルの上に展開された。コーヒーは、とても香りのいい本物だ。卵は、目玉焼きとスクランブルド・エッグが日替わりらしい。ちなみに、今日の朝定食のメインは、鯖の味噌煮だ。

斉藤さんが、モーニングセットをテーブル上に展開する間に、松尾はジャケットの内ポケットから小さなノートを出した。いつもそうなのだが、俺は、松尾がこのノートを開いたところを見たことがない。松尾は、閉じたままのノートで、顎をトントンやりながら話し始めた。

「現場は見たんだろ？」

「ああ。テープのこっちからな。電話をもらって、すぐに見に行った」

「彼女をほったらかして？」

「彼女も、近藤雅章を知ってたんだ」

「……ま、いい。あの自転車置き場は、今はほとんど使われてない。だいたい、北斗通り自体が、今はすっかり寂れてしまったからな」

「……」

「見たんならわかるだろうが、あの自転車置き場は、元は炭屋だったんだそうだ。ちょっと広い……あれで、延べ床面積は八十坪あるらしい」

「……」

「北斗通り商店街振興会で借り上げて、床のコンクリートを打ち直して、蛍光灯を設置して、誰でも御自由にご利用ください、の自転車置き場にしてる。あそこに放置されている……捨てられてるんだろうな、そういう自転車も多い」

俺は頷いて、先を促した。

「で、日中は、それでも……三十台くらい……放置自転車を除いてな、それくらいは駐輪しているらしい。あのすぐそばにバス停があるんでな。あとは、近所の主婦達が買い物に来て、置いておく。ま、そんなこんなは、だいたい午後七時には、持ち主が乗って帰宅して、以後は、まぁ、二十台ほどの放置自転車が、寂しく死期を待っている、と」

「なるほど」

「で、今朝、というか、本日未明。午前二時過ぎだそうだ。午前二時に閉店になるネパール料理の店から出て来て、家……というか、ま、部屋だな、専門学校生だ。ペットスクールに通ってる女の子。二十一歳。そのコが、置いてあった自転車に乗って、部屋に帰ろう、ってわけであの建物に入ったら、入口から見て右手奥の壁際に、酔っ払いが寝ていた。気持ち悪いな、と思って、そっちを見ないように自分の自転車を探した。酔ってたんだな。で、そのうちに思い出したのは、その酔っ払いのすぐ脇にあるのが、自分の自転車だ、ということで、ひとりで自転車に、つまり、その酔っ払いに、近付くのが怖くて、一旦、店に戻った。で、店のオーナーであるネパール人と一緒に戻って、そのネパール人オーナーが、自転車を持って来ようとして、その寝ていた酔っ払いの胸から腹部にかけて、どす黒く濡れているのに気付いた。どうやらこれは相当出血している、ということになって、一一〇番、と。通報に至る経緯はこんなところだ」

「現場に血痕は？」

「ものすごかったらしい。ま、現場で刺されたんだな。どこかから、遺体を運び込んだ、ということではないようだ」

「……」

「なにか、心当たりはあるか？」

「……一度、自転車の乗り方のマナーについて、ちょっと興奮気味に話したことはあるけど」

「あの、田舎モン糾弾みたいな口調で？」

「……そうだったな」

「……酔って、マナーの悪い自転車乗りにからんだかかな。殴るとか」

「……で、反撃を喰らった、とか？」

「可能性は皆無じゃないだろう」

確かにその通りだ。充分あり得る、と思えるのが困ったところだ。

「その専門学校の女の子が、自転車を置いたのは何時頃なんだ？」

「九時だそうだ。夜の九時。で、北斗通りの居酒屋で近所の友だちと飲んで、そこは二十三時頃に出て、アジア雑貨の店で一時間ほど時間を潰して、それから今度はひとりでネパール料理の店に行った」

「つまり、近藤が刺されたのは、午後九時から、午前二時の間、ということだな？」

「ま、そういうことだ。死亡推定時刻の発表も、そうなってる。検屍結果からじゃなくて、状況証拠で、そう判断してる、という段階らしい。これからの聞き込みで、二十一時以降の目撃例、つまり、まだ死体はなかった、という証言が出て来れば、死亡推定時刻の幅は、どんどん狭まる」

「……防犯カメラは？」

「ああ、それな。記録を提供させて、持って行ったらしい。今ごろ解析してるんだろう、と思う」

「見てみたいな」

「そうだな。だが、しばらくは無理だろう」

「だろうな」

「道警は、なかなか映像を公開しない。特に、犯人が未成年である恐れがあれば、なおさらだ」

「ま、確かに」

「……なんだ、その顔は。その勝ち誇った顔は」

「俺、今、勝ち誇ってるか？」

「なんか、そんな感じだ。ネタがあるのか？」

「ま、なんかわかったら、連絡するよ」

なんとなくこのセリフがきっかけになって、俺たちはめいめい、自分の朝飯に集中した。

せっかくのおいしいコーヒーが、すっかりぬるくなっていた。もったいないことをした。

14

部屋に戻って、シャワーを浴びた。気分転換だ。頭を洗いながら、あるいは体をタオルで擦りながら、ふと気付くと動きが止まっていて、近藤の姿を思い浮かべていた。

近藤が、地下鉄ホームから飛び下りた、あの時の姿。動き。俺の立っていたところからは、近藤の顔の右半分、というか、もっと狭い、鼻は見えずに、頬と耳、そして後頭部が見えるだけだった。だが、表情はわかった。ほとんど無表情だったように思う。なにか、ムッとして、慌てるでもなく、英雄的でもなく、恐れもせずに、ただ、……人が落ちたから、拾う……というような淡々とした顔つきで、なんの迷いもなく、飛び下りた。

その映像が、何度も何度も目の前に浮かんだ。そして、西口さんを引きずり上げ、持ち上げて、俺に差し出した。その時の顔は、正面から、一瞬だったが、見た。この時も、ムッとした、……そう、とんでもなく大量の雪が積もった翌朝、覚悟を決めて雪かきを始める時の男は、たいがい、あんな顔つきになる。覚悟を決めて、黙々と、ただただ、雪かきする時の男の顔だった。

その場面の映像が、何度も何度も甦った。シャワーを終えるまでに、いつもよりも時間がかかったのは、そのせいだ。

ちょっと春っぽい、ライトグレイにペンシルストライプの入ったスーツを選んだ。ロングターン、サイドベンツ。スーツよりもやや薄いグレイのシャツに、黒いネクタイを締めた。

このネクタイは、正面から見ると黒だが、斜めから光が当たると、緑色が混じった光を反射する。

そんなネクタイを締めても、なにも面白いことはない。だが、近藤を刺した奴をとっつかまえたら、少しは気分も晴れるかもしれない。……無理か。

一階の〈モンデ〉の前を素通りして、駅前通りに出た。正面に、暇そうにタクシーが停まっていた。

「近くて申し訳ないけど、北斗通り商店街、お願いします」

俺が言うと、運転手は「なんも、なんも」と言って、嬉しそうに発進させた。本当に、不景気なんだな。ここから北斗通りまで、千円はかからない。

北斗通り商店街は、歴史の古い街で、昔からしぶとく残っている老舗のオヤジたちは、そこそこ遊びに馴れている。ススキノでちょいとしたきっかけで知り合ったオヤジたちもいた。その多くは、亡くなったが、今でも付き合いの続いている筋もある。自転車置き場に防犯カメラがあるのなら、記録した映像を、道警の思惑とは無関係に、俺なら、手に入れることができる。

＊

明け方に訪れた北斗通り商店街は、東西の入口に黄色いテープが貼られ、南北に折れる交差点にもそれぞれに制服警官が立っていて、全面的に封鎖された状態だった。今は、その封鎖は解除されていた。ただ、現場だった元炭屋、現自転車置き場の建物は、まだテープで立入禁止になっていた。

俺が、この商店街と関わりを持ったのは、……と計算すると、もう三十年近い昔のことになる。

めまいがするね。

とにかく、その時の記憶を頼りに、一本道の商店街をぶらついたら、商店街振興会の事務所は、まだ移転していないことがわかった。文房具屋の二階にある。

この文房具店は、以前は、本格的な、ということはつまり、書道の道具から、種々のファイリング用品、豊富な画材、膨大な種類の紙、ほぼ壁一面を埋める多種多様の封筒、そして地球儀などもズラリと並んでいた本格的な文房具店だったのだ。それが今は、外からガラス戸を通して眺めた範囲では、文房具の品揃えは、スーパーの文具コーナー程度であるようだった。そして空いたスペースに、雑誌とＤＶＤ、そしてパソコンの消耗品などを置き、ほかに、クリーニングの受付、合い鍵、靴の修理なども扱い、小さな百円ショップのコーナーもある、何でも屋のような店に変わっていた。だが、〈稲生《いのう》文房具店〉という名前は変わっていなかった。一方、その代わり、ということなのか、商店街から、書店とクリーニング屋がなくなっていた。……いや、逆だろう、多分。書店とクリーニング屋がなくなったから、振興会会長である稲生稔彦《なるひこ》が、自分の店で、雑誌を扱い、クリーニングの受付をやるようになった、ということだろう。

文房具店の入口の脇に、小さな階段の入口がある。そのドアに、前と同じように、……おそらくは、前あったのと同じ物だろう……〈北斗通り商店街振興会事務所〉と記した年代物の札が貼り付いている。そのドアを押して、狭い階段を上った。上の方から、湿った暖気が降りて来る。誰かはいるらしい。今日は、全然寒くない。それなのに、おそらくはストーブを焚いているらしい。……稲生真知子である可能性が高い。

稲生真知子。

冷え性。

聖ユスティノス女子大学経済学部卒。

札幌で、最も偏差値の高い女子大学は、藤だ。北大にも並ぶ、とも言われる。で、その次に位置するのが、聖ユスティノス女子大だ。

そのユス女の経済学部を優秀な成績で卒業した、俺よりも五歳ほど年上の、稲生文房具店の娘が、真知子であり、そして、実はこの娘は手癖が悪い。というか、三十代の初め頃、一度、問題を起こした。

*

稲生文房具店の社長、稲生稔彦は、まだ存命のはずだ。最近は会ってないが。歳は、まぁ、七十代終わり、というところだろう。……八十になってるかもしれないな。

ちょいとした知り合いに誘われて仲間になったワイン会で初めて会った。非常にワインが好きらしくて、特にメドックに夢中だ、というオジサンだった。別に深い付き合いでもなんでもないが、その当時はワイン・バーは札幌にはあまり数多くなく、だから時折偶然顔を合わせることも何度かあった。そのうちに、メドックだけじゃなくて、日本酒も好きで、焼酎も好きで、ウィスキーでも、ラムでも、アルコール飲料ならなんでもかんでも好きだ、ということがわかってきて、それは俺と同じなので、時には電話が来て、どこそこの店に、おいしい何々の酒を入れたから、一緒に飲まないか、などと誘われるようになった。

で、時には聖ユスティノス女子大を優秀な成績で卒業し、フランスのどこだかで二年間、絵の勉強をした、という娘の自慢話なども聞かされた。いずれ文房具屋を継がせるつもりだが、今は北斗通り商店街振興会の事務をやらせている、広報とイベント担当だ、というようなことも聞いた。まぁ、農家の娘とか、農協の理事の娘が、農林中金に入るようなもので、ま、世の中はそんなもんだろう。

とにかく、稲生稔彦は、老舗の三代目社長で、ボンボンで、あまり鋭いところはないが、善良な、伸び伸びとしたオジサンだった。だが、二十数年ほど前、年末近く、なんだかどんよりと落ち込んで、珍しく陰鬱な表情になったことがある。変化が激烈だったので、話を聞いたら、あんたに相談したかった、と泣きそうな顔になり、娘が振興会で不正を行なっているらしい、と話し始めた。

北斗通り商店街は、当時は今よりももっと賑やかで、はるかに繁盛していた。で、歳末大売り出しは毎年好調で、そしてその最も大きな話題が、特賞が現金つかみ取り、という派手な抽選会だった。その企画を取り仕切っているのが、振興会の平の理事ではあるが、会長の娘である、聖ユスティノス女子大卒フランス留学歴二年、札幌市民芸術祭油絵部門銀賞受賞の稲生真知子であり、その抽選会を手伝っているのが、女子大生のアルバイトたちなのだが、そのアルバイトたちの多くは、というか、ほとんどは、というか、実は全員が、ユス女の美術クラブ〃市原会〃の部員たちなのだった。因みに、市原、というのは、明治何年だかに開設された、聖ユスティノス女子英語塾の講師のひとりで、美術部を創設した市原なんとかというオバチャンの名字なんだそうだ。ま、それはどうでもいいんだが、とにかく困ったことに、真知子は〃市原会〃のOG、というか、元会長だったのだ。

そして、この三年連続、ということは、真知子が大売り出しを担当するようになってから毎年、ということだったのだが、抽選の特賞、現金（千円札、中には五千円札も混じっている）つかみ取りに当たるのが、「偶然お買い物に来た」ユス女の学生（その時にはまだ、〃市原会〃の会員かどうかは不明だった）なのだった。それが、三年、続いたのだ。

稲生稔彦は、悩んだ。誰にも相談できず、本人に問い質《ただ》すこともできず、文房具店や振興会の顧問弁護士に相談することなどもってのほかで、時には、妻に「かぁさん、真知子、最近、どっか変わったところはないか」と尋ね、「別に」「そうだよな」と言葉を交わしても全く無意味で、「死んだら楽になる」と思い始めたところで、俺のことを思い出したのだということ。

「なぜ俺を？」と尋ねたら、「意味はないけど、あんたならなんとかしてくれるような気がした」という無意味な返事で、でも、ま、頼られたから、ちょこちょこと調べた。歴代の特賞受賞者のリストをもらって、ちょっと話を聞いて歩いたりした。

すると、受賞者は三人とも〝市原会〟のメンバーでありOGであること、会の中でも、とても仲良しなグループであり、アルバイトの女の子達も、そのグループのメンバーであることなどはあっさりとわかった。本人たちには、ほとんど「罪の意識」ってのがなかったのだ。お遊びの万引きの延長、というような感じだった。

だが、市原会の中では、そのグループには悪意の視線が向けられていた。あの人たちは、北斗通り振興会に就職した先輩とグルになって、不正を行なっている、という噂が流れていて、露骨な嫌がらせや、確執が存在しているようだった。〝市原会〟は事実上、分裂していた。

それらのことを把握するのには、ほとんど困難はなかった。学校には内緒で、ススキノのスナックで働いているユス女の学生は、何人もいるのだ。娘たちは身近な娘の悪口を言うのが好きで、ボトルを入れれば、ほとんどなんでも話してくれた。

不正の方法は簡単で、抽選は、ガラガラ、の、なんというのか知らないが、取っ手を持ってぐるぐる回す、ガラガラポン、のあの道具ではなく、ホチキスで閉じた三角形のスピードクジを開くものであり、そんなものはいくらでもインチキができる。なにしろ、クジを作るのは、アルバイトのユス女〝市原会〟の会員なのだから。

それらの事実を突き止めて、とりあえず、俺は〈ケラー〉の奥のブースに稲生父娘《おやこ》を呼び出して、事実だけを告げた。稔彦の意気消沈ぶりは、文字通り「目も当てられない」ものだった。真知子は、虚勢を張っていたのかどうか、わりと淡々とした、普通の表情だった。ただ、最後に、稔彦が「帰るぞ」と言って立ち上がった時、一瞬遅れて立ち上がり、そして突然、泣きそうな顔になって、「ごめんね、お父さん」と言った。泣きそうだったが、泣かなかった。

その後はどうなったか知らなかったし興味もなかったが、半年ほどして〈ケラー〉で偶然会った時、「歳末大売り出しの抽選は、去年から、ガラガラポンになった」ということと、「娘はまだ理事で残っている」ということを聞いた。これについての報酬は、もちろん、もらっていない。その当時は、こんなような便利屋まがいのことを始めたばかりで、特に商売としては意識していなかったし、向こうとしても、金を出したりすると、なんとなく「口封じ」の感じもあって、失礼になる、と思ったんだろう。ま、それはそれでいい。俺としては、年上の飲み仲間が困っていたので、ちょっと助けてやった、というくらいのことだ。その当時も、生活費の大半はトランプで稼いでいたのだ。まだそんなにはイカサマをしていなかった時期だ。

つくづく、時代、ということを考える。当時は、パソコンを持っている人間は珍しかったし、インターネットなんて言葉もなかった。パソコンを「マイコン」と呼んでいた時代で、マイコンのマニアが、「コンピューター通信」を趣味で楽しんでいる、という時代だった。だから、これだけで済んだのだ。もしもこれが今の出来事だったら、このスキャンダルは全世界に知られ、不正の現場を隠し撮りした映像や動画が全世界に配信され、聖ユスティノス女子大の権威は地に堕ちて、真知子は社会的にほとんど抹殺されていたかもしれない。

ま、そんな経緯があるから、店の形態が大きく変わったにしても、〈稲生文房具店〉が残っていて、そして商店街振興会事務所が二階にあるのであれば、まぁ、相当の無理は言えるだろう、と思うんだ。

もちろん、他にもネタはある。

＊

階段の一番上まで上って、曇りガラスのはまった木枠のドアを押した。相当太った真知子が、デスクの上の書類に身を屈めて、脇にメガネを置いて、なにかしきりに読んでいる。

「ミドリちゃん？　ちゃんとドア、閉めて来てくれた？」

「ミドリちゃんてだあれ？　おねぇ様」

俺が言うと、真知子はギョッとした顔を上げた。俺を睨み付け、左手をファックスにサッと伸ばした。

「いや、ちょっと待て。覚えてないか」

真知子はデスクの上の眼鏡を掛けて、俺を見た。ややあって、思い出したのがわかった。

「なんですか……なによ、いきなり」

「驚かせて悪かった」

「なによ、いきなり。……二十年くらいになる？」

「なると思う。もうちょっと経ってるかな」

「太ったわね」

お互い様、とは言わなかった。とりあえず、いい気持ちでいてもらいたい。

「なんの用？」

お茶を出す気はないらしい。

「自転車置き場で殺された……」

「ああ、近藤雅章さん。可哀相に」

いい迷惑だわ、という表情だ。

「友だちだったんだ」

「あら、そ。残念だったわね」

「防犯カメラの映像を見せてくれ」

「……ああ、……あんた、まだそんなような仕事をしてるの？」

「そんなような？」

「あんなような」

「……ま、仕事じゃない。個人的な、……そうだな、ただの好奇心だ」

「ごめんなさいね。確かに、防犯カメラは生きてたけど、データは警察に全部出しちゃったの。結構、鮮明に映ってたみたいだけどね。でも、こっちには残ってないのよ」

「そう言う、とは思ってたけどね」

「だって、事実そうなのよ」

「だろうな、とは思ってたけどね」

「つまり、あなたの考えは、正解だった、ということ」

「ま、あのインチキ抽選事件は、もう時効だからな。警察に御注進、なんてことをしても、絶対に逮捕される心配はない」

「あら。脅してるつもり？　あまり利口じゃないわね」

「そう言うと思ったよ。……たださぁ、……今、中の島の〈らむーる〉ってラブホテルを任されてるのは、あなただよね」

稲生真知子の顔色が変わった。

「稲生家が、このあたりの賃貸マンションの他に、中の島と、手稲曙に計三軒、ラブホテルを所有しているのは、知ってる。で、それを任されて運営してるのは、あなただ」

真知子は落ち着きを取り戻していた。

「よく知ってるわね。その通りよ。で、それがどうしたの？　ラブホテル経営、なんてことを、別に恥だとは思ってないわ」

「そりゃそうだ。そういうことじゃなくて。つまり、手稲曙の〈ラスト〉は、今、改装工事の最中だ」

「それもその通りよ」

「で、〈ラスト〉の改装工事が終わったら、同じく手稲曙の〈ラストⅡ〉を改築する予定か？」

「それも、その通りよ。物知り博士の自慢？」

「物知り博士。懐かしいね」

「ひょっこりひょうたん島の……」

「いや、小学校の時の、俺のアダ名だ」

「……」

「で、中の島の〈らむーる〉は、これは、去年の暮れに改築工事は終了した」

「そんなに当社の業務に興味を持っていただいて、取締役として、光栄です」

「ま、黙ってろ。すぐに、軽口を後悔するから」

「はぁ？」

「俺はこの目で見たけど、〈らむーる〉のフロントの、客から見えない、カーテンの陰にある、壁一面のあのでっかい装置は、ありゃなんだ？」

真知子が、今度は本気で青ざめた。

俺が自分の目で見た、というのは嘘だ。だが、内装工事を請け負ったクロース屋の若いもんから聞いたのだ。こいつは、わけあって俺に恩義を感じていて、俺に対して嘘をつくことはまずない、という律儀な青少年だ。

「あれと同じものは、俺は別な場所で見たことがある」

「……」

「尼崎のな。山奥に、筋モンどもの、裏ＤＶＤのダビング工場があってな。……ダビング、ってのは古い言葉か？　今はコピー、でいいのか。よくわからんが、とにかく、頭のネジがどっか弛んだような連中が、黙々と働かされててな。ただもうひたすら、ＤＶＤを入れて、スイッチを押して、で、別なドライブのＤＶＤを取り出して、今度はそっちのドライブにＤＶＤを入れて、ってのを繰り返してた」

実際に見たことはないが、ま、そういう噂だ。業界都市伝説のひとつだな。

「……」

「な？　えらそうなことを言ったのを、後悔することになったただろ？」

「……」

「ホテルの全室に、隠しカメラを付けてるだろ。一室一個か？……それとも、風呂とトイレにも入れてるかな？」

「……」

「とにかく、最近は、安いからな、カメラが」

「……」

「で、その映像を、あのフロント脇のＨＤＤに蓄積して、後はまぁ、どうしてるか知らないけど、要するに盗撮裏ＤＶＤとして流出させてるんだろ？」

「……」

「で、その儲けが膨大なんで、曙の二物件にも同じ工事をしているわけだ。なんてことは、まさか、あるわけないよな」

「……」

「ま、それはそれとして、自転車置き場の防犯カメラの映像、コピーして残してあるやつ、それを、ＤＶＤに落として、渡して貰えないかな」

一瞬、「ＤＶＤに焼いて」と言いそうになって、内心、慌てた。

真知子は、「死ね」というような気合いで、俺の目を睨み付けた。俺も今年で五十だ。包容力のある、腹の大きな男になったのだ。で、その真知子の視線を、ゆとりを持って受け止め、にっこりと微笑んでやった。真知子は舌打ちをして立ち上がり、壁際の、なにやら電子機器がゴチャゴチャと積み上がっている一画に近付いた。

「こっちのメリットは？」

厚かましいことを尋ねる。ま、いいか。

「そりゃわかってるだろう？　安心、さ。安心できるわけだ。死ぬまでな」

「……」

「俺の口の堅さは、この二十数年が保証してるだろ？」

「クソ」

聖ユスティノス女子大卒、の経歴が泣くぞ。……もう、泣いてるか。すっかり諦めてるかもな。

「俺は、稔彦さんが好きなんでな」

「え？」

「だから、ひとつ忠告しておく」

「なに？」

「俺が、あんたのホテル盗撮のことを知っている、ということは、つまり、他にも、この件を知っている人間がいる、ということだ」

「そりゃそうでしょ。でも、聞いたって、教えてくれないでしょ」

「おお。いい心がけだ。物事をよくわかってる」

「それで？」

「……よくいるんだよな」

「なにが」

「シロウトは、その気になりやすくてな。そんな中に、いるんだ。筋モンと付き合いがあるのを、なんとなく得意に思う、という〝困ったちゃん〟がな」

真知子は鼻で笑った。

「あんたが思ってるようなのとは違うわ」

「明哲《ミンチョル》がか？」

具体的な名前を言ったら、真知子の顔が強張った。この女は、明哲自身が、そしてその仲間連中が、どれほど気楽で口が軽くていい加減で、そして堅気の女……老舗の箱入り娘が干物になったような……を舐めているか、知らない。

「気持ちはわかる。交友関係が広い、のを楽しく思う、そういう気分なのかもしれない。相手の職業、学歴、人種、国籍、そんなものを無視して、人間同士で付き合う、私はブロード・マインデッドなフィランソロピストなのよ、なんて気持ちがあるのかもしれない」

真知子は憎々しげに顔を歪めて、鼻で笑った。

「栗空《くりあき》フンベ、というアイヌと友だちでな。詩人で、居酒屋のオヤジだ。こいつの話だと、本州の三流私大の助教授から、札幌の三流私大の教授になって、やってまいりました、なんてやつの女房連中とか、転勤で札幌に来た大手商社の支店長の女房なんてのが、嬉しそうにフンベの店に来るらしい。そういうオバチャンたちは、ヘンに馴れ馴れしいんだそうだ」

「……」

「自分たちがどれほどアイヌ差別を嫌悪していて、アイヌに優しく、アイヌ文化を愛しているか、を世間様に見てもらいたいんだな。やけに、アイヌと友だちになりたがる、とフンベは言ってた。アイヌの友だちがいるのが得意らしいんだな。ま、麗しい話だとは思うよ。博愛精神の発露だ。だが、ヤクザとアイヌは違うよ。当然だけど」

「……」

「ヤクザは、エトランゼじゃない。外道だ。そこんとこの見極めをちゃんとしないと、稔彦さんをまた泣かせることになるぞ」

真知子はそっぽを向いて、舌打ちをする。唾を吐く、くらいのことはしそうだ。朱に交われば赤くなる。

「筋モンてのはたいがい、話がうまくてシロウトを誑《たら》すのなんか、朝飯前だ。それに、利用価値は高い。明哲は、面白い男だよな。それは確かだ。……少なくとも、警官よりは、ずっと役に立つ」

「だったら、なによ」

「だから。俺は、稔彦さんが好きだから、衷心から忠告するけどね、シロウトが、うかうかとそんな気分で、明哲みたいなのと付き合ってると、結局、火傷するぞ、ということだ。知ってるかどうか、明哲は、確かに二級建築士だけど、花岡組の四次団体の頭なんだよ。社長とか、先生とか、社員に呼ばせてるけど、実際は、ただのヤクザだ。図面は引けるし、手順書も作れるけどな」

「……」

「明治から続いた、この稲生文房具店も、マンションも、ホテルも、〈イノツ・トラベル〉も、なんもかんも、全部、パァになるぞ」

「……」

「大きな御世話、と思ってるだろ。そりゃわかる。だが、ま、そのうち……再来年の年度末には、思い知るさ」

真知子は、ムスッとした顔のまま、俺に背中を向けて、棚にきちんと収めてあった生DVDを、ドライブに挿入した。背中が、怒っていた。

15

北日札幌圏部部長というのは、本当に閑職であるらしい。電話したらデスクにいたし、防犯カメラの映像を手に入れたから、見るか、と尋ねたら、「すぐ行く」と答えた。そして、本当にすぐにやって来た。コーヒーの用意がまだ途中だった。

「やけに早いな。俺が電話したのは、お前のデスクの電話だよな」

念のため、確認したほどだ。

「そうだ。ケータイじゃない」

「だよな。安心した。自分がボケたかと思った。……あれから、まだ十五分も経ってないぞ」

「社の前には常時、クラーク・タクシーが停まってる。俺は部長だ。チケットはいくらでも使える。俺は札幌圏部部長だ。仕事がなにもない」

「近藤の事件は?」

「社会部に引き継いだ。それで、俺の役割は終わりだ。なにか新しいネタを摑めば、また引っ張ってこられるかもしれない」

「そうか。……じゃ、その新しいネタとバーターで、タクシーに乗せてくれないか」

「いいけど。どこに行く?」

「小別沢《こべつさわ》」

「なに？　なんで？」

「フリーのシステム・エンジニアがいるんだ。俺は、このチャチなパソコンしか持ってないし、だいたい、プリンタがない」

「……ま、ワケわかんないけど、ＯＫだ。で、そのコーヒーは？」

「飲んでから行くか？」

「一口でいいんだけど」

俺はコーヒー・メイカーからカップに注いで、渡した。

「……物持ちがいいな」

松尾がボソッと言った。

「ん？」

「それは、結婚前に春子さんが買ってくれたコーヒー・メイカーだろ」

そうだった。

忘れていた。だって、まだ昭和だった頃の話だ。

ま、どうでもいい。

「さっさと飲め。早めに行きたい」

「先方は、ＯＫしたのか？」

「日中は、必ず仕事をしてる。俺の命令には、必ず従う」

「なんで？」

「マゾだからだ」

松尾は顔をしかめて、さも嫌そうに、コーヒーを一口飲み下した。

＊

金浜の自宅兼仕事場は、旧小別沢トンネルのすぐそば、林の脇にある。林から流れてくるそよ風が素敵、ということで、金浜は自分の仕事場に〈スタジオ・ブリーズ〉と名前を付けた。そして、自分では「ストゥディオ」と発音する。札幌の街の雪はキレイに消えたが、小別沢では、トンネル脇の〈スタジオ・ブリーズ〉のそば、日陰になっている斜面に、まだ雪が残っていた。雪は白かった。

小学生の頃の、春の遠足を思い出した。札幌の人口が五十万人くらいの頃だ。毎年の春の遠足では、よく残雪に遭遇した。山の名残雪は、薄黒かった。雪玉を作ると、硫黄のニオイがした。石炭ストーブの煤煙で汚れていたのだ。昭和三十年代。それが今は、札幌の人口は百八十万になり、山の残雪は、白い。その分、どこか見えないところで、なにかが、ものすごく汚れているような気がするんだが。

ま、いい。

金浜の〈スタジオ・ブリーズ〉は、よくある「ペンション」風の木造建築で、大きい。玄関に辿り着くためには、木で造った階段を昇ることになる。で、階段を昇り始めたら、上の方でドアが開く気配がした。

「あ、どうも」

早春の、ひんやりとした、萌え初める緑と息づき始めた土を感じさせる気持ちのいいそよ風を、金浜の甲高い声が、汚した。タクシーがやって来て、走り去るのを、仕事場の窓から見ていたんだろう。

「しばらく」

「あ、ど〜も。御無沙汰してました」

金浜が階段のてっぺんに出て来た。

「頼みがあるんだ」

「わかりました」

「こちらは、北海道日報札幌圏部部長の松尾さん」

「よろしく」

松尾が真面目くさった顔で名刺を差し出した。

「あ、あの、俺の名刺は、ストゥディオの方にあるんで、あの、上で、すぐに」

金浜が慌てた口調で言う。金浜は、なぜかいつも慌てている。額に汗を浮かべて、慌ててあたふたして、結局失敗して、そして甲高い声で「どうせ俺は醜い豚ですからっ！」と打ちひしがれ、がっくり頭を垂れるのだった。

「DVDを見たいんだ」

「ああ、いいですね。ＤＶＤは。キラキラ光って綺麗だし。どれも同じようなものですけど、とにかく、キラキラ光って綺麗です。この頃は、色もいろいろありますしね。白、金色、銀色、深みのあるブルー……」

「……」

「冗談です」

「うん。ＤＶＤを、矯《た》めつ眇《すが》めつしたい、というわけじゃない」

「当然です」

「ディスクに見とれたいわけじゃない」

「わかります。再生して、モニターで見たい、と」

「そういうことだ。で、写真を何枚かプリントしたい」

「映像の中の一コマ、ということですね」

「そう。で、それを、数十枚単位でコピーしたいんだ」

「了解です。問題、ありません」

「じゃ、まず、再生したい」

「はい。こっちにください。……なんの映像ですか？」

「……殺人事件」

「ほぉ」

金浜は、猟奇・鬼畜系、と呼ばれる方面の映像のマニアでもある。顔つきが変わり、額に汗が滲んだ。

「ただ、殺されたのは、俺の友だちなんだ」

「あ、そうですか」

「近藤雅章、という、今朝、自転車置き場で……」

「ああ、ニュースで見ました。去年、地下鉄駅でホームから落ちたお婆ちゃんを、飛び下りて、助けた、という……」

「そうだ。あの時、近藤さんからお婆ちゃんを受け取ったのが、俺だ」

「あ、そうですか。……友だちだったんですね……」

「そうだ。だから、興味本位で扱いたくない」

「なるほど」

「だから、あんたに頼むんだ」

「了解です。ご心配なく」

金浜には、いろんな欠点があるが、約束は必ず守る。勝手な推測だが、どんな困難な状況に陥っても、絶対に約束を守るために苦労する、という行為から、マゾヒスティックな快感を汲み上げているのではないか、と思うこともある。

＊

金浜に頼んでよかった。そうでなければ、映像スタートの18:00から、八時間ほどの映像を八時間ほどかけて見なければならないところだった。

なにをどうやっているのかはわからなかったが、要するに、午前二時過ぎ、近藤の遺体が単独で画面右端に横たわっている時刻までスキップして、そこから、コンピュータが高速で巻き戻し再生をしながら、犯行映像をサーチしている、という感じに見えた。時折、金浜がマウスでクリックして、映像を飛ばしたり、前後させたりした。そして、五分もかからずに、犯行映像を探し当てた。

「時刻は、午前零時十二分二十七秒。近藤さんが、ひとりで入って来ます。再生して、いいですか？」

俺は、頷いた。

画面で映像が行ったり来たりする間に、何度か、近藤雅章の遺体がモニター上に現れた。最初に目にした時は、不意打ちだったので心臓が激しく暴れたが、それは思ったよりもあっさりと収まり、気分もだんだん慣れてきた。

「じゃ、頼みます」

松尾が、硬い声で言った。思い出した。松尾も、近藤と直接話したことがあるのだった。ふたりは結構打ち解けて、楽しそうに言葉を交わしていた。……そうだ、近藤が、メディアにあまり煩わされずに済んだのは、松尾の努力のおかげだった。……松尾も、近藤の人柄が気に入っていたのだろう。

「スタート」

金浜が甲高い声で言った。動き出した。非常に鮮明で、動きが滑らかなカラー映像だ。近藤が、慎重な足取りで入って来た。間違いなく近藤だ。生きて、歩いている。画面の中央で立ち止まり、あたりを見回している。蛍光灯からの青白い光が、自転車に陰を作り、近藤のスキンヘッドを光らせる。

入口の方から、セカセカとした足取りの、いわゆるB系ファッションのガキが近付いて来た。猫背で、姿勢が非常に悪い。俺が父親だったら、毎日「背中、背中！」と背中を叩いているだろうな、と思った。お約束通り、フード付トレイナー、ダブダブパンツ。ガキが後ろから声をかけたらしい。近藤がそっちを向いて、それから体を向けた。なにか語り合っている。

ガキが、トレイナーのポケットに突っ込んでいた左手を出した。なにか握っている。右手で近藤に抱きつき、その左手を近藤に押し付けている。近藤は、一度、ピョン、と跳ねた。だが、全く怯まずに、抱きつかれたまま大きな動きでガキの腕を振りほどき、右足をガキの膝の後ろに絡めて、突き飛ばして倒した。そしてそのまま、蹴ろうとした。

床に転がったガキは必死で近藤の軸足にしがみつき、また、左手に持ったものを近藤の足に押し付けた。近藤はまたピョン、と跳ねて膝をついたが、そのまま右手の拳をガキの頭頂部に打ち下ろした。鉄槌だ。これが近藤の得意技であるらしい。ガキの動きが鈍くなって、相当のダメージを受けたらしいことがわかった。近藤は立ち上がり、ガキの左手を思いっ切り踏んだ。そして、握っていたものを蹴った。ガキの左手から、大きめのマウスのようなものが床を滑って、画面右端に消えた。近藤は、それを拾おうとしたんだろう。そっちに歩いて行く。さっきの画面で、近藤の遺体が横たわっていた場所に近付いて行く。

(だめだ、近藤さん。そっちに行くな!)

俺は、心の中で、必死になって叫んだ。だが、もちろん、俺の心の叫びは、近藤には届かない。近藤が上体を屈めて、画面右端のもっと右に落ちているものを拾おうとした。

その時、ガキが立ち上がった。トレイナーの左袖をせかせかした動作で上げて、そこに見える黒い細長いものを外そうとしている。ナイフだろう。

(近藤さん、後ろ!)

だが、近藤は、拾い上げたものをしげしげと眺めているらしい。もしかしたら、画家の目で、「これを描く時は……」などと観察しているのかもしれない。

ガキは、ようやく左手のナイフを右手に持った。上体を、瞬間、屈めたのは、おそらくなにか怒鳴ったのだろう。近藤が振り向いた。そして、右手を突き出し、画面では、少し上の方に、二歩、動いた。さっき、近藤雅章の遺体が横たわっていた場所に重なった。そこに、ガキが飛び込んだ。映画やTVドラマで見る、刺殺の場面そのままの動きだった。

ヤクザ映画やVシネマで覚えたのだろう。分数の引き算はできなくても、こういうことは覚えられるのだ。

ガキは、ほとんど、壁に体当たりするように動いた。そのガキと、壁の間に近藤がいる。ガキは、何度かナイフを上の方に、腰を入れてえぐった。二度目までは、近藤は反応した。

だが、三度目からは、ガキがグッと腰を入れても、なんの反応もしなくなった。ガキが、体を離した。

近藤は、腹を押さえて腰を引き、画面右端の壁に凭《もた》れた。そのまま、滑るように尻が沈んだ。見えるのは、ゆっくり動く両足と、なにか撫でるように自分の腹を探っている左手だけで、その他は、画面右端にはみ出していた。足が、動かなくなった。

ガキは、しばらくそこに立っていた。そして、しゃがみ込んで、近藤の肩を揺するようなことをした。そのまま、しゃがんで、しばらく近藤を見つめていた。二分ほど、そのままだった。

それから、ようやく立ち上がり、右の方に一度消えた。近藤が見ていた、大きめのマウスのようなものを拾ったんだろう。そして、ちゃかちゃかした動作で、苦労してナイフを左袖のホルスターに戻した。それからまた、しばらく近藤を見ていた。そして、ふと思い付いたようにケータイを出して、近藤の写真を撮った。それから、振り向いて、走り出した。画面から消えた。

振り向いた時、顔がはっきりと見えた。

十八歳くらいか。幼い顔立ちだった。

*

しばらく、誰も口を利かなかった。もちろん、殺人映像はいくつも見たことがある。ゲリラが泣き叫びながら首を切り落とされる映像だって、見たことがある。

それに俺は、現実の死体を見たこともあるし、目の前で人が射殺されるのを目撃したこともある。

だが、近藤雅章殺害のDVD映像は、そういう経験とは、全く別のものだった。俺は、友だちが殺される場面を、生まれて初めて見たのだった。

不意に金浜が立ち上がって、スタジオの隅にある大きな冷蔵庫を開けた。コントレックスのソーダ水のボトルを出して、そこにあったトレイに載せ、壁に作りつけの棚から八オンスタンブラーを三つ、脇にあったラフロイグのボトルと一緒に持って来た。

「ま、お好きに」

投げ捨てるように言って、自分のグラスに注いで、ストレートで飲んだ。

「あれは、なんだろう」

松尾が、当面の問題から目を背けるような口調で言った。

「あれ？」

「あの、丸っこい……」

「ああ、あの、大きめのマウスみたいなやつな」

「そうだ」

「あれは、多分、スタンガンだろう」

「いえ、そうじゃないっす」

金浜が言う。

「違う？」

「ええ。多分、あれはマイオトロンっすね」

「なんだ、それ」

「スタンガンが、あんまり効果ない、ってことがバレて来たんで、新たに登場した、護身道具ですよ。ＦＢＩやシークレット・サービスも正式採用してる、米軍のガードも使ってる、ってのが売り文句で。スタンガンは、高圧電流でショックを与えるわけですけど、マイオトロンは、相手の脳神経細胞に直接作用して、しばらく運動できなくする、ということになってます」

「へぇ……」

「あれは、ブラックウィドーか、もっと上のＳＳモデルだと思いますね」

「で、効くのか？」

「見たでしょ。あんな程度です。……だいたい、通販で手に入るスタンガンやマイオトロンが、本物かどうか、わかりませんしね。粗悪な類似品かもしれない。スタンガンなんか、あれは、青い火花がジジッジジッと飛ぶ、その威嚇効果だけだ、と思えば間違いないんです。大の大人なら、百十万Ｖスタンガンなんかで、ダメージなんか受けませんて。『いてっ』てなもんですよ。で、『なにすんだ、この野郎』って、殴られて終わり。……それと同じなのが、女子供に教える護身術ですね。あれくらい下らなくて危険なものはない。小学一年生の女の子が、ヘンタイ男に反撃して、勝てるわけ、ないじゃないですか。反撃したら、『殴ったな、こいつ！』となおさら逆上させるだけだ。危険に遭遇したら、とにかく走って逃げろ、と教えるべきでね。付け焼き刃の反撃法なんか、全く危険なだけだ」

「そうだな。……で、マイオトロンは？」

「え？……ああ、そうです。その話でした。マイオトロンも同じです。確かに、スタンガンよりは、ちょっと効くような気もしますけど、……効く、というのは、痛みが激しい、ということですけどね。でも、相手の運動能力を十五分は奪う、なんてことはないです。『痛ぇな、この野郎、なんてことするんだ』と激怒させる、そんな道具です。あのガキは、それを知らなかったんですね。本気で信じてたんでしょうね。マイオトロンの威力を。通販で買ったんでしょうけど」

「詳しいね」

と言ってから、気付いた。もしかしたら、金浜は、通販でスタンガンやマイオトロンを買って、そして自分で自分を痛めつけているのかもしれない。状況を想像してみた。……不気味だが、ありそうなことに思えた。

「あのふたりは、なんで揉めたんだろう」

松尾が慎重な口調で言う。

「……なんでかな」

「見た感じとしては、あそこで待ち合わせた、という……」

「それは、俺も感じた。……どっちかが、どっちかを、あそこに呼び出した、というような」

「どっちがどっちを、だろうな」

いつの間にか、俺たちは三人とも、ラフロイグを飲んでいた。そして、あれこれ語り合ったが、具体的にはなにも明らかにならなかった。

「で、あの、さっき、プリントのことを……」

金浜がおずおずと発言した。別におずおずする必要はないのだが、そういう気分を味わっているらしい。

「ああ、そうだ。頼む。あのガキの顔がはっきりわかるショットと、全身が……つまり、トレイナーの柄とか、パンツの色なんかがはっきりわかるショット、二枚か三枚くらい選んで、五十枚くらいずつ、欲しい」

「了解です。プリントします。……選んだ写真のデータを、CDにコピーしましょうか？」

「え？」

「そうすれば、コンビニで、好きなだけ、プリントできますよ。……一枚、三十円くらいかな」

「なるほど。じゃ、そうしてくれ」

「じゃ、ここで飲んでてください。すぐにできますから」

16

頼んだ写真とCDの他に、金浜はDVDもコピーしてくれた。俺の部屋のあるビルの前でタクシーを降りる時、そのDVDと、写真三種一枚ずつを松尾に渡した。

「お」

松尾は受け取り、「お前、今夜は〈ケラー〉に何時頃行く?」と尋ねてから、「今からわかるわけ、ないか」と自分で引き取った。

「そうだな。ま、なにかあったら、連絡する」

「そうだな。じゃ」

「じゃ。……ああそうだ、近藤さんの葬儀は、少し遅れるらしい」

遺体が戻るのに時間がかかるのだろう。

「わかった」

タクシーは走り去った。部屋に戻り、DVDをそこらに林立している、本でできた柱のひとつに挟んだ。そして写真がポケットにあることをしっかりと確認した。それから、部屋に備蓄してある〈ケラー〉のマッチを二摑み、左右のズボンのポケットに突っ込んだ。それから、背広の脇のポケットの糸を切って、金浜がコピーしてくれたCDをケースごと入れた。俺のスーツの背広のポケットは、物を入れることができないように、糸で縫ってふさいである。だが、この際、そんなことはどうでもよかった。

で、部屋から出た。

＊

ススキノ市場でゴールデンキウイを買って、〈ハッピードル〉に行った。桐原は今回もいなかった。忙しいのか。いいことだ。

「よぉ」

挨拶すると、相田の目が歓迎してくれた。

「暖かくなって来たな」

相田の目が同意した。

「ところで、……内緒にしておくわけにもいかない、と思うんで、話すんだけど」

相田が俺の目を強く見た。

「この前、話した、イラストレイターの近藤さんな。ほら、あの、地下鉄ホームから飛び下りたバアサンを助けた」

話の結果を予想したらしい。相田が目を閉じた。

「……死んだ。ガキに刺されたんだ。北斗通りの自転車置き場で」

棒のように寝そべっている相田が、首から上だけで、泣き出した。辛うじて、声は出さない。でも、固く閉じた瞼の間から、涙がこぼれるのは止められない。

近藤の死を知った時も、近藤が殺される場面を見た時も、俺は動揺したが、しかし、泣きそうにはならなかった。泣くとか泣かないとかの問題ではなかった。だが、今、寝た切りの相田が、近藤の死を悼んで泣いているのを見て、俺は思わず泣きそうになった。やめろよ、みっともない、と言おうとした時、相田がぎこちない動きで口を開けて、口を歪めて、「パ」と一度だけ、声を漏らした。不意に、俺の目からも涙がこぼれた。

イシガキがおずおずと相田の涙を、そこらにあったタオルで拭いた。そして、「あの」と俺に、別なタオルを差し出した。俺は受け取って、自分の目の周りを拭いた。「それで」と言って、イシガキが名刺を差し出した。

「あの、社長が名刺を作ってくれまして。この前、お目にかかった時はまだ名刺はなかったのですが、社長が、名刺を作ってくれまして。この前、お目にかかったときの後です。それで、とりあえず、こういう者です」

なんだ、こいつは。

ま、とにかくお互い、社会人同士だ。俺も、自分の名刺入れを取り出して、顔を歪めて泣いている相田の脇で、名刺交換をした。

〈マネーショップ　ハッピークレジット

介護スタッフ

石垣　三千夫〉

住所、電話番号。ごく普通の名刺だ。

「ミチオ君か」

「はい、そうです。今後とも、よろしくお願いいたします」

深々と頭を下げる。

「はぁ。よろしく」

俺は会釈を返したが、石垣はそれを完全に無視して、相田の涙を拭いた。そして「キウイ、皮、剥いてきます」と言って、出て行った。

どこか、なにかが、ちょっとずつ、ズレていて、おかしい。

相田が、涙で濡れた目で、俺のことを見つめている。近藤が刺された事情を知りたがっている。

「刺されたのは、北斗通り商店街の自転車置き場だ。元、炭屋だったらしい。その店舗と倉庫を改装した、自転車置き場だ。そこの防犯カメラの映像を見たんだがな、真夜中に、まず近藤が入って来て、すぐ続いてガキが入って来て、で、もみ合いになって、ガキが近藤を刺した。……ヤル気だった、と思う」

相田はまだ見つめている。

「近藤は、ああいう凶暴なオヤジだったからな。自転車に乗る、そのマナーにうるさかった。乱暴な運転をするやつを引きずり倒したり、殴ったりしたこともあるらしい。で、その関係で、自転車乗りと揉めて……つまり、商店街を突っ走るような乗り方をするガキ、とな。それで、自転車置き場で揉めたのか、と最初は思ってた。でも、映像で見ると、ちょっと違う感じだ」

相田がまだ俺を見つめている。

「どうも、近藤が、あそこに呼び出された、という感じだな」

まだ見つめている。

「どういう事情があるのかは、わからない。ただ、俺の勘だが、北斗通り商店街の近くに、なにかの場所があると思う。着替えたり、飯を食ったり、タバコを喫ったりするような。カメラにははっきり映ってはいなかったけど、……あの刺しようじゃ、トレイナーには相当返り血が付いていたはずだ」

まだ見つめている。

「カメラの映像から、写真をプリントした。これを配って、情報を集める」

そして、写真を三枚、見せた。

そこに、石垣が半分に切ったキウイ六個を皿に載せ、その皿とフォークとタオルをトレイに載せて、持って来た。

「じゃ、ちょっと用事があるんで、今日はこれで。元気でな」

立ち上がると、相田が目を閉じた。近藤への哀悼の意を表しているのだろう、と俺は解釈した。その脇で、石垣が最敬礼した。

「お疲れ様でした！」

俺はそのまま、階段で三階に降りた。

当直責任者は、忠生会の組長の熊谷だった。まだ四十にはなっていないはずの、のっぺりとした、鼻の高い、いい男だ。元はハッピー・クレジットの回収係から入って来たやつで、めきめきと業績を上げ、ついこの前、一家を構えることを許された男だ。取り立てが、とにかく苛酷で、そしてスマートだ、という評判だ。具体的にどんなことなのか、想像はつくが、想像したくはない。

椅子にふんぞり返って、書店のカバーを付けた文庫本を読んでいたが、俺を見て、本を脇に置き、サッと立ち上がって最敬礼した。

「お疲れ様です！」

俺はシロウトだ。つまり、ヤクザにとっては、永遠に客だ。つまり、俺はヤクザよりも遥かに「偉い」存在なのだ。いやはや。

「桐原、最近は相当忙しそうだな」

「義理掛けばっかで。いろいろ、不景気で」

「なんの本、読んでるんだ？」

「いやぁ、ありふれた本で」

はぐらかそうとしたが、俺が黙って目を見つめたら、観念して、カバーを外して、見せた。

『ローマ人の物語』の第一巻だった。

「まぁ、その……司馬遼は、もう大概、読んだんで。読むもの、なくなっちまって……」

「なるほど。読書はいい習慣だよ」

「ですよね」

ニヤリと笑う。

「ところで、頼みがある」

「は」

「この写真のガキを探してる。生きたまま会わせてくれたら、二十万出す」

「はぁ」

「桐原に、そう伝えてくれ」

三種類の写真を、十枚ずつ渡した。当然だが、この事務所にはカラーコピーがある。

「了解です」

「後で、俺からも桐原に直接頼むから」

「テンっす」

＊

電車通りの、昔ながらの餅屋で、すあまや大福など、ありふれた和菓子を買ってぶらぶら歩いた。ススキノの外れの、安いアパートが並ぶ街に、濱谷のおばちゃんの巣窟がある。

　鉄筋コンクリート四階建ての賃貸マンションの一階一〇〇一号室、〈管理人室〉と書いた小さな標識が、頑丈な鉄の扉に貼ってある。そのあたりは、ごく普通の「管理人室」なのだが、段ボール紙を、カッターやハサミで雑にガジガジ切ったらしい、B５くらいの大きさの紙に、いろんなことが書いてあるので、俺のようにごく普通の人間は、ちょいと足が竦む。

〈病ひ平癒　人生相談　占断　霊の障《さ》はり取ります　痛みはすぐ消える〉

その段ボール紙の脇に、これまた雑に切り取ったらしい、黒いプラスチックの板がくっついている。それには、下手くそな筆文字が白いペンキで〈濱谷人生研究所〉と書かれていて、そこに「風水（香港）」と書き足してある。そしてまたドアノブのところには、「ごえんりょ無くおは入り下さい」と書いたベニヤ板が、これはきっと瞬間接着剤で貼り付けてある。

これらの不気味なバリヤにもかかわらず、濱谷のオバチャンのこの部屋は、いつも賑やかだ。中にいるのは、ススキノで働いている女たち、ちょいと家に帰るのが嫌になったり、学校に行くのが嫌になったりした女子高生、そしていい年をした……初老から老年の、現役にしがみつきたい男たち（多くは体の不調を抱えている）だ。なんとなく、不気味なエネルギーが渦巻くポイントである。

俺は、買って来た和菓子類をミゾオチを守るように構えつつ、ドアの脇にある、おそらく昭和四十年代からずっとそこにくっついていたのではないか、と思われる、丸いブザーを押した。

「入ればいっしょや！」

ドアの向こうで濱谷のオバチャンが吠えた。これは、「入ったら、一緒である」という意味ではない。北海道弁で、「入ればいいじゃないの」という意味である。

＊

　そこにいた女たちは、俺の買って行った和菓子類を歓迎してくれた。もうそろそろ、桜に梅に桃に梨に、とにかくいろいろの花が一時に咲き揃う時期なのだが、部屋の中では旧式の石油ストーブが燃えていた。そして、なぜそういうことをするのか、意味がよくわからないのだが、石油ストーブの、普通ならヤカンをおいて湯を沸かすところに、食パンを直に並べて置いて、焼いている。好みの焼け具合になると、パンをひっくり返し、両面が焼けたら、パッパッと、表面に付いたストーブのヨゴレをはたき落として、バターも付けずに喋りながら食う。それら総てが、俺には「？？？？？」なのだが、とにかく、世界はそういうものであるらしい。

　濱谷のオバチャンの他に、四十から六十くらいの御婦人方が四人、ストーブの周り、畳にべったりと直接横座りして、ペチャペチャとお喋りしながら、トーストを食べている。

「お客さんは？」

　俺が尋ねると、濱谷のオバチャンは、首を横に振った。「お客さん」というのは、体の痛みや不調を抱えて、ここを訪れる初老以上の男たちのことだ。政治家や、位階が相当上位の役人、大企業の役員たちも多い。

「ダメさ。暖かくなって来るとね、爺さんたちも、そこそこ、元気になるのさ」

　客が元気なのが忌々しいらしい。

「なるほど。これ」

　菓子を渡した。オバチャンは、「あら、ありがと。いつも気が利くね」と言い、直接みんなに配った。オバチャンたちは、すぐさま食い始める。

「ところであんた」

オバチャンが言う。

「ん？」

「さっきまで、華が来てたよ」

「そうか」

「あのデブ、どうしてる、って聞いたら、出て行った、って寂しそうに笑ってたよ」

「……」

「別れたのかい」

「さぁ。どうなるのか、わからない」

「じゃ、もうダメだね。絶対に離れない、という気持ちじゃないんだろ」

「……つまり、普通の気持ちさ」

「じゃ、もうダメだ。いいコなのにねぇ……」

「……」

「で、なんの用さ。間に入ってくれ、ってんじゃないんだろ」

「それは、今の今まで考えたこともなかった」

「じゃ、なんの用さ」

「……友だちが、北斗通りで殺された」

「あ、北斗通りって、あの。イラストレイターの」

「そうだ」

「ここでも、サイレン、聞こえたもんね。なんだろう、と思ったら、あんた……」

この賃貸マンションから、北斗通り商店街までは、歩いて、……三十分、というところか。

「で、友だちだったんだ」

「残念だったね。……地下鉄で、なんか人の命を助けた？　なんか、そんなことした人なんだろ」

「そうだ。で、犯人を探してる」

「顔はわかるの？」

「これだ」

写真を渡した。三種類、それぞれ一枚ずつ残して、後は全部、女たちに渡した。

「こいつに、会いたい。二十万、出す」

「写真、もっとないの？」

〈第一パープルビル〉で長年スナックをやっている、五十過ぎのママが言う。

「数が必要だったら、コンビニでコピーしてくれ。コピー代だ」

五千円札を渡した。「あ、じゃ私も」と他の女たちも言う。五千円札を全員に渡した。

「連絡先は？」

俺は全員に名刺を渡した。

「あたしはメールとかしないよ」

「急ぎの時は？」

それらの質問には、〈ケラー〉のマッチと、小さなテーブルの上に置いてある〈濱谷人生研究所〉のチラシを支給した。

「ここらで連絡が取れるかもしれない。時間によって」

俺がみんなにチラシを配っているのをぼんやり眺めていた濱谷のおばちゃんが、「あら、でも」と口の中で呟いて、用心深い細い目で俺を睨みながら言う。

「誰かが見つけて、そしてそれを、私に教えてくれたとしてよ、それで、あんたに連絡をしようと思ったら、あんたに連絡がつかなかった、なんてことになって、それで、この男の子は、どっかに逃げちゃった、ってことが起きたとするじゃない？　でも、そんな場合、きっと、最初に見つけた誰かは、金くれ、って話になると思うのよね。そんな時は、どうするつもり？」

「それは、ケース・バイ・ケースで、きちんと対応する」

「ふうん……」

それなりに、ススキノで長年生き延びてきた女たちだ。そんなようなシビアな話をして、条件などを詰めて、ようやく話をまとめることができた。

部屋の中が暑い。話がまとまれば、あとはもう用事はない。濱谷のオバチャンが副業で売っている、酵素水をコップに一杯もらって、気持ちよく飲み干し、「じゃ、頼む」と言って立ち上がった。

「華に、なにか伝えておくこと、あるかい?」

「もしもあったら、自分で電話するから、いいよ」

「そうだね。華も、そう言ってたよ」

*

〈濱谷人生研究所〉を出て、最初に見付けたコンビニエンス・ストアで、写真を三枚並べて、コピーした。百枚、作った。それから、狸小路に行った。

七丁目のラーメン屋の二階、豚骨と背脂の濃厚な空気の中で、地道に商売をしているボード屋〈ランページ〉に向かう階段を昇った。相変わらずギシギシ軋む。その音で気付いたのか、上の方でドアが開いて、店長のホサナが「よう」と言った。

「しばらく」

「どうした?」

「これ」

写真セットを渡した。

「こいつを探してる」

「なんで?」

「このガキ、俺の友だちを、刺した」

「あらまぁ。……どうなった？」

「死んだ。北斗通りの件……」

「ああ、あのイラストレイター。ホームから落ちた年寄りを、飛び下りて助けた男だろ？」

「そうだ」

「ふ〜ん……でも、そんなやつ、ウチの客にはいないよ」

「そりゃわかってる。客の友だちとかさ。客の中でなにか噂になってるとかさ」

ホサナは唇を尖らせて、写真をしげしげと見た。

「ガキだな。……悪そうなツラぁしてんなぁ……」

「写真、コピーが必要だろ。使ってくれ」

五千円札を差し出すと、あっさり受け取る。

「で、生きて俺の前に連れて来てくれたら、二十万。どうだ？」

「……ま、聞いておく」

「頼む。……最近、商売はどうだ？」

「まぁ……だいたい、板の方は、行き渡った、って感じだな」

「じゃ、先細りか」

「ま、どんな商売でもそうだろ。……ま、これからはファッション中心にシフトして、……あとはどうするかなぁ……」

不景気な顔つきでそう言って、溜息をついた。

「ついそこのおでん屋が店を閉めるってんだ。で、大家が、後を継がないか、ってんで、どうしようかな、と。ジンギスカン屋でもやってみようかな、と思ってるんだけど」

「これからじゃ、もうダメだろう」

「そうかな。……じゃ、スープ・カレーにするかな」

「……お前、本当に、商売に向いてないんじゃないか？」

「そうか？」

「今、流行ってるもんの店を作って、どうするよ。そんなの、店が出来た頃には、もう流行りは廃れてるさ」

「そうかなぁ……」

寂しそうな顔で、写真をしげしげと見ている。

「このガキ、なにやって食ってるやつなんだろ」

「さぁな。……親から小遣いもらってんじゃないのか？」

「……いや、この顔は、違うな。そういうタイプじゃない。まともじゃない仕事で小銭を稼いでるんだよ。そんなふうな、荒れたツラだ、これは」

なるほど。言われてみると、そのように見える。

俺は、結構影響されやすいのだ。

「見つけたら、どうすればいい？」

俺は名刺を渡した。

「あと、〈ケラー〉で連絡が付く」

「ああ、そうだったな。わかった」

ホサナは頷き、それからまた写真を眺めて、「下等なツラだなぁ」としみじみ言った。

〈ランページ〉を出て、同じようなボード・ショップと、それから「B系ファッション」の店を三軒ほど、回った。この業界の小売店は、お互いに仲が悪い。だから直接、自分の足で、一軒一軒回らなくてはならないのだ。

17

各紙夕刊の近藤事件の続報は、すでに知っていることばかりだった。北日の記事も、警察発表をそのまま伝えるだけで、他紙と同様、精彩を欠いていた。札幌圏部部長と、社会部との間には、なんの連絡もないようだった。新聞の報道も、テレビのニュースも、防犯カメラの映像の存在については触れなかった。「目撃者によると」とぼかして、カメラに写っていたガキの特徴には触れていた。だが、「フード付のトレイナーを着て、ニット帽をかぶった若い男性」と報じても、これが犯人特定につながるとは思えなかった。

各夕刊の第一社会面の左下隅、死亡広告の上に、近藤の死亡記事が載っていた。やや扱いは大きかった。全紙が、顔写真を掲載していた。また、総ての記事が、地下鉄ホーム事件に触れていた。そして最後に「葬儀の日程は未定」と書いてあった。

友だちの「死」が、どんどん、社会の中に組み込まれていく。涙ぐんでニュースを読んでいたアナウンサーが、CM明けにはニコニコして雪花菜のフリップをカメラに向けて掲げたように、出来事は、きちんと梱包され、テープで留められ、密封されて、ベルトコンベアに乗ってどんどん進み、「最終処理プラント」に運ばれて行く。そしてあっさりと忘れられるのだ。

コンビニに行って、CDのデータで写真をプリントして、三枚一組五十セットを作った。思ったよりも時間がかからないので、驚いた。

それからサウナに行き、顔馴染みのフロントに十セット渡して、見かけたら〈ケラー〉に電話をくれ、と頼んだ。それから、〈ケラー〉の開店時間まで、サウナでのんびりして、仮眠室で目を閉じた。俺が近藤事件の犯人を捜している、という情報は、まだ、ススキノに行き渡ってはいないようだった。俺を見て、ヘンな目つきをするやつは、今のところ、誰もいない。

俺は比較的安心して、浅く寝た。

*

〈ケラー〉はすいていた。ここも不景気か。このところススキノは、ビルの増築・改築・新築が夥《おびただ》しい。不動産売買も活発だ。マンションもニョキニョキ増えている。金が唸りを上げてススキノで渦巻いている、という気配はある。だが、その金は、それぞれの店には届かずに、大概の店は、客が足りなくて、へとへとになっている。

間違った金が、どこか間違ったところで暴れている、そんな感じだ。

つくづく下品な話である。

「いらっしゃいませ」

岡本さんが丁寧に頭を下げてから、続けた。

「松尾さんが、そろそろいらっしゃるそうです。なるべく急いで行くけど、もしも先に着いたら、飲んで待っててくれ、との御伝言です」

「わかった」

「近藤さん、残念でした」

「まったくだ。スタンダードのマティーニ、ステアでお願いします」

「二杯？」

言われて、気付いた。

「ああ、……そうだな。じゃ、マティーニと、サウダージを」

「一杯ずつ」

「うん」

「畏まりました。……年の功ですかね」

手を動かしながら言う。

「なにが」

「そんなこと、……三十のころにやったりしたら、チャンチャラおかしいだけですけどね。今なら、まったく自然です」

「……三十は、まだ友だちが死ぬ歳じゃない」

「そうとも限りませんよ」

「……まぁ、そうだな。確かに」

「お気の毒でした。本当に」

岡本が、俺の前に同時にふたつの酒を並べた。まず、マティニを三口続けて飲んで空にした。それから、じっくりとサウダージに向かった。

……後で、〈バレアレス〉に、オロロソを飲みに行くか？　どうしようか。……ま、今すぐ結論を出す必要は、ない。

「いらっしゃいました」

岡本が言った。

キィと音がして、ドアが開いた。

「よ」

松尾が俺の隣に座った。

＊

「近藤さんは、本当に天涯孤独だったんだな。兄弟はいない、結婚したことがないから子供もいない、奥さんももちろんいない」

そう言って、パール・オニオンを食った。

「親戚は？」

「手近なところには、誰もいないらしい。高知県に、ほとんど面識のない男の従兄弟がいるらしい。叔父伯母は、たいがい亡くなっている。……あまり、長命の家系じゃないみたいだな」

「じゃ……葬式とか、どうなるんだ？」

「しばらく、警察で、というか北大病院で保管して、……いよいよ引き取り手がない、ということになったら、……実はな、西口さんな。中郷通りの。あの西口さん一家が、遺族がいないのであれば、葬式を出したい、と申し出てるんだそうだ。とても御世話になったから、そのお礼だ、というわけだ。いい話じゃないか」

「ほぉ」

「警察は、というか法律的には、別にそれで問題はないんだそうだ。で、西口さんが、近藤さんが住んでいた南区東明の、東明第四町内会の会長とかと、あれこれ相談しているらしい」

「ほぉ……」

「いや、ほら、各紙が死亡記事を載せただろ。で、葬儀日程などは未定、とあったんで、西口さんが気にしたんだな。で、息子が、母親にやいやい言われて、警察に問い合わせた、ということらしい。さっき、そんなような噂が聞こえて来てな。もしもそれが実現したら、これは、札幌圏部マターになるだろう、と思うんだ。少なくとも、俺は、こっちで扱う方向で、話を進めてる」

「なるほどね」

「どうなるか決まったら、知らせるか？」

「もちろん。頼む」

「了解。……で、犯人のメドは付きそうか？」

「まだわからない。だが、俺が、あの犯人を捜している、ということは、触れ回った。どんな早さで、どこまで広まるかわからないが」

「なるほど」

サウダージがなくなっていた。おかわりを頼んだ。松尾も自分のグラスを見て、言った。

「岡本さん、私もギブスンをもう一杯」

俺はピースの缶から一本取り出して、火を点けた。

「そう言えば、近藤さんは、タバコ、なにを喫ってたかな。……記憶にないんだが」

「喫わなかったんじゃないか？　はっきり覚えてないけど」

そう言いながら、松尾もピースライトを取り出した。

「またそれか」

「蔵なんだよ」

「近藤さんは……」

岡本さんが口を挟んだ。

「紙巻きはなにをお喫いになってたか、私も覚えてませんけど、一度、葉巻をお喫いになってたことはありましたよ」

「葉巻」

「ええ。……つい最近、……先月の終わり頃でしたね。おひとりでいらっしゃって。いい香りがするな、と思ってたら、ジャケットの内ポケットから、喫い差しの葉巻をお出しになって、上手に火を点けて、くゆらして。いい香りでした」

「銘柄は？」

「伺いました。参考にしよう、と思って」

「なんて葉巻だった？」

「……ヘンなんですけどね、ロマンチックっぽいから覚えてるんですけど、意味はわかりません」

「え？」

「ロミオとジュリエットのチャーチル、とおっしゃってました」

俺と松尾は顔を見合わせた。お互い、葉巻のことはなにも知らない。

「大きな、太い、いい香りの葉巻でした」

「……先月の終わり頃……なにか、いいことがあったのかな」

「さぁ……」

そして、なんの前触れもなく、沈黙が訪れた。俺たち三人は、別に言葉を探すでもなく、その沈黙の中で、それぞれの考えを追った。

＊

まだ少し飲む、という松尾を〈ケラー〉に置いて出た。出る時、岡本さんに時間を聞いたら、八時半だ、という。ま、ちょうどいい時間かもしれない。コンビニエンス・ストアで写真をコピーして、タクシーを拾って北斗通り商店街に行った。

未明に来た時とも、昼間に来た時とも、全く違う雰囲気の街になっていた。暗い街はひっそりとしていたが、それでもちらほらと人通りはある。近所に専門学校などが幾つかあるので、学生が多いのだろう。若い連中を意識したような店がポツリポツリと散在し、「オシャレ」とか「アジアンテイスト」とか「アートっぽい」とかいうような言葉を、律儀に形にしたような、そんな生真面目な雰囲気のアンドンがぼんやりとした光を投げ、窓からキラキラした夜の照明が通りにはみ出している。

ネパール料理の店はすぐにわかった。マンダラっぽいイラストと「ネパール料理」の文字が、アンドンの白い光にぼんやりと滲んでいる。〈ダル〉という店だった。

ドアを押して中に入ると、もう典型的なそっちっぽい店だった。スパイスの強烈な香り。

陽気に流れる、どこかずれたような独特の音階のポップス。あたりにちりばめられたヒンドゥーっぽい小物。あちらこちらで壁を飾る、極彩色のマンダラのポスター。

客は、女の子のふたり連れが一組。一昔前ならススキノでもよく見かけたタイプだ。長く伸ばして茶色に染めた髪。クネクネのパーマ。ニット帽。火の長い、伸びたようなカーディガン。なにをどう引用し、なにをお手本にコーディネイトしているのかは、俺にはわからないが、とにかく「ファッションにはちょいとウルサイのよ」「主張があるのよ」ということを、北海道弁で強くアピールし、個性的であることを毎秒毎秒意識しているつもりらしい。という、よく似たありふれた恰好のお嬢ちゃんたち。ふたりは、あらかた片付けた皿を前に並べて、ラッシーをストローでちびちび飲みながら、語り合っている。二人とも、右手の人差し指と中指の間にぎこちなくタバコを挟んでいる。そして、顎を突き出して、交互に、プーップーッと煙を吹き上げていた。

非常にわかりやすい。

「いらっしゃいませ」

褐色の肌で、ヒゲの剃り跡が非常に目立つ、ちょいと小柄な若い男が、少し訛りのある日本語で言った。俺の英語よりは、遥かにうまい日本語だった。

「申し訳ない。客じゃないんだ」

「お客様じゃない？　なにですか？」

まだ若い。せいぜい三十代前半、という感じだ。もしかすると、まだ二十代かもしれない。

小柄だが、筋肉質の精悍な体つきだ。襟元からちょっと見える胸元は、毛深い。

「自転車置き場で……」

「ああ、うん。はい、はい」

俺の肘を軽く持って、店の隅の方に導く。

「なにですか?」

「あそこで殺された人は、私の友だちだったんだ」

男はハッと息を呑んだ。ちょっと大袈裟な感じに見えたが、ネパール人てのは、そんなもんなんだろう。……ネパール人なんだよな?

「それは、残念なことしました。お友だち」

俺は名刺を渡した。ネパール人は「頂きます」と丁寧に受け取り、自分の名刺を差し出す。

「ネパール料理　ダル　マスター」と書いてあった。

「ええと、あなたは、……ネパールから来た?」

「そう。でも、名前、日本の人には発音できない。だから、みんなはマスター、と呼びます。それでOK」

「ちょっと試しに、自分の名前を言ってみてくれませんか?」

興味が湧いた。

「いいよ」

そして、ゴチャゴチャっと言った。聴き取れなかった。

「今のが、全部名前？」

「そう。略して、チャック、というのでもいいけど、それも変なのね、微かに」

「微かに」

「微かに。だから、マスターでＯＫ」

「なるほど。じゃ、マスター」

「はい」

「で、こいつが、その犯人なんです」

写真を一揃い渡した。マスターは受け取り、両手で写真を挟むようにして合掌してから、真剣に見た。

「この街で、見かけたことはあるかな」

「……」

「自転車に乗っているところとか」

「……ちょっと、見覚え、ないね。……まだ、子供だね」

「そうだな。高校生とか、それくらいの年頃だろう、と思う」

「恐ろしいことですね」

「そうね。……マスターは、だいたい、何時頃から、このあたりにいるんだろう？」

「お昼にランチをやるので、……十時……午前、の。十時頃には、店に来てるね」

「仕込みをしたり？」

「そうそう、仕込み。仕込み。仕込みをしている」

「ランチは何時から何時まで？」

「十一時……午前の、二時、午後の。ん？……午後二時は、夜明け？」

「いや、午前十一時から、午後二時までね。それでいいんだ」

「そうですか。それはなにより」

「……」

「で、その後は、家がすぐそこなので、一度家に帰って、……午後？　四時からまたの、その……仕込み。午後六時オープン、午前は二時にclose」

「なるほど。家はこの近くなんだ」

「そうです。それがなによりのこと」

「じゃ、結構この通りは、……streetは、よく歩くわけね。ここは、your townというわけだ」

適当にカタコトの英語を交ぜると、それに乗っ取られることがあるので、要注意だ。

「そうね。my town。よく歩くよ」

「だけど、この子供は、見かけたことはない、ということね」

「見たという記憶がないですね。頭、あまりよくないけど」

そう言って、右手を広げて自分の右のこめかみのあたりでヒラヒラさせた。

「わかりました。ありがとう。……で、こいつを探してるんだ。もしも見つけたら、あるいは、心当たりがあったら、あるいは、知ってる、という人がいたら、知らせていただけると、ありがたい」

　名刺と〈ケラー〉のマッチを差し出した。

「ここで連絡が取れるから」

「ああ。……なるほど……見つけたら、どうするというのですか？」

「そりゃもちろん、警察に突き出すさ」

「そうですか」

「当たり前だ。日本は、……そのだからつまり、その、rule of law の国だから」

　くそ、話がおかしくなりそうだ。マスターは、軽く頷いて、澄んだ目で俺の目をじっと見る。手練《てだ》れの詐欺師みたいなやつだ。

「で、……その、情報をくれた人には、お礼をするつもりなんだ」

「いくらですか？」

「……二十万円」

　口の中で「おぅ」と小さく言って、頷いた。俺がきっとここにいなかったら、軽く口笛を吹いたかもしれない。そんな、薄っぺらな感じの「おぅ」だった。

「もしも、その写真が欲しい、というやつがいたら、コピーして渡してやってくれないか。これは、コピー代だ」

　五千円札を出したら、「ＯＫ」と言って、受け取った。

「じゃ、よろしく頼む」

マスターは、笑顔で頷いた。俺が店から出る時、機嫌のいい声で、「ありがとうございましたぁ！」と送り出してくれた。

そのほか、北斗通りの店を四軒回って、事情を説明して写真を渡した。若い日本人夫婦がやっている、餃子専門店。六十五歳くらいのオバチャンがやっている、昔ながらの、なにかこう、生活感濃厚な喫茶店（街の年寄りの憩いの場、というような感じ。店内にカツオ出汁《だし》のニオイが漂っていた）。鼻ピアスで茶色い布を体に巻き付けた、ハレー・クリシュナ信者みたいな娘が店番をしていた、「古着と雑貨」の店。ほかにも営業している店はいくつかあったが、ま、五軒にバラ撒けばほぼ充分だろう、と判断した。鼻ピアスの娘に時間を尋ねたら、ちょっと考え込んで、「そろそろ十時頃ですね」と答えた。どこかの時計を見たようすもなく、なにを根拠にそう言っているのか、わからない。

だが、ま、それで納得して、俺はまたススキノに戻った。

18

オールド・ファッションド・グラスの中で、大きな丸い氷が徐々に溶けている。見た目にはほとんどわからないが、それでも、ずっと見つめていると、透明な油のような輝きが、ゆっくりと氷の表面を流れているのが見えてくる。〈ケラー〉の灯りは、昔ながらの赤みがかった電球の光なので、氷の色もやや温かい。

俺は溜息をひとつついて、気分にケリを付け、グラスを空にした。

「岡本さん、もう一杯」

岡本は、ちょっと困った顔になった。

「それで三杯目ですよ」

「知ってる」

「その前に、宵の口に一杯飲んだでしょ？」

「あんなのは、もう蒸発したよ」

「……どうかなぁ……サウダージは、三杯で定量、ってことにしませんか？」

「そんなに、強いかなぁ……」

「いや、まぁ……」

「それとも、俺が弱くなったってか？」

「そういうことでもないけど、……まぁ、……悪い酒になる状況、でもあるし」

「……」

以前なら、怒り出すところだが、不思議なことに腹は立たなかった。忠告を受け入れようかな、という気にすらなった。老いた、ということか。それとも、近藤の死が哀しいのか。

とにかく、油断すると変な酔い方をしそうなのは、自覚していた。

〈ケラー〉に戻ったら、松尾がいなかった。ま、当然だ。戻るから待っててくれ、なんてことは言わなかった。だが、心のどこかで、松尾がまだ粘っていることを期待していたらしい。あいつがいない、ということが、やけに寂しかった。で、これはきっと、近藤の死と相俟って、変な酔い方をするかもな、という危険は、漠然と感じた。で、警戒しつつ飲み始めたが、不思議なことに、ほとんど酔えない。

電話が鳴った。すぐにカウンターの奥のドアが開き、マスターが姿を現した。俺に会釈をしながら悠然と、長いカウンターを通り過ぎて、昔ながらの黒電話の受話器を持ち上げた。

「毎度ありがとう御座居ます。〈ケラー・オオハタ〉で御座居ます……お見えですよ。少々お待ち下さい」

俺の名を呼ぶ。

「桐原様からです」

俺は頷いてストゥールを降りた。

「今、いらっしゃいます」

受話器を置いて事務室に戻る。何事か考えている表情なのは、フリー・セルかスパイダ・ソリテアの、次の手順を考えているのだろう。

「もしもし」

「よぉ。やっぱそこか。あんたも長いな」

「どうした？」

「話がしたい。こっちにこないか？」

「こっち、ってのは？」

ガシャリと、受話器をクレイドルに置いた音がした。すぐに〝エリーゼのために〟のオルゴールの音が途中から聞こえた。ちょっと聞かせて、すぐに桐原の声になる。

「わかるか？」

思わず溜息が出た。

「あんたも長いな」

「しゃーねーだろ。この頃は道庁や開発局の連中も裏金を貯金するようになっちまったからな。土建屋どもも世間《ひと》の目を気にするようになったし。だから、こういう店は、俺らが使ってやらないと、消えちまう。そりゃ可哀相だろ」

「ま、わかった。これから行く」

＊

〈エリーゼ〉は、丹波哲郎が主演した映画の『砂の器』に登場した、夏純子や島田陽子が働いていたクラブを、そっくりそのままススキノに移したような店だ。壁は、アスベストの吹き付けが剝き出しになっている。往年は、「夜の赤レンガ」とか「道政の奥座敷」などといわれる店のひとつだったが、酒の飲み方、裏金の使い方、女性との遊び方などが大きく変わった現在、このテの店は、儲けが激減してしまった。それでもまだ営業を続けているのは、「もう、ボランティアみたいなものよ」とママは言う。年金生活に入った昔の馴染み客が、月に一度くらいは来られるように、ってわけで、六千円で一時間飲み放題の「ハッピー・アワー」なんてのをやって、地味に生き延びているらしい。

重いドアを押すと、昔から顔は知っているマネージャーが最敬礼をした。もちろん、俺に頭を下げているわけじゃない。桐原に頭を下げているわけだ。

「御無沙汰しております」

「こちらこそ。桐原は？」

「お見えです。ＶＩＰルームでお待ちです」

先に立って歩き出す。

客はちらほらと散在している。大概のブースは、必要以上の女性を擁して、客も女も手持ち無沙汰の感じで、天井を見上げたりしている。

ドアをノックしてマネージャーが声をかけた。

「失礼します」

「おう！　来たか？」

「はい、お見えです」

「入って来い！」

マネージャーがドアを開けると、すれ違うようにママが出て来た。俺の顔を見て、この道四十年の風格のある笑顔になり、「お元気そうね」と言う。俺は「なんとかね」と答えて中に入った。桐原ひとりしかいなかった。ま、その方が話はしやすい。ジャン・フィユーのデカンタをテーブルの真ん中に据えて、得意になっている。

「飲むか？」

「コニャックは……飲む」

かっこいいブランデー・グラスにダバダバ注いで、突き出す。受け取って、軽く揺らして一口舐めた。ま、うまい。

「ひとりか」

「ああ。若いのに囲まれてると、ションベンの後、チャック上げるのも忘れそうになる。バカになっちまったら、命が危ない」

「へぇ」

頷いて、コニャックを舐めた。ま、うまい。

「で？　なにか用か？」

「ああ。……この前……去年の秋口だったか、あんたが来た後、相田が、えらい機嫌がよくなったことがあった」

「？」

「というか、俺が事務所に戻ったら、いつになく、相田が機嫌がよかったんだ。で、なんかいいことがあったか、と聞いたんだ。そしたら、あんたが来た、ってんだな。あんたが来たからって、あんなに機嫌がいいのはおかしい。……そんな関係じゃないだろ？」

「当たり前だ」

「で、ヘンだな、と思ったら、ほら、例の近藤雅章？　あいつの話をしてった、ってな」

「ああ。そんなこともあったな。……その時、石垣に初めて会ったんだった」

俺の顔をじっと見つめる。最近、酔うとこういう顔をするようになった。相手の目をじっと見つめて、なにかしきりに考えるのだ。酒に浸って数十年、の脳味噌が、最近になって働きが鈍くなったのかもしれない。相手の目を見つめて反芻しないと、情報が頭の中に入って行かなくなった。そんなような感じだ。あるいは、状況が危機的で、相手の言葉をそのまま信じられない、吟味して受け取らないと、破滅する、という日々が続いている、という雰囲気もある。いずれにせよ、御苦労さん、という話だ。

「……ま、それはそれでいいんだが、さっき、事務所に戻ったら、相田がえらく沈んでるわけだ。やつがあんなに落ち込んでるのを見るのは、初めて、というくらいのようすでな。……で、どうした、と聞いたんだ。そしたら、あんたが来た、と。お前が来たからって、あんなに落ち込むのはおかしい。そう思ったら、……その、近藤ってのが、死んだんだってな」

「そうだ」

「殺されたってな」

「そうだ」

「……なるほど。……ま、それで、ちょっと話が繋がった」

「なんと？」

「なんか、変な奴が、変な写真をバラ撒いて歩ってるってな。そんな話を聞いたんで、なんだろ、と思ってたんだ。あんたか」

「そうかもしれない。ま、少なくとも俺は、今日一日、いろんなところに写真をバラ撒いて回った」

「……なるほど」

「それだけか？」

俺は立ち上がろうとした。

「まぁ、待てや」

「なにか？」

「……その近藤ってのの話を聞かせてくれ。相田が、心から嬉しそうにして、そして極限まで落ち込んだ、その話を聞かせてくれや」

酔っている。それは間違いなかった。そして、人の声を聞きたい気分であるらしい。クラブのママの声は、この場合、「人の声」にはならない、ということもわかった。

で、一通りのことを話してやった。近藤雅章と初めて会った時のいきさつ。近藤が地下鉄の前に飛び下りて、西口さんを助けた時のこと。飲んだ時に語り合ったこと。そして、刺されて死んだこと。犯人のガキの写真をコピーして、名刺や〈ケラー〉のマッチと一緒にバラ撒いたこと。その他諸々。桐原は、こっちが照れ臭くなるほどに熱心に耳を傾け、頷き、うなり声を漏らし、腕を組んで嘆息した。

本当に、思いがけないほどに酔っ払っている。……相田の意気消沈ぶりが、桐原を苦しめているのかもしれない。なにか、いかにも老境に差し掛かった、という感じで元気を喪って、ソファに沈み込んでいる。こういう姿は珍しい。俺はピースに火を点けながら尋ねた。

「どうしたんだ？　なにかあったか？」

桐原は鼻で笑って見せた。

「別に。どうってこたぁねぇ。……相田と知り合った頃のことを思い出してた」

「……」

「信じられねぇなぁ。……もう三十年くらいになるか。あんたと知り合ってすぐの頃だったな。あの頃、あんたは石山通りの近くの、木造アパートに住んでただろ」

「……ああ、そうだな。あの頃だ。あんたが、俺の住んでた木造アパートの立ち退きを請け負ったんだったな」

「……あの頃が、一番楽しかったな。やりゃぁやるだけ、儲けんなったしな」

「なんだ。昔話か」

「……相田も元気だったしな。……おい、俺はもう、還暦だぞ」

「そりゃ、死なないで六十年生きたら、誰だって還暦になるさ。シナ文化圏の人間は」

桐原は再び、肩を揺すって鼻で笑った。

「おめぇの言うことは、いつもつまらんな」

「どうしたんだ？」

「……相田ががっかりしてる。それが残念だ。近藤の話を聞く前に逆戻りだ」

「……」

「……それが残念だ、と言ってるんだ」

「……」

「あんたから、近藤の人助けの話を聞いて以来、相田は、なんだか楽しそうだった。心の張りになってたんだろ。それが、逆戻りだ」

「……」

「それが残念だ、と言ってるんだ」

寂しそうな顔で、鼻を啜《すす》った。体の芯から揺れている。

「どれくらい飲んだんだ？」

「そんなでもない」

「……」

不意に、もうずっと前から気になっていたことを尋ねてみる気になった。

「ところで、あんたと相田は、どうやって……どこで知り合ったんだ？」

「……きっかけ、か……」

「ああ」

桐原はなにも言わずにぼんやりと天井を見上げた。そのまま、黙って目を瞑り、首を左右に振って、がっくりと項垂《うなだ》れた。寝たのかな、と思った。いずれにせよ、話す気はないらしい。そう思った時、不意に話し始めた。

「……あのな、……相田は、あれはもともとは、コトワケの友だちだ」

「コトワケの友だち？」

「そうだ」

「……なんだ、コトワケって。どういう字を書く？」

「字は知らねぇ。ただ、コトワケの友だち、というんだ。業界用語でな」

「……」

「デイデイ屋とも、テンテン屋とも言ったりするが、ま、コトワケの友だちってのが、一番普通の言い方だ」

「コトワケ……」

「ああ。……業界も……こんなふうになっちまっちゃ、ま、実際にはほとんどナンセンスだが、とにかく、業界には、筋が幾つかある。……でっかい流れはふたつ、博徒、つまり博打打ちの流れと、的屋《てきや》の流れだ」

ま、常識の部類だ。俺は頷いた。

「……まぁ、……今はもう、ほとんどそんなことは気にしないが、やっぱり、鎌倉時代あたりから、それなりに緩く繋がっている細い糸みたいなのはあってな。そういう意味で言うと、やっぱ愚連隊上がりは、深みがない。博打打ちの系列は、……俺なんかはやっぱ、相手にしづらいところはあるな。……俺は、政治闘争から神農道に流れたから」

それは聞いたことがある。ずっと昔は新左翼セクトの活動家で、人集めや資金集めが目的のイベント運営などをよく担当した。そのうちに、反戦集会や抗議集会、資金集めのコンサートなどの企画に才能を発揮した。そして、今で言うフリーマーケットやバザーなどの人脈と親しくなり、物資調達の才能なんてのにも恵まれていることがわかって、気が付いたら、道内各地の祭りを転々として、焼きそばを作ったり、林檎飴をやったり、ミドリガメすくいをやったりしていたそうだ。そこから川村一家の丘上弥吉の舎弟になった、という流れらしい。神農道というのは、的屋たちが祀る神農黄帝の道、ということだ。元々、神農と黄帝は別なものだが、どういう謂《いわ》れがあるのか、的屋たちはたいがい、セットにして考えているようだ。

「もちろん、博徒と的屋がきちんと分けられるわけでもない。重なり合ってる部分はあるし、結局は、同じ祭りに別々の立場から関わる、ということだ」

「ま、それくらいは知ってるけどね」

「業界には、ほかにもいろいろとルーツがある。ま、全部伝説の類だがな」

「へぇ」

「たとえば、ハコビ、という連中がいる」

「？」

「伝説では、楠木正成がルーツだ、ってことになってるらしい。主に物流を押さえてる連中でな。こういう流れが、合法的にやると運送屋になって、全国的な物流ネットワークを構築したりする。で、裏に流れて行けば、極端な話、密輸なんてのに伝統的に強かったりするわけだ。北朝鮮からシャブを持って来る、こっちから向こうに金塊を運ぶ、なんてのでも、人脈も手際も全然違う。伝統ってのは、なかなか侮れないぞ」

「で、コトワケってのは？」

桐原は、眉を寄せて、うるせぇな、という顔をする。独演会状態であるらしい。ま、別に用事はない。付き合うことにした。

「あと、ラッパ、なんてのもある。人集めだな。合法的にやれば、人材派遣会社、あるいは求人情報とかの会社だ。非合法の世界では、人入れ屋だな。闇のハロー・ワークってやつだ。手配師とかな」

俺は頷いて、コニャックを舐めた。

「なんでラッパってぇかなぁ。……ラッパを吹いて人を集める、ってことかな。……わからん。あと、コーギョーの連中もいる。これはわかるだろ。相撲、プロレス、ボクシング、あとライブに芝居、と。大道芸や見世物、サーカスなんてのもこっちだな」

俺は頷いて、コニャックを舐めた。

「どっちにしても、俺らは旅で生きてるわけだ。道中には、友だちが要る。友だちなしじゃ、生きていけない。困った時は助け合う。今はすっかり少なくなったが、戦前までは、サンカの連中も、友だちだったらしい。俺は、ひとりも会ったことはないがな」

「なるほど」

「で、コトワケの友だちだ。……なんでかな、必ず、コトワケの友だち、という言い方をする。これで一個の言葉だ。相田はコトワケだ、とは言わない。必ず、相田はコトワケの友だちだ、と言うんだ」

「なるほど」

「どういう字を書くのか知らないけど、……きっと、コトを分ける、分別する、という意味じゃないかな、と俺は思ってるけどな」

「へぇ」

「テンテンは、廃品回収、昔は雑品屋と言った、あの流れだ。コトワケの友だちは、あまり旅はしない。その街その街で、暮らしてる。だが、ネットワーク、というか情報網は全国規模だ。で、俺らが旅の途中で困ったら、助けてくれる。もちろん、俺らも旅先で恩を返す。ペイ・イット・フォアワードだ」

「……なるほど」

「で、相田は、紀伊の方の出だ。コトワケの友だちの名門の一族らしい。ボンボンなんだ」

「へぇ……」

「俺と知り合ったのは、本家の義理掛けで、兵庫に行った時だ。山奥にでっかい産業廃棄物処理場を作る話があってな。それを見学に行ったわけだ。その当時、北海道でも、乙部や八雲のあたりにひとつ作ったらどうだ、みたいな話があってな。こういう時には、ゼネコンが必ず動く。で、産廃業者や地面師、手配師、世間師、運送業者にイベント屋が群がる。そんなものの見物に行ったんだ」

「楽しそうだね」

「バァカ、仕事だ」

「なるほど」

「そん時に、初めて会った。一目見て、お、いいツラしてるな、と思ってよ。一緒に飲んだんだ。表向きの肩書きは、土地では一番でかい産廃処理会社の専務。社長の息子だ。そのまま行きゃぁ、カタギの社長で収まるところだが、高校・大学と暴れん坊だったらしくてな。で、学生時代に北海道を自転車で一周したのが忘れられない、どうせなら、北海道で伸び伸びやりたい、なんて話になって、で、こいつなら俺も、なにか通じるものがあるな、と思ってよ。で、いろいろあって、会社の権利やなんかは、全部弟に譲って、身ひとつで北海道に来て、俺んとこに来てくれたわけだ」

初耳だった。

「……あの頃は、楽しかったぞ。……青春、てやつだな」

俺は大声で笑った。だが、こっちを見た桐原の目つきが、狂暴に濁っていたので、口を閉じて笑いを消した。

「……あんた、斗己誕《とこたん》でセンザキってジイサンの世話になっただろ。覚えてるか？」

忘れるわけがない。斗己誕町。道北の、腐敗していた町。町長&町役場と、地元暴力団、そして警察が癒着した世界。そして税金にたかる町民。町長派住民と反町長派住民の陰湿な対立。ひょんなことからそんな世界に足を踏み込んでしまった俺は、とりあえずその時は最初から最後までヘラヘラしていたが、実際には、相当ヤバイところにいたのだった。そして最後の最後、追い詰められて行き場がなくなった時、桐原の手配で、センザキという老人の家に逃げ込んだのだ。あの時、道北の廃品回収・廃棄物処理業界の顔役だ、ということを聞いた覚えもある。冬だったので、広大な雪原に、雪に覆われた小山が幾つも並んでいたのを覚えている。あれがきっと、廃品の山だったんだろう。俺はあの時、いろいろあって、ウクライナ人とヤクザの銃撃戦に巻き込まれ、泡食ってセンザキ老人のところに逃げ込んで、小太郎という大きな犬に押し倒されたのだ。いろいろなことを思い出した。

「あの時、センザキと話を繋いだのが、相田だ。コトワケの友だちのルートで、一発で話が通じて、で、あんたを助けることができたんだ」

知らなかった。

「あの時は、まだ相田は、今よりも喋ることができたしな」

「……今度、礼を言う」

桐原は、ムスッとした顔で頷いた。

「そうしてやってくれ」

それから、俺たちはしばらく、無言で飲み続けた。桐原が、相田のことをあれこれ考えているのがはっきりとわかった。それから気分を変えて、俺の方を見て、ニヤリと笑った。

「知ってるか？」

「いや」

桐原がうんざりとした顔になる。

「バカかお前は。知ってるか、と聞かれたら、なにを？　と答えるのが日本人だろ」

「俺は、非国民なんでな」

「ああ、邪魔臭ぇ。あのな、桜庭が、ソワソワしてるぞ」

「なんで」

「あんたが目障りなんだろう。写真を配ったりするから、気になってるらしい」

「しかたがないさ。不本意ながら、同じ街で暮らしてるわけだから」

桐原は、立花連合菊志会の川村一家傘下の桐原組の組長だ。で、桜庭は、立花連合と対立する北栄会の、花岡組の会長補佐筆頭で、一代で桜庭組を立ち上げた男だ。当然、桐原と桜庭は仲が悪い。

で、俺はもちろんカタギだから、こういう連中の客であって、当然のことながら、一番、エライ。桜庭の顔も前々から知ってはいたが、別にどうということもなかった。だが、数年前、ひょんなことから俺は、決定的に桜庭の敵になっちまった。

なぜかと言えば、下品で頭の悪い悪徳警官が、人を殺し、その現場を目撃した子供の命を狙ったわけだ。で、その子供を救うために、ある男が札幌にやって来た。そして、その男は、桜庭の手下を片っ端から殺しまくった。で、俺は、その男の手助けをしたのだ。

そんないきさつがあって、俺の方は別に桜庭をどうとも思ってはいない、せいぜい下品なバカだ、と軽蔑しているだけなんだが、桜庭は、俺を憎んでいるらしい。

迷惑な話だ。

そんなこんなで、ススキノには、俺が自由に歩き回って酒を飲んで酔っ払っているのを、不思議だ、と考える連中もいるらしい。そいつらは、俺が桐原と付き合いがあるから、桜庭が奥歯を噛み締めて、俺を見逃しているのだ、などと見当違いのことを言ったりしている。

もちろん、それは完全な誤りだ。

俺はガキの頃からススキノで酒を飲んでいたので、つまりここは俺の街だ。だから俺は自由に酒を飲むんだ。それだけの話で、別に桜庭のことを気にする必要などない。なにしろ、くどいようだが、俺はカタギで、つまり、こいつらの客で、従って、一番エライのだ。

「あまり派手に動かない方がいいかもしれない。俺も、そうそう庇いきれないから」

こいつもおかしなことを言う。すっかり保護者気取りか。

「いいよ、別に。自分の身は、自分で守れる」

それに、桜庭は、あれで不思議なほどに縁起を担ぐ。事務所の組長室は、まるでアメリカ大統領の執務室みたいにモダンな造りにしているくせに、天井の隅っこに、マホガニー造りのスピーカーみたいなものがくっついていて、取っ手を引っ張って小さなドアを開けると、中には神棚が祀られている。おかしなやつだ。で、あいつは、俺のことを「相性が悪い」と言って、避けようとしている。

ということを思い出したせいで、俺の顔に自信の雰囲気が漂ったのだろうか。桐原が同じ言葉を口にした。

「確かにあいつは、あんたを嫌がってるよ。相性が悪いってな。でもな、いくらカツギ屋でも、その気になったら、あっさりやるぞ」

「わかってるさ」

相性が悪い、というのは、つまりこういうことだ。

今までの、いろんな経緯から、俺に関わるたびに、桜庭は、必ずなにかかにか、失敗してきた。そのせいで桜庭は、俺がたとえば、交通事故とか流れ弾に当たって死ぬとか、そんな風に偶然に死ぬことを、心の底から願ってはいるだろうが、俺に直接手を出すことはしたがらない、ということだ。

桜庭は、たとえば、俺を殺したとして、逃げる時に転んで捻挫して走れなくなって、警察にとっ捕まる、なんてことを心配しているわけだ。俺を殺してどっかに埋めに行く途中で、検問に引っかかって、トランクの中の俺の死体を発見されて逮捕されるとか、俺を殺して、手下と山に埋めに行って、ヒグマに襲われて食い殺されるとか。留萌の浜に俺の死体を埋めに行ったら、こっそり上陸した北朝鮮の工作員にでっくわして、射殺されるとか。そういう流れを恐れているわけだ。

で、そういう桜庭ではあるが、限界はあるぞ、と桐原は忠告しているわけだ。

ありがとうね。

「別な筋からの話だがな」

「ん？」

「あの近藤ってのは、テレビに出てたんだろ？」

「ああ」

「で、その発言で、ガキどもを怒らせた、という話もあるだ」

それは初耳だ。

「どういうことだ？」

「先週の金曜日、HANの夕方の番組だったかな。なんか、札幌の恥さらし、とかいうコーナーがあるんだそうだ。俺は見たわけじゃないけどな。で、地下街にべったり座って化粧してたパンスケに、レポーターがあれこれインタビューして、そのパンスケがなんだかんだ答える、ってビデオを見て、アナウンサーが、近藤に意見を求めたんだそうだ。それで近藤が、ああいうのは、ただのバカな田舎モンだ、と。街のゴミだ、と。寄生虫だ、と。もう、好きなことを言ったらしい」

目に浮かぶようだった。

「で、もちろん、そのパンスケの顔にはモザイクがかかってたんだが、ま、本人たちは、あれは自分らだ、とわかるわな」

俺は頷いた。

「で、その連中が『悪口を言われた』ってわけで怒ってな。そのパンスケのオトコも絡んできて、近藤はタダじゃおかない、ってなことになってる、と。そういうこともあるらしい」

なるほど。ありそうな話だ。……近藤も、もう少し言葉を考えればよかったのに。……いや、まだこれが原因と決まったわけじゃないが。

いずれにせよ、もしもそういうことが理由なら、2ちゃんねるか、札幌のチンピラ板などで相当の話題になっているだろうから、目星を付ける役には立つかもしれない。

さっそく部屋に戻って、パソコンで調べてみよう、と思った。

そこで華のことを考えた。

どうする？　〈バレアレス〉に行くか？　それとも、今日はやめておくか。……今夜行かないと、もしかしたらこれで一生行かなくなるかもしれない。と思ったら、いきなり、それでもいいさ、という思いが湧いてきた。潮時かもしれない。

いや、それはやはり、ちょっと寂しい。

「あと、なんかあるか？」

「あ？　なんだ、帰るのか」

「ああ。今の話、ちょっと調べてみる」

いや、そうじゃない。〈バレアレス〉に行こう。

「……顔がマジだぞ。……もっとゆとりを持って生きろ」

口調が真面目だ。俺は笑った。

「ま、そうするよ」

立ち上がった。

桐原は、右手のグラスを持ち上げて、「じゃあな！」と言った。その仕種も、声も、酔っ払っていた。

19

俺は〈バレアレス〉に行くつもりで〈エリーゼ〉を出たのだが、結局、フラフラと駅前通りの東側を南に進み、〈バレアレス〉のビルの前を通り過ぎてしまった。そのまま真っ直ぐ進めば、俺が住んでいるビルに出る。だが、そのビルも通り過ぎてしまった。で、〈カタノビルA館〉に入り、エレベーターに乗り込んだ。八階で降りると、高田の店がある。

＊

まだ零時前で、高田の店は、ちょうどいい具合に客が入っていた。そんなに大きな店ではない。高田は、忙しいせいもあるんだろうが、特に俺の相手にはならなかった。なんとなく、不機嫌そうな顔つきで、淡々と仕事をこなしていた。近藤の話はなにもしなかったが、近藤のことを残念に思っているらしいことはよくわかった。

そうだ。近藤雅章は、酔っ払いだった。東明の山の中に住み、週に四〜五回、つまりほとんど毎日、バスや地下鉄を乗り継いでススキノに来て、酔っ払っていた男なのだった。つまり、ススキノのあちこちで、何人もの酒飲みや酒場の人々が、あの男の死を悼んでいるのだった。

高田と話すことも、特になかった。華と話すべきことも。俺はアードベックを二杯飲んで、金を払って店を出た。

そのまま、真っ直ぐ部屋に戻った。

＊

結構酔っていたので、すぐに眠ろうとした。だが、ベッドに横になっても、なかなか眠れなかった。二分で無駄な抵抗をやめて、起き上がった。で、パソコンに向かった。

ススキノのチンピラ板、ヤクザ板は無数にあるようだが、書き込みがそれなりに「充実」しているのは、俺が把握しているだけで五枚ある。……掲示板の数え方は、〈枚〉でいいのか？

ま、とにかく、そんなのを覗いてみた。どこでも近藤雅章は話題になっていた。

〈近藤雅章って、あれなによ〉

〈デブハゲダルマ。人間のクズ〉

〈処刑完了！〉

〈仕事人に勲章を！〉

〈田舎モンはバカとか、ゆってた。わろた〉

〈パンコが田舎モンなら、本人は田舎ブタ〉

〈パンコとか言うな。殺す〉

〈もまえ、逝ってよし〉

〈高血糖ハゲ。インチキ画家〉

〈体を張っての偽善てのが、インチキの証拠〉

〈画家とか言って、仕事何もなし〉

〈いや、いい絵を描くと思ってたけど、あんなバカとは思ってなかった。ホームから落ちたババア助けた？　御立派ニダ〉

そんなような言葉が並んでいた。

腹も立たなかったし、侘びしいとも思わなかった。こういう言葉を並べる者たちの、貧しさを思った。こういう貧しさは、どこから来たのだろうか。いや、もともとこういう貧しさはあって、それが、言葉と手段を得て、ネット上に展開している、ということであるわけか。人間の感情や思いは、こんなに安っぽいものだったろうか。安っぽかったのかもしれない。公の中で流通する言葉や思いは、たとえ政治家の自叙伝であっても、最低限の読まれる価値は、際どく持っていた。クズのような言葉でも、ギリギリのところで、意味はあった。本人にとっては、コストを負担するだけの意味はあった。下らない、ということは、それもひとつの意味だったはずだ。

だが、今は、どんなに貧しく安っぽい言葉であっても、簡単に公に流通する。というか、公に発表することができる。コストはほとんどゼロだ。そのせいで、それまで公にならなかった、公になるに値しない、貧しく、安っぽい言葉を、とりあえず発信できるようになった。そしてそれは、塵芥の軽さで、どこまでも飛んで行き、いろいろな場所で増殖する。なるほど。それはわかる。そして、それは、どうなるのだろう。貧しさと安っぽさがどんどん広がるのか。結局、それだけのことで終わり、百年後には、大概の人間が、きちんと筋道を立てて物を考えられなくなるのか。一瞬の感情で、言葉を発して、その応酬だけで、「文化」が形成されるのだろうか。

なんてことを、バカ、考えてどうなる。その頃、俺は生きてないし。

どうでもいいや。

ふと気付いたら、俺はパソコンの前で傾いて、眠っていた。朦朧として動き回り、トイレである程度さっぱりしてから、ベッドに潜り込んで、寝た。

20

目覚める時、甘い、素敵な気分を味わった。華の夢を見ていたようだ。と思い付いたら、自分が、おそらくは華と別れたことを思い出し、そしてその原因にもなった、近藤雅章殺害事件を思い出して、一挙に気分は暗くなった。と同時に、胸がムカムカした。二日酔いじゃない。俺は、腹を立てているのだ。

＊

シャワーを浴びて、ミッドナイト・ブルーのダブルのスーツを着て、部屋から出た。時間は、午前九時ちょっと過ぎ。商店街は、まだ開かないだろうか。そろそろ起き出すんじゃないか？　特に書店は。登校途中の小学生が、消しゴムを買いに寄ったりするのではないか。

すすきの駅から地下鉄に乗り、大通駅で乗り換えて、南郷七丁目駅で降りた。

はっきりとは断言できないが、尾行者はいないようだった。ややがっかりした。写真をバラ撒いた後は、俺にできることはそんなに残っていない。だれか身に覚えのあるやつが、近付いて来るのを期待している。

南郷通りから国道十二号線に向かい、中郷通り商店街に入って、あたりを見回した。

札幌は、オリンピックの時に、それまでとは全然違った、ほとんど個性のない街、「リトル・トーキョー」などとバカにされて、得意になるような田舎者の街になってしまったが、それ以前は、つまり、地下鉄がまだなくて、市電網が札幌に張り巡らされていた頃には、あちらこちらに商店街があり、市場があり、つまり街があった。札幌オリンピック後、人口が百万人を「突破」してからの札幌は、そのような街を次々と潰し、商業機能を市の中心部と郊外の大規模店舗に売り渡して、だらしなく広がってしまった。

映画館も、元はあちらこちらの街にあったのだ。それが今は、中心部の数軒のシネマコンプレックスの、数十枚のスクリーンに統合されてしまった。

そんな札幌にあって、中郷通り商店街は、北斗通り商店街などとならんで、まだ微かに命を細々とでも繋いでいる街だ。地下鉄ができる前の商店街の面影も、あちらこちらに残っている。

百円均一の店がある。その建物は、おそらく元は映画館だったのではないだろうか。そんなような造りに見えた。子供の頃、北海道日報の映画案内で、確かに〈中郷電気館〉という名前を見た記憶がある。俺は映画が好きな子供だったので、映画案内に並ぶ映画のタイトルを見て、わくわくと憧れていたのだ。〈琴似映劇〉〈山鼻劇場〉〈北斗座〉〈本郷劇場〉など、遥か昔になくなってしまった映画館の名前の中に、〈中郷電気館〉もあったように思う。

「これが、あれか……」

という感慨とともに、俺は、百円均一ショップの建物を見つめた。俺は断言できる。今この瞬間、百円均一ショップの建物を、懐かしさを胸に感慨深げに見つめている人間は、地球上で俺ひとりに違いない。

しみじみと見つめてから、百円均一ショップの前を通過した。この店は、すでに開店していた。街は、結構活気があって、シャッターが降りている店は少ない。しばらく行くと、一方通行の蛇行した道を挟んだ向こう側に、〈西口書店〉の看板のある建物があった。

とても営業しているとは思えない、廃屋になった、木造建築だった。

＊

西口書店は、中郷通り商店街の、西側の端にあった。周りは、一時期、閉店が相次いだらしい雰囲気が漂っていた。で、その閉店した建物を利用して、リサイクル・ショップや、主婦の手作り小物を並べた小さな店、有機食品にこだわった「カフェ」などが並んでいた。それらはみんな、すでに開店しているか、開店準備の最中だった。西口書店のことを尋ねると、別に警戒する風もなく、しかし馴れ馴れしくもなく、独特の淡々としたようすで、必要なことを教えてくれた。

確か、あの転落事件の時、西口さんは、書店を継いだ息子一家と、その本屋で暮らしている、というようなことを言っていたはずだ。だが、それは事実とは違っていた。もう十年以上前に、店を閉めたらしい。ただ、週に何度か、ふと気付くと、店の中に「西口のおばあちゃん」がいて、店仕舞いした書店の中で店番をしていることがある。昔は、そんなことはなかったが、この一年ほど、見かけるようになった。

みんな、おおむねそのような事実を教えてくれた。話には食い違いはなかった。どうやら間違いはないらしい。そんな時、オバアチャンはどうしてるのか、と尋ねた。みんな、黙って座って、通りを行き交う人を見ているだけだ、と言った。どうやって帰るのですか、と尋ねたら、たいていの人は、そう言えば、どうやって帰るのか、知らない、と不審に思っているらしい顔つきで言った。だがとにかく、電気はもう止まっているはずだから、暗くなったら帰ってたんじゃないかな？　まさか、真っ暗闇の中に座って、一晩過ごすってことはないだろうさ、というような返事だった。

中でひとり、西口書店の隣のリサイクル・ショップの「社長」が詳しいことを教えてくれた。

「いや、暗くなる前に、家の人が、迎えに来るんだな。……あの感じじゃ、きっと、ここに来る、という話をして来てたんじゃないみたいね。家族……ま、あれは嫁さんなんだろうけど、その人が、あちこち探して、で、ここに来て、やっと見つけた、という感じかな。いつもね、小豆色の〈軽〉に乗って、迎えに来てたよ」

たるんだ体型の、髪の薄い、六十がらみの男だった。雑多な品物に囲まれて、なんだか嬉しそうに、いろいろと教えてくれた。

「御自分からは、帰ろうとはしないんですか」

「そりゃそうだろ。だって、オバアチャンは、ここに座って、それで帰った、って気持ちでいるんだろうからさ。もう、どこにも行かないで、落ち着いてるわけよ」

「なるほど」

「確か、……一回か二回、あったな。暗くなったんだけど、迎えに来なくてさ。で、俺、ちょっと心配になって、オバアチャンに、家の電話番号とか聞いてみたのさ。いや、最初はね、帰るから、その途中に、車で送るよ、今、どこ住んでんの、って聞いたわけ。でも、なんかあやふやなこと言うからさ、どうしよかな、って思ってさ。で、会長に相談したんだ。そしたら、会長、ちゃんと連絡先、知ってんのよ。で、オバアチャンがここに来たら、連絡してください、って言われてんの。それ、教えないやつだもなぁ。しっかりすれ、って、俺、言ったの。いくら店が忙しいったって、ねぇ。それくらい……」

「会長、というのは、この商店街の……」

「そうそう。振興会の会長。模型屋のオヤジさ。いや、模型屋じゃない、ホビーショップって呼べってさ。なに考えてんだか。ちょうど、正反対だ」

「は？」

「いや、場所、場所」

「場所」

「そう。向こう端。中郷通り十二丁目だ。商店街が、その模型屋で終わるんだ。……ホビーショップ。なに考えてんだか」

そう言って、ニヤリと笑う。

「はぁ……」

「あれだろ？〈オタク〉ってんだろ、今の言葉で。ああいうやつ。商売そっちのけで、ずっと椅子に座って、なんか作ってるさ。……ま、あれじゃ、オバアチャンが来てるってのに、気付かないわなぁ」

＊

「ホビーショップ大岳」は、あまり大きな店ではないが、店内に鉄道が走っていた。俺たちが子供の頃はＨＯゲージが全盛だったが、それよりもやや小さい、これはＮゲージと言うのだったか。壁面や店内に配置された棚には、モデルガンやガンダムや戦艦大和もあったが、ほとんどの空間は、Nゲージの線路網とその周囲の風景の模型が占めていた。その他には、片隅に、ミニ四駆の小さなコースがあったが、こっちは今は使われていないようだった。中を見回したが、ぎっしりと模型類がひしめいているだけで、人の気配はない。店員が店番をするスペースも、金と商品のやり取りをするレジ台のような場所もない。

ごめんください、と言おうとした時、奥の方のドアが開いて、白髪頭の老人が出て来た。センサーでも付いているのだろう。寒さは全く感じないが、老人はセーターの上にカーディガンを着て、薄い白い手袋をはめていた。

「いらっしゃいませ」

客が珍しいのか、ちょっと不思議そうな顔で、会釈する。声を聴いてわかった。そんなに歳ではない。顔の色が白すぎるから、老けているように見えたが、せいぜい行っても六十代半ば、というくらいだ。色が白いのはきっと、ずっと家の中に座って模型を作っているからだろうか。この人がきっと、大岳なんだろう。

「あ、いや、客じゃないんです。申し訳ない」

「え？」

おっとりした声で、おっとりと話す。なんとなく育ちの良さが感じられた。老舗の模型屋の息子に生まれて、好きな模型をずっと作ってこの歳になった、という感じ。

「実は、私は、西口書店のオバアチャンの知り合いなんですけど」

「いや、あの、実は、……」

さっきまで話をした商店街の人たち、リサイクル・ショップや有機食品のカフェの人たちは、なんだかざっくばらんな感じで、俺がどういう人間であるか、ということにはほとんど興味がなく、ただ、「最近、西口のオバアチャン、どうしてるんだろ？」などと話しかけたら、いくらでも知っていることを話し続けた。だが、このホビーショップの店主、大岳（推定）は、別なタイプの人間だった。俺の目をじっと見つめて、俺の話すことを吟味し、俺のことをはっきりと理解してから、おもむろに話し出す、というタイプであるようだった。さほど露骨ではないが、外界に対して、常に身構え、警戒している、という雰囲気が伝わって来る。おっとりとした模型マニアでも、こういう基本的な用心が身に付いていれば、きっと大きな失敗をせずに、店を経営できるのだろう。

「ええと、ちょっとややこしい話なんですが、昨日、近藤雅章さん、というイラストレイターが、北斗通り商店街で、腹を刺されて亡くなったんですが……」

「ああ、はい。知ってます。あれでしょ？　西口のオバアチャンがホームから落ちた時、助けてくれた人だ」

「ああ、そうです、そうです。御存知でしたか」

「そりゃね。この辺じゃ、ま、ちょっとしたニュースだったよ。新聞には、名前が出なかったけどね」

「そうでしたよね」

「でも、結局はタエさんだ、ってことが街じゃ評判になってさ」

「タエさん」

「そう。あ、西口さんね、名前はタエさんっていうの」

「はぁ」

「なにしろ、あの事件は、東西線のホームだったんでしょ？　だから、近所の人も何人か乗ってて、事件を目撃した人もいてさ。十何年か前に引っ越したっていっても、やっぱり、顔を覚えてるのもいるし」

なるほど。言われてみれば、そりゃ当然だ。

「あの時、近藤さんと協力して、西口さんを助けた男がいるんですけど」

「そうだってね。ニュースでも言ってたね。近藤さんと、居合わせた男性のふたりが、とかね。……それが、あんた？」

「ええ、まぁ。そういうことです」

「それは、本当に、ありがとうございました」

「いえ、そんな」

「……で？」

「近藤さんは、飲み友だちでね」

「……」

「殺したやつの顔を見たいんです」

「……」

「どうも、日頃から、荒っぽい男だったらしくて」

「犯人？」

「いや、近藤さんが。混んだ地下鉄の中で足組んでる若いのを蹴ったり、歩道を突っ走ってくる自転車を引きずり倒したりしてたらしいんです」

「……危ないなぁ……気持ちはわかるけどね」

「近藤さんが、刺された時の映像を見たんですよ。北斗通り商店街の防犯カメラで。ありがちなチンピラで、顔も映ってました」

写真のコピーを渡した。一枚の紙に、写真三枚をコピーしてある。

「じゃ、顔は見られんでしょ？」

「え？」

問い返してから、さっき自分が言ったことを思い出した。

「あ、顔を見るって、そりゃ、直接、ということですよ」

「殴る？　唾でもかける？」

「……ま、押さえつけて、警察を呼びます」

「……で？」

「ええと、近藤さんは、……私は詳しい話はしなかったんですけど、西口さんとの付き合いがまだ続いていた感じなんですね。……実は、西口さんは、……痴呆の症状が出た、と御自分でおっしゃってて、それがなにか、こう……」

「やっぱ、自分で飛び込んだの？」

「え？　西口さんがですか？」

「そうさ。事件を見てた知り合いは、あれは、オバアチャンが、自分から飛び込んだんだ、って。そう言ってたけどね」

「いや、あの……それは……」

「あんたも、そばで見てたわけだろ？」

「……まぁ、そうですけど。……警察には、間違って落ちた、と話しましたよ。近藤さんと、話を合わせて」

「そうだったの。……ありがとう」

「え？」

店主は、ほろ苦い笑みを浮かべた。

「タエさんはさ、実は私の初恋の相手でね」

は？

「中学校に入ったばっかりの時からかな。その前から、キレイなオバサンだな、とは思ってたんだけどさ。なにがきっかけかなぁ……もしかしたら、俺、本屋のオバサン、好き？　なんて、突然、思い至ってさ。……私は、本が好きなんだけど、本好きになったきっかけは、……タエさん、てことになるかな」

「はぁ……」

「そのうちにね、本屋にも子供が産まれてさ。ま、仲のいい家族だよ。タエさんも、頑張ってた。自転車に、雑誌積んで、配達して回ってさ。俺は、ま、親に無事入学に行かせてもらって、そこで、カミサン見つけて、ここで……暮らして。……いい話だろ。商店街の端と端で、ふたつの家族が住んでいる。……本屋の一家は、全然そんなことは知りもしないけど、模型屋のオヤジは、子供のころからずっと、カミサンができて、子供ができても、本屋の奥さんとすれ違う時は、ちょっと心ときめいて。……どうだ？　いい話じゃない？」

「はぁ……」

「いかにも、なにかこう、商店街を舞台にしたドラマだろ？」

「確かに」

　俺は、付き合いで微笑んだ。

「今はもうねぇ、商店街ってのが、すっかりなくなっちゃってね。寂しいね。俺はね、この商店街ができたその年に、この店の二階で、生まれたんだ。だから、この商店街には、特別の思い入れがあるわけさ」

「なるほど」

「やっぱり、……代々受け継いでいきたいもの、ってあるだろ？」

「ええ」

「タエさんの息子が、模型ファンでね。ま俺が仕込んだんだ。好みは、戦場ジオラマ。あと少しで定年退職ってところだな」

「はぁ……ジオラマってのは、ま、こういうやつですね」

Nゲージの模型を指差したら、露骨に厭な顔になった。

「違う、違う。これは、レイアウト。ジオラマってのは、模型は動かないの。情景模型ってやつ」

「あ、そうですか」

「とにかく、ミノルは、定年になったら、あとはもう、模型三昧、って楽しみにしてるんだ」

「……お仕事は、サラリーマンですか」

「そうだ。デパートの外商部長だと。毎日毎日、一年三百六十五日、頭を下げ続ける仕事だ、って言ってたな」

「はぁ……」

「外商部は、店が休みでも、仕事はあるし。大口の客が引っ越しだ、なんてことになったら、総出で力仕事に出かけるんだってな。それに今は、デパートも大晦日まで営業して、元旦から初売りするだろ？　本当に、丸々一年、頭を下げ続けてゴマを擂り続けるんだ、って言ってたよ」

「はぁ……」

「ま、それはどうでもいいけど、とにかく、タエさんは、そういう大事な人。だから、困ってたんだよ。タエさんが、店の中で、……店仕舞いした店の中で、店番してるんだから」

不意に店主はクルリと背中を向けて、奥のドアから向こうに行った。しばらくして、鼻をかむ音が聞こえてきた。何度も何度もかんでいる。

店のガラス戸を押して、客が入って来た。客だろう、きっと。典型的な「B系ファッション」の若い男で、フード付のトレイナーのポケットに両手を突っ込んでいる。両耳のスピーカーから、シャカシャカというリズムの音が漏れている。これを聞いただけでは、曲名はもちろん、どんなジャンルの曲なのかもわからない。キャップは、どうやらナイキのコピーらしい。ぶん殴って、スピーカーからの音漏れを、俺がどれほど憎んでいるか、それを教えてやってもいいのだが、やはり、他人の店の中では、それはマズイだろう。無視した。若い男は、「へぇ」という明るい顔になって、鉄道模型のジオラマ、ではなくてレイアウトを見つめている。

奥へのドアが開いて、大岳さんが出て来た。若い男を見て、丁寧な声で言った。

「いらっしゃいませ」

男は、ビクッと驚いて、怯えた顔で俺と大岳さんをチラリと見た。そして、なんとなく曖昧な顔で店内を見回したが、そのまま、怒ったように唇を尖らせて、出て行った。

「よく来るお客さんですか？」

「いや、初めての顔」

俺と大岳さんは、顔を見つめ合った。ま、それはそれとして。

「で、さっきの話の続きですけど」

「あ、はいはい」

「西口さんのお宅の、連絡先を御存知だそうで」

「そりゃ知ってるけど。でも、誰から聞いたの？」

「あの、リサイクル・ショップの……」

「ああ、わかる。お喋りなやつでさ。……そうか。で、ミノルに会いに行くわけか」

「ちょっと、お話を伺いたいな、と思いまして。近藤さんは、どういうことで、まだ西口タエさんを気にしていたのか」

「本当に、なにか関わりがあったのかな」

「わかりませんけどね。でも、あそこで助けて、それで終わり、というのではなかったような感じなんです。まだ、なにか関係は続いていたようで。……それは、西口さんの、……痴呆、というんですか、それと関わりがあるのかも、という感じもあって」

「わかりました。……いや、私もね。ミノルの奥さんから、言われてるんだ。店にタエさんが来たら、すぐに教えてくれってね。でも、ま、商店街の端と端だからなぁ。そうそう、目が届かなくてね。ついつい、仕事に没頭しちゃって。で、方々探し回った挙げ句に、嫁さんが見つけて、連れて帰るらしい。……嫁さんとしては、もしも中郷にいるんだったら、俺が電話するはずだし、という思いもあるんだろうな。それを考えると、面目ないな」

そんなことを言いながら、ズボンの尻ポケットから出したメモ帳を行ったり来たり、あちこち開いてページを繰って、探している。目当てのページが見付かったらしい。一度奥に戻って、眼鏡をかけて、手に紙を持って出てきた。メモ帳を眺めながら、紙に書き写して渡してくれた。

西口秋、というのが西口さんの息子の名前だった。

「それで、ミノル、と読ますんだ」

大岳さんが言う。

「はぁ」

住所からすると、豊平橋の近くのマンションであるらしい。電話番号は、090で始まる携帯の番号だった。

「すぐに電話するかい?」

「ええ、できれば、そのつもりですが」

「じゃ、今、電話するか。話を繋いでやるよ」

ほぉ。それはありがたい。

「ほら、よくいるだろ、初対面の人に電話するのが苦手、って人が」

「はぁ……」

「実は、私がそうなんだ。だから、そういう気持ちはよくわかるよ」

「ありがとうございます」

別に苦手でもないが、せっかくそう言ってくれるのだから、断る必要もない。大岳さんは、また店の奥に戻り、古ぼけたケータイを手に、出て来た。メモ帳を見ながら、番号を入力した。

「あ、もしもし。秋君か。大岳です。今、ちょっといいかな」

私の方を見て、頷いてみせる。

「いやね、今ね、ほらあの、……刺されて死んだだろ、近藤雅章さん……そうそう、その……そうだな。命の恩人だ。そのね、友だち、というかね、あの時、一緒にお母さんを助けてくれた人が、尋ねて来てね。……いや、ウチにさ。なんか、商店街で聞いてきたらしい。今は、ウチが振興会の……そう。そうそう。それでね、なんか……犯人を捜してるのかな？」

私の方を見て、問いかけるような顔になる。とりあえず、頷いた。

「なんか、そんなことしてるんだってさ。今、電話、替わるから。ちょっと話、聞いて頂戴」

21

地下鉄で大通に戻った。西口秋とは、テレビ塔一階の、ステージ前のベンチで十一時に会うことになった。野外で待ち合わせましょう、天気もいいし、公園の木々の枝を揺らす風が気持ちいい、と言う。今は出先だが、これから用件を片付けて、デパートに戻る、その途中、大通公園で三十分ほど時間が作れる、ということだった。ちょっと早口で、せかせかした口調で話す男だった。年齢は、俺よりも少し上、というところか。近藤雅章の死を悼み、そして俺に感謝する口調は、本物だ、と感じた。

だが、やはり、他人には知られたくない話なんだろう。だから、会社で会うのはもちろん、誰かに聞かれる可能性のある、喫茶店や飲食店を避けた、ということか。

さっき、大岳の店に入って来た若いのがちょいと気になって、時折後ろを振り向いたりして歩いたが、尾行の気配はないようだった。念のため、地下鉄大通駅で降りた時、駅に直結している書店を使って、尾行を外す手順を行なった。階段やエレベーターを使って地上に出るルートが三つあり、それを組み合わせることで、もしも尾行者がいたとしても、外すことができる。やっているうちに、段々馬鹿馬鹿しくなってきた。どうも、こういう手順をマジな顔でやると、恥ずかしくなる。

いい加減なところで切り上げて、地上に出た。大通公園でテレビ塔を見上げたら、十時二十三分だった。いい時間だ。早めに約束の場所に着いておいて、少しあたりを観察するのに好都合だ。

＊

ベンチに座ってあたりを見回した。不審な感じの人間は見当たらない。素敵な午前のひと時ではある。……確かに、春と初夏の間の、札幌が一番のんびりとした気持ちのいい時期で、ライラックの香りの混じる風が爽やかだった。せっかくのこの風も、半月ほどで、〈SO－RANダンスフェスティバル〉のバカな田舎者どもに汚されて、蒸し暑い夏に繋がる。だが、とにかくそれまでは、気持ちのいい札幌を味わおう。俺も、人生の後半に入った。いつ死んでもいい、という気分の一方で、あと何度、この気持ちのいい札幌の初夏を味わえるかわからないから、一日一日を大切に、という思いもある。これから死ぬまで、毎年この時期に、バカみたいな揃いの衣装を着て、暴走族もどきの騒音をまき散らし、我が物顔で騒ぎ回る、バカな田舎者どもの珍舞《ちんぶ》に、世界を汚されるのか、と思うと泣きたくなるが、であればなおさら、そんな目の汚れ耳の汚れを無視して、大切なこの時期の空気を味わうことだ。などと、つい力んでしまう。それほど、俺は、このダンス・フェスティバルや珍舞者《もの》どもが嫌いだ。

などと、せっかくの爽やかな風の中で、いきなりひとりでムカムカしていたら、大きなショルダーバッグを左肩にかけて上着を右手に持った、白いシャツ姿の男が、地味なネクタイを風にひらひらさせながら、近付いて来る。俺が目を向けると、「あなたが？」みたいな目つきで、軽く会釈した。俺も、軽く頷いて立ち上がり、声の届く近さになった男に、尋ねた。

「西口さんですか？」

「ええ。その節は、本当に。母が、本当に、御世話になりました」

両手を膝に当てて、深々と頭を下げる。俺はちょっと慌てた。

「いえ、それは。申し訳ない、急に……」

「いや、とにかく。近藤さんのことでしょ。もう、とんでもないことでねぇ……なんだか？

葬儀のやり手がいない、という話らしいんで、それじゃ、僭越だけど、誰もいないんなら、ウチでお弔いを出させてもらおう、と話してるところなんですよ」

「そうですか」

俺がベンチに座ると、西口秋も並んで座った。

「驚きましたよ、ホント……いきなり、刺し殺されたんでしょ？　ひどい話だ。……なんでまた……」

そこでふと気付いたようすで、中腰で立ち上がって、頭を下げた。

「いや、それにしても、本当に、母を助けていただいて、ありがとうございました」

「あ、いや、それは。あれは、本当に近藤さんの活躍ですから。あの人が、命懸けで……」

西口秋は、沈痛な表情で頷き、また俺と並んで座った。

「犯人を捜していらっしゃる、ということですか？」

そう言いながら、俺の風体をちらりと眺めた。

「いやぁ……まぁ、もちろん、警察が捜し出すんでしょうけどね。でも、……ま、どんなやつなのか、直接、生で顔を見たいな、と思いましてね」

「はぁ……」

釈然としない、というようすだが、無理に納得したようだ。

「どうも、あの後も、近藤さんとお母さんは、こう……なにか、交流があったようですね」

「ええ。そんな感じでした」

「お母さんとは、同居なさってるわけですね？」

「……というか、ま、同じマンションで、隣に住んでますけど、だから、ひとつ屋根の下ではあるんですが、玄関は別で、そういう意味では、別居ですね」

「あ、なるほど」

「……結構前から、ちょっと、その……ま、時折ぼんやりするようになりましてね。……それで、いやあの、痴呆、とかいうのではなくてですね。あ、今は認知症ってのか。とにかく、そんなアレではないんですけど、ちょっと、心許ないことも多くて」

「はぁ……」

「近藤さんは、……ま、なにか母に同情してくださったんでしょうね。時折、遊びに来て下さってたようですね。……母も、喜んでました。だって、テレビに出てる人と話すなんて、長い人生で、一度もなかったことですからね」

「なるほど」

「なんと言ったかな……タカハシモリテル？　HANの、若い男のアナウンサー。〈ドンピシャ〉に出てる」

よくわからない。秋は、俺に構わず話を進めた。

「母は、あのアナウンサーのファンでね。愛称は、テルちゃん、というんだったかな。もう、テルちゃんテルちゃんて、話題にするんですよ。そのテルちゃんに、直接会って、一緒に仕事をしてる人ですからね、近藤さんは。もう、ただ事じゃない喜びでしょう。今日も近藤さんが来た、とよく夕食の時に話してました」

「夕食は御一緒に？」

「え、母ですか」

「ええ。みなさんと？」

「ええ。それはもう、毎晩。私は、ま、大概帰りは遅い方ですが、妻と子供たちは、いつも母と一緒に」

「お母さんが話していた、近藤さんの話は、そのテレビ関係のことだけですか」

「……そうですね。そうです。それ以外には、特に……私は、覚えがないですね。ま、あまりその、私も忙しくてね。母と話すことは、ほとんどなかったから」

「頻度はどれくらいでしたか？」

「頻度……そうだなぁ……まぁ、毎週、ではないけど……月に二、三回、という感じかな？」

「そういえば、お母さんは、いかがなさってますか？　近藤さんが、殺されたことは……」

「ああ、知ってます。朝のニュースでいきなり流れましたからね。ひとりで、自分の家にいた時に、テレビで知ったらしくて、すぐに私のケータイにかけて来ましたよ。もう、しどろもどろで、なに言ってんだか、わからなくてね。テレビを見ろ、と言ってるらしいな、と思ったんで、ＨＡＮを見たら、……あれが、昨日の朝なんですねぇ……まだ日とちょっとしか経ってないいんですか。不思議だなぁ……」

「朝は、お食事は別々なんですか？」

「ああ、はい。母親が、ちょっと寝坊することがあるので、自分から、朝と昼は自分で支度するから、と言うもので。……とは言っても、昼食は、妻が時間を合わせて、ふたりで摂ることが多いらしいですけどね」

「じゃ、昨日の朝は、あまり寝坊ではなかったわけですね」

「まぁ、そうでしょうね。テレビを見て、のんびりしてたんじゃないですか。そろそろ朝の支度を始めよう、くらいに思って」

「なるほど。……なにか最近、西口さん……おかあさんが、悩んでいるとか、トラブルに遭っているとか、そんな雰囲気は、ありませんでしたか」

「……いやぁ……別段……さっき言った、ちょっとこの頃、ぼんやりすることが増えたかな、とは思うんですけどね。ちょっと、心許ない、というか、時折、なんだか覚束ない、というかね。でも、そんな頻繁じゃないですけど」

「失礼ですが、……あのう、お母さんはですね、奥さんと、病院に行って検査を受けられたんじゃないですか。あの、地下鉄事件の、ちょっと前あたりに」

秋がムッとした顔になった。

「いや、失礼、こんな個人的な事情に、ねぇ。失礼しました。でも、あの時、西口さんが御自身で、そんなことをおっしゃってたものですから」

「……母が、そんなことを言ってたんですか。ま、それについては、妻にも言ったんですけどね。そんな、全然普通だろう、と。実際、そうなんですよ。ちょっと度忘れしたくらいで、いきなり認知症を疑うなんて、いかがなものかな、と。それは、妻にもはっきり言っておきました。妻に言わせると、私は、夕食の時しか見ないから気付かないんだ、自分は毎日一緒にいて見ているから、よくわかる、と言うんですけどね。そんな、母だって、一日中、こっちにいるわけじゃないですしね。あっちで、何してるんだか、ひとりで過ごしている時間も長いんだし」

〈こっち〉というのは秋の住居で、〈あっち〉はタエさんの住居、ということだろう。

「なるほど」

「ま、確かに、病院じゃ、ごく初期のごく軽い症状が、ないでもない、みたいなことを言われたようですけどね。医者は、たいがい、悪く言うもんでしょ？　患者にして、金を取りたいから。ウチの健康診断でもそうですよ。要再検査、なんて言われてね。再検査すると、なんでもありませんでした、ってことになる。あれ、要するに、再検査して、その分、高い金取ろうって営業的な話なんだな」

「そうかもしれませんね」

とは答えたが、是非とも、秋の妻と、そしてなによりタエさんに会いたい、と思った。

「で、お母さんは、今は落ち着かれましたか？」

「落ち着いた、と思いますよ。また、落ち着いてもらわなけりゃね。こっちが困ります。今、歳末の次に忙しい時期ですし」

「はぁ……」

「なにしろ、チューゲンセンですからねぇ。各事業所に顔を出して、顔つなぎ。社員全員、お偉方全員にお世辞言って、頭下げて回るんですよ。今日も、もう午前中に五軒回りましてね。一旦会社に帰って、今日は午後に七軒、の予定です」

なるほど。チューゲンセンてのは、中元戦と書くのだろうな。忙しさを語る口調は、張り切ったもので、営業マンとして優秀であるらしい、と感じさせた。……当然か。部長にまで昇進したわけだから。

「ですからね。ま、妻がいろいろと世話してくれてると思いますけどね。ちょっと、しっかりしててもらわないと。近藤さんのお葬式も控えてるわけですし」

「大変ですね」

「ま、三十年、やってますからね」

そう言って、左腕の時計をチラリと見た。タグ・ホイヤーだった。

「回るのは、車で、ですか？」

「いやいや」

顔の前で、大きく手を振った。

「まさか。ウチの外商は、全員、徒歩です。公共交通機関を使って、徒歩で営業周りです。外商ってのはそういうものです」

「模型を楽しむ時間は……」

西口秋は、軽く「ハハハ」と笑った。

「無理無理、この時期は。頭から締め出してますよ」

西口秋は、軽快な足取りで、デパートに向かって歩み去った。俺に、お中元は是非当店で、というようなことは言わなかった。さっと、外商部は、事業所相手の大口注文だけに興味があるのだろう。俺のように、昼間っからぶらぶらしている個人客は、相手にしないのだろうな。

＊

そろそろ昼なので、なにか食おうか、と思ったが、不思議なことに腹はあまり空いていない。昨日の朝、〈ホテル斉藤〉で松尾とモーニングセットを食って以来、まともなものはほとんど食べていないのだが。どうしようかな、と思ったが、昼時の街中の食い物屋は、たいがいサラリーマンで混んでいるだろう。そんなに腹が減っていないのに、無理に食べるには及ばない。

そう決めて、立ち上がり、テレビ塔の一階の緑電話から、金浜のケータイに電話した。

「はい、もしもし」

不審そうな声で言う。名乗らない。厭な世の中だ。

「俺だ」

「あ、どーも！　金浜です」

「忙しいかな」

「ま、普通です。忙しくしようと思ったら忙しくできるけど、ま、忙しくしなくても、しばらくは食べていける、という」

「頼みがある」

「はい。……あ、そうだ、どうなりました、昨日の写真」

「ああ、助かった。コピーして、いろんなところに配った」

「情報が集まるといいですね」

「まぁな。……情報のことは、あまり気にしてないんだ」

「は？」

「誰かが寄って来る、と思うんだ。それが狙いだ」

「ま、俺には特に関わりのない話っすから」

「わかってるよ」

タクシーに手をあげて、小別沢に向かった。

＊

金浜の「ストゥディオ」は、相変わらず爽やかな空気に包まれていた。名案を思い付いた。〈SO‐RANダンスフェスティバル〉のバカどもが騒ぐ時は、ここに来ればいいのだ。で、酒を飲んで、DVDで映画を見る。それがいい。

ま、どうでもいい。

「あ、ど〜も〜！」

甲高い声の金浜が出迎えてくれた。

「昨日の事件の絡みですか？」

「ちょっとね」

「どうぞ。散らかってますけど。昼飯食って、帰って来たところで」

「なにを食べたの？」

「蕎麦。車で行くんですけどね、山ん中に、小さな一軒家で、九十くらいのオバアチャンがやってる店があるんですよ。それが、蕎麦のイメージを根底から覆す蕎麦で、黒くて太くて、噛み心地舌触りがもちもち」

「うまいのか？」

とてもそうは思えないが。

「それが、不思議な魅力があるんですよ。太い蕎麦、というよりは、細長い蕎麦搔き、というような食い物なんですけどね。これが、妙に後を引く。ふた月に一度くらい、無性に食べたくなるんです」

想像してみたが、全く食欲が湧かない。

「うまいんですって。ホントに。食べればわかりますって」

「ま、いいや。ところで、使っていいパソコン、あるかな」

「はぁ。じゃ、ええと……これ、使ってください」

「ネットに繋がってる？」

金浜は驚いたような顔で俺を見た。ネットに繋がっていないパソコン、というものを考えるのが不気味だ、という顔だ。無言で頷く。

「じゃ、ちょっと借りる。ちょっと見てくれ」

札幌やススキノの〈ヤクザ板〉を見せた。近藤雅章への罵倒が並んでいる。

「なんですか、これ」

「先週の金曜日、近藤さんが、夕方の番組の〈札幌の恥さらし〉ってコーナーで、地下街にべったり座っている低能ブスのことを、クズだ、寄生虫だ、と言ったらしい。で、それについて、ヤクザ板やチンピラ板でこういう非難の書き込みがドッと増えた、という話だ」

「へぇ……つまり、こういう奴らの、恨みを買っていた、ということですか」

「その可能性もある、と言うやつもいる。で、どうかな、と。こういう書き込みを分析して、なにかわかることはないかな、と」

「なにかわかること？」

「……ああ」

「そんな、漠然とした……」

「なんでもいいんだ。ちょっとしたヒントが、どこかに転がってるかもしれない。俺は、こういう書き込みを、どうしてもじっくり読めないんだよ。あんたなら、商売だし、じっくりと、一字一字、一言一言、ちゃんと読んで、いろいろと推理できるんじゃないかな、と……」

「ええ！　そんなぁ！　とんでもない、そんなとんでもないこと、もってのほかですよぉ！」

どうも、拒否するセリフが芝居がかっている。金浜はドMだから、こんなとんでもない依頼を、無理矢理押し付けられる「可哀相なボク」というものを、額に汗を浮かべて味わっているようだった。

「結果は、メールで送ってくれ。部屋にはいないと思うので、電話は通じないと思う」

「ひでぇ……」

「じゃ、悪いけど、電話を貸してくれ」

「ひでぇ……」

タクシーを呼んだ。来る時に乗ったタクシーの会社に電話したら、近くに一台いるからすぐに寄越す、という返事だった。さっきのタクシーかもしれない。

「すぐ来るそうだ」

「ひでぇ……」

「忙しいだろうけど、なんとか頼むよ」

「なんすか、俺、なんだか、都合がいいだけの、道具みたいですね」

そう言いながらも、目は、なんとなく輝いている。「道具扱いされているボク」を味わっているような感じだ。

窓から、タクシーが近付いて来るのが見えた。

「じゃ、よろしく頼む」

「ひでぇ……ちょっと休もう、と思ってたのに……」

どうやら、「無慈悲に休憩を奪い取られたボク」を味わっているらしい。

「じゃ、よろしく」

スタジオを出る俺の後ろで、金浜が、「ひでぇ……」と嬉しそうに嘆いた。

22

思った通り、運転手は来る時と同じ男だった。往復で、ついてる、と嬉しそうにお愛想を言った。

ススキノの外れの、俺の住んでいる部屋のあるビルで降りた。一階の〈モンデ〉でなにか食べよう、と思ったが、なんとなくその気になれずに、真っ直ぐ部屋に戻った。メールが数通溜まっていた。松尾のケータイからのメールがあったので、すぐに開いてみた。

〈道警が、あの防犯カメラ映像の、犯人の姿を、静止画で発表した。各社の今日の午後のニュースでオン・エアされるはずだ。あと、各紙の夕刊でな。一応、報せておく。捜査には、

特に進展はないらしい〉
で、ヤクザ板の、近藤に対する誹謗中傷のことを教えてやった。すると折り返し、長いメールが届いた。札幌圏部部長は、本当に暇らしい。開けてみると〈近藤氏は、SO‐RAN連中の板でも、罵倒されている〉とあった。この事実だけでも、俺は近藤が好きになった。初対面の時から嫌いじゃなかったが、はっきりと好意を持った。いなくなったことが残念でならない。

〈ただし、アンチSO‐RANの板では、近藤氏は英雄視されている。また、近藤氏のファンのサイトでは、宇都宮氏は徹底的にコケにされている〉

宇都宮というのは、SO‐RANのシンボルである宇都宮凸《うつのみやたかし》のことだろう。学生時代に、仲間とこのダンスフェスティバルを立ち上げ、一時は全然相手にされなくて頓挫の危機に瀕したのだが、宇都宮の熱と意気が人々を動かし、学生たちの無償の熱気、若いボランティアたちの純粋な熱意が集結、ローカルテレビ局HFTの後援を受けてイベントを続け、今や動員二百万人を誇る・大イベントに育てた、チャンチャン。という美談が流通している。ま、宇都宮凸は「SO‐RANのカリスマ」というところだ。彼は「ボランティア」「学生の熱意」をことあるごとに言い立て、「経済効果」で札幌市の経済活動に貢献している、と自画自賛するが、その一方で、〈SO‐RAN事務所〉という株式会社を作って独裁的に支配し、億単位の収益をあげている、と言われている。白いベンツを乗り回しているのは事実だ。後援企業やイベント参加者が、収支を公開するように要請しても、一度も行なったことがない、という評判だ。SO－RAN事務所の経理が不透明なのも、一部の批判を呼ぶ原因になっているらしい。だが、俺は別に、そんなことはどうでもいい。バカな田舎者どもが我が物顔で騒ぐのが、苦々しいだけのことだ。珍舞者たちは、ほかに楽しいことがないらしい。惨めな人生だ。宇都宮は、こういう惨めな連中を食い物にしている。ま、ボロい商売、ということだろう。儲けるための究極の秘訣は、「弱者」を食い物にすることにある。

〈数年前、近藤氏と宇都宮氏が、某ローカル番組の〈SO－RAN特集〉にゲストとして呼ばれたらしい。その時、近藤氏は、「SO－RANは生理的に不快だ、嫌悪感しかない」、と発言したらしい。そして、「SO－RANの時期は、札幌にいたくない」、と言ったんだそうだ。それに対して、宇都宮氏が、「それならどこかに行けばいい、リオのカーニバルの時だって、嫌がって旅行に出るリオ市民は多い」と応酬したんだそうだ。以来、SO－RANファンは近藤を徹底的に叩くし、アンチSO－RANと近藤ファンは、宇都宮氏を罵倒するわけだ。ま、豆知識として教えておく〉

なるほど。

まぁ、だからと言って、SO－RANの珍舞者が近藤を襲った、なんてことはあり得ないだろうな。そんなことをするような連中ではないだろう。

とにかく、近藤が、相当なトラブル・メイカーであったらしいことは、よくわかった。おとなしくしてられない、という男だったんだろうか。

……気持ちはわかるけどなぁ。

＊

軽くシャワーを浴びて気分転換をして、地下鉄に乗って中郷通り商店街に戻った。人通りは結構ある。それなりに、商店街として機能しているのは間違いない。商店街を端から端まで、つまり、元〈西口書店〉から〈ホビーショップ大岳〉まで、通りの両側を往復した。それから、商店街の裏通りを歩いた。元〈西口書店〉の裏口が見えた。商店街に面した表側は一昔前の木造モルタル、という感じの外壁だが、裏側は、昭和三十年代四十年代によくあった、木の板が剝き出しの壁で、裏口のドアには、南京錠がぶら下がっていた。その道をホビーショップまで進んで、中郷通り商店街に戻り、昔風の佇まいのラーメン屋に入った。相変わらず腹は減っていなかったが、喉が渇いた。

銘柄は不明だが「イモ焼酎」というのがあったのでそれを頼み、コップに入って出て来たのを、ザーサイをつまみに飲んだ。塩ラーメンを頼もうとしたら、顔と全身がパンパンに膨れ上がったオバチャンが、「お腹空いてるの？」と尋ねる。で、そうでもないけど、と答えたら、「じゃ、無理して食べるんでない。黙って飲んでればいっしょ」という。ありがたいな、とは思ったが、もしかしたら、作るのが面倒だったのかもしれない。あるいは、「ウチのラーメンは真剣勝負だからね。そんな、ことのついでに、みたいな感じで食べられるのは、お断りさ！」みたいな、気骨あるラーメンおばちゃんなのかもしれない。

どっちかな、と考えながら、小皿のザーサイでコップ二杯の焼酎を片付けて、立ち上がった。ごちそうさま、と言うと、五百円だね、と言われた。安い。どういう計算なのか、あるいは、どういうイモ焼酎なのか、わからない。が、特に文句はない。なんとなく明るい気分で店から出た。

軽く酔っていて、油断した、ということではないと思う。「イモ焼酎」二杯で、それはない。酔ってはいなかったが、油断していた。フード付トレイナー、ダブダブパンツのガキが、右からすっと擦り寄って来た。俺の右脇腹に、果物ナイフのようなチャチな刃物を突き付けている。

「あのよ……」

なにかを言おうとしたが、もちろん、俺は反射的に右の肘を跳ね上げてガキの顎に叩き込んだので、そいつはセリフを言い終える前に、ギャッと悲鳴を上げた。俺は右手でガキの頭を押さえて、左の拳を鼻にぶち込んでやろうとした。ガキはナイフを持ったままの右手で鼻を守ろうとして、間違って自分の頬をナイフの刃先でつついてしまい、のけぞって驚いている。その隙に、ミゾオチに足刀を叩き込んだ。

やり過ぎた、とわかった。興奮して、手加減をするのを忘れていた。

ガキは歩道に倒れて、そのまま車道に転げ出た。白いステーション・ワゴンが走って来る。まずい、轢かれる、と思った。助けようとした時、車は急停止した。

後部座席のドアが開いて、同じような恰好のガキが降りて来た。なんとなく、さっき大岳の店に入ってきたやつのように見えた。だが、断言はできない。普通の人間は、猿の見分けができない。みんな同じように見える。とにかくそいつは慌てたようすで、倒れていたガキの両脇に腕を入れて、俺の顔を見つめながら、後ろ向きに、ガキを引きずって、車の中に逃げ込んだ。

ステーション・ワゴンがタイヤを泣かせて発進した。

車内で誰かが怒鳴った。

「バカ！」

ドアが閉まった。リイド・ウィンドウはスモーク・ガラスで中が見えなかった。走り去るナンバーを見た。黒いビニール・テープが貼ってあった。

＊

失敗した。完全な失敗だった。せっかく接触してきたのに、どこから来たのか、どこへ行くのか、全くわからずに終わった。しかも、やり過ぎた。ナイフを向けられたからと言って、あんなに取り乱して、どうする。ナイフの取り扱いに慣れていないことは、握り方を見て、すぐにわかったのに。いやまぁ、素人の方が危険なのは事実だが。慌てて怯えた素人が一番危険だ。だが、それにしても、取り乱した。過剰に反応してしまって。

あ〜あ、俺はバカだ。

ま、いい。連中が本気で俺をどうにかしようとしているなら、今後もきっと、寄って来るだろう。その時に、余裕を持って対応できるように、覚悟しておけ。

……しかし、車で逃げる、その捨てゼリフが「バカ！」ってのは、可愛いなぁ。

俺は、ウジウジとあれこれ考えながら、地下鉄に乗ってススキノに戻った。

＊

濱谷のおばちゃんの部屋には、相変わらず年代容姿職業さまざまの女性たちが溜まっていた。この時は、おばちゃんを入れて七人だった。全員、ここやススキノ各所で顔を見たことはある。所属や仕事がはっきりとはわからないのが三人いた。ススキノ市場で買って持って行った「懐かしの駄菓子の詰め合わせ」一袋は、すぐに開けられて、足の短い小さな低いテーブルの上にガサッと中身をぶちまけられた。十四本の手と六十九・五本の指が慌ただしく業務を始めた。

「華は、今日は来てないよ」

「ああ。うん」

「だから、これから来るかもね。電話してみようか？　ケータイの番号、わかるよ」

「俺もだ」

「あら。あんたと共通点があるなんて」

「俺とおばちゃんは、DNAの九十八パーセントが一致するんだよ」

「え？　それ、ホント？」

「えーと……まぁ、だいたい、そんな見当だ。数字は正確じゃないけど」

濱谷のおばちゃんは、複雑な顔で考え込んでしまった。なにをどう考えているのかは、俺にはわからない。

「あ、もう二時だ」

デリヘルで生活費を稼いでいるミヤという娘が、ソファの上に置いてあったテレビのリモコンに、ズリズリとかったるそうに四つん這いで近付き、テレビのリモコンを手に取った。

俺は、この娘が直立二足歩行をしているところ、ほとんど見たことがない。さすがにススキノの街を歩いているときは、普通に歩いているが、室内にいる時は、大概、なにかに寄りかかるか、四つん這いになって、ノロノロと移動する。

「ドキドキって、何番?」

HFTの午後の情報番組を見るらしい。

「HFTだよ」

「HFTって、何番?」

「あんたも、いい加減にチャンネル覚えなさいよ」

「知らんよ、そんなこと。知らん知らん」

ミヤは、去年の春頃にススキノにやって来た娘だ。上川の過疎の町から家出してきた、と言っている。自称二十二歳。どうも、無意味にウソをつく癖があるようで、彼女の言うことを真に受ける人間は、あまりいない。ミヤ自身も、人からウソツキと言われるのに慣れていて、ヘラヘラ笑っている。

「どれ、貸しなさい」

顔中のシワを、全部白粉《おしろい》で塞いだと思《おぼ》しい、目が眩むような厚化粧の綾子さんが、イライラした口調でミヤの手からリモコンを取り上げた。これは、〈おでん綾子〉という居酒屋のママだ。もうススキノで四十年近く店をやっている、という話だ。

スイッチが入って、数秒、徐々に映像が現れた。番組冒頭の、ローカル・ニュースのコーナーで、昨夜未明の、近藤雅章殺害犯の写真を、道警が公表した、というニュースを、アナウンサーが読んでいた。写真が二枚並んで映し出された。例の、防犯カメラの映像からピックアップした静止画だった。

右側の写真の中では、チンピラは正面を向いている。だが顔は、フードが、天井からの蛍光灯の光に蔭を作って、はっきりとは見えない。おそらくは、未成年の可能性が高い、という配慮だろう。顔はわからないが、服装の特徴を公表した、ということか。左側の写真では犯人は横向きになっていて、猫背の姿勢がはっきりとわかる。それなりに、犯人の服装や姿勢の特徴は、よく捉えている二枚だった。

「昨日もらった写真の男だね」

おばちゃんが言う。

「同じ防犯カメラの映像だから」

「あ、そうだ。ね、あんたたち、あの殺された近藤さんて、この人の友だちだったんだとさ。だから、殺したやつを見つけたいんだって。で、ほら、そこに写真あるしょ。それ、持ってって、店とかで、誰か知らないかって、ちょっと気にしてやって」

「おう。ありがとう。……コピーしたの？」

「したさ。したってあんた、コピー代ば置いてったべさ。したらやっぱ、コピーしないばないしょや」

「ああ。……それは、どうもありがとう」

女性たちは、「探偵ゴッコみたい」などと言いながら、カラーコピーを手に取った。ここで、誰かが、「あ、あたしこの男、知ってる！」と叫べば理想的だが、さすがにそんな僥倖は転がっていなかった。

「どんな友だちだったのさ」

宝石を詰めた鞄を持って、ママやホステスたち相手にアクセサリーの行商をしている花江さん、というおばちゃんが言う。

「どんなって……まぁ、飲み友だちさ」

「結構、長い付き合い？」

「いや。去年の冬に、初めて会ったんだ」

「ケンカなんか、したの？」

「いや。一度も」

「ケンカもしないうちに、死んじゃったのかい。それは、……残るね」

「そうかな」

「そうだよ、あんた。決まってるっしょ」

＊

半日かけて、昨日写真を置いた場所を一通り回った。北斗通り商店街の自転車置き場には、花が数束、近藤が倒れていた場所に置かれていて、そのほかにカップ酒やブラック・ニッカのポケット瓶などもあった。昨日と変わったのはそれだけで、あとは北斗通り商店街でも、狸小路でも、全員が、今のところ、なんの成果もない、と口を揃えた。

そしてなお悪いことに、誰も俺を襲わなかった。尾行されている感じもない。どうなってるんだ。

成果なく、無意味にあちこち歩き回って、無駄に疲れた。自分が、焦っているのがわかった。

暗くなってから〈ケラー〉の階段を下りた。ドアを押すと、キィと小さな音がする。岡本さんがこっちを見た。

「いらっしゃいませ！」

珍しく、店内には誰もいなかった。春の終わりの、気持ちよく晴れた日だったから、まだ人々は屋外にいて風や空気を楽しんでいるのかもしれない。俺の気分とは無関係に、世界は、時折どこかからライラックの花の香りが漂ってくるような、とてもいい夕方だった。

「サウダージをお願いします」

「畏まりました。あの、電話が何本か、入ってますよ」

「あ、そう」

レジの所から、紙を一枚持って来る。

〈アンジェラさん　正
桐原さん　正
華さん　正〉

「わかった。ありがとう。電話してくる」

立ち上がった。

「あ、店のを使ってください」

「いや、もしかしたら、長くなるかもしれないから」

「あ、でも、公衆電話から、ケータイにかけると、やたら高いですよ」

「だよな。弾圧だな」

ゆっくりと階段を上った。後ろでドアがキィと音を立てて閉まった。

近くの、改装直後のホテルのロビーから電話した。このホテルの改装は、俺にとって福音だ。半地下の便所に、尻洗い便器があるのだ。これで、このあたりの俺の行動の自由度は、大幅に高まった。そんなことを考えつつ、アンジェラのケータイにかけた。

「もしもし」

警戒心剝き出しの声で呟く。

「俺だ」

「あ、〈ケラー〉に着いたんだ」

「ああ」

「部屋に電話したんだけどね。出ないもんでさ。メールを送ったんだけど、返信ないし、歩き回ってるんだな、と思ってね」

「その通りだ。今、どこだ？」

「〈キュレネ〉なの」

「お、また店に出てるのか？」

「頼まれてね。ダンサーがひとり、メインのコが花粉症のピークで、ちょっと一週間ほど頼めないか、と言われて」

「なるほど」

「ステージだけだから、その合間か、閉店後に、会えないかな」

「いいよ。用件は？」

「写真、撒いて歩いてるでしょ？」

「ああ」

「それ、今日、テレビでやってた写真の男でしょ？」

「そうだ。同じ写真だ。元は、同じ映像だ」

「その件で。見覚えがある、っていうコがいるの。もしよかったら、そのコを呼んでもいいけど？」

「どっちが都合がいい？　ステージの合間と、店が終わってからと」

「……そうだな、終わってからの方が、落ち着けるかな。気分的に」

「わかった。じゃ、二時？」

「二時半」

「了解。フロントに、迎えに行けばいいな」

「もちろん。あなたが裏口に回ったりしたら、店長が怯えちゃう」

受話器を置いた。成果がひとつ、ということか。

続けて桐原にかけた。「う」と威張りくさった声で出る。

「俺だ」

「おう。近藤を殺したやつは、わかったか？」

「まだだ。昨日の今日だぞ。それに、俺はひとりだし」

「誰か、助けがいるか？」

「いや、それはいい。そういう意味じゃない」

「そうか。ならいいけどな。相田が、気にしてるんだ。落ち着きがない。情緒不安定だ。早く結果を出して、落ち着かせてやりたい」

そう言う声は、真剣だった。こいつは、人の目を真正面から見つめて嘘をつくようなこともするが、今この瞬間は、正直に話している、と感じた。

「手伝えることがあったら、いつでも言ってくれ」

「わかった」

「遠慮するな」

「あんたに遠慮したことはないよ」

「わかってるって」

受話器を置いて、ちょっと迷ったが、〈バレアレス〉に電話をかけた。

「はい、御電話ありがとうございます、〈バレアレス〉です！」

女性の声だが、華ではない。俺は名前を言った。

「あ、はい、聞いてます。ごめんなさい、華さん、今はちょっと買い物に行ってて。ケータイは持ってますけど」

「わかった。ありがとう」

二秒ほど悩んだが、華のケータイにかけた。最初に、聞き覚えのない男の声が出た。松江さんですか、と尋ねたら、「なによてめぇ」と答えたので、受話器を置いた。誰なんだろう、とあれこれ考えたが、どうしてもわからない。メモ帳を取り出して確認したら、番号を間違えていた。電話番号を正確に覚えて忘れない、というのが秘かな自慢だったのだが。珍しいことだ。歳か。それとも、フロイト流の解釈ができるような間違いか。ま、それはどっちでもいい。

もう一度、メモを見ながらかけた。

「はい」

　華の声が出た。

「俺だ」

「あ。〈ケラー〉に着いたの」

「ああ」

「今晩、どうする？」

　華は、ふたりの間に、昨日の朝の出来事と、昨日一日がなかった、ということにしようとしている。

「午前二時半に人と会う約束があるんだ」

　俺は、まだ心が決まっていなかった。

「じゃ、それまでウチで飲んでる？」

　華は、はっきりと心を決めていた。

「そうだな」

　俺は、それに、つい、乗ってしまった。

「何時頃？」

「まだ時間はわからない。でも、今日中には行こうと思う」

「わかった。待ってる」

　俺たちは、出来事に顔を背けたまま、元の仲良しに戻った。戻ったけれども、ほろ苦さがつきまとっているのを、俺は感じた。

＊

岡本さんは俺の顔を見ると、「お帰りなさいませ！」と勢いよく言って、サウダージを作り始めた。客は、相変わらずいなかった。まだ、時間が早い。てきぱきと酒を作って、俺の前に置いてくれた。一口飲んだ。うまい。これを考案した人間は、天才だ、と思う。俺のことだが。

「ところで、わかりましたよ」

岡本さんが、ちょっと得意そうに言う。

「なにが？」

「ロミオとジュリエットのチャーチル」

「ああ、そうだ。どういう意味だった？……というか、なんなんだ、それは」

「葉巻の銘柄とサイズでした。ロミオとジュリエット、という銘柄があるんですね。創業十九世紀のハバナ・シガーの老舗です。最高級品らしいです。スペイン語では、ロメオ・イ・フリエッタ。で、チャーチルってのは、葉巻のサイズの名前なんですね。例の、ウィンストン・チャーチルがトレード・マークにしていた、あの葉巻、ああいう大きさなんじゃないですか」

ありそうな話だ。

「日付もわかりましたよ」

「ほぉ」

「一応これでも私、家に帰って、自分用に日報を作ってまして」

「へぇ」

初耳だが、ま、それくらいはしてるだろう、と思って聞き流した。それが、やや不満だったらしい。わざとらしく付け加えた。

「ま、プロの嗜《たしな》み、といいますか。鍛錬、と申しましょうか」

「ほぉ。……幽霊も、両手を垂れる仕種なんかを、鏡の前で練習するんだろうな。……あ、鏡に映らないのか」

「……ばかばかしい。ええと、近藤さんがシガーをやったのは、先月の二十八日でした」

先月の二十八日。この日に、近藤にとって、なにかいいことがあったんだろうか。

「わかった。覚えておく」

「近藤さん、なんだかとっても嬉しそうでしたよ。いつもと、ちょっと様子が違ったんで、はっきり覚えてます」

23

二杯目のサウダージをゆっくり味わっていたところに、電話が入った。マスターが事務所から出て来て、受話器を上げて、ややあって俺を呼んだ。

「御電話です」

受け取って名乗ると、キンキン声が右耳から飛び込んで来て、脳味噌の中でこだました。

「あ、どーも、金浜です。やっぱり、そちらでしたか」

「ああ。なにか、わかった?」

「ええ。それを御説明しようと思って。今、ススキノです」

「……」

「〈ケラー〉かな、と思って電話したら、これがバッチリ」

「じゃ、……」

「はい、これから行きます。邪魔臭い、なんて思わないでくださいね」

邪魔臭いと思われたがっているような口調で言う。

「邪魔者扱いされたら、ボク、とっても哀しいです」

「邪魔じゃないよ。じゃ、待ってるよ」

「あ、邪魔じゃないっすか……」

残念そうに受話器を置いた。面倒な魂だ。

五分もせずに、金浜は姿を現した。ジャージ上下にスニーカー、という恰好だ。パソコンの前から、真っ直ぐに来た、ということがはっきりとわかった。セカセカした足取りで俺の隣にドサリと座り、シャンディ・ガフを頼んで、「ああ、暑かった」と呟いて、おしぼりで顔を拭った。

「なにかわかった？」

「ええ。インチキです」

「は？」

「詳しい内容は、メールで送っておきましたけど、あれはインチキです」

「なにが？」

「書き込み。意図的にメイクしたもんです」

「……」

「詳しくは、メールの方を見てください。で、要するに、近藤さんが先週の金曜日に、テレビ番組で、パンスクを『クズだ、寄生虫だ』と罵った、と。で、それについての反発が昂まっていた、と。こういうことですね？」

「ああ。そういう観測もある、ということだ」

「複数の板について調べてみましたけどね、そのどれにも、この問題で、先週金曜日、つまりオン・エア当日に近藤さんに対して怒りの書き込みはなかったですよ」

「え？　そうだった？」

言われてみると、確かに、日付の確認はしなかった。

「この問題についての、近藤さんへの罵倒コメントは、一昨日、つまり犯行前日ですね、その午後から、突然増え始めます」

「……」

「そして、犯行後、祭り状態になって、今もその余波は続いてます」

「つまり……どういうことだ、と思う？」

「……俺は、こういう世界のことは詳しくは知りませんけど、感触では、……一昨日の午後に、……なんて言うかな、……近藤さんへの死刑宣告、というかな、処刑の指令、みたいのが出たんじゃないか、と思います」

「……」

「で、その連中は、その殺害の動機が、近藤さんの『クズ発言』に対する怒りだ、というディスインフォメーションを目論んでるんじゃないでしょうか」

「じゃ、理由は全然別にある、ということか」

「俺は、そう思いますね。ま、こんなボクの意見なんか、無視されても当然ですけど」

「……動機の隠蔽、ということか」

「ではないか、と。……そして、結構、機動力のある集団、という感じがしますけどね」

「……」

「ま、これは単なる俺の感想ですけどね。……ボクの感想なんか、無視されても仕方ありませんけどね」

＊

金浜と飲んでいたら、徐々に腹が空いてきた。やはり、ほとんど丸二日、マトモに食べていないせいだろう。心身が、段々正常を回復してきた、ということだろうか。どこかになにか食べに行こうかな、と考えているところに、松尾がやって来た。スレッジ・ハンマーを頼んで、金浜の向こう側に座った。

「なにか進展はあったか？」

俺が尋ねると、「そっちは？」と用心深そうな声で言う。なにかあるのかもしれない。だからここは正直に、中郷通りで襲われたことと、ヤクザ板の書き込みについての金浜の分析を、これは主に金浜に任せて、教えてやった。松尾は、あまりパッとした反応を示さなかった。

「で？　警察の捜査には、なにか進展はあるのか？」

「どうもな。パキッとしない。ススキノに、あの犯人を捜している男がいる、ってことが評判になってる」

「そりゃそうだ。評判になるために、やってるんだから」

「で、警察は気にしてるぞ」

言われてみればごもっともだ。そりゃ、気になるだろうな。

「ま、それとは別に、札幌圏部マターでひとつ。近藤さんの葬儀の日取りが決まった。今度の木・金だ。警察が、木曜日に遺体を渡す、と通知したらしい。身寄りがないってことを、確認したんだろうな」

「……」

なんだか、あの男が、「本当に死んだ」という出来事が、覆しようのない厳然とした事実である、と心に迫って来た。

「喪主は、西口秋。秋って書いてミノル、と読むんだな。……ま、ありそうだな。で、施主は西口タエ」

「どんな字を書くんだ?」

「発表では、カタカナだ。……で、……通夜は、木曜日午後六時から、告別式は、金曜日午前十時から、出棺午前十一時。会場は、真駒内橘町の〈セレモニーホール真駒内〉、葬儀委員長は、オチアイミチノブ氏。近藤さんが住んでた南区東明の第四東明町内会の会長だ」

「宗派は?」

「無宗教で執行するらしい。テレビ番組で、〈逝く時は自分らしく　オーダー・メイドのマイ葬儀〉とかなんとかいう特集のコメンテイターをやった時に、無宗教の葬式ってのに興味を持ったらしくて、番組終了後に、その場で、つまりスタジオで、ゲストに来ていた葬儀社の人に申し込んでいた、とかいう話だ」

なるほど。

「そこんとこで、ちょっと引っかかったらしい」

「なぜ」

「西口家としては、引き受けるからには、ここを使いたい、という葬儀社の希望があったんだな」

「そうか」

「この西口秋って人は、デパートの外商部長だ。で、今は中元商戦の真っ直中《まただなか》でな。で、新規顧客として狙ってるんだか、それとも、長年大口で世話になってるのか、そこらへんははっきりしないけど、どうしても、ここにしたい、という葬儀社があったらしいんだ」

「西口秋は、中元商戦の真っ最中に、そんな葬式の手配までしてるのか」

「いや、窓口は、奥さんさ。非常にてきぱきした人らしい。で、この人が、近藤さんの契約と、夫の思惑との板挟みになったわけだけど、ま、『どこそこの葬儀社を使わないのなら、金は出さない』なんて、こりゃいかにも言いづらいしな。人に聞かれたら、なんだ、と思われるだろ。で、嫁さんが、近藤さんの契約で行く、と決断したらしい」

「ま、よかったな。……香典とか、近藤さんの著作権継承者とかはどうなるんだ？」

「それは知らない。ま、弁護士を頼んだようだから、うまくきちんと処理するだろ」

「なるほどな」

「見たところ、イヤな要素はないようなんだ。別に、西口が売名目的で、という気配は微塵もないし、香典をどうにかしよう、ということも全く考えていないらしい。ま、葬儀社選定の時に、ちょっとどうかな、とは思ったけど、奥さんがきっぱりと決断したしな。だから、我が社としては、美談、ということでまとめるつもりだ。どう思う?」

「いいんじゃないの?」

「だよな。よし。読者の意見を尊重しよう」

松尾はそう言って、スレッジ・ハンマーを飲み干し、サイド・カーを頼んだ。誰がリクエストしたのだろう。有線放送が、ジプシー・キングスの『インスピレーション』を流し始めた。

「松尾」

「ん?」

「知ってるか、この曲、ひとりで演奏してるんだぞ」

松尾は、目を丸くして驚いた。

「ホントか!?」

「嘘だ」

*

松尾と金浜と三人連れで、高田の店に行った。客はほかに二組で、寂しくもなく、うるさくもなく、ちょうどいい具合だった。ゆったりとした時間と料理を楽しむことができた。もちろん、酒は、時間と同じものだ。

〈ケラー〉から積算すると、結構飲んでいることに、ふと気付いた。金浜が、テーブルに突っ伏して眠っている。松尾が、目をつぶったまま、流れている音楽に合わせて右手を動かし、指揮をしているつもりらしい。それに気付いた時に、大きなアクビが立て続けに出た。慎重に記憶をたどってみたが、ほんの少し、ところどころに欠落があるようだ。とは言っても、さほどのことではない。そう確認して、安心してあたりを見回したら、全く知らない店だったので驚愕した。

「松尾！」

松尾は、名前を呼ばれたことに気付いて、なんとかして目をこじ開けようとした。だが、無理なようだった。延々と右手を動かし続ける。左手を摑んで、手首を見た。時計は午前一時十五分を示していた。よかった。アンジェラとの約束には余裕で間に合う。それにしても、この店はどこなんだ。そうだ、だいたいおかしい。松尾が指揮しているつもりのこの曲は、インストゥルメンタルの『恍惚のブルース』ではないか。こういう曲を、高田はかけない。

段々状況がわかってきた。高田の店で、しっとりとしたデザインの木のテーブルを囲んでいた俺たちは、デコラ張りの安っぽいカウンターに並んで、古ぼけた水のニオイの漂う、完全に昔風の「スナック」で、おお、そうか。これは、誰かがカラオケをリクエストしたのだ。だが、誰も歌わないから、曲だけが流れているのだ。画面では、無意味に歌詞字幕の色が左から右に変化している。誰がリクエストしたのだ。ほかに客はいない。いや、そもそも、ほかに誰もいない。店の人はどこにいるのだ。ママとか。とにかく、ここはどこだ。

俺は、ぼんやりと霞む目で、カウンターの上を眺めた。百円ライターがある。なにか印刷してある。手に取った。

〈ダーザイン　中央区南六西四　五輪会館地下〉

店が、宣伝用に作ったライターだ。と思った時、店の明かりが消えた。

24

闇の中で、さまざまな知識のカタマリがごろん、と転がり、一閃した。五輪会館は、札幌オリンピック開催が決定した翌年に、それを記念して建てられた、ススキノでも最も古い部類に属する会館だ。だから、一九六七年竣工か。地下一階、地上三階の木造会館。建て替え計画が進んでいて、地下の二軒以外は全部立ち退いた。この二軒が粘れば、いつかは燃やされるだろう。

闇の中に、ガス湯沸かし器の青い種火がぼんやりと浮かび上がり、そしてドアの隙間の向こうで赤い光がちらちらちらしている。

わかった。

目が醒めた原因が。焦げ臭いのだ。物が焼けているニオイがする。そうなんだ、だから、俺は目覚めたのだ。

とわかった時には、すでに立ち上がり、ドアを開けていた。店内が、カッと赤く熱くなった。廊下の床で、赤い光に縁取られた青ざめた炎が揺らめいている。赤い炎が、壁を上ろうとしていた。熱い。石油臭い。階段の壁にも、火が移り始めたようだ。だがまだ、点火したばかりらしく、火勢は思いの外弱いようだ。階段は近い。突っ走れば、逃げられる。

そのあたりのことを判断するのに一秒はかからなかった。店の中に戻ろうとしたら、松尾が俺の脇を駆け抜けた。「外で待ってる！」「おう！」そう答えて、熟睡している金浜を引きずり起こした。

「ひでぇ……」

「金浜、火事だ。すぐ逃げるぞ」

反射的に金浜は目を覚まし、ダッシュした。真正面から店の壁に激突して、よろめいて壁により掛かった。とんでもない音がした。

「ひでぇ……」

ズルズルと床に沈み込む。

「こっちだ！」

襟首を摑んで引きずって、出口に向かった。金浜はすぐに状況と方向を把握して、立ち上がり、「逃げろ！」と叫んで飛び出した。俺も後を追って、息を止めて駆け出した。全世界が燃えている。が、それは一瞬で、すぐに俺は炎を突破した。炎の向こうは、涼しい夜だった。

＊

五輪会館の入口から飛び出した。この会館は、東西に短い、名もない細い小路に面して建っている。隣のディオニソスビルの一階の緑電話から、松尾が電話をかけている。金浜はその脇にへたり込んで、肩で大きく息をしながら、鼻を押さえていた。右足の靴底の裏で、青い炎が揺らめいている。俺は自分の姿を点検した。見える範囲では、どこも燃えていない。火傷をした感じもない。

「消防は、すぐ来る」

受話器を置きながら松尾が言った。

「消火活動をするか？」

「やめた方がいい」

「じゃ、人を避難させなきゃ」

「そうだな」

松尾はそう言って、近くに立っていた客引き《カラス》の肩を叩いた。

「おい、あそこを見ろ。燃えてるみたいだぞ」

カラスは、常に開いている薄バカの口を、もっとポカンと開けて、「お」と言った。指を差して騒ぎ始めた。人々がそっちを見て、慌てて右往左往し始める。

「これでOKだろ」

五輪会館の中には、誰もいないはずだ。二階に昇る階段は、シャッターを下ろして封鎖してある。噂では地下で二軒営業しているはずだが、さっき見たところでは、地下でも、営業している店はなかった。

一応念のため、緑電話のそばの壁に貼ってあった、「ビルに御用の方はこちらへ」の〈ディオニソスビル管理事務所〉に電話した。

「はい」

暗い男の声が出た。

「五輪会館が、燃えてるよ」

「あ、わかりました。ありがとうございます」

さほど驚いた風もなく、丁寧に受話器を置いた。予想していたか、予定を知っていたのかもしれない。ま、とにかくこれで、客や店の人間たちの避難は、少しは早まるだろう。

遠くから、消防車のサイレンが聞こえて来た。通行人たちが、続々と集まり始めた。

あたりのようすをケータイで撮影していた松尾が、どこかにその写真を送信した。

「まだ、なにか用事はあるか？」

俺が尋ねると、首を振った。

「いや、もういい」

「じゃ、フケるか。関わり合いになりたくないだろ？」

俺が言うと、松尾も頷いて歩き出した。

「あ、待ってください」

金浜が、太った体に似合いの、せかせかした仕種で立ち上がった。

「あ！　靴が燃えてた！」

甲高い声で言った。

「あ！　踏んだら消えた！」

もっと甲高い声で言った。

＊

「いや。見たことのない女だった」

高田が、バカにしたような顔で言う。高田の話によると、俺たち三人は、この店で結構酔っ払い、後から入って来た女と、いつの間にか意気投合して、四人でふらつきながら、出て行った、ということになる。

「一目で、タチが悪いな、とわかる女だったぞ」

「どっちから声をかけたんだ？」

松尾が尋ねた。金浜は、眠気が復活したらしく、ウトウトしている。

サイレンの音がけたたましく重なって、ススキノに鳴り響いているはずだが、店の中では聞こえない。ウィントン・ケリーの『ジョーズ・アヴェニュー』が流れている。

「それはわからない。俺も、いろいろと用事があってな。これでも」

「いや、忙しいところ、本当に申し訳ない」

「ま、よくあるキャッチだよ。……他人の店に入って来る、ってのが新しいけどな」

「……金は？」

「その女の飲み代か？」

「ああ」

「お前が、『俺にツケてくれ』と言ったぞ」

俺と松尾は顔を見合わせた。俺は、覚えていない。松尾も同様のようだった。

「酒になにか入れられたんじゃないか？　連中は、いろんな変な薬を使うぞ」

それは知っている。だが、まさかこの俺が、といささか驚く。俺はそこまで鈍《なま》っちまったか？

「どこから手に入れるのかな。ま、カジノの借金が嵩んだ医者、息子が覚醒剤にハマっちまった医者、なんてのは、結構いるんだろうしな」

俺は頷いた。

そして、あれこれ話し合ったが、俺も松尾も金浜も、どんな事情で〈ダーザイン〉に行くことになったのか、まったく覚えていないのだった。思わず溜息がでた。

金浜が、呟くように言った。

「で、……俺たちを、殺そうとした、ということですか？」

俺は頷いた。

「だろうな。ま、ついでに、と」

「ついで？」

「運がよけりゃ、と」

「どういうことですか？」

「元々、五輪会館は、地上げがらみで燃えることになってた、と思うんだ。また、そろそろ流行り始めたからな、火付けが」

「……」

「で、それが先にあって、で、目障りな連中がちょうど近くにいるから、ついでにやっちまおう、と。運良く一緒に焼き殺せたら万々歳だし、逃げられても、ま、元々だ、と」

「……ひでぇ……なにか、お二人は心当たりはあるんですか？」

怯えた声で言ってから、金浜は「あ！」と甲高く叫んだ。向こうの方で、カップルの女の方が、こっちを見て眉をひそめた。

「もしかして、あの、写真の件ですか？」

「可能性はある」

「ひでぇ！　俺、関係ないっすから」

「わかってるよ。もしも巻き込んだんだとしたら、心から、お詫びする」

「俺も……」

松尾が小声で言った。

「心当たりがないこともない」

「殺される可能性、ということか？」

「……まぁな。皆無じゃない。道警を出し抜いた一件もあったりするからな」

「……」

「詳しくは話せないけど」

「ひでぇ……あ！」

「ん？」

「本人が気付いてなくても、なにかマズイものを見た、とか、他人の邪魔になってるってこともありますよね」

「あるね」

「それで、俺も……」

「いや、そういうのじゃなくて、生理的嫌悪感、てやつも考えられるし。これは厄介だぞ」

「生理的？」

金浜はしばらく考えてから、突然、「ひでぇ～！」と、怒りを込めて叫んだ。

それからしばらく、さっきの放火について語り合った。やはり、死に直面したわけで、興奮していたし、心が穏やかになるまでに時間がかかったのだろう。

「とにかく、放火犯がわかれば、誰が俺たちをハメたのか、わかるわけですね？」

金浜がシンプルなことを言う。

「そういう場合もあるだろうけどな」

「……わからないんですか？」

「最近のあいう放火じゃ、実行犯と依頼者の関係が摑めない場合が多いんだ」

「え？　こんな盗聴横行の時代でも、ですか？」

俺は、思わず微笑んだ。なんとシンプルな魂だろう。

「……ネットには、放火請け負います、みたいなサイトもある。そこにアクセスして、放火を依頼する、という連中は皆無じゃない」

「……」

金浜は、なんだか複雑な表情で、黙って聞いている。

「そこで一度接触して、以後の連絡はケータイと公衆電話で行なえば、秘密の保持は万全だ」

「金の受け渡しは？」

「架空口座ってのもあるし、エクスパックって手もある」

「……」

「そういう小細工を使えば、関係を辿るのは相当難しくなる。実行犯は捕まったのに、背後関係は全く不明、なんてケースは、今はもう、珍しくない」

「じゃ、……よく言うじゃないですか、犯罪があったら、誰が得するかを考えろって。得するやつが、犯人だって」

「……まぁ、そうだけど、あの火事では、誰が一番得するか、これはなかなか難しい」

「なぜですか」

「誰が燃やしたんだとしても、関係者のほとんどが儲かるからだ」

「……そんなもんですか」

「この場合はな。立ち退き拒否で粘ってた店のオーナーは、きちんと火災保険に入っていれば、相当儲かるはずだ。オーナーも、放火されたんだ、ということになれば、保険金がおりる。もちろん、地上げをかけてた勢力は、これで一件落着になる。補償だのなんだの、込み入ってきたあれこれを、保険金の導入で、安く上げることもできるかもしれない。それに、ああいう古い会館じゃ、いろんな権利関係が複雑でな。一発燃やして、キレイにしちまった方が、金儲けが楽になる、なんてことで、バックの北栄会と立花連合が手を打つことだって、ないわけじゃない」

「……」

「そんな場合、さて、誰が一番得するんだろうな」

「……」

「ま、とにかく」

考え込んだ金浜の横で、松尾がキッパリとした口調で言った。

「ここ数日、俺は酒を飲むとき、気を付ける。用心するに越したことはない」

「ま、そうだな」

「俺、関係ないのに……」

金浜は、巻き添えを食った被害者、という口調で、どことなく嬉しそうに呟いた。

25

二時が近くなって、高田が「放送始めるから、店を閉める」と言うので、俺たちは店を出た。いささか緊張しつつ歩いたが、誰にも襲われなかった。駅前通り六条の交差点で、松尾と金浜が別々のタクシーに乗るのを見送って、俺は最近建った〈パープルシャドー〉というビルに向かった。パープルビル・グループが建てた、最も新しいビルだ。八階に、アンジェラがステージに出ている〈キュレネ〉がある。

道々、なんだか大事なことを忘れている、という思いが、ミゾオチのあたりでしきりに揺らめく。

なんだろう？

八階でエレベーターを降りて、〈キュレネ〉のドアの前に立った時、突然、思い出した。

俺は、〈バレアレス〉に行く、と華に約束したのだった。そのことをすっかり忘れていた。

と同時に、俺は今まで、華との約束を一度も忘れたことがなく、一度も反古《ほご》にしたことがない、ということを思い出した。

そのままドアを押そうとしたが、腕が動かず、エレベーターに乗って一階に降りた。このビルは、一階にしか緑電話がない。受話器を取って、華のケータイの番号にかけた。

「あなた？」

華はそう言った。

「どうしてわかった？」

「公衆電話だから」

そう言って、フフノ、と小さく笑った。

「申し訳ない、五輪会館で火事に巻き込まれた」

「あ……」

「どうした？」

「サイレン、五輪会館だったんだ」

「ああ。地下の店にいたら、火事になった。松尾と金浜とで、必死になって逃げた。ま、大したことじゃないけど、そんなこんなで、ちょっと行けなかった」

「……二時半の約束は？」

「これから行くところだ」

「五分過ぎたわ」

「ま、それくらいは……」

「……今晩、来る？」

「まだ、わからない。長い夜になりそうなんだ」

「わかった。気を付けてね」

「ああ」

「まだ、怒ってる？」

「いや。怒ってたら、電話しない」

「……あなたが忘れてることが、ひとつあるわ」

「なに？」

「私も、近藤さんの友だちだったのよ」

「ああ」

「近藤さん、私に、あんな素敵な絵を描いてくれたのよ」

「わかってる」

「哀しくて寂しくて、怒ってるのは、あなただけじゃないわ」

「そうだな。……うん。そうだ」

「……じゃ、来られたら、来て」

華は、静かに受話器を置いた。

＊

アンジェラの美貌は相変わらずだった。

誰それは美人だ、などと言うのは、なんだか頭が悪い感じがするものだ。誰それは、目が大きくて鼻筋が通っている、なんてのでも、平凡だ。誰それの眼差しは、千年の孤独をも即座に癒す輝きを放っていた、だのなんだの、そんな具合に、「美しい」という言葉や「美」という漢字に寄りかからずに、きちんと表現する方が利口に見える。だから、なんとか具体的に、そしてオリジナルに、美しさを言い表そう、と我々人類は、きっと、数十万年前から努力してきたのだろう、と思う。だが、そのような、人類の不断の努力を全く無意味なものにしてしまうほどに、アンジェラは美人なのだった。この、艶やかに光る長い髪を持つ、小柄で、一見華奢《きやしや》な美人が、実は退役自衛官で、レンジャー徽章を持ち、元はバイアスロンのオリンピック強化選手でもあった、というフィジカル・エリートであり、かつ、俺の空手の師である高田を圧倒する腕前の持ち主である、ということが、時折、未だに信じられなくなることもあるのだ。ましてや、俺と同様、ペニスを生やし、キンタマをぶら下げているなどと、誰が想像するだろうか。

ステージを終えて、着替えを済ませて、アンジェラは俺を待っていた。スキニーというんだったたか、下半身にぴったりとくっついたような薄手のジーンズのパンツ。フワフワのピンク色の、ざっくりと編んだ半袖のサマー・セーターを着ていた。俺の顔を真正面から見て、ちょっと眉を上げ、そして俺と会えたことを心の底から喜んでいるような、幸せそうな笑顔になる。俺は、思わず結婚を申し込むところだった。

営業を終了した〈キュレネ〉から出て、〈メビウス・タワー〉というビルに向かった。このビルには、〈ルビコン〉という店がある。この時間、〈ルビコン〉は、仕事帰りのキャバ嬢や風俗嬢で賑わっているはずだ。タワーの前に着いたところで、アンジェラはケータイを取り出した。

「カッコ？　着いたわ」

それだけ言って、そしてちょっと考える顔をして、再び親指を動かした。

「ママ？　今、下にいるの。……うん、いい？　じゃ、お願いします」

ママのアリスに、個室の予約でも頼んだのだろう。アリスも実は男で、そして俺とアンジェラは、アリスの紹介で知り合った。

「アンジー」

後ろで、若い男の声が聞こえた。振り向くと、ぼんやり立っている。若い、というかまだ子供だ。口許がだらしなく弛んでいる。頭が悪いか、鼻が詰まっているか、物が考えられないか、親もバカか、そのどれか、あるいは総てだろう。間抜けに長い顔を、わざと不様にカットしたらしい茶髪の毛が覆っている。馬から生まれた茶髪の鬼太郎、という感じだ。前髪に、コンコルド・クリップをふたつもくっつけて、喜んでいる。なんと言うファッション流派なのか知らないが、妙にぴっちりとした、ふざけたようなパンツとジャケットを着ている。布地が、なんだかめんどくさい織り方・模様で、どうも売れ残った生地を消化するために、突拍子もないデザインの服を作ったのではないか、と思われるようなものだった。

ま、それがいいのなら、別にそれでいいんだが。

「あ、お疲れさん」

「どうもよろしく」

俺の目を見ながら、会釈する。

「よろしく」

「カッコ、っていうの。ニート」

「えへへへ」

だらしない口から、歯並びの悪い歯をニョッキリと出して、首をヒョイ、と鳩のように動かして、チョイチョイ、と髪の毛に触った。

*

アリスと会うのは久しぶりだったので、ちょっと挨拶が長くなった。〈ルビコン〉は、カウンターに二十席ほど、その他にブースが六つあり、木肌とブラスを基調にした、落ち着いた店だ。思った通り、仕事帰りのキャバ嬢や風俗嬢がたくさんいたが、店内の雰囲気は、落ち着いている。泥酔して騒ぐ娘はいないようだった。俺たち三人は、個室に通された。

「なにか注文があったら、そこの電話でね。じゃ、ごゆっくり」

アリスはあっさりと出て行った。テーブルの上にはアードベックのボトルと、水割りのセットが置いてある。そのほかに、ナッツを盛った小皿。

「ストレート?」

俺が頷くと、アンジェラはオールド・ファッションド・グラスにアードベックを注ぎ、十二オンス・タンブラーに氷とコントレックスを注いでくれた。

「どうもありがとう」

「どういたしまして」

「俺、水割り、いいっすか?」

「ニートは水で充分」

「きっびし～!」

「ニートにも、いろいろあるけど、あんたたちみたいなのは、最低よ」

「っちゃ～! きっびし～!」

そう言って、ニタニタ笑っている。薄汚い茶髪を指でチョイチョイ、と捻っている。

「よく行くカフェで知り合ったの。カフェの空気を乱す、変な四人連れがいてね。そのひとり」

そう言う口調には、軽蔑と同時に、親近感も漂っていた。

「きっびし～!」

そして俺に向かって言った。

「先輩、俺らね、アンジーの、親衛隊なんっすよ」

「俺は、お前の先輩じゃないよ」

「えへへ、ウケる、ウケる」

頭から石油をかけて燃やしたくなったが、今は我慢して、頷いておいた。

アンジェラが説明した。

「四人で宮の森でヘラヘラしてればいいものを、仲間の軽に乗って、ドライブに行ったんだって。全部、親のお金でよ。車も母親の持ち物、ガソリンも親のクレジット・カードで買って」

「きっびし〜！」

「それでどうしたんだ？」

「あ〜の〜、俺らが、あの〜、俺らの方が、ゆーせんだった、ちゅーかー、そこんとこは間違いないっちゅか」

言っていることがわからない。俺は思わずアンジェラを見た。

「石狩の方、花畦《ばんなぐろ》のあたりを走ってたらしいのよ。でしょ？」

「そーっす。てか、イキフリ？　とか？　ソンカワ？」

「ああ、生振《おやふる》とか、樽川《たるかわ》のあたりか」

「でないかと思うんすよぉ」

しみじみした口調で言って、困った顔で頷いている。

「ま、とにかく、そのあたりの道を走ってたのね。そしたら、脇の未舗装路から、４ＷＤが出て来たんだって。で、脇道は細いし、彼らが言うには、向こう側に一時停止の標識があった、と。こっちが優先なんだ、と。でも、４ＷＤは構わずに出て来るから、彼らは急停車して、でクラクションを鳴らしたらしいのね」

「なるほど」

「そしたら、その4WDが止まって、若い男がゾロゾロと四人、降りて来たんだって」

カッコだかなんだかは、顔をしかめて、濁った声で、ワイワイとやかましく話し始めた。

だが、なにを言っているのか、わからなかった。だいたい、声の出し方が、人間のものではない。口の先っぽで声を出し、唇と舌の先だけで音を操っている、という感じだ。だがとにかく、殴る蹴るされた、ということくらいはわかった。人数は同じ四対四だったが、全く歯が立たなかったらしい。そういう屈辱の出来事を、いとも朗らかに話す。時折思うのだが、こいつらは、どこかで神経が切れていて、殴られても蹴られても痛みを感じないのかもしれない。

で、その中のひとりが、テレビで写真を公開している男と同じ服を着ていたのだ、という。そういうことを、石油をかけて火を付けたくなる声と喋り方で、ベチャベチャと語っているらしい。

聞いているうちに、ちょっとしたことが、少しずつ分かってきた。

俺がずっと、「フード付のトレィナーを着た」、とみんなに話をしていたのだが、こいつらの言葉では、「トップスはパーカーで」と言うべきものであるらしい。で、そのパーカーについては、色の好みがうるさいのであるようだ。なぜかはわからないが。……だが、あの公開された写真は、今のところ、モノクロで、色はわからないはずだが。

「そ～なんすよ～、そこんとこっすよ～、オレらちゃ～しちぇ～ら、さっぱね～べよ、ちゅらさって～！」

俺は思わずアンジェラを見た。

「あのね、つまり、……ああ、もう。あのね、ちょっと、私が話すわよ。あんたが話してたら、余計な時間がかかるから」

「ちぇいっす」

「あのね、まずひとつは、モノクロの写真を見て、同じデザイン、つまりイラストね、同じ模様だ、と思ったらしいのね」

「あ、なるほど」

「わりと珍しい、有名なイラストらしいの。で、少なくとも、札幌じゃなかなか手に入らない、というか。ミッキー・マウスのデザインをパクって、それに覆面……目出し耳出し帽を……」

「バラクラバ」

「……そうね、そうだったわね。〈トリビア〉でやってたわね」

アンジェラが苛ついた口調で言うと、バカは嬉しそうな笑顔で、乱杭歯を剝き出しにしてニヤニヤした。

「その、バラクラバをかぶった、キラー・ミッキーってニックネームのデザインなんだって。AR‐10、要するに、アーマライトね。それをキラー・ミッキーが乱射していて、その周りでチップとデールやドナルドの甥っ子たちが血まみれで死んでいる、という……」

「よくそんな製品が作れるな。誰が、どこで作ってるんだ？」

「ディズニー相手に、ねぇ。あのね、ウェスト・コーストに、札付きのデザイナーがいるらしいのね。その工房があって、福建省かどこかに、データを送って、そこの工場で製品にしてるらしいわ」

「なるほど」

「で、それは、ほとんど札幌には入ってないんだって。憧れのアイテム、ということらしいわ」

「それを着ていた、というのか」

「そう。あの写真のも、はっきり見えないけど、キラー・ミッキーみたいだ、と言うわけ」

「で、色だな？」

「そう。やっと、その話になるわけね。どんな色なんだろ、と思って、それで、……私に相談したわけ。色がわからないだろうかって」

「なんで、相談相手がアンジェラなんだ？」

「つまり、私が、〈ススキノの住人〉だから、ってことじゃない？」

カッコは、なぜか「面目ない」というような表情で首をヒョイ、と動かし、乱杭歯を剝き出してニヤニヤした。髪をチョイチョイ撫でる。

「発想が貧困だな」

「でも、結果として、正しかったんだから」

「写真を持ってるのか」

「そりゃもちろん。濱谷のおばちゃんの方から、流れて来たの。……今、この店にいる女の子たちも、きっと、大抵、あの三枚セットを持ってると思うな」

右手の親指で個室のドアの方を差しながら言う。

「そんなに行き渡ったか」

アンジェラは頷いた。早速金浜に教えてやろう。無視され、蔑まれていた自分の営為が報われた、と知れば、感動するだろう。……報われぬままで無為に終わった方が、魂は喜ぶのかもしれないが。

「で、どうだった？」

「暗くて、ちょっとはっきりしないけど、多分、間違いないだろう、と言うのよ。それに、あなたが流した写真、顔がはっきり写ってるでしょ？　間違いない、って」

カッコは頷き、ニヤニヤ笑った。今度は、歯を剝き出しにはしなかった。俺が、さっきから、「ひどい歯だ」と心の中で呟いていたのを感じたのかもしれない。だとすると、可哀相なことをした。申し訳ない。カッコは、左手で口を隠し、右手で髪の毛をねじりながら、言った。

「見つけて、ぶん殴ってやってくれますか。オレら、腹クソ悪くて、ムカついてんす」

「見つけたら、言われなくても、そうする。俺は、それが目的だ。……でも、君たちは、自分らで仕返しをしよう、とは思わないのか？」

「いやぁ、あいつら、めっちゃ強かったし。根性、座り具合がハンパねぇってか」

なるほど。……ま、カッコとその仲間が、そんなような連中だから、その程度のダメージで済んだのかもしれない。あまりにも情けないので、相手にしてもつまらなかった、というような。もうちょっと根性があったら、殺されていたのかもしれない。生き延びている連中も、さまざまだ。

「今も、その近くに行ったら、場所は分かるか？」

カッコは、うんうん、と細かく頷く。俺はアンジェラを見た。

「いいわよ。私から話をしたんだし。それくらい、付き合うわ」

俺は、自動車免許を持っていない。アンジェラもそのことを知っている。

「助かる。それに、心強い」

「でも、下らない殴り合いはお断りよ」

「わかってる。場所の確認だけだ」

相談の結果、明日の午後二時に後楽園ホテルのロビーで会うことにした。カッコはあまり札幌の街の様子に詳しくない。だから、円山から地下鉄でやって来る彼のために、西十一丁目駅で降りればすぐのホテルを選んだわけだ。ホテルなら、いくらなんでも、見付けられない、ということはないだろう。それに、ホテルだから駐車場がある。万全だ。

そのように待ち合わせ場所を決める中で、俺が自動車免許を持っていない、ということを知ったカッコが目を丸くして驚いた。

「なしてっすか」

「俺が酒飲みだからだ」

カッコはなにも言わず、「なしてっすか」という顔で、ぼんやりと思考を停止した。口で息をしながら、しきりに髪をねじっている。

＊

「このあとは、どうするの？」

「とりあえず、帰る」

「じゃ、私も帰るわ」

ふたりで立ち上がったら、カッコが「え〜と、俺はどうすれば……」とふがふが言うので、自分で決めろ、と人生の基本を教えてやった。

「最後の人が、お金を払うのよ」

アンジェラが言うのと同時に、さっと立ち上がって、「あの、じゃ、お疲れさんした〜！」と言い残して、さっさと出て行った。

後ろ姿の、必死な尻の動きがおかしくて、俺とアンジェラは思わず笑っちまった。

「じゃ、また」

俺が言うと、うん、と頷いてから、「やっぱ、ママと少し話してく」とソファに座り直した。

　で、俺は個室から出て、アリスに挨拶をして、アンジェラが話がしたいらしい、と伝えて、店から出た。出るついでに、ドアの近くに座っていたふたり連れの女の子の片方に、時間を尋ねた。見知らぬ娘だが、まったく自然に、ケータイをパタン、と開いて教えてくれた。ケータイ画面の光に浮かび上がった幼い顔は、くどいネイルとちぐはぐの可愛らしさだった。

「午前三時二十五分です」

　と言って、画面を見せてくれた。その声も、可愛らしいものだった。

　君にとっては、遅すぎる時間だよ、などと言いはしなかったが、言いたかった。が、言わなかった。ま、もちろん、俺にとってはそんなに遅い時間でもない。もちろん、早過ぎる、ということもない。

　タワーから出て、すぐそばにあるボックスから、桐原のケータイにかけた。桐原は、十個だか十五個だか、ケータイを常備しているらしい。担当の若いのが三人ほどいるようだ。少なくとも、声の感じは三種類ある。

「はい」

　折り目正しい若い声が出た。俺は名前を言った。

「桐原は、そこらにいるか？」

「は、少々お待ち下さい」

　結構待たされた。ま、仕方がない。電話をかける、という行為は、元々無礼なことだしな。

「どうした？」

「五輪会館が燃えた」

「ああ。そうだ。春になったら雪が溶ける。後しばらくしたら、日が昇る。同じことだ」

「いっしょに焼かれるところだった」

「お？」

しばらく完全な沈黙になった。マイクを指でぴったり押さえて、なにかやり取りをしているらしい。

「今、どこだ？」

「俺を誰だと思ってるんだ」

「ススキノか。抜け出せるか？」

は？　そんな危険な状況なのか？

「まあな」

「なら、こっちに来ないか。事務所だ」

「いいけど……」

「あんたひとりか、死に損なったのは」

「松尾もいっしょだった」

「北日のか」

「そうだ」

「……なるほど。ま、いろいろとあらぁな。どうする？　アードベックの１９７４がある ぞ」

「流行ってんのかな。アリスのところでも、アードベックだった」

「誰か、好きなヤツがいるんだろ。……アリスって、あのオカマか」

「オカマとは違うけどな」

「どうせ、タダのアードベックだろ？　こっちはお前、１９７４だ」

「ああ。これから行く」

「気を付けてな」

26

桐原の言葉で怯えたわけではないが、タクシーを使わずに、歩いて〈ハッピービル〉に向かった。タクシーに乗っていて、殺意を持ったトラックが対向車線からはみ出して突っ込んで来たら、それで終わりだ。だが、徒歩であれば、逃げ道はいろいろある。俺は足が速くはないし、すぐに息が切れるが、それにしても、生き残る可能性は、少しは高い。

……本当に、そんな危険な状況なのか？

桐原が、思わせぶりに言って、俺を脅して喜んでいるだけ、という感じもするが。

ススキノの外れから、桐原の〈ハッピービル〉までは、歩いて二十分ほどだ。進む方角の空はまだ真っ暗だが、手稲山の山容が、ほんの少し、紫色っぽく浮かび上がっているような気がする。街はしんと静まり返っていて、車道を忙しく行き来する車列とは対照的だ。そんな中で、〈ハッピービル〉は明るく、店舗部分を除く総ての窓に明かりが点いていて、忙しく活動している、……いや、緊張して待機しているのかもしれないが。

とにかく、ビルは眠ってはいなかった。駐車場にも、昼間のように車が多い。俺が電話したせいではないだろう。俺にはまったく無関係に、今夜は特別な、五輪会館が炎上する夜だったのだろう。

ビルの正面には〈マネーショップ・ハッピー・クレジット〉の大きな看板があって、煌々《こうこう》と明るく四方に光を投げていた。真っ暗な店舗の入口の前、その看板の光の中で、装飾過多のツナギを着た若いのがふたり、キャッチ・ボールをしている。俺に気付いて、片方が投げるのをやめた。もう片方が、耳のイヤフォンを押さえながら、自分の襟元に向かって、小声で話している。俺がビルの正面に立った時には、ふたりともにこにこして、会釈した。

「お疲れさんです」

「いるのか？」

「四階に直接来てくれ、と申してます」

「四十五点」

「え？」

「敬語の使い方」

「あ……なんちゅえばいいっすか」

「ま……『四階においでください、と申しております』ってとこかな」

ふたりは、一語一語嚙み締めるように口の中で呟いて、頷いた。

「ああ、わかります」

「ほかにもいろいろと言い方はある。あれこれ考えてみろ」

ふたりは、神妙な顔で、頷いた。

いいことだ。自分の勉強が足りない、ということを自覚している人間は、伸びる。俺よりも、はるかに賢い。

裏に回って、防犯カメラに笑顔を見せて、解錠されたドアを開ける。直接、エレベーターだ。四階のボタンを押した。

*

「関係者は全員、儲かるんだ。そういう火事だ。本当に、冗談じゃなく、全員だ。消防士連中だって、出動手当をいくらか貰うはずだからな」

「なるほど。じゃ、一番儲かるのは誰だ?」

「……それは難しいな。ただ、ウチにはなんのメリットもないってのは、クソ、事実だ」

「じゃ、儲からなくてもいい、あそこが燃えて、一番楽になるのは、どこだ?」

「そりゃ……組合じゃねぇか？　公共労連とかよ。昔、あの場所に競艇の場外舟券場を作る、みたいな話が持ち上がったことがあっただろ。あの話は、政治家がらみでな。組合の大物が暗躍した、って話だ。その時に、所有権がどこかに移ってて、どうのこうの、ってーよーな生臭い話になってるのは、事実だ」

俺は、しばらく考えた。

だが、なにもわからなかった。どうも桐原が話をはぐらかしているような気配もある。

「で、なんで俺を呼んだ？」

「ちょうどアードベックの1974があったから……あ、そうだ。それに、あんたの方から電話して来たんだろ」

俺は、鼻で笑って見せた。そして、トワイス・アップにしたアードベックを一口飲んだ。やはり、うまい。

「ところで、どうだ、焼き殺されそうになった気分は」

「……まだ、どうともなってない。……寝たら、起きる時、うなされるかもな」

「かもな。……どんな状況だったんだ？」

ある程度詳しく話してやった。

「新聞紙を丸めたのが、そこらにたくさんあったか？」

「……いや、それはなかった」

「……そうか。どうも、必ず殺そう、と思ってた、ってのとは違うようだな」

「それは俺も感じた。まず脅しが目的だったんだろう、きっと」

「ちょっと」

　右手を上げて、立ち上がった。

「ま、適当に飲んでてくれ」

　そう言って、螺旋階段を下りて行った。なにかあれこれと語り合っているが、はっきりとは聞こえてこなかった。桐原が、なにかを説明し、質問している。それに対して、若くはない声が、間延びした声で答えていた。

　それが途切れて、桐原がまた上って来た。その後ろから、若いのがベーコンを削いだもの、ホワイトアスパラ、マヨネーズなどを盛り合わせた皿を持って来て、桐原がソファに座ってから、テーブルに置いた。

「お」

　桐原が言うと、小さく御辞儀をして、螺旋階段から消えた。

「ハモン・セラーノだ。今、凝ってるんだ」

　俺は頷いて一枚食った。うまかった。

「うまい」

「だろ?……で、……そうか。丸めた新聞紙はなかったか」

「なかった」

「そうか……」

そう言って、顔をしかめて頭を掻いた。それから、猪首の襟元に指を入れて、両側に動かし、喉元を緩めた。

「じゃあよ……どっかに、時限発火装置みたいなのは、なかったか？」

「時限発火装置か……たとえば、どんな？」

「ま、いろいろあるけど……」

「百円ショップのタイマーを使った、とかいうような感じか？」

「いや、そういうのじゃなくて」

「なぜ。一番、手頃だろ」

「六〇年代には、百円ショップはなかったからだ」

「？」

「爆弾関連……爆破マニアとか、火付けマニアとかは、自分のやり方にこだわるんだ。だから、今、スジから請け負って火付けをやるような連中は、六〇年代の道具を使うんだ」

「六〇年代に火付けマニアになった、ということか？」

「大概な。米軍基地のフェンス際とか、交番とかな。あとは、対立セクトのアジトとかよ。そういうところに火を付ける、そんな時だけ、活き活きするって輩《やから》がいるわけだ。『放火命』『爆破上等』、みたいなのがな」

「そっちの生き残りか」

「結構多いんだぞ。あれはやっぱり、キチガイのすることだから。一度ハマったら、なかなか抜けられない。六十過ぎても、火付けの請負をするジジイってのは、何人かいるんだ」

「へぇ……」

「ノウハウもいろいろあってな。火を付けたタバコ一本でやるやつ、マッチと輪ゴムとティッシュを使うやつ、石油と脱脂綿と竹ひご、そして小さな蠟燭を使うやつ、線香を使うやつ……いろいろと、流儀があるんだ。それによって、時には個人を特定できることもあるし、それが無理でも、組織は絞り込めた」

「そんな大袈裟な話じゃない、と思うぞ。ただの、低能チンピラだよ、きっと。石油をちょっと撒いて、マッチで火を付けて、走って逃げた、って感じだ」

「ま、それならそれでもいい。ま、とにかく、時限発火装置には気付かなかったわけだな」

「ああ」

「で……そのキャッチってのは、どんな女だった？」

「……だから、俺は覚えていないんだ」

「薬を使ったかな」

「可能性はある」

「だらしねぇ」

「今ごろ知ったのか」

「昔から、そう思ってたさ。……高田さんは、なんて言ってるんだ」

「……一目で、タチが悪いな、とわかる女だった、と……」

「さすがだな。いい目をしてる」

そういって、ニヤリと笑った。

「お前は、明きメクラだ」

そう言って、ニヤリと笑う。わざと差別語を使って、喜んでいるらしい。

「明きメクラ。いい言葉だな。言いたいことがピタリと表現できる。この言葉を使わなかったら、どう言えばいいんだ？」

「知らないよ」

「普通に視力があるのに、普通に見えるのに、ちゃんと見たものを理解し分析できないバカ、と言うのか？」

「いい線だな」

「でも、バカが余計か？」

「さぁな」

「目がちゃんと見えるのに、見えていない、あるいは、見たものをちゃんと理解し、分析できない、愚か者の方、ならいいか？」

下らないことを言って、声を上げて笑う。全然おかしくない。笑えない。

「どうでもいいよ。下らないな。……酔ってるのか？」

「変なことを口にしたら、酔ってるのか、と尋ねるのは、アルコール嗜飲者への差別じゃないか？」

そう言って、ゲラゲラ笑う。なにか、笑いのツボにはまったらしい。

「何時から飲んでるんだ」

「……そんなでもない。……晩飯を珍しくここで食ったんでな。それ以来だ」

「晩飯は何時に食ったんだ」

「パーティが、四時に終わってな。で、帰って来て、食って飲み始めたから……」

パーティというのは、最近の流行だ。特にこれと言った理由もなく、パーティ券を押し付け合って、宴会を開く。ま、親睦会、という雰囲気だが、素人にも声をかけて、うまく取り込む場所にもなっている。最近は、昔風の義理掛けがあまり流行らなくなって、その代わりに、こんなような腑抜けた「パーティ」が頻繁に行なわれるようになった。まるで、薄バカ大学生のパー券売りのようなみすぼらしさだ。

ま、いずれにせよ、俺は義理掛けにもパーティにも関係ない。俺はシロウトで、つまり客であり、スジもんよりもはるかに偉いのだ。いっしょになって義理掛けに付き合ったり、パー券を買ってやったりなどは、絶対にしない。……こともないが、まぁ、大概は無関係だ。

……だが、それにしても、この男が、こんなに延々とだらしなく飲んでいるのもおかしい。

「どんなパーティだったんだ？」

「どってこたぁねぇ。ただの飲み会だ」

「なんか、面白い話があったか？」

「近々、火事がある、って話題で盛り上がった」

「五輪会館のことか？」

「そのようだな。ま、向こうサイドが一括して仕切ったらしい」

向こう、というのはこの場合、花岡組のことだろう。桐原、あるいは立花連合が、利権の構造から排除された、ということだ。

「それが大問題なのか？」

「はぁ？」

心底驚いた、という顔を作る。タヌキだ。

「なんの話だぁ？」

「いや、別に」

「どうせ、連中がいつかはやるはずだったんだから」

「だろうな」

「だろ？　んなもん、既定の事実なんだから」

どうも要領を得ない。話題にしては、はぐらかそうとする。なにを言いたいのか。

ま、連中の事情は、俺には関係ない。くどいようだが、俺はシロウトであって、スジもんどもの事情などに興味はない。さっきこいつに電話したのは、聞きたいことがあるからだ。

「ところで、桜庭が、俺がバラ撒いた写真のことを気にしてる、と言ってたよな」

「ああ。とにかく、あんたがすることは、何でもかんでも気に障るらしい」

「それはうれしいね。……で、桜庭が、近藤がヤクザ板で攻撃されてた、ってネタを持って来たんだな？」

「ま、そうだ。……ま、こういう例もあるから、変な動きをしない方がいい。……いきなり薄バカが突っ込んでくるような時代だからな、みたいな話を、精一杯凄んだつもりの可愛らしい目つきで、下品に語って、西北西の方に消えて行った。んなもん、下らない、こっちはケツの毛パサラともしねぇ」

「桜庭が、わざわざその話を持ち出したのか？」

「そうだった、と思うぞ。突然やって来てよ。どこかのアホが、写真を撒いてるらしいな、なんて自分から持ち出してよ」

「なるほど……」

「ま、いろいろあるからな。動きには気を付けた方がいいぞ」

「……」

「殺されそうになったことを、忘れるな」

どうも、状況はパッとしないな。

＊

適当なところで切り上げて、相田の寝顔を見て、ハッピービルを出た。どんどん明るくなる街の中、ごみステーションに群がるカラスに見送られながら、部屋に戻った。

パソコンのメール受信箱には、また結構なメールが溜まっていた。ほとんどが迷惑メールだった。華からはなかった。結局、華の部屋には行かなかったな。待っていただろうか。……ま、いい。松尾からのメールがあった。アドレスは、北日札幌圏部部長のとは違った。自宅のパソコンから発信したらしい。

〈ずっと考えているんだが、なぜ、ひとりで逃げ出そうとしたのか、わからない。

頭の中にあったのは、消防に通報、ということだった。店の電話で呼んでいるうちに、逃げられなくなる、ということが頭の中に浮かんだ。ケータイ？　身元を把握されたくなかった。その時、ディオニソスの一階の電話が頭に浮かんで、駆け出した。

お前と金浜さんは、充分に逃げられる、と思っていた。で、現実に、その通りだった。だから、ひとりで逃げ出したわけじゃない、と自分を納得させられないこともない。

だが、心のどこかには、実際は、やっぱり、お前たちを見捨てて、ひとりで、欲も得もなく、無我夢中で逃げ出したのだ、ということがわかっている。

これは、結構、きつい。

特に、近藤雅章があいうことをした、という事実があるしな。

まいった〉

やれやれ。年頃のゲイはややこしい。初老期鬱、なんて言葉もあるしな。

〈気にするな。

逃げ出した、とは思ってない。一一九番に電話する必要があったのは、明らかだしな。そんなことはわかってる。

全体として、突発事態にもかかわらず、うまく分業ができた、と俺は思ってるよ。

あれは、お前が考えているような出来事じゃないよ。気にするな。近藤さんのことだって、俺は、あの時、線路に飛び下りる近藤さんを、呆然と見てることしかできなかったんだから。お前のように、そういう風に気にするような出来事じゃなかったさ〉

驚いたことに、すぐに返信が来た。

〈メール拝受。

ありがとう。

申し訳なかった〉

……おいおい、しっかりしろよ。

〈早く、寝ろ〉

27

目が醒めたら午前十一時だった。両手を思いっ切り突き出して大きく伸びをしたら、近藤が殺された、ということが頭に甦った。少し空腹を感じた。久しぶりだ。

一階に降りて、〈モンデ〉でナポリタン・スパゲティとスーパー・ニッカのオン・ザ・ロックをダブルで頼んだ。それを腹に流し込んで部屋に戻り、シャワーを浴びて、スーツを着たところで電話が鳴った。

「もしもし」

「あらあんた起きてたのかい」

濱谷のおばちゃんの声が、驚いている。

「朝だしな」

「命拾いしたんだってね」

「誰から聞いた？」

「ついさっきまで、華がいたのさ。あんたが、今朝早くまで、ずっと起きてて動き回ってたらしいってね。だから、まだ寝てるかと思ってたんだけど」

「なにかあった？」

「あんたが探してる、その、近藤さんを刺したやつ。……ヒップホップっての？　その子供を見たことがある、って人がいるのさ。だから……」

「どこで会える？」

「夜以外なら、いつでも、電話すれば、来るよ。近所だから」

「どんな人？」

「スナックやってるママだけど。その前になにやってたかは、知らない」

午後二時に、後楽園ホテルのロビーに行かなくてはならない。その後は、どれくらい時間がかかるか、わからない。

「悪いけど、今すぐ、会えるかな」

「ああ、それでもいいよ。……失敗したねぇ」

「なにが？」

「華を帰すんじゃなかったね。あんたが、すぐ来るってわかってたら、華も待ってただろうに」

「とにかく、これから行くから」

受話器を置いて、ネクタイを締め、部屋から出た。新北銀行のＡＴＭで三十万円下ろして、タクシーを拾った。

＊

おばちゃんは、珍しくひとりで、小さなテーブルの前にベタッと座って、饅頭を食っていた。客はひとりもいなくて、当然、その「ママ」も来ていなかった。

「ひとりなのか。珍しいね」

「なんも、あたしだって、プライバシーくらい、欲しいだろうさ」

「まぁね。そのママってのは……」

「まだだね。ま、すぐ来ると思うよ。出かける時、いろいろとややこしい女だけど、金が絡んでるからね。急いで来るさ」

「ああ。そうだ。これ。とりあえずお礼だ。剝き出しで悪いけど」

五万円差し出した。おばちゃんは、眉をひそめた。

「ひっこめな、そんなもん。それよりもあんた、お茶いれてくれない？　ロん中、甘くなっちゃって」

「取ってくれよ。こういうケジメはきちんとしないと」

「ひっこめなって。あたしも好きでやってるんだから。やりたくて、やったんだから、それでいいんだよ。近藤さんは、立派な人だったと思うよ。そればあんなことしたんだから、逃がしたくないしょや」

「いや、でも……」

「……その分、したら、ママにやって。それ、いくら？」

「五万だけど」

「したら、ママに二十五万、払ってやんな。よそに遊びに行かないで、ウチに来るってことは、そんなに楽じゃないってことだから」

「……わかった」

俺は頷いて、茶をいれた。ちょっと蒸し暑い感じだったので、ぬるめにした。おばちゃんは、「あらおいしい」と喜んだ。

チャイムが鳴った。そして、おばちゃんが「よっこらしょ」と立ち上がるよりも一瞬早く、ドアが開いて六十代半ば、という見当の太ったおばちゃんが「あら、奥さん、いやほんと」などと言いながら、けたたましく入って来た。とたんに麝香とバラのニオイが入り交じった。

複雑なニオイが空中に充満した。まるで、口の中がザラザラになるような強烈さだった。おばちゃんが言った。

「なに、ママ。すごいね、香水」

「あら、わかる？　あ、そちらが例の？　こんにちはぁ！　初めまして！　これね、ちょっと付けようと思ったら、手元が狂って、落としちゃって。足にかかっちゃったの。あの、そちら？　今日はどうも、よろしくお願いしますねぇ」

玄関で、トントン、と足踏みをするように靴を脱ぎ、あれこれ喋りながら入って来て、胡座をかいている俺の横に座った。

「初めまして」

「変な気起こすんじゃないよ。華のカレだからね」

「華ちゃんの？　ま」

ママは、ちょっと離れた。やや助かったが、未だにニオイは強烈だ。

「ま、いいわ。それでね、そのね、写真をね、見てね、思ったの。あら？　って。あらこれ、あのコじゃないの？　って。テレビのじゃほら、顔がわからないでしょ？　でも、奥さんからもらった写真は、はっきりと顔が写ってるでしょ？　で、うん、てね。これ、間違いないなってね」

念のため、俺は写真のカラーコピーを見せた。

「そう。このコ。着てるのも同じ、パーカーよ」

「模様はどうですか？」

「それは、記憶がゴチャゴチャしてるんだけど、とにかく、ミッキーなのよ。ミッキーなのは、間違いなし」

最初に見た時は気付かなかったが、カッコが言う通り、パーカーがよれって、はっきりとは見えないながらも、ミッキーの耳のあたりの特徴は、見間違いようがなかった。

「なるほど。そうですか」

「どう？　役に立つ？」

「ええ。ありがとうございます」

「なんも、ただの偶然だけど」

「で、どんなところで見かけたんですか？」

「お友達の住んでるマンションなの。あのね、電車通り沿いのね、一階が〈ライト〉っていう喫茶店で、その二階と三階がマンション……ていうか、アパートね。賃貸マンション。あのね、階段で昇るのね。そのね、二階の四号室なの」

「……それは、どうしてわかったんですか？」

「あのね、なんだか知らないけどね、四号室にね、若い男たちがね、頻繁に出入りしてるらしいのね。で、そのコたちは、一階の喫茶店で時間潰してるところをよく見るんだけど、しばらくお喋りしたら、また四号室に戻るらしいのね」

「……四号室だ、というのはどうして？　尾行とかしたんですか？」

「いや、そうでないの。それがあんた、ね、奥さんも聞いて、ホント頭に来る！　いやぁ、わったしがほら、お雛様の時、ちらし寿司、持って来たっしょ」

「ああ、そうだったね。おいしかったよ。あの節は、どうもごちそうさま」

「いや、私も、ああいうの好きだから。ま、それでさ、あのお友達のところにも、持って行ったのさ。ちらし寿司」

「ああ、そうかい。喜んだっしょ」

「なんか、どこ行っても、評判いいんだわ、あたしのちらし寿司」

「おいしいもんね」

一瞬、ママの顔の厚化粧の底が赤くなったのがわかった。嬉しいらしい。

「それで、あんた、お重を風呂敷に包んで、それ持って、階段昇ってたもんさ。そしたらあんた、後ろから、ダダダって、四人のああいうガキどもが、駆け昇って来てさ。図体だけでかくて、頭、空っぽなんだろうね、幼稚園児みたいに、ギャアギャア騒いで、仲間同士で突き飛ばしたりしながら、昇って来てさ、そして、あたしが、あともう少しで二階の廊下だ、ってところに来た時、追い越して、追い越す時に、あたしが手に持ってたお重を、はたき落として行ったもんさ」

「わざと？」

「わざとだね、ありゃ」

「……」

「そしてね、四号室の前まで行って、鍵出してさ」

「……」

「で、あたしが、むかっ腹立てて、また、よせばいいのに、『こら、あんたたち！』って怒鳴りつけたもんさ」

「ああ、ママ、それ、危ないよォ」

「そう。私もね、奥さん、わかってるの。でも、つい、ね。だって、腹立って腹立って」

「そりゃそうだろうけどさ……で、どうなったの？」

「そしたら、ひとりの子供が、『はぁ？』とか言いながら、振り向いて、近付いて来たのさ。バカ面、前に突き出して、顔しかめて」

「あら、ちょっと……で、どうなったのさ」

「いや、なんもだ。仲間が、やめれ、やめれ、って。なんか、上から、このマンションで騒動ば起こすなっちゅわれてるみたいで。なんか、キネヤさんだかなんだか、そんな名前に聞こえたけど、その人が怒るぞ、みたいなこと言って、止めるわけ。サツに電話されたら困る、とか」

「……あらぁ……」

「そしたら、そのガキが、『したら、殺せばいいべや』って、こうだから！　あんた！」

「いやぁ……」

「ま、そこでね。あたしも、度胸、座ってさ。こりゃ、かかってくる気はないな、となんとなくわかってね」

「いやぁ……で、どうしたのさ」

「ん？　なんもだ、落としたお重拾ってさ。で、一言、『バカにすんじゃないよ！』って怒鳴りつけてさ。あとは、後ろも見ないで、階段昇ったさ。あ、お友達は、三階の二号室に住んでるから。なんでまた、エレベーターのない、階段しかない、三階に住むかねぇ……あ、そうか。家賃、安いんだ」

「いやぁ、ちょっとぉ、ママぁ……あんたも、気を付けないと、今は、いろいろと、危ないよぉ……」

「わかってっけどさ」

「それで、ママ、ちらし寿司はどうなったの？」

「いやぁ、それがね、奥さん、運が良かったんだね。お重、プラスチックの安物だったんだけど、割れなくてさ。風呂敷も、ちゃんと結んでたから、大丈夫だったのさ」

「あらま、……あんた、それ、よかったぁ！」

俺も、よかった、よかった、と思った。

「で、……どう、お兄さん。こういう話だけど、なんか役に立つかい？」

「ええ。もう。充分です。住所は……」

「西線、電車通りの、あれは……西線十六条の停留所の近く。西向き。一階に〈ライト〉っていう喫茶店があるから。お姉ちゃんひとりでやってるの、それがあるから、すぐわかるよ。

鉄筋コンクリートの三階建て」

「わかりました。ありがとうございます」

俺は礼を言って、剝き出しで申し訳ないけど。助かりました」

「お礼です。剝き出しで申し訳ないけど。助かりました」

「あ、それね。うん。奥さんから聞いてるけど、あたしは、それはいらないの。それもらうつもりで話したんでないから」

「いや、でも、約束だから」

「お兄さんが、勝手に、奥さんに話した条件でしょ。あたしは、それとは関係なく、あの近藤さんっちゅ人をあんなことしたやつに、仕返ししてほしいから、だから」

ママは、慌てたようすで、バタバタと立ち上がり、「あの、じゃ、奥さん、じゃ、これで」と言い残して、逃げるように去って行った。後を見送って、なんとなくぼんやりして、濱谷のおばちゃんと顔を見合わせた。

「ま、そういうことなんだね」

「いいのかな」

「いいさ。本人が、あれでいい、っちゅってんだから。あれでいいっしょ」

「そうか」

なんとなく、溜息が出た。

「ま、気が向いたら、店に行ってやって」

そうだな。そうするか。

「どこにあるの？」

おばちゃんが、テレビの脇の小さな台の上をガシャガシャと探し、百円ライターを放って寄越す。店名と住所電話番号が印刷してあった。〈多幸会館〉一階、〈鳥幸〉。

「焼鳥屋か」

「いや、……ただの和風スナックだね」

「この店名で？」

「お金がなくてね。居抜きで借りて、内装も看板も提灯も、前のままでやってるらしいのさ。料理もできないから、せいぜいチーズ切ったり、カルパス切ったり、……あと、焼きそばは、ま、まずくはないよ」

「……」

「いろいろあったらしくてね。……大変でも、ま、明るく元気にしてるから、ま、……それが一番ださ」

しんみりした空気が漂った。俺は、「二十五万円、儲かったぁ！」と元気良く言って、立ち上がった。おばちゃんが鼻先で笑って、「おめでとさん」と付き合ってくれた。

＊

二時までに後楽園ホテルに行かなければならないので、あまり余裕はない。だが、事前に一度、場所を確認しておきたかった。で、おばちゃんの部屋を出て、石山通まで歩き、タクシーを拾った。

西線十六条停留所のあたりは、もう一息で藻岩山だ。仏舎利を収めたという、真っ白い平和なんとか塔を間近に見上げることができる。最後にあそこに行ったのは、いつ頃だっただろう。

などと思い出に浸っている暇はない。道を渡ってすぐのところに、確かに三階建てのビルがあった。名前を示す看板のようなものはない。だが、一階に〈ライト〉があった。昔ながらの街の喫茶店だ。その前を通り過ぎて、左折してもらった。裏道に面して小さな空き地がある。なんとなく、賃貸マンションの駐車場であるようだった。そう思って見ると、白線で囲ったスペースに、それぞれ〈一号室〉〈二号室〉などと手書きした小さな札が立っている。タクシーに停まって貰って、一度降りた。

〈四号室〉のところには、大きな4WDワゴンが置いてあった。タナカ白工のアリッツォGだ。通称ゴジラ。Alizzo-G のスペルを逆にした愛称なんだそうだ。最近、タナカが力を入れている車種で、CMも頻繁にオン・エアされている。CMの中では、コメディアンの稲葉《いなば》秋吉《あきよし》と女優の前野《まえの》琳了《りんこ》が夫婦で、三人の子供を連れて、いろんなところに遊びに行く、という情景が出て来る。室内は広く、ファミリーで乗ってのんびりできる。床面が低いので、乗り降りもとても楽だ。シートの背もたれを倒せばフラットになり、自転車も乗せられるし、疲れたお母さんはのびのびと体を伸ばして、ぐっすり眠ることだってできる。母親を起こそうとした一番下の娘を、稲葉秋吉がそっと止める。お母さんは、のんびりと眠っている。お母さんの頭に、トンボが止まった。父親と息子娘たちが、「シー」と口を閉じて、人差し指を立てる。

と、いうようなほのぼのしたCMの光景など、誰も本気にはしていない。後発弱小の自動車メーカー、タナカが社運をかけて売り出したゴジラは、ヒップ・ホップ・レイプのツールとして、あまりに有名だ。広い室内、フラットになるシート。低い床面。チンピラ共が五人乗り込んでも、まだ後ひとりふたり、被害者女性を詰め込むことができる広い室内。フラットになるシートでは、伸び伸びと強姦できる。床面が低いので、急停止してスライドドアを開け、次々に素早く降車して、女の子を拉致して車に詰め込むのも容易だ。

タナカ自工は、もちろん否定するだろうが、俺は、ゴジラの設計思想は、明らかにヒップ・ホップ・レイプに利用されることも想定しているだろう、と思う。商売人は、自らの儲けのためにルワンダで山刀を売ったし、儲けのためにイスラエルにクラスター爆弾を売ったし、儲けるために、レイプのしやすい車を売るのだ。

四号室に乗り込もうか、とも思った。だが、もしも今、あのガキが不在だったら、無駄に警戒させてしまうことになる。それに、あのママの目撃証言が、完全に正しい、とも言い切れない。焦らない方がいいかもしれない。

それに、まさか、とは思うが、あのママが、桜庭か誰かが寄越した、罠の手先、という可能性だってある。

まさか。

いや、万一、ということもあるさ。

とにかく、そろそろ時間だ。後楽園ホテルに行こう。俺は、ゴジラのナンバーを頭の中に刻み込んで、タクシーに戻った。

28

後楽園ホテルには、ちょっと早く着いた。まだアンジェラもカッコも来ていなかった。俺は、広いアトリウムロビーの真ん中のソファに座って、雛祭りの日、ちらし寿司を分け合って、楽しそうに食べる、ふたりの初老の女性を思い浮かべていた。ちらし寿司が、なんともなくて、本当によかった。楽しいひと時だったのだろうな。

「どうしたの？　しんみりした顔して」

上の方から、アンジェラの声が聞こえた。見上げると、にっこりとして言う。

「元気？」

今日もスキニーをはいている。今、気に入っているのかもしれない。確かに、細く伸びた足には似合う。紫色のタンク・トップに、薄い生地の、カラシ色のボレロをまとっている。大きめのサンバイザーの下の顔は、あどけなくもシャープで、いつまでも見とれていたくなるほどのキレイな顔だが、それを支える、すっきりとした喉の下、胸のあたりがぺちゃんこで、マッチョに盛り上がっているから、見た人は、とても不思議な気分を味わうはずだ。

「元気だ」

アンジェラは俺の横に座り、軽い微笑みを浮かべて、あたりを見回した。

「あのバカ、まだ来てないみたいね」

「あのさ」

「ん？」

「アンジェラは、雛祭りとか、するのか？」

「自分からは、しないわ。だって私、女じゃないもん」

「うん。だよな」

「でも、好きな人が、雛祭りに誘ってくれたら、白酒も飲むし、ちらし寿司も食べるわ」

「そうか。……そういうのは、楽しいか？」

「楽しいさ、そりゃ」

「そうか。了解」

そうは言ったが、やっぱり、よくわからなかった。

「来た」

アンジェラが、舌打ちのような口調で短く言った。カッコが、自動扉の向こうから、のそのそと入って来る。俺たちに気付いて、首をチョイ、と前に出して、顎から会釈した。ニタニタしている。

「行こう」

アンジェラが立ち上がった。

「本当に、場所を覚えてればいいけどね」

「そうだな」

どうも、なにかを覚える、なんてことができそうには見えないのだった。

＊

アンジェラの車は、ビッグ・ホーンだった。後部座席の後ろのスペースに、アウト・ドア・グッズがきちんと整理されて、そのために作ったらしい棚に収まっていた。

「そういえば、初めてだな」

「なにが？」

ビッグ・ホーンを軽やかに操りながら、アンジェラがこっちをチラッとみた。

「この車を見るのがさ」

「そうだった？」

「初めてだ」

「そうかぁ……じゃ、初ドライブだ。ふたりで」

そう言って、なんだか面白そうに笑った。

「で、どうですか、ビッグ・ホーンは」

「釣りとか、野宿とかが好きなのか」

「まぁね。そうじゃなかったら、アーミーには入らないさ。仕事で山歩きができるなんて、最高じゃない？」

「……そういう人も、いるんだろうな」

「ははは」

アンジェラは、笑いながら俺の腹をチョイ、とつついた。

＊

「あのう……ここ、どこらへんすかねぇ」

後ろからカッコが口を挟む。

「全然、見当、付かない？」

「ああ、……まぁ……やっぱ……はい……」

「道央道には入らなかった、って言うの」

俺に言う。

「そうか」

「歩道を歩く女の子なんかに声かけたり、囃したりしながら、なんとなく、のろくさ走ってたらしいのね」

「それで、場所がわかるのか？」

「わかるって、本人は言い張るんだけど」

「君は、なにか目印とか、覚えてるのか？」

あたりの風景は、要するに、森と草原だ。人工の建造物は、あまりない。

「いや、それはアンジーにも話したんだけど……」

「あのね、〈木こり公園〉っていう公園の名前を覚えてるんだって」

いきなり後ろで、カッコがギャハハハと爆笑した。

「そう、それ！　ウケる、マジウケる、ギャハハハハ！」

「どうなってるんだ？」

「なんか、面白いらしいのよ。で、仲間と、延々と笑い続けたらしいわ。で、それは覚えてるんだって」

「そういう公園が、あるのか」

「あるの。ナビによればね。紅葉山通沿い。で、どうやら、茨戸橋、観音橋、というルートで生振に入ったようなのね。だから、その道を通って、行ってみるつもり」

「なるほど」

発寒川を渡って、石狩市に入った。森と草原が、住宅街になった。しばらく行くと、確かに〈木こり公園〉への矢印があった。後ろで、再びカッコが爆笑した。

日本はどうなるのだ。

橋をひとつ越え、それから長い大きな橋をもうひとつ越えたら、またあたりは森と草原になった。

「どう？　この道、走った？」

「ああ、そうです。そうだ。そう。森があった。ここだここだ」

「今まで、ずっと森だったぞ」

「そっすけど、この森。間違いないっす！　ぜえったい、間違い、ないっす！」

それに構わずにアンジェラはビッグ・ホーンを真っ直ぐに走らせる。

「見覚えのある脇道があったら、すぐにそう言いなさいよ」

「ラジャー！」

「……」

「って、英語なんすか？」

「……」

「いやぁ、いい天気っすねぇ。……気持ちいい……」

だが、そのうちに、段々意味のあることを話し始めた。

「あ〜のう、……ええと、なんか、……あ？」

「なんなの!?」

「あ〜の〜、あ、そうだそうだ。ガソリン。ガソリンスタンド、あったあった、うん」

「ガソリンスタンド？」

「あれ？　違う？」

「私が知るわけ、ないでしょ」

「いや、間違いない。ジャのガソリンスタンド、あった、あった。うん。あった」

「ジャ？」

　俺が思わず尋ねると、アンジェラが、溜息まじりで言った。

「JAでしょ、きっと」

「あ、なるほど」

「うん。そうだ。この道。この道は、ずっと行ったんすよ。したら、左側に……ガソリンスタンドがあるんで、そこんとこで、ええと……右に曲がったんだ。うん。そうだ。なんか、全然ひと気のないところに来ちゃったから、まずくね、っちゅことになって、したから、あの……どっか行くべっちゅことになって、右に曲がったんだ。して、ちょっと行った……最初の、脇道。ちっちゃい道なんだ。左側の。そこから、いきなり、飛び出して来たもんだも、オレら、焦った焦った」

「そうだ、おい」

「は？」

「その、相手の車、車種はなんだった？」

「しゃしゅ？」

「……車の名前だ」

「しゃしゅ……ああ、あ、な～んだ。な～んだ。わかった、わかった。その車種ね。車の種っちゅ、あれでしょ？」

「ああ、そうだ」

「もうね、そりゃ、ゴジラ。ゴジラっすよ。それ以外、あり得ない、っちゅか」

なるほどね。

いや、要するに、ゴジラはチンピラ共に人気がある。だから、偶然の一致かもしれない。焦って結論を出すのは早い。だが、覚えておこう。

「あー！　あー！」

カッコがけたたましい声で叫んだ。

「今度は何よ」

「そこ！　そこ！　あそこ！　そこんとこ！　あの脇道！　あ！　通り過ぎた！　もうダメだ！」

泣きそうな声で残念がっている。

「Uターンって言葉、知らないの？」

「いや、そりゃ、言われれば、あ、そうか、と思うけど……」

アンジェラは大きな車を鮮やかにUターンさせて、カッコの言う脇道に入った。

「この道、ナビにない」

アンジェラが呟いた。確かにそうだった。ナビの画面では、現在位置を示す三角形が、なにもない空間の端で、戸惑ったように左右に細かく動いている。そのうちに、やっと心を決めたのか、道のない平原の上を、おずおずと走り出した。

路面は、結構走り込まれていて、最近できた道、という感じでもない。路面に草が生えているようなこともないし、毎日、結構な数の車両が行き来しているのは間違いない。

「なんすか、この道。どこに出るんすか」

俺もアンジェラも、それには答えなかった。カッコは、無視されても平気で、左右をキョロキョロしている。無視されることに慣れているらしい。ビッグ・ホーンが、大きく跳ねた。

「ごめん」

アンジェラが短く言うのと同時に、カッコが喚き始めた。

「ぜーってぇ、オレらの方が優先だったよなぁ～！　だって、オレらは舗装道路走ってたんだし、あいつら、こんな道から出て来たんだから。ねぇ、そうっすよねぇ。オレらが優先」

「うるさい！」

「あ、うるさかったっすか。すんません」

両側の森が、どんどん深くなっていくのがわかった。真正面で、道が右に直角に曲がっている。路面がどんどん荒れてきた。最近、砕石を撒いたらしい。アンジェラは、ほとんどスピードを落とさずに、右折した。道の左側に、バスが停まっていた。

と見えたのは間違いで、どうやら廃バスを置いて、なにかの拠点にしているらしい、とわかった。バスの座席はほとんど取り外してあるようで、数人の人間が、中で動き回っていた。

そして、そのバスの周りに、頭の悪そうな若い連中がベンチやテーブルを置いて、屯《たむろ》していた。全員がこっちを見つめている。

その脇にやや広い空き地があって、そこに大小新旧様々の乗用車が並んでいた。あまり大袈裟に改造したようなのはない。きちんと手入れされた117クーペが一台混じっていた。

その車の群れの向こうで、ラジオ体操のように整列して、踊っている連中もいる。俺たちに気付いて踊りをやめて、こっちを見ている。

「目を合わせないで」

アンジェラが言う。当たり前だ、と答えようとして、後ろにバカがひとり座っているのを思い出した。

「あ？　なして？」

バカが、バカな声で言った。

「いいから！」

そのまま、通り過ぎた。道は、真っ直ぐに続いている。一本道だ。

「最悪」

アンジェラが吐き捨てるように言った。

正面はるか向こうで、道が行き止まりになっているようだ。

「とにかく、突き当たりまで行ってみる」

突き当たりは、ちょっとした空き地になっていた。おそらくは、工事車両などを置いておく場所か、あるいはトラックなどが方向転換する場所であるようだった。地面に砕石が埋まっていて、その上に大きなタイヤの跡が、縦横に残っている。そして、その空き地の向こうは深い森で、その向こうが川になっているようだった。いくらビッグ・ホーンでも、この森に入るのは不可能だろう。

「まいった」

アンジェラが呟いた。

「しかたがない。戻るか」

「……」

「脇に逸れる道は、ないようだったしな」

俺のセリフを無視して、アンジェラは長い溜息を漏らした。腕組みをして、しばらく考える。それから、ハンドルを右の拳で軽く叩いて、言った。

「だね。じゃ、戻ろう」

「了解。おい、カッコ」

「は？」

「横になってろ。顔を見られない方がいい」

「は？」

「ゴジラはなかったけど、その時の四人のうちの誰かがいれば、ややこしいことになる」

「は？」

「いいから！　言われた通りにしなさい！」

「横になってればいいんすか？」

「そうだ」

「それを早く言ってくださいよ」

俺は、幸い、深呼吸して落ち着くだけの余裕があった。なぜだ。奇蹟だ。

＊

アンジェラは、来た時と同じスピードで、軽快に飛ばした。そのまま、バスの脇を通過できればいいな、と思った。だが、やはり無理だった。バスに近付くにつれて、道路上に、頭の悪そうな顔をした若いのが、ぞろぞろ出て来た。二十人ほどいる。バスから、スーツを着たスキンヘッドの男が出て来るのも見えた。ミラーサングラスをかけている。引き締まった、精悍な体付きだ。右手にタバコを挟んでいるのも見えた。バスの窓から、数人の男たちがこっちを見ている。外国人も混じっているようだった。ロシア人、あるいはパキスタン人あたりか？

道路を塞ぐように立っている若い連中が、手を振って、「停まれ」という意志を表現している。アンジェラは、徐々に減速し、相当手前で停めた。若い連中の群れが、ジワジワと寄って来る。それを掻き分けて、スキンヘッドが先に出た。悠然と近付いて来る。アンジェラが窓のガラスを下げた。スキンヘッドが、サングラスをしたまま、ビッグ・ホーンによりかかった。背の高い男だ。

「行き止まりだったろ」

俺は、アンジェラの前に体を乗り出して、男に答えた。

「ああ。知らなかった。悪いな、高いところから、乗ったままで」

「なんの用だ？」

「いや、用事じゃない。ただ、ドライブしてただけだ」

「あんたの女か？」

「そういう関係じゃない」

「こういうのをひとり連れてれば、どこでもフリー・パスだ。なぁ」

「そうかな」

「その代わり、お姉ちゃんは、すぐに擦り切れっちまうけどな」

そう言って、大声で笑った。頭の悪そうな若い連中も、わざとらしく大声で笑った。俺はとりあえず、右の頬で笑っておいた。

「じゃ、ちょっと通してくれ」

「ここはな、私有地なんだ」

「そうか。知らなかった。面白そうな脇道だな、と思ってな。勝手に入って、悪かった」

バスの窓のところに、数人の男が立ってこっちを見ている。

スキンヘッドがニヤッと笑った。

「なんか、用があって来たんじゃないのか？」

「いや。そうじゃない。ここにバスがあるのも、人がいるのも、知らなかった」

「ここは、私有地でな。あのバスは、事務所なんだ」

「そうか。知らなかった。申し訳ない」

スキンヘッドは、俺の顔をじっと見た。いや、ミラーサングラスだから、はっきりとはわからないが、たぶん、俺の顔を見ているんだろう。体中に力を入れて、俺を睨み付けているようだった。俺はとりあえず、それらを受け止め、そしてできるだけ善良な笑みを浮かべた。

スキンヘッドが、体の力を抜いた。そして、ニヤッと笑って、アンジェラの頬を撫でた。

俺は反射的にその手を押さえようとしたが、一瞬早く、アンジェラが、俺の右手をしっかりと摑んだ。

「じゃ、通してくれ」

スキンヘッドは若い連中の方に体を向けて、「おい、通してやれ」と言った。アンジェラがジワリ、とビッグ・ホーンを前に出した。その瞬間、スキンヘッドが窓から素早く手を入れて、アンジェラの胸を握った。そのまま、アンジェラがアクセルを踏み、ビッグ・ホーンは前に飛び出した。若いのがひとり、ぶつかりそうになって道路から転げ出た。俺は振り返った。スキンヘッドが、何とも言えない妙な顔をして、自分の右手を眺めていた。

「あいつ、びっくりしてるぞ」

「ふん。クズ」

そう言って、アンジェラはゲラゲラ笑った。

「あいつ、最低。同じ男でいるのが、ホント、恥ずかしい」

「同感だ」

29

アンジェラは、ずっとむくれた顔で、ビッグ・ホーンを走らせていたが、舗装道路に戻った時、ポツリと言った。

「バスの中に、何人かいたでしょ？」

「ああ」

「あの中にひとり、知ってるのがいた」

「ほぉ？」

「ある店で、席に着いたことがある。気に入ってくれて、何度か指名してくれた。そのうちに、私がそこを辞めたから、それで縁が切れたけど」

「どんな男だ？」

「税関。小樽とか、石狩湾新港とか、そのあたりを行ったり来たりしてるって言ってた」

「幾つくらいの？」

「……今は、きっと五十近いと思う」

「名前とかはわかる？」

「……ごめん。ちょっと覚えてない。もしかしたら、聞かなかったかもしれない。私は、テッチャン、て呼んでた。鉄道の鉄、ね。鉄道マニア……彼の場合は、鉄道旅行マニアなんだけど、そう言ってたから、鉄ちゃん」

「なるほど。……覚えておこう」

「あ〜のう……」

カッコが言った。

「俺、そろそろ、起き上がってもいいですか」

今まで、ずっと横になっていたらしい。俺は思わず溜息をついた。それが、アンジェラの溜息とぴったりシンクロした。俺たちは、思わず声を揃えて笑った。

＊

カッコを地下鉄栄町駅で下ろして、ススキノに向かった。アンジェラはこれからジムに行く、と言う。俺はススキノ交差点で降ろしてもらうことにした。

「で、さっきのあの連中、なんだと思う？」

「いろいろと想像はできるけどな。ま、断言はできない。それを、これから確かめる」

「……危ないこと？」

「危ないことが、この世の中にあるか？　一度、東区で、銭湯にセスナ機が墜落したことがあるだろ。つまり、自分の家で、居間でのんびりしてても、次の瞬間、死ぬこともあるさ」

「あの墜落事故の時は、家の人は、誰も死ななかったんじゃなかった？」

「そうだ。隣の部屋に墜落したからな。びっくりしたろうな。ま、つまりそういうことだ。自分の家の居間でのんびりしてても、飛行機が墜落してくることもある。かと思えば、一部屋の違いで命拾いすることもある」

「……」

「だから、ま、そんなことを気にしても、始まらない」

「自分のことしか考えないの？」

「……自分の命だしな」

「……近藤さんも、きっと、そんな風に考えてたんだろうね」

「……あ、そうだ」

「なに？」

「あのバスのところで、なんか踊ってただろ？」

「ああ、うん。あれ、ＳＯ－ＲＡＮダンスだよね」

「やっぱりそうか」

「だと思うよ。いかにもＳＯ－ＲＡＮ者《もん》らしい、バカな顔してたし」

「……なるほどね」

＊

ススキノ交番の前の公衆電話から、《月刊すすきの》の編集部に電話して、編集長の塚本《つかもと》絹子《きぬこ》を呼んでもらった。今年で四十くらいの、ベテラン編集者だ。俺の周りには、ＳＯ－ＲＡＮに詳しい人間はひとりもいない。唯一の例外が塚本なのだ。

「はい、お電話替わりました」

「ちょっと、教えてほしいんだ」

「ＯＫ。寿司でもつまむ？」

それは困る。塚本といっしょに寿司屋に入るのは恥ずかしい。一度で懲りた。この女は、水のことを「お冷や」と言い、醤油を「ムラサキ」と言い、生姜のことを「ガリ」と言い、お茶のことを「アガリ」と言い、「ごちそうさま」と言うべき時に「お愛想お願いします」と言うのだ。そんな人間と寿司屋に入るなど、考えただけでもタマが吊り上がる。

「悪い、あまり時間がないんだ。申し訳ないけど、電話で誠に失礼だけど……」

「なんだ。ま、いいよ。なに？」

「ＳＯ－ＲＡＮダンスに、結構詳しかったよな」

「ああ、まぁね」

おや？　以前と違って、あまりいい反応ではない。

「最初の頃、えらく宇都宮のことを誉めてたじゃないか。いま時珍しい、純粋な若者だ、血がキレイ、という感じがする、なんて言ってただろ」

「ああ。……まぁね。当時はね」

「最近は、そうでもないのか」

「……まぁね。……結局、商売だったんだな、ってがっかりすることが多くなって」

「……そうか。ま、それはそれとして、一昨日殺された近藤雅章なんだけど……」

「あ！　そうだってねぇ。あの人がねぇ。あれでしょ？　地下鉄でオバアチャンを助けた人でしょ。ＪＴＢのポスターのヴィジュアルをやった」

「そう。その近藤さんが、ＳＯ‐ＲＡＮの連中たちから嫌われてた、というか、掲示板で攻撃されてたって話、知ってるか？」

「……ああ、まぁね。そんな話はあったけど、……そういう意味では、嫌われてるのは近藤さんだけじゃないみたいよ。ＤＪのコンノさんとか、コメンテイターのイノセさんとか、ＳＯ‐ＲＡＮ嫌いを公言する人は、みんな嫌われてるみたい。ま、当然だわね。でも、攻撃されても、全然なんのダメージもない、ってことは、実際にはＳＯ‐ＲＡＮ連中のプレゼンスって、可哀相なくらい低いのかもね」

塚本の口調は、とてもあっさりしていて、近藤殺害事件とＳＯ‐ＲＡＮ連中の関係など、まったく頭に浮かばない、という感じだった。

「そうか。わかった。ありがとう」

「え？　それだけ？」

「ちょっと気になったもんだから」

「なに？　まさか、近藤さんを殺したのが、ＳＯ－ＲＡＮのファンだとか？」

笑みを含んだ声で言う。言われてみると、本当にバカバカしい、と思う。

「いや、まぁ、もしかしたら、と」

「くっだらない！　それより知ってる？」

「なにを？」

「〈オオソネ〉のゴーヤチャンプルは、ホント、大傑作よ！」

＊

「はい、札幌圏部」

松尾の声が出た。本当に、暇なポストらしい。

「俺だ」

「おう。どうなってる？」

「ちょっと会えるか？」

「いいよ。どこにする？」

「知事公館はどうだ。二階のホールで」

「……なるほど。あそこなら、人目はないな。了解」

知事公館は、山小屋風の、趣のある建物で、一般公開されている。観光スポットでもあるが、あまり人はやって来ない。二階のホールはハーフ・ティンバーの落ち着ける造りで、大きなテーブルとソファがあり、密談には最適だ。

玄関で靴を脱ぎ、スリッパに履き替えて、階段を昇った。重厚な木の手摺が、ちょっとぐらつくのがまたいい味を出している。ホールには誰もいなかった。ソファに座って五分ほどしたら、松尾が姿を現した。

「よう」

「元気そうだな」

「まぁな」

「で？」

「石狩の生振の奥で、廃バスを事務所にして、なにかやってるのがいるんだ」

「生振の？　どこらへんだ」

ざっと場所を説明した。

「スジもんか？」

「ま、そんな感じだ」

「それが、近藤さんの件と、関係ありそうなのか」

「あると思う。俺はね」

「で、調べろ、と」

「そうじゃない。調べていただけませんか、とお願いしてるわけだ」

「……ま、わかった。わかり次第、メールする。それでいいか？」

「ありがとう」

「じゃ、先に行ってくれ。俺は、ちょっと昼寝していく」

「ああ。今朝は遅かったからな。わかるよ。じゃあな」

松尾は腕を組んで目をつぶり、ソファの上に横になった。

階段を降りて玄関で靴を履いていたら、中学生のグループが、わいわい騒ぎながら入って来るところだった。けたたましい声で、道北の訛りのある言葉を話しながら、六人ほどが階段を駆け昇った。修学旅行の自由時間かな。

あれじゃ、松尾は眠れないな。

可哀相に。

＊

市電は、街の中をゴトゴトとのんびり走る。俺が子供の頃と比べると、揺れがだいぶ小さくなった。吊り革が躍って、天井にまで跳ね上がり、今にも車体が脱線転覆するのではないか、というスリルを、子供の頃は楽しんだものだが、そんなようなことは全くなく、とても静かに穏やかに動く。ま、いいことなんだろう。車体の改良とか、線路の整備とかの成果なのだろうな。

西線十六条停留所で降りた。当然のことだが、さっき見たのと同じ場所に、さっき見たのと同じ賃貸マンションが建っている。さっきと同様、建物の名前はわからない。裏の駐車場に回ってみた。ゴジラはなかった。どこかに行ったらしい。目当てのガキもどこかに行ったのだろうか。それとも部屋に残っているか。

俺は、〈ライト〉の脇の階段を昇った。二階の四号室。二階の通路の一番奥にあった。チャイムのボタンを押した。中で、音が響いた。耳を澄ませてじっと待ったが、なんの反応もなかった。もう一度、鳴らした。同じく、反応はない。ノブを回して、押したり引いたりしたが、しっかりと鍵が掛かっている。

出直すしかないか。

ま、ここで焦ってもしょうがない。

通路を戻って、階段を降りた。そして、なんとなくススキノに戻るつもりで、停留所に向かった。道路を横断しよう、としたところで、声をかけられた。

「あの、すいません」

頼りない声だ。見ると、ボサボサ頭で、ボロボロジーンズ、Tシャツに半袖シャツ、足にはごつい山歩きのブーツ、というわけのわからない恰好をした、二十代半ばくらいの若い男だ。

「なんですか?」

「あのう、……失礼ですが、あの部屋……四号室に、どんな御用ですか」

そう言いながら、目が泳いでいる。ちょっと怯えているらしい。

「なぜ？」

「あのう……もしも、差し支えなかったら、あのう……教えて頂きたいんですが」

「なぜ」

「あ、あの、理由ですか、あの、それは……」

そこにいきなり、カメラを従えた、ごついが整った顔立ちの男が、俺の後ろの方から現れて、俺に面と向かって立ちはだかった。手に持っていたマイクを突き付ける。

「すみません、SBCと申します。今、振り込め詐欺の実態をレポートしているのですが、あの四号室には、どのような用事があってお尋ねになったのですか？」

「振り込め詐欺？」

「あなたは、そのことを御存知でしたか？」

「いや、全然」

「では、どんな御用件で、四号室をお尋ねになったのですか？」

「ちょっと待て。事情を説明しろ」

「今申し上げた通りです。我々は、SBC札幌放送、報道局の者です」

「名刺は？」

SBCだと自称する男は、マイクを小脇に抱えて、名刺入れを取り出し、一枚出した。そして、「どうだ」という顔で寄越す。

〈札幌放送　報道制作局　報道部　ディレクター
稲垣　昌史　Masashi Inagaki〉

「まだ、アメリカ風に名前を書くやつがいるんだな。しかもヘボン式か」

「え？」

「とにかく、俺が四号室を訪れた理由など、話す必要はないだろう」

「なぜですか。後ろめたいことでもあるんですか」

「ふざけるな」

無視して歩き出そうとしたが、なぜ俺が四号室に行ったことをこいつらが知っているのか、ちょっと気になった。それに、あの部屋についての情報も得たい。で、取引をすることにした。

「道ばたで話すのもなんだから、ちょっとどっかに入ろう」

「いいですよ、それでも」

「この〈ライト〉は？」

「そこはやめましょう」

「なぜ？」

「理由は、御存知のはずだ」

皮肉を言っているつもりらしい。

「全然わからないけどな」

「そこに、喫茶店があります。そっちにしましょう」

ちょっと離れたところに〈談話室〉という喫茶店があった。

「それでもいいよ、別に」

中に入ると、昔の理容師のような、白い上っ張りを着た禿頭の老人が、こっちを見て丁寧に頭を下げた。老人の前に、サイフォンが四つ、並んでいた。空間に、長年染みついたコーヒーの香りが、とても気持ちよかった。

俺たち、カメラを持ったカメラマンと、マイクを持ったディレクターと、毛のふさふさと生えた長いマイクを持った女の子と、最初に声をかけて来たへにゃへにゃの若者、と俺、計五人は、テーブルをふたつくっつけて、八人掛けにして、座った。ほかに客はいなかった。

老人が、銀色のトレイに水を五つ、慎重に持って来て、テーブルに並べた。

「いらっしゃいませ」

俺はマンデリンを頼んだ。ほかの連中は、全員「ホット」。

「で、なんで俺が四号室に行ったのがわかった？」

カメラマン、マイク係、そして若いのが、稲垣を注目した。稲垣は唾を飲み込んで、目を一瞬天井に向け、言った。

「ところで、あなたのお名前をまだ伺ってませんが」

俺は「名刺」を渡した。俺の氏名と、メールアドレス、銀行口座番号、〈ケラー〉の住所と電話番号が書いてある。

「俺は、無職なんでね。でも、そのアドレスや電話番号で連絡は付く」

「……」

「それだけじゃ不安か？」

「はぁ……」

「北海道日報は、ＳＢＣの親会社だよな」

「はぁ……ウチは、北日の百パーセント出資の子会社です」

「札幌圏部の部長の、松尾、というのを知ってるか？」

稲垣が、なんだか年齢不相応のあどけない笑顔になった。

「ああ、ええ。社会部遊軍の名物記者ですよね。編集委員の椅子を、何度も蹴った人だ」

「面識は？」

「あります。北日との人事交流で、一年間、出向してたんです。サツ廻りをやりました。その時の上司です」

「じゃ、松尾に電話して、俺の名前を言って、身元を照会してみろ」

「はぁ……」

「今、会って来たところだ」

「はぁ……」

「ついでに、昼寝ができたかどうか、尋ねてくれ」

不思議そうな顔で、ケータイのボタンをいじっていたが、番号があったらしい。なにかをどうにかして、耳に当ててた。松尾が出たようだ。「あ」と言ってから、俺に会釈をして、立ち上がった。店から出ていく。

しばらくして、老人が、コーヒーを運んで来た。素晴らしい香りだった。ゆっくりと味わいながら、大きな窓を眺めた。

窓の向こうでは、稲垣があれこれ喋り、松尾の声を聞いているのが見えた。そのうちに、笑顔になった。頷いて、ケータイを畳んだ。戻って来る。

「失礼しました。わかりました」

「昼寝は?」

「できなかったそうです」

「やっぱりな」

「で、詳しい話はケータイではできない、と言われました」

「そうだろうな」

「でも、信頼していい人だ、ということでした。……それから、生振のバスのことがわかったそうです。この件が終わったら、電話してくれ、ということでした」

「わかった」

「で、我々が四号室をどうして監視しているのか、ご説明します。これから、ご案内します」

「どこかに行くのか?」

「すぐそこです」

「わかった。……ま、マンデリンを飲み終わるまで、待ってくれ」

「わかりました」

四人も、一斉にコーヒーに手を伸ばした。

マンデリンは、味わい深く、香りも高く、とてもおいしかった。この店にまた来よう、と心に決めた。

＊

稲垣に案内されて、一階に〈ライト〉がある賃貸マンションの裏に回った。

「あの〈ライト〉は、連中の溜まり場なんですよ。オーナー……だと思うんですけど、多分、その男も、なんとなくガラが悪そうで」

「三十くらいの女性がやっている、と聞いたけど」

「あ、オーナーは、その女性の、どうやらコレですね」

親指を立てて見せる。

「なるほど」

「……シャブの売り捌き所になってるような感じもあるんです」

「ああ、なるほど」

駐車場を越えて、住宅街の中に入って行く。鉄筋コンクリート五階建ての、やや大きなマンションが建っている。

「あのマンションです」

指差して、稲垣が言った。一階のエントランスの脇に、「入居者募集中」と大きく書かれた、プラスチックの板があった。

エレベーターで三階に昇り、三一一号室のインターフォンを押す。

「稲垣？」

男の声が言った。

「そう。見てた？」

「ああ。今開ける」

ドアが開いた。天然パーマの、もじゃもじゃ頭の中年の男が立っていた。

「そちらは？」

俺を顎で差す。

「OKなの。俺が保証する」

「ふ～ん……」

天然パーマは、不服そうな顔で奥に入って行った。

「どうぞ」

中は、ごく一般的な2LDKの造りだった。その中に、俺たち五人、その他に別に四人がいて、窮屈だった。LDKの大きなベランダのカーテンが締め切ってあって、薄暗い。長いレンズを付けたカメラが三台、そしていろんな電子機器が並んでいる。

「そのカーテンを、ちょっと開けて、外を見てみてください」

見てみた。例の賃貸マンション、というかアパートの二階四号室の窓が見える。駐車場も見える。

なるほど。ここから見ていたわけだ。ゴジラを気にしている俺を。だが、なぜ四号室を訪れた、とわかる？

「松尾さんの話だと、人を探している、ということでしたが」

「そうだ。まだ、詳しくは話せないが、その探している相手が、あの部屋に出入りしている、ということを聞いたんでな」

「なるほど。……我々は、さっきも言いましたが、振り込め詐欺特番の、機動班です」

「なるほど。ま、それはそれでいいんだけど、どうして俺が、四号室に行った、ということがわかった？」

「チャイムを鳴らしたでしょ？」

「ああ」

「だからです」

「ん？」

若い女の子が、冷たい麦茶をみんなの前に置いた。

「最初は、ホントに偶然だったんです」

稲垣が語り始めた。

「深夜放送で、盗聴電波が街を飛び交っている、というネタをやって、電波を拾いつつ、街の中を流して走っていたわけです。いろんな電波が聞こえて来て、特にススキノ周辺では、ま、ラブホテルとかですね、いろんな音声が聞こえて、それはそれなりに面白い番組になったんですよ。で、その時に、この近くで、偶然なんですけど、どうやら振り込め詐欺をやっているらしい、という電波を拾ったわけです。で、なにかに使えないか、と私の方に回ってきたわけです」

「それで、いろいろと調べたわけ？」

「ええ。専門会社に頼んで、どこから電波が出ているか、確認しました。それから、どうせなら、実行しているところの映像も撮りたいな、ということになって。それで、周囲を探したら、本当に、これ以上の幸運てのはないと思うんですけど、この部屋が空いていて」

「じゃ、映像と音声が記録できてるわけか」

「ええ。で、あなたは昼に、連中のゴジラをチェックしてたでしょ？　これは、なにか関係者だな、と思ってたんです。そしたら、さっき、また姿を見せた。それからしばらくして、チャイムの音が聞こえて来た。これはきっと、さっきの人だ、と思って、ちょっと躊躇しましたが、ADをまず走らせて、そして私が飛び出したわけです」

「……しかし、その盗聴マイクは、誰が仕掛けたんだろう」

「それは謎ですけど、おそらくは、あの連中の上司、というか、組織の幹部じゃないかな、と思ってます。連中を監視するために」

「あ、なるほど……」

「領収書がない金ですからね。あいつらがツルめば、結構簡単に盗める、と思うんですよ。それに対抗するための措置かな、と」

確かにあり得る話だ。

「ちょっと、見てみますか？　実行中の現場を」

「おい、稲垣」

天然パーマが言った。

「いや、いいんだ。昔世話になった上司の友だちなんだ。絶対問題ない、と保証された」

稲垣はそう言って立ち上がった。ポータブルテレビのようなものをテーブルの上に置いて、電子機器の前でゴソゴソした。ポータブルテレビに電源が入り、画面が明るくなった。

30

映像は、少し粒子が粗いように見えるが、はっきりと状況がわかる、むしろ鮮明と言っていいような画質だった。室内をやや上から見下ろすような角度で、とらえている。画面の右上隅で、タイマーであろう数字が、どんどん増えている。思ったよりも鮮明な映像ではあるが、ひとりひとりの顔を見分けるのは、やや困難だった。

「昨日の午後です。やや蒸し暑かったので、窓を開けてます」

「なるほど」

「これは、リビングですね。テーブルを二つ入れて、それを取り囲むように、男が五人、座ってます。見えますか？」

「ええ」

「テーブルの右側に、ケータイが十個以上、置いてあるのが映ってます」

「確かに」

「じゃ、音声、入れます」

男たちの声が重なって聞こえた。

「なに言ってるんですか？」

「我々も、最初はよくわからなかったんですよ。でも、そのうちに、ようすが呑み込めました」

「……」

「これは、リストを見て、片っ端から電話している段階ですね。ほとんどの場合、相手から切られるようです。……今、この若いのが、『バカヤロウ』と言って切ったんですけど、わかりましたか？」

言われてみると、そんなような気もした。俺は頷いた。

「ざっと見た感じですけど、会話が成立するのは、二百本に一本、という感じでしょうか。だから、この段階では、とにかく数多くかけて、ダメだと思ったら、すぐに切るわけです」

確かに、男たちは電話をかけて、一言二言話すと、すぐに切っている。つまり、そうそう簡単に騙される人間はいない、ということだろう。

「もう少しで、ひとり、引っかかります。この男を見ていてください」

稲垣が言うのと同時に、その男が左手を上げた。ほかの男たちが、なんのかんの言いながら電話を切り、室内は静かになった。中でひとり、やや離れたところに移動した男が、あああ、ううう、などと泣き真似をしている。

「ええ。そうです。地下鉄で。相手は、女子高生でして、被害届を出す、とおっしゃってます。そうなると、おそらく今日は御自宅に戻れないと思いますので、御連絡しました。……いや、御主人も、その点は認めています。正直な態度で、その点では、我々も好感を持ってますよ。これで、被害届を出さない、ということにですね、被害者の親御さんとか御本人が、納得してくれれば、まぁ、どうにかしようもあるんですけどね。……ちょっとお待ち下さい、御主人と替わります」

別な男が言った。

「さ、御主人、ササキさん、ちょっとしっかりして。今、奥さんが電話に出てるから。ね、ちょっと話をして、落ち着きなさい」

泣き真似をしていた男が、声を大きくして、わあああああ、と言っている。

「奥さん、ちょっと待ってくださいね。なんだか、興奮なさってるようで。ほら、ササキさん、奥さんですよ」

「うわあああああ！　お前、ゴメン、うわあああああ！　うん……うん……それは、ああああ、間違い、あああああ、ないんだぁ！　うわああああああ！」

こんな泣き声に騙されるなんて、どれほどバカなのだろう、あるいは、夫のことをまったく信用していないのか、と呆れるほどに、クサい、下手くそな泣き真似だった。

「もう、いい」

見ているのが馬鹿らしくなった。稲垣が、気持ちはわかります、というような表情で頷いて、「でも、こういうのもあります」と機械を操作した。

画面が一度真っ青になり、Ｌ１という表示が出て、映像が切り替わった。

同じような画面で、ただ男たちの服装や座り位置が少し変化していた。

「一昨日の映像です」

俺は頷いた。

「ひとり、引っかかったので、みんなが静かにしているところです」

ひとりの男が喋っている。

「うん、そうなんだ。会社の金を、落としちゃって。……二十五万なんだ。で、どうしようかな、と思って。もう、会社にいられないから、どっかに行っちゃおう、と思って、それで、その前に、婆ちゃんの声が聞きたくなって……うん、そう。カズヨシ」

しばらくだれもなにも言わない。男が、じっと相手の話を聞いているらしい。

「うん。カズヨシ。え？……お孫さん、マサノブっていうの？　あ、そう……十九です。……いや、学校は行ってません。なんか、……ま、勉強って、合わなくて。……いやぁ、……そりゃ、犯罪だってことは、知ってますけど。……先輩に誘われて……」

「切れ、バカ！」

向かい側に座っていた男が怒鳴り、喋っていた男は慌ててケータイを切った。

「こういうこともあるんですよ」

稲垣が笑いながら言った。

「……さっきの、夫の痴漢のケース、あれはあのあとどうなったの？」

「あれは、成功ケースですね。金を振り込ませるところまで、行ったようです」

「……警察に、通報は？」

「そりゃ当然、しましたよ。と言うか、この取材を始める前に、あの部屋のことは、中央署に伝えてあります。当社の連絡部署を通じてね。でも、なんの反応もありません。少なくとも、今のところは、動く気配はないようですね」

「……」

「面倒なんじゃないですか？……ま、もしかしたら、組織的に一網打尽にしようとして、内偵中だ、とか。泳がせている、ということも考えられますけどね。あるいは、覚醒剤の方がホンボシだ、とか」

「……」

「いろいろと考えられますけど、……まぁ、今のところ、警察は放置してますよ。成功ケースをいちいち通報してるんですけどね。それでも、音沙汰無し。さすがは道警です」

「……」

「それで、……あの部屋に行かれた理由、というか目的は、なんなんですか？」

「……人を探してるんだ」

「ほぉ」

「その人間を見た、という人が、あのアパートの四号室に入って行った、と教えてくれたんでね」

「いましたか？」

「よくわからなかった。もう少し、大きな画面で見られるかな」

「見られますけど……」

稲垣はそう言って、電子機器の前に行った。しばらくゴソゴソしていると、向こうの壁際にあった大画面テレビのスイッチが入った。さっき小さな画面で見た映像が、拡大されて映し出された。だが、映像が大きくなっただけ、粒子も粗くなり、なおさら顔の見分けは付かなかった。

「無理ですね」

「そうだな」

「で、その人物は、誰なんですか？」

　ちょっと考えたが、秘密にする必要はなにもない。むしろ、犯人の早期逮捕に繋がる可能性もあるから、教える方がいいだろう。

「近藤雅章さんを殺した男だ」

「え!?　あの、北斗通り商店街での？」

「そう」

　室内の人間が、色めき立つのが感じられた。

「顔、わかります？」

　写真の三枚セットを渡した。

「これ……道警広報の発表とは別な写真ですよね」

「そうだけど、でも、同一人物だよ」

「でしょうね。……こんな顔してるんですか」

「未成年の可能性があるから、警察は顔の公表は控えたんだろうな」

「でしょうね……いやぁ、近藤さんはウチの局でも随分御世話になってて……私も、何度か、お酒の席で御一緒したこともあるんですよ。……実際、とんでもない話ですよね。……そうか。……こいつですか」

　しげしげと見つめている。

「この男は、四号室に、いた？」

「まぁ……ああいう映像ですからね……断言はできませんが、……とてもよく似た人物は、いた、と思いますよ」

「……どうだろう、ある程度費用は負担するから、これから二、三時間くらい、ここでいっしょに眺めていてもいいだろうか」

「……まぁ、それでもいいですけど、でも、今日はもう、戻って来ないと思いますよ」

「そうなの？」

「ええ。彼らも頑張って電話をかけて、三本、ひっかけましてね。で、出て行きました。そうなると、もう夜は戻って来なくて、また明日の午前九時とか十時とかに、全員ゴジラに乗って、やって来るんです」

「毎日？」

「ええ。……少なくとも、我々がここで監視するようになってからは、毎日。曜日も関係ないですね」

「ここでは、どれくらいになるの？」

「……今日は？　水曜か。じゃ、ちょうど一週間です」

「じゃ……近藤さんが殺された夜も、ここにいたんだね」

「……そういうことになりますね。……そうか……そうだったのか……」

「いや、まだ犯人、と決まったわけじゃないけどね」

「ま、そうですね」

「……じゃ、どうかな。明日の九時頃、ここにお邪魔してもいいかな」

「う〜ん……」

「ソベジマさんに相談した方がいいんじゃない？」

若い女が言った。

「いや、局長なら、こういう時、ＯＫするさ」

「そうかな」

若い女は首を傾げて、「そうだね」と独り言のように言った。

「ま、社内連絡はこっちの話だ。……私は、いい、と思います。それから、費用分担のことは関係ないですから、忘れてください」

「了解。じゃ、明日。九時に来るから」

「わかりました。こっちは、上司に話を通しておきます」

＊

部屋から出て、公衆電話を探した。

それにしても、稲垣というディレクターは、やけに親切だった。俺のことを、あんなに信用してくれるなんて、予想外だった。なぜだろう、と思いつつ、電車通りに出た。大きな郵便局があったので中に入った。緑電話が並んでいた。一台の受話器を取って、松尾のケータイの番号をプッシュした時、ふとある考えが頭に浮かんだ。

「稲垣と松尾は、体の関係があったんじゃねぇか？」

あり得ないことではない。松尾の男の好みは全くわからないが、稲垣は、やや苦み走ったいい男、という感じだったし。稲垣の出向は、いつ頃のことだったんだろう？

ま、知り合いの色恋沙汰など、どうでもいいことだ。

「お前か？」

「ああ」

「稲垣、いろいろと教えてくれただろ」

「ああ。助かった。ありがとう」

「北日・SBCの人事交流でな。一年間、社会部に出向してたんだ」

「だってな。いつ頃の話だ？」

「俺が、東京に行かされる、前の年だ」

「そうか。結構昔からの付き合いなんだ」

「そうだな」

「……」

「……」

「あ、それで、例の生振の件だけど」

「ああ。わかったぞ。結構注目を浴びてる男だった。ハギモトハジメってやつだ。萩本欽一の萩本に、起源の源。これでハジメと読ますらしい」

「スジもん？」

「……そうなんだろうけど、ま、そのあたりはこの頃、複雑だろ」

「まぁな」

「とりあえず、企業舎弟、ってとこかな」

「ほぉ。バックは？」

「花岡組らしい」

「何やってるんだ？」

「産廃業者だ」

「……」

「札幌市の指定業者になろうとして、いろいろと活動してるらしい。とにかく、安い値段で請け負うんで、儲かってる、という話だ。同業他社からは、嫌われてる」

「安いってのは、どれくらいだ？」

「俺も詳しくは知らないけど、相場の六割から半額で請け負うらしい」

「まともにやってないんじゃないか？」

「そういう噂は常にある。だが、萩本は、経費や儲けをギリギリまで抑えているんだ、と主張してる。社屋を建てずに、事務所を借りずに、廃バスで営業している、ってことを強調するんだそうだ」

「……なるほど」

「一部には人気のある男らしくてな。ニート連中を集めて、いろんなことをやらせてるらしい」

「SO－RANとか？」

「さぁ。それは知らないけど」

「なるほど。とにかく、わかった。ありがとう」

稲垣のネタを話そうか、と思った。だが、もしもふたりが仲良しならば、当然ネタのやり取りはするだろう。俺の出る幕じゃない、という感じがするので、そのことは話さなかった。

「じゃ、いろいろ、気を付けてな」

なんだか真剣な口調でそう言って、松尾は電話を切った。

＊

桐原の考えは、松尾とはちょっと違っていた。

「萩本か。あいつは、気持ちのいい男だぞ」

のんびりした口調でそう言った。電波の状態が不安定らしく、いつもよりももっとブツブツと途切れ途切れに聞こえる。

「花岡組の企業舎弟、って聞いてるけど」

「……そうじゃねぇな。うちら業界の関係者、ってとこだ。どことくっついてる、という話は聞かない。むしろ、独立志向の強いやつだ」

「……」

「ま、ドン・キホーテってとこかな」

「……どういう意味だ?」

「札幌の産廃処理業界は、もう、完全にパイの分配が決まってる。でっかい合同企業体があって、そこが九十パーセント仕切ってる。新規業者は、まず参入できない、って構造になってるんだ。どうしても仕事を取りたかったら、その合同企業体の傘下に入るしかない」

「なるほど」

「それに対して、萩本は挑戦してるんだな。象に闘いを挑むアリ、ってとこだ。徹底的なコスト・ダウンで価格競争を仕掛けてるらしい。事務所はな、見たら驚くぞ。廃バスを使ってるんだ。石狩の知り合いの土地に廃バスを置かせてもらって、パソコンと多機能プリンタを持ち込んで、事務所にしてるんだ。今どき、そんなやつ、いないって」

「……今、経費の中で一番かかるのは、人件費だろ?」

「まぁ、そういう時代は過ぎたんだな。今やワーキング・プアの世の中だ。労使一丸となって、豊かさを追求する、なんてのは、もう、キレイさっぱり消えたんだ」

「……ワーキング・プアを使ってるのか」

「給料なんか、払ってねぇんじゃねぇかな」

「……それで、働くやつがいるか?」

「いるさ。居場所のねぇフリーター、ニート連中。家から追い出された引きこもりとかよ。

ま、ウチの石垣みたいなやつだ。いや、俺はちゃんと給料を払ってるけどな」

「……多いのか、そういうのは」

「多いさ。今のカラスどもなんか、たいがいそんな感じだ。正式に雇用関係があるわけじゃなくて、あちらこちらに顔を出して、顔馴染みになっておく。で、適当に溜まってる。そんな連中に、ちょっと声をかけて、半端仕事をやらせて、たまに飯でもオゴってやる。気が向いたら酒を飲ませてやる。この一週間、ネットカフェで寝てる、なんて話を聞いたら、一日二日、泊めてやる。そんなもんで、もう、なんでもやるぞ。シャブの小売人《こばいにん》までやるやつもいる。……ま、信用できないからな。あまりヤバいことはさせられないけどよ」

「……」

「イヤな時代だ。業界が、まんま、すっかりチンピラんなっちまった」

「……」

「これからますます、なんでもアリ、ってことになるんだろうな。チンピラは、なんでもアリだから」

「どうして、こんなことになったんだろう。……あんたはどう思う？」

「さぁな。少なくとも、業界はこんなことを望んじゃいなかったさ。……うまいものを食って、楽に生きたら、人間てのは簡単に堕落する、ってことか？　だとしたら、そんなのはギリシャ時代からの常識だよな」

桐原は、気怠い声で吐き捨てるように言った。

「ま、そんなとこかな。相田はどうしてる？」

「相変わらずだ。石垣がよくやってくれてる。……近藤雅章の犯人のことが気になるらしい」

「それは、俺も同じだ。じゃあな」

なんとなく不景気な気分で、緑電話の受話器をフックにかけた。顔をパシパシ叩いて、咳払いをして、ボックスから出た。

31

タクシーを拾って北斗通り商店街に行った。写真を撒いた店を歩き回ったが、収穫はなかった。こうしている間にも、あのアパートの駐車場にゴジラが戻って来ているのではないか、と気になった。

日がどんどん長くなる時期で、まだ夕方だ、と思っていたが、ネパール料理の店で時計を見たら、午後六時を過ぎていた。徐々に街は黄昏つつあった。

俺はタクシーを拾って、そして、どうしても気になるので、相当の遠回りになるが、アパートの駐車場に行ってみた。やはり、ゴジラはなかった。そろそろ家の中の明かりが点く頃合いだったが、四号室の窓には明かりはない。とりあえず納得して、ススキノ交差点に向かった。

タクシーを降りて、〈ケラー〉に向かう途中、足がピタリと止まった。なにかを思い出しかけている、という気分になり、次の瞬間、わかった。〈T　BAR〉だ。

そうだ。そうだよ。

なんで今まで思い出さなかったんだろう。ススキノで、シガーと言えば、〈T〉以外に、ない。なんで今まで忘れていたんだ。

＊

俺は新宿通りを西に向かい、〈ノースポール第二ビル〉の地下に降りた。階段を降りたすぐのところに、分厚い木の扉がある。〈T　BAR〉という文字が浮き上がる銅板が、扉に埋め込まれている。俺はその扉を押した。

「いらっしゃいませ」

藁科《わらしな》さんの静かな声が迎えてくれた。

こぢんまりとした洞窟、という趣の店だ。入ってすぐに、壁一面が引き出しになっている空間がある。ここに、ずらりとシガーが保管されているのだ。その奥に、一枚板のカウンターが伸びて、間接照明が、ほの暗くあたりを包んでいる。

「御無沙汰してました」

「いえ、こちらこそ」

藁科さんは、おっとりと笑った。

「なになさいますか？」

「ええと……アードベックをお願いします」

「おや。サウダージは？」

俺は思わず苦笑した。

「いや、ま。一杯目は、アードベックにします。トワイス・アップで」

「承知しました」

いつも通りのやり取りだ。年に何度か、ふと思い出して来る店だ。この店の売り物は、ススキノ一の品揃え、と言われるモルトと、そしてシガーだ。ここは、ススキノでは数少ない、本格的なシガーバーだ。俺は今まで、ほとんどシガーに興味を持ったことがないので、ついつい頭に浮かばなかった。

「アードベックです」

酒が、俺の前に置かれた。一口飲んだ。やはり、この香りは素晴らしい。

「ところで、マスター」

「はい」

「イラストレイターの近藤さん……」

「ああ、一昨日、亡くなった。大変悲しい出来事でした」

「ええ。あの人、こちらにいらっしゃったこと、ありますか？」

「ええ。お出ででしたよ。月に一度くらい、いらっしゃいました。シガーがお好きで。ひとりで喫《の》んでもつまらない、この空間で喫むのが楽しいんだ、とおっしゃってくださって。お仕事に一段落着いた時など、お祝いと休憩にいらっしゃいました。……本当に、とんでもない悲劇です」

平凡な言葉が、マスターの哀しみを強く表していた。

「あのう……近藤さん、先月の二十八日に、こちらに来ましたか？」

「ええ。いらっしゃいましたよ」

不思議そうに俺を見る。

「その時、ロミオ&ジュリエットのチャーチルを喫いました？」

「ええ。そうです。どうして御存知ですか？」

「こちらを出て、近藤さん、〈ケラー〉に行ったようなんです」

「ああ、そうですか。……〈ケラー〉。……そうですか。ウチでも、よくお話なさってました。いい店だ、と」

「その時、近藤さんは、お祝いだ、と言ってたらしいんです。なにか、いいことがあったんでしょうか」

「ああ、確かに。私にも、そうおっしゃってました。いいことがあったんで、シガーでお祝いするんだ、と。いつものような、お仕事の一段落ではないようで。いっしょにいらっしゃった方は、シガーが初めてらしくて、ちょっと緊張してましたけど、『これはいいもんだ』と喜んでくださいました」

俺は全身に薄く汗をかいていた。

「それ、どういう人かわかりますか？」

「ええ。名刺も頂きましたし。……テレビにもお出になってる、有名な方ですよ」

「……」

「テレビが縁で、近藤さんとも知り合ったようでしたね。何年か前、同じ番組でいっしょになった、とかで」

「誰ですか？」

「ダルマカイの、オオタキさんです。テレビで、ご覧になったこと、おありじゃありませんか？」

俺は知らない。

「いいえ」

「そうですか」

マスターは俺に背中を向けて、棚のなにかを探している。すぐに見付けたらしい。こっちを向いて、小さな箱の中から、名刺を一枚取り出して、渡してくれた。

〈達磨会
代表　大瀧敏志〉

「サトシ、でしょうか」

「それで、ハヤシ、とお読みするそうです」

「達磨会……」

「多重債務者……じゃないのか、要するに、闇金……と言うのでしたっけ、違法な高利で金を貸す業者。その被害者の味方をして、不法に取られた利息と元本を、全部取り戻す、というようなことをしている、NPOだそうです。近藤さんが、なにかを大瀧さんにお願いして、それがいい結果になった、そういうお祝いだろう、と私は感じましたよ」

それが、二十八日。……いったい、なんだったのか。西口タエさんに関係あることだろうか。

「ほかになにか、覚えていらっしゃいませんか？」

「さぁ……あとは……そうですね、普通の世間話でしたよ。お酒を飲むと、マナーの悪い若者を怒鳴りつけたり、殴ったりしてしまう、と近藤さんが言って、大瀧さんが、気持ちはわかるけど、それは危ない、とご忠告なさってましたね。それは、はっきりと覚えてます」

そう言って、藁科さんは哀しそうな顔になった。

「そういうことで、……刺されてしまったんでしょうか……」

そう、呟くように言って、俯いた。

＊

サウダージは飲まずに、アードベック一杯で切り上げて、〈達磨会〉の事務所に向かった。名刺によれば、桑園に建つビルにあるらしい。タクシーに乗って住所を告げると、十五分ほどで着いた。住宅街の込み入った中にある、アパート半分、オフィス半分くらいの、ごく小さなビルだった。二階建てで、全部で八部屋あった。明かりが点いている窓は、二つしかない。もしかすると、〈達磨会〉はもう、今日の活動を終えて、誰もいない、ということも考えられる。運転手に、ちょっと待っててくれ、と頼んで、アパートに向かった。〈達磨会〉と書いたプラスチックの板が、一階の右端のドアに貼ってあった。その下に、白い紙が貼ってある。街灯の明かりが遠くて、なにを書いてあるのかわからなかった。で、ライターの火を点けて読んだ。やはり、禁煙はすべきじゃないな。

〈各位様
諸事情により、勝手乍らしばらく休みます。
御迷惑をおかけいたしますが、何卒よろしくお願い申し上げます。
なお、万が一の緊急の御連絡は、一関先生までお願い致します。
達磨会　大瀧敏志　拝〉

A４の白いコピー用紙に、鉛筆で、力無く、へろへろと書いて、四隅をセロテープでとめてある。筆跡は、濱谷のおばちゃんはどではないが、稚拙だ。なんとなく、鉛筆を舐め舐め、額に汗をかいて、切羽詰まって書いた、という雰囲気だ。

突然出て来る「一関先生」ってのは、誰だろう。状況から考えると、弁護士、というのが最もありそうな答えだな。あとは司法書士か。このあたりは、調べればわかるだろう。

とりあえず、タクシーに戻って、ススキノ交差点に向かった。

＊

〈ケラー〉は適度に客が入っていた。人々の話し声が、気持ちのいいざわめきになって、耳に入ってくる。マスターも、カウンターの向こうに立ってキビキビと動いていた。

俺は、零時過ぎまで、カウンターで飲んだ。

サウダージを四杯、ギムレットを二杯までは覚えているが、そのあとはなにをどれくらい飲んだのか、あやふやだ。

誰も、俺に電話を寄越さなかった。写真の情報を持ってやって来る人間もいなかった。どうやら、今日の仕事はこれでおしまい、ということになりそうだ。

俺は立ち上がって、金を払った。そして、これから真っ直ぐ部屋に戻るから、誰か俺に会いに来たら、電話してくれ、と頼んだ。電話があったら、俺の部屋に電話するように言ってくれ、と頼んだ。マスターは「珍しいね」と言った。

「部屋の電話番号を外に知らせるってのは」

「……まぁ、緊急事態だから」

「相手の番号を尋ねて、それを電話で知らせようか？」

ちょっと考えた。その方がいい、と思った。

「そうだな。そうしてください」

「了解」

結構飲んだのだが、あまり酔っていない。ような気がする。何事もなく、まっすぐ部屋に着いた。一階の二十四時間喫茶店〈モンデ〉で、仕上げにエビスビールを一杯飲んだ。誰か、怪しげな、見覚えのない人間が、不審な動きをしなかったか、と顔見知りのウェイトレスに尋ねたら、あんた以外には、大丈夫、と言われた。平凡な憎まれ口だ。

エレベーターを降りる時、少し警戒したが、誰も待ち伏せたりはしていなかった。ドアを開けた。なんの変化もない。

上着を脱いで、パソコンの前に座った。メールが溜まっていた。相変わらずの迷惑メール。一括削除して、その他のメールをチェックした。松尾からのメールは、生振の萩本源の情報だった。だいたい、電話で聞いたのと同じことだった。

華からのメールがあった。

〈お元気ですか。

今晩は、お店に来る?

待ってます。

お元気で〉

今の今まで、華のことを忘れていた。

なんだか、総てのことがとても寂しくなって、ほんのちょっと、泣きそうになった。

32

少し早めに起床して、シャワーを浴びて、パソコンの前に座った。寝ている間に届いた迷惑メールを削除し、細かな情報をやり取りしてから、「札幌市」「達磨会」で検索した。達磨会は、サイトを作ってはいなかった。だが、いくつかのブログや、闇金についての警告情報を載せているサイトなどに、達磨会の情報が載っていた。大瀧敏志のことも、「テレビでお馴染みのオジサン」などと紹介されていた。それらを総合して考えると、大瀧は弁護士ではないらしい。一度、多重債務を負って地獄を見た。その経験から、多重債務者を元気づける活動をしている、というところらしい。講演もよく行なっているようだ。

で、「札幌」「一関」「弁護士」で検索した。ふたりがヒットした。ありふれた名字ではないが、そんなに珍しい名字でもない。両方ともにアプローチしよう、と思ったが、そこで思い直して、「一関」「弁護士」「達磨会」でやってみた。一関富という名前がわかった。で、さっきのふたりの一関弁護士のうち、大通西十一丁目の〈西11丁目ビル〉に事務所がある〈榎本一関法律事務所〉の一関富弁護士だ、とわかった。で、手紙を書いた。達磨会の大瀧氏のことでお話を伺いたい、お忙しいところ、誠に恐縮ですが、お時間を作って頂けたら幸甚。なにとぞよろしくお願いします。そしてファックス番号に送信した。文書は、正常に届いたようだ。

てきぱきと用件をこなして、午前九時にＳＢＣのクルーが潜んでいる部屋に到着した。なんとまぁ、自分の事務処理能力に驚いた。これなら、サラリーマンだって務まったんじゃないだろうか。……無理か。こういうことを、毎日続けるのだ。できるわけがない。

SBC砦の室内には、昨日は気付かなかったが、どんよりとしたニオイが漂っていた。これから、日一日と臭くなって行くのだろう。

「やぁ。やっぱりいらっしゃいましたか」

稲垣が、無精髭と眠たそうな目つきで迎えてくれた。

「忙しいところ、申し訳ない。もう、完全にいないもの、存在していないものとして、扱ってください」

「いや、我々も、彼らが姿を現すまでは、暇ですから」

俺は、手みやげのつもりで持って行ったコントレックス炭酸水500㏄のボトルをテーブルの上に並べた。

以来、午後二時まで待ったが、駐車場にゴジラはやって来なかったし、誰も四号室を訪れなかった。盗聴器のマイクも、人の話し声などはまったく拾わなかった。

「マイクが壊れたとか？　あるいは、電池切れとか」

言ってみてから、なんとシロウト臭いセリフだろう、と反省した。

「いえ、それはないですね。マイクは生きてます」

音声係の男が言った。

「きっと、あの部屋のコンセントに仕掛けた盗聴器だと思うんですよ。だから、電気を止められない限りは、ずっと生きてるはずです」

うん。自分で言ってから、すぐにそう思ったよ。

俺は、ポータブルテレビのようなモニターを覗き込んだ。誰もいないのでテープは回していないが、室内の映像は、常にこのモニターで見ることができる。画面には、誰もいない。

「連中は、昨日駐車場からどこかに行って以来、戻って来てないんですか？」

「そういうことになりますね」

「……テーブルの上にあった携帯電話は、どうなったんだろう」

俺が言うと、そこにいた全員が、こっちを見た。

「え？」

「……いや、あの……ないだろ」

誰も気付かなかったのだろうか。画面右隅、テーブルの片側に並んでいた携帯電話が、ひとつもなくなっている。飲み物の缶とか、灰皿やスナック菓子の袋などは、昨日の通りにあたりに散乱しているが、携帯電話は見当たらない。

「ホントだ！」

稲垣が動揺した声を出した。

部屋にいた連中が、慌て始めた。

「よく気付きましたね」

そりゃ気付くさ。当たり前だろ。

「オオノを起こしてくれ」

稲垣が言い、女の子が隣の部屋に行った。

「カメラマン、寝てるんですよ。このところ、寝不足だったんで」

舌打ちをする。

「オオノが見たら、すぐに気付いたはずなのに」

いや、誰だって気付くって。あったものがなくなってるんだから。

「どういうことだろう」

俺が言うと、稲垣が首を傾げた。

「さぁ……あいつらが最後に出て行った後は……」

しきりに考えている。

「誰もいなくなると、テープを停めるんですよね。だから……」

そこに、昨日会ったカメラマンが眠たそうな顔で現れた。

「なにがないって？」

「連中のケータイ。一個もなくなってる」

「え？」

そう言って、モニターを見て、それからカメラのファインダーを覗き込んだ。

「ホントだ。一個もなくなってる。……なんで、今まで気付かなかった？」

「……ま、それを言われると……ゴメンナサイ、なんだけど。……昨日はどうだった？」

「連中が出て行った後も、ケータイはあそこにあったぞ」

「……夜に、誰かが入って持って行ったかな」

「それしか考えられないね」

「……ってことは、……もしかすると、あの場所はもう、放棄された、ということかな」

「可能性はあるだろうな」

どうやら、何時から何時までは誰それが起きている、というようなスケジュールを作っていたわけではないらしい。合宿のような感じで、わいわいやっていたらしい。だから、ふと気付いたら全員が眠っていた、という時間帯もないわけではない、と言う。

「正式に寝る人間は、隣の部屋に移ったんですけど、こっちにいても、ソファでウトウトとか、それはありましたね」

稲垣が言う。

「連中がゴジラで出て行ってからは、テープは回してないから、ケータイを持って行った人間がいるとしても、その映像は撮れてないな」

カメラマンが、残念そうに言う。

ここにいても、もう無駄かもしれない。俺は、立ち上がった。

「……じゃ、ええと、私はこれでちょっと失礼します。別件があるもので」

稲垣が、疲れ切った顔で頷いた。

「我々は、もう少し、ようすを見てみます」

「どうもありがとう。お邪魔しました」

「お疲れ様です」

SBCスタッフ全員が、声を揃えて会釈した。それから、稲垣が尋ねた。

「それにしても、どうしてケータイがないことに気付いたんですか？」

「こっちが聞きたいよ。今朝、モニターを見た時に、すぐに気付いたよ。だから、当然みんなも知ってると思ってた」

「……不思議だなぁ……もしかしたら、ケータイを使わない人だから気付いた、ってことでしょうか。逆に」

「よくわかんないよ」

「はぁ……」

稲垣は、どうしても納得がいかないようだった。それはこっちも同じだって。

＊

一度部屋に戻った。一関弁護士からファックスが届いていた。一昨日から、大瀧氏についての電話での問い合わせや、ファックスなどを受け取っているが、もう、当職は大瀧氏とは無関係なので、お問い合わせには応じかねる、とあった。

くそ。なにがあったんだ。

そこで思い出した。稲垣なら、なにかを知っているかもしれない。テレビ業界で、近藤雅章と面識があった。そして、俺は知らないが、大瀧敏志もテレビに出ていた。近藤雅章と大瀧が知り合ったきっかけも、なにかの番組らしい。それなら、もしかしたら稲垣もなにかを知っているかもしれない。

俺はすぐさま部屋から出て、一階に降りた。駅前通りは、いつも空車のタクシーが流している。手を上げて乗り込んで、西線十六条に戻った。

＊

稲垣は、戻った俺を見て、「おや」と言った。まるで、平凡なシナリオの映画の一場面みたいだった。

「申し訳ない。ちょっと教えてほしいことがあって」

「はぁ……ま、どうぞ」

撤収で大忙しか、と思ったが、そんな感じではなかった。続いた徹夜取材の疲れの中に、みんなで漂っている、そんな空気だった。

「なんか、尻切れトンボで、パッとしなくて。もうちょっとようすを見てみよう、という感じで、ぐだぐだしてます」

「わかるよ。ところで、大瀧敏志ってのは、どんな人か、知ってるかな」

「ああ、ええ。達磨会の代表ですよね」

「ああ、そういう有名人なんだ」

「有名人……まぁ、そうですね。ウチの番組にも、何度か出てもらったことがありますけど……最近は、どうなのかな。あまりいい噂を聞きませんね」

「全国的な有名人なの？」

「いや、そうじゃなくて……ま、北海道ローカル、というところかな。一番よく付き合ってたのは、ＨＡＮですね。午後のバラエティで、よく大瀧氏を起用してましたよ」

「どういう人？」

「ま、……そうですね、多重債務から抜け出した、一度地獄を見て再生した、という人物、としてメディアに登場することが多かったですね。一関弁護士っていう、ま、そっち方面が得意な弁護士と出会って、再生のきっかけを掴んだ、と。今は頑張って働いて、節約して、新たな人生を歩み始めた、と。ま、そういう物語です」

「そうか……」

「闇金の違法金利に対して闘いを挑んで、いろいろと危ない目に遭いながらも、債務を劇的に圧縮することに成功した、という話ですよ。だから、まだ実際には、少し債務が残ってるらしいですね。でも、それは勤勉と節約で、着々と返済している、と。そういうキャラクターです」

「いつ頃から、人前に出て来たんだろ。つまり、俺は今まで知らなかったから」

「ええと……そんな昔じゃないですよ。ＨＡＮに最初に出たのは……ええと……いずれにせよ、せいぜい、この一年か一年半くらいってとこだと思いますすよ。そういうネタの場合、大概は顔を出したがらないんですよね。当事者は。でも、大瀧氏は、全然気にしない。闇金に脅された経験も、金が全然なくて、真駒内から琴似まで歩いて帰ったことも、面白おかしく話す。そのあたりで、結構人気、ありましたよ。去年の秋頃からは、時折、講演なんかの仕事も入ったりするようですけどね。……ま、昼間あまりテレビを見ない人は、知らないかもしれませんね」

「なるほど。とにかく、需要はあるわけだ」

「ですね。多重債務に苦しんでる人間は、多いらしいですからね。……ま、それで……ちょっとこう、人気者になったせいで、ちょっと天狗になった、と言うか。ま、元々乗せられやすい人なんだろうけどな。だから、見栄を張って人に奢ったりしてるうちに、借金が膨れ上がった、という面もあるようだし」

「……」

「ま、人は善いんでしょうけどね。一関弁護士とうまく行ってる間はよかったんですよ。……一関さんは、札幌弁護士会の、クレサラ……クレジット・サラ金問題研究会のメンバーでね。市民啓発のための講演会なんてのをやって、実際の経験者として、話のうまい大瀧さんをゲストに招いたりしてたわけ。で、人前で話をする、みんなが自分の話で笑ったり泣いたりする、ってのが嬉しかったんでしょうね。そういう喜びに目覚めちゃったんだろうな、大瀧氏は。で、段々、ひとりでも講演をするようになってね」

大瀧という男の容貌は知らないが、人柄のいい、しかし知恵の足りない男が、辛くも危地から生還して、ローカルではあれ有名人になり、そして舞い上がってしまうようすが見えるようだった。痛々しい、と思った。

「そうなると、やっぱり、間違い……法的な間違いを喋ってしまうこともあって、それで、いろいろとややこしい問題が起きることもある、と。なにしろ、借金の交渉ってのは、やたらと微妙らしいですからね。法律を前面に押し出して、相手の不法を非難すればそれでいい、ということでもないようで」

「……今、どうしてるんだろう」

「さぁ……なんか、達磨会を作って、代表になったあたりから、ちょっと胡散臭くなってきてね。完全無料のボランティアだ、という建て前だったんですけどね。どうも、謝礼を要求するらしい、とかね。しつこく寄付を要求する、とか。メディアにも、出演料や原稿料のほかに、会への寄付を抱き合わせにしたり、とかね。あるいは、その筋との付き合いがあるらしい、とか。これは、もう致命的。そんなこんなで、だんだんダークな部分が見えて来たんで、ウチは早々に手を引いたんですよ。ほかの局も、だいたい似たり寄ったりじゃないですかね。HANは、やっぱり、彼を見出した局だし、関係も深いし、個人的に友だちもできたりで、一番最後まで付き合いがあったようですけど、番組の中で、特定のサラ金を執拗に非難したんで、その会社からクレームが強硬に入ったらしくて」

「なるほど……」

「CMを全部引き上げる、引き上げない、という話になったらしいですね。そうなったら、テレビはもう、手も足も出ない。……いや、具体的にそういう話が出たかどうかは、はっきりはしませんよ、でも、アド・エージェンシーを経由して、謝罪要求が……それも、非常に強硬なのが来たら、こりゃもう、太刀打ちできませんて。編成は、ま、すぐにバンザイですよ。……それに、大瀧氏の話の内容も、虚偽、というのではないにしても、誇張と憶測と捏造があったようでね。一方、サラ金側の主張は、具体的で、事実関係が正確だったらしい。……って、どんな話なのか、私自身は知りませんよ。具体的にはね。ま、業界内の噂話ですけどね。で、そんなことがあって、HANも、これ以上大瀧氏とは付き合わない、となったんじゃないかな」

「……なるほど」

「要するに、大瀧氏は、別に法律の知識があるわけでもないし、もちろん、弁護士活動や類似行為ができる資格なんかも持っていない。法律にはまったく素人だし。ただ、独特の経験があった、一関弁護士の助言や指示を受けて、闇金と渡り合って、債務を劇的に圧縮することに成功した、という経験がある、というだけのことでね。テレビ的には、コメントとしては一関弁護士とか、クレサラ研のメンバーの弁護士さんに話をしてもらえば、それで成立するわけです。ただ、その内容に具体性を持たせるため、ってか、掃除中の主婦の目を惹き付けるために、朴訥な、善人そうに見える、修羅場を乗り越えて来た初老の男性に、ポツラポツラと、辛かった話を語ってもらう、という、そういうキャラクターを担ってもらったわけで、その人物に、ダークな一面がある、なんてことがわかったら、もう、こっちは近寄りたくはないですよ」

熱心に話して、コントレックスを一口飲んだ。やけにスラスラと話してくれるが、これはおそらく、潜伏取材が失敗に終わった、その無念さなり悔しさなりの反動であろう、と思われた。

「大瀧氏が、どうかしたんですか？」

「いや……特にどうとも。ただ、知り合いが、達磨会に接触しようとしてるから。どんな人物なのかなって」

「やめた方がいいですよ。と、教えてあげてください」

「わかった。ありがとう」

俺は立ち上がった。

「あ、あのう……」

「ん？」

「我々が、こういう取材をしている、というようなことは……そうか。喋るわけ、ないですよね」

「ああ。誰かに話す気はないが」

「ですよね。松尾さんも、その心配はない、って言ってたもんな。すみませんでした」

「いろいろと、ありがとう」

「お疲れ様です」

玄関で靴を履きながら、やっぱり松尾と稲垣の間には、なにかがあるな、と思った。ま、俺には関係ない事柄だが。

33

部屋に戻ってネットで札幌弁護士会の料金を調べようとした。だが、俺が下手くそなせいか、全然わからない。札幌弁護士会報酬規定というのがあったらしいが、今は廃止されているらしい。だが、多くの法律事務所は、〈札幌弁護士会報酬規定を参考にして〉〈札幌弁護士会報酬規定に準じて〉、適切な料金を定めています、と書いてあるだけだった。札幌弁護士会のサイトにも、具体的な料金は書かれていないようだった。サイトを運営している弁護士は何人もいたが、そこでも料金に触れているところは見当たらなかった。中でも、目当ての〈榎本一関法律事務所〉は最悪で、珍しく「料金はここをクリック」と書いてあるので、素直にクリックしたら、別なページが立ち上がって、画面が全部文字化けした。

なんだ、これは。

とにかく、よくわからないが、法律相談三十分で、ま、五万円もしないだろう。五千円とか一万円くらいじゃないか。ちょうど、濱谷のおばちゃんと〈鳥幸〉のママに払う予定だった現金がある。茶封筒に二万円入れて、胸ポケットに収めた。それから、榎本一関法律事務所に電話した。

「あのう……ちょっと、御相談したいことがあるんですけど」

「どんな御相談ですか？」

若い女性の声が、優しく言った。

「あのう……知り合いが、行方不明になったんです。ま、犯罪はからんでいない、と思うんですけど、……金銭的なトラブルがあったようで、ちょっとこっちも困ってるんですよ」

「お時間は、いつ頃が御都合よろしいですか？」

「できるだけ、早く……あのう、今、これからでもいいんですけど……とにかく、いろいろとあって……」

「少々お待ち下さい」

しばらくピンポ〜ンピンポ〜ンという音が鳴り続けた。

「十分以内にいらっしゃれますでしょうか？」

「ああ、はい。すぐに」

「それでは、お待ちしております。お名前は……」

「あ、近藤……」雅章、と言いそうになって慌てて替えた。「三千夫、と申します」

誰の名前だ、これは。あ、相田の介護人、石垣のだ。

「承知しました。では、お待ちしております」

受話器を置いた。事務所に入っちまえば、こっちのもんだ。三十分、相談させてくれ。急いで外に出て、タクシーを拾った。

＊

地下鉄西十一丁目駅界隈のビルには、法律事務所が多い。簡易裁判所、家庭裁判所、地裁に高裁が、このあたりにかたまっているからだ。西11丁目ビルは、やや古い、結構でかいビルだった。その八一四号室が〈榎本一関法律事務所〉だ。エレベーターで八階まで昇った。

ノックをして、ドアを開けた。

「失礼します」

大きな本棚の背が目の前にあり、部屋の中を見ることはできない。その本棚の左側から、ま、ごく普通の中年女性が現れた。

「先程電話した」誰だっけ？　「……あの、近藤です」

「あ、はい。お待ちしてました。どうぞ、こちらへ」

わりと手狭な事務所だった。窓を背にして、大きな机が二つ並んでいて、その反対側に、テーブルとソファたちが、肩を寄せ合うように配置されていた。

「や、どうも」

弁護士らしいのは、六十五歳、という見当かな。白髪がフサフサしている。本人もそれを意識しているらしく、白髪は、やや長めだ。ごくおとなしいスーツを着た体は、丸々と太っていた。タバコのニオイがする。

「どうぞ、そちらへ！」

俺はソファに座った。

正面に弁護士らしい男がいて、その向こうに地裁・高裁のビルが見える。弁護士らしいのが立ち上がって、のしのしとやって来て、名刺を差し出す。

〈弁護士
一関　富　Yutaka Ichinoseki〉

失敗した。名刺のことは考えていなかった。俺は名刺を受け取り、「今は、持ってなくて……」とへにゃへにゃした。それにしても、こいつもアメリカ流でヘボン式だ。

「あ、そうですか。それで？　どのような御相談ですか？　なにか、お知り合いの方が、行方不明だとか？」

「ええ。……あのぅ……あ、そうだ。相談料金をですね、知りたくてネットで調べたんですが」

「ああ。なるほど。ま、報酬のことはね。それは、ま、お話伺ってからでも、というかね。内容によっては、いろいろと御相談に乗りますけどね」

「あ、それで、こちらの法律事務所のサイト……ホームページを調べたんですが」

「ああ、そうですか。私は、一向にわからんのですわ。パソコンはね。でも、息子の友だちが、ああいうのを作る会社をやってましてね。なかなか評判はいいです」

「はぁ……いやあの、報酬を調べるボタンがあったので、それをクリックしたんですけど、ページが一面、文字化けしてまして」

ちょっと不審そうな顔になる。

「いや、あの……」

「モリ君」

一関がそう言うと、衝立の向こうでさっきの女性が答えた。

「はい？」

「今の話、わかる？」

「ええ。ちょっと調べてみます」

「ほかのページは、すんなりと見られるんですけど、報酬のページだけが……」

「なんだろ。ヘンだね。なんか、カッコ悪いね」

俺は曖昧に笑っておいた。

「それで？　お知り合いが行方不明だとか？」

「ええ。……あの、達磨会の代表をやってる、大瀧敏志……」

一関は不快そうに顔をしかめた。

「またその話か。あのね、昨日今日、もう、そんな問い合わせの電話やファックスで、こっちはアップアップしてるんだよ。大瀧が、なにをやってるのか、私はもう、全然知らないし、関知しないんだから」

「いやあの、……ま、それはそうかもしれませんが、ちょっと、大瀧氏について、教えて頂きたいこともありましてね。それで、……ま、失礼か、と思いましたが」そう言いながら、そりゃ失礼だろ、と俺も思ったんだけど、「あの、法律相談、ということで、報酬もご用意……」なんてことを言いながら茶封筒を出したら、一関弁護士の血相が変わった。そりゃそうだよな。しくじった。

「なんのつもりだ！」

「いや、あの……通常の相談として……」

「ふざけるな！　だいたい、大瀧の情報を求めるって、君はなんだ！」

「いや、あの……」

「そんな、身元もはっきりしない人間に、大瀧の情報など、打ち明けたり伝えたり、そんなことを私がするわけはないだろう！」

「あ、ええ」

「ことは、個人情報保護の問題だけじゃないぞ！……なんだ、君は！　なにを考えてる！　どうするつもりだ！　お前は、花岡組か！」

「いえ、違います」

「じゃ、桐原組か！」

「いえ、違います。私は、そういう業界の人間じゃありません」

「ふざけるな！　モリ君、モリ君！」

「はい」

「中央署に電話しろ！　四課のウチヤマ警部補に来てもらえ！」

「はい」

「いやあの、ちょっと待ってください。わかりました。帰ります」

「待て。これから刑事が来るから」

「来ても私は一向に構いませんが、とにかく、これで帰ります」

「ふん。お前たちは、みんなそうだ。偉そうなことを言っても、警察が出て来ると、からっきしだな！」

そうじゃないよ、と伝えたかった。知りたいことを知ることができたから、それで帰るんだ、と。だが、そんなことを言っても始まらない。俺はとりあえず、会釈をして、事務所から出た。

桐原組？　なんの話だ。

＊

ビルの一階、エレベーター脇に緑電話があった。桐原のケータイを鳴らした。若い声が出て、しばらく無音状態が続き、やがてアクビ混じりの声で桐原が出た。

「なんだ？」

電話で済まそうかとも思ったが、直接会って話を聞きたい。

「今、忙しいか？」

「当たり前だ」

「いつなら時間を取れる？」

「夜まで、無理だな」

「じゃ、六時に行く」

「事務所にか？　そりゃ、俺はいいけど、あんた、近藤の通夜には出ないのか？」

おお。すっかり忘れていた。今夜の六時からだったな。真駒内で。思い出した。

「忘れてた」

「行くんだろ」

「そのつもりだ」

「俺に感謝すれ。通夜の恩人だ」

「そういうことだな。……あんたは？」

「俺は……ま、関係ないさ」

「そうか。じゃ……電話でいいか、ちょっと教えてくれ」

「質問を聞いてから、どうするか考える」

「……今すぐ行っても無理か」

「今、どこだ？」

「大通西十一丁目」

「……走って、五分以内に来い。そしたら、十分、時間をやる」

「わかった」

俺は受話器を置いて、飛び出した。目に留まったタクシーに手を振った。

＊

桐原は、相田のベッドの脇でネクタイを締めていた。

「遅いぞ」

相田と目が合った。お互い、頷いた。……相田も、頷いた、と思う。たとえ首は動かせないにせよ。

「もう時間だ」

つまらない嫌がらせを無視して、話した。

「大瀧敏志ってのを知ってるか？」

「達磨会のだろ？　知ってるよ。ってぇか、この業界の人間なら、みんな知ってる。ヤクネタだ。疫病神……いや、貧乏神だ」

「今、どこにいる？」

「さぁな。函館までは、逃がしてやった。デコに運転させてな。デコ、まだ帰ってこねぇ。函館に、女がいるらしい」

「あんたが大瀧を逃がしたのか」

「怯えてたんでな。本州まで渡って、どっかでひっそりとしてるんじゃないか。で、ようすを見て、そのうちに帰って来るさ」

「なんで怯えてたんだ？」

「そりゃお前、近藤雅章が殺されたからだ。次は自分かも、と思ったんだろ」

「……ふたりは、どんな間柄なんだ？」

「そんなことは知らない」

　ネクタイを何度か結んだり解いたりしていたが、思い通りに決まったらしい。満足そうに襟元を整えた。後ろで、当番のチンピラが上着を広げた。それに袖を通しながら、言う。

「なにか？　なんでも俺が知ってなきゃならない、ってことを、国会で青島幸男が決めたのか？」

「じゃ、大瀧とあんたの関係は？　なんで怯えた時、あんたに泣きつくんだ」

「おれは被害者だよ、あの詐欺師……ってか、クレーマーってか。いいか。借りたものは、約束通り利子を付けて、返す。これが物事の基本だ。で、九割五分……いや、もっとだな。ほとんどのお客様は、その通り、きちんとしてくれる。だが、中には、納得ずくで決めた約束を破って、文句を垂れる奴もいる。そういう厚かましい奴が、最後に勝つのが、この世の中だ。その下品さをあれこれ言ってもしょうがない。この世の中は、オレらみたいな弱者に苛酷にできてるからな」

「なんの話だ」

「利息のグレイ・ゾーンだ？　別に俺が決めたんじゃねぇ。国会で議員が決めた法律だ。それに従って、なにが悪い」

「……」

「というのが、当方の主張でありますが、裁判に持って行ったら、負ける、と先生が言うんでな。きちんと計算して、マケてやった。どうしようもねぇ半端もんでな。そいつが、ある日、『こちら、達磨会の大瀧代表です』なんて、生まれて一度も喋ったことがねぇような〈です〉なんて言葉で、連れて来たわけだ。そん時に初めて会った。大瀧にな。……去年の春頃か。根はいいやつなんだろうけど、業界と渡り合うような、そんな度胸も技量もない男だったよ。おどおどしてな。で、可哀相だったから、ま、きちんと対応してやった。……まぁ、それまでに、元本はとっくに取り返して、あとはいくら持って来ても、丸々こっちの儲け、という状況ではあったからな。だらしねぇヤツで、お約束のシャブ中だ。タカられるために、毟《むし》られるために生まれて来た奴だ。両親もそう。女房も同じ。息子ふたりは、児童養護施設にいる。大瀧もヘンだな。なんでそんな奴を助けようとするのかな」

「……」

「わかったか？　わかったら、消えろ」

「ちょっと待ってくれ。そのあたりのことは、ずっと前からわかってたのか？」

「そうだ」

「……」

「どうも、近藤の方から、大瀧に声をかけたらしい。で、大瀧と組んで、なにかやり始めた。

で、近藤が殺されたんで、大瀧は震え上がった。俺のところに、泣きながら飛び込んで来たわけだ」

「大瀧は、誰から逃げたんだ？」

「大瀧自身も、そりゃ知らないさ。元々、近藤と大瀧は、誰を相手にしてるかもわかってなかったらしいからな」

「……誰を相手にしてたんだ？」

「そんなこと、なんで俺がわかる。あのふたりがなにをしていたのかも、具体的に知らないのに」

「……桜庭は、なにか絡んでるのか？」

「さぁな。そんなこと、俺はあまり気にしない。俺がやってるのは金融だ。強盗じゃない」

「……」

「わかったら、消えろ」

「一関弁護士……」

うんざり、という表情になった。

「やめてくれ。その名前は聞きたくない。最悪だぜ。クズが、そいつを連れて来たら、もう終わりだ。オレらの、真っ当な営為が完全に否定されて、それでおしまいになっちまう。なんで一関は、真っ当な登録業者と、闇金をごっちゃにするかな。バカなのか？」

「そんなこと、知らないよ」

「あ、そうだ」

背広の内ポケットから蛇革の財布を取り出して、指を舐めて、一万円札を五枚、出した。俺に寄越す。

「香典だ。俺の名前は出すな。お前のといっしょに、お前の名前で供えてくれ」

「わかった。……大瀧は、今、現金はいくら持ってる？」

「さぁな。俺は餞別に五万やった。……貯金が少しはあるらしいぞ。一年間、ゲストハウスで暮らせる程度にはな……最近、ところどころにあるだろ。一部屋十人、二段ベッドで一泊千円とか。ま、昔のベッドハウスだな。ユダヤ人やパキスタン人と同じ部屋で寝るのがいやじゃなきゃ、そんなところを渡り歩いて、つましく暮らせば、ま、一年やそこらは保つ、くらいの蓄えはあるようだった」

「……」

「弱者商売は、儲かるんだ。基本中の基本だ」

ニヤリと笑って、肩を揺すった。

＊

ハッピー・ビルを出たら、突然空腹を感じたので、手近にあった蕎麦屋に入った。雲海の蕎麦湯わりで卵焼きを食い、雲海をもう一杯頼んで、蒸籠《せいろ》を一枚食った。うまかった。ほろ酔いが、ちょっと物足りなかったが、腹は一杯になった。食が細くなったのだろうか。胃袋が小さくなったか？　それとも、加齢の結果か？

なんにしても、貧乏臭い話だ。

などとあれこれ考えながら、一度部屋に戻った。メールをチェックしたら、迷惑メールに混じって、華から着信があった。

〈近藤さんのお通夜、どこで待ち合わせましょうか。ススキノからタクシーで行きませんか？　十七時に迎えに来て頂けたら、嬉しいです〉

そうする、と返信した。

で、シャワーを浴びて、パンツ一丁のまま、冷凍庫に入れてあるサウザ・スリー・ジェネレイションを二ショット、喉に放り込んだ。味よりも、熱さを味わう飲み方だ。逆流性食道炎の現状を自覚することもできる。ミゾオチのヒリヒリを味わいながら、隣のビルの壁を眺めながら、あれこれ考えた。以前は、豊平川が見えたのだが、今は、隣のビルの壁しか見えない。

ま、それでもいい。俺はくすんだ灰色の壁をぼんやり眺めつつ、近藤雅章と初めて会った時から、今までのことを、とりとめもなく思い返した。

人生によくある、出会って別れた、というだけのことなのだ。人間は、誰とでもすれ違って、いつか、ずっと会わなくなる。これで最後だ、と自覚して別れる場合は本当に稀だ。

「またな」と言って手を振って、それが結果として、永遠の別れになる。それもまた、ありふれたことだ。

そうなんだよな。人生の九十九パーセントは、ありふれたことだ。それが、なぜ一々、心にヒリヒリするのか。……あの男は、大瀧と組んで、なにをやろうとしていたんだ。

などと、しんみりしていたら、あっと言う間に時間が過ぎた。俺は慌てて、ロングターン、サイドベンツのダークスーツを着て、白いシャツに黒いネクタイを締めて、部屋から出た。

34

華は、すでに喪服を着て待っていた。黒いワンピースで、ごく平凡な喪服だ。キレイな女だ、と思った。

和服じゃないから、脱いだり着たりするのは楽だな、と思った。着付けの心配をせずに脱がすことができる。自分が、さっきシャワーを浴びた、その意味が今になってわかった。そして、華が五時、という時間を指定したことの意味も、今わかった。俺はなんとなく、華の頬を撫でた。華が、目を閉じて、身を寄せた。俺は抱いた。華は、女にしては背が高い。華の頭越しに、壁が見えた。近藤雅章が描いた、バレアレスの崖で夕陽を見る華の絵が、洒落た額に収まって、掛かっていた。

華が使っている歯磨きはペリオバスターNだ。俺も、華に薦められて、それを使っている。同じ歯磨きを使っている同士。そんなことを改めて思い出しながら、俺は華の舌を吸った。

慌ただしかったが、その分、若い頃のように、当面の行動以外のことに頭を向けずに集中した。とにかくあっと言う間にお互い果てて、その後ふたりでシャワーを浴び、急いで身支度を整えて、外に出たらちょうど五時半だった。思わず、顔を見合わせて、笑った。

＊

「お疲れ様」

「こちらこそ。嬉しかった」

「……俺もだ」

嬉しい、というのとはちょっと言葉が違うんだがな、と思いつつ、俺は言った。

で、タクシーに乗り込んで、そこで俺は、行くべき場所の名前も住所も覚えていないことに気付いた。

「あの、ええと……」

「真駒内橘町の、セレモニーホール真駒内、お願いします」

運転手は復唱して、発進させた。

「覚えてたのか」

「基本よ。どこかに行く時は、目的地を知らなきゃ」

「そうだな」

俺が言うと下らない説教だが、華が言うと、なぜか奥深い思想のフラグメントのように聞こえる。

なぜだ。聞く側の気持ちの問題か。

＊

会場は、思ったよりも広いホールで、しかし会葬者が、「思ったよりも」以上に遥かに多くて、人が溢れていた。おそらく、テレビやラジオが、結構何度か取り上げたんだろう。それにもちろん、生前の近藤雅章のファンも多いだろうし、地下鉄ホームから落ちたオバアチャンを助けたヒーローとしても知られていたし。

華と離れると、そのままはぐれてしまいそうだった。それで、手を繋いで、人混みの中を、ジワジワと前に出た。グレン・グールドの演奏が、低く流れていた。あちらこちらに、テレビでたまに見るアナウンサーやレポーター、コメンテイターたちがいた。その近くにいる人は、ちょっと上気した顔で、有名人をちらちらと気にしている。そういうのをよけながら、じわりじわりと祭壇に近付いた。

もちろん、俺は近藤雅章の「冥福を祈る」つもりなど、ない。人間は死んだらそれで終わりで、消えるものだから、「冥福」なんてものはない、と思っている。通夜も葬儀も、遺族や友人の満足のためのもので、無意味なことだし、俺は無宗教だから、祈るなどという意味不明の行動とは無縁だ。

ここに来たのは、ひとつは、俺と桐原の香典を渡すため。これは、もう、済んだ。それからもうひとつ、西口タエさん、そしてその家族と話をするためだ。できたら、タエさんの嫁、つまり西口秋の妻、「アッコ」と話をしたい。

無宗教の祭壇（という言葉でいいのか？）は、簡素でいいものだった。白い菊の花が壁を一面に覆っていて、よく見る葬式の祭壇と同じだ。真ん中で、近藤雅章の大きな写真が笑っているのも普通だった。だが、その他に宗教的なものはなにもなく、ただ、白い布に覆われた棺と、白い布が広がった、なにかの台があるだけだった。

いい通夜だな、と思った。BGMが、いつの間にか、ロン・カーターに替わっていた。おそらくは、近藤が好きだった曲なんだろう。

祭壇の脇の方に、ひっそりと慎ましやかに、西口秋と、その家族らしい人々が立っていた。西口タエさんが、右端に立っていて、その隣で神妙な顔をしている老人が、近藤雅章が住んでいた町の町内会長だろう。葬儀委員長だったたか。町内の人が結構たくさん来ているらしい。町内会長は、微笑みながら、何度も何度も丁寧に頭を下げ、言葉を交わしている。俺は華に、動かないように、と言って、西口秋のところに行った。

「西口さん」

「ああ、どうも。その節は。来て下さったんですか」

俺は頷いて、西口タエさんに御辞儀をしたが、きょとんとした顔だった。奥さんが、タエさんの代わりに丁寧にお辞儀をしてくれた。その脇にいた子供たちも、深々と頭を下げた。

とりあえず、俺は西口秋に話をした。

「こんなにたくさんの人たちが、近藤さんを悼んでくれるんですねぇ」

「そうなんですねぇ……私も、驚きました。もっと広い会場にするんでした」

「これで……」

「椅子席は、三百あるんです。これで充分だ、とホールの人が言うもんだから。……全然足りない」

「女性が多いようですね」

「そうですね。……やはり、昼間や夕方の番組の視聴者が多いようですね」

「ところで、今、近藤さんを刺した男を……」

「ああ、はい、はい。どうなりました？　なにかわかりましたか？」

「わかりそうなんですけどね」

「え!?　それはすごい」

「あと、一歩、という感じです」

「そうですか……もしもわかったら、真っ先に教えてくださいね」

「はぁ。……それで、お忙しいところ、誠に恐縮なんですけど……」

そこまで言ったら、タエさんが、「あら！」と、やや大きな声を出した。

「近藤先生？」

俺を見ている。

「ああ、いいえ。違います。そうじゃなくて、近藤さんといっしょに……」

不思議そうな顔で、俯いた。なにかしきりに考えている。

秋が深い溜息をついて、口ごもりながら言った。

「……いやぁ……ここ数日で、というか、近藤さんの事件以来、急に、……その、……ぼんやりするようになりましてね。激変、という感じですわ」

「なるほど……ま、あの、それで、ちょっとお話を伺いたいな、と思いまして。お忙しいとは思うんですけど、いかがでしょうか」

「よろしいですよ。……いつ頃……そうだ、今夜は、我々一家は、ここに泊まりますよ。ですから、もしもよろしかったら、通夜の後でも……あなた、酒は飲みそうですね」

「……ま、好きですね」

「そうですか。そうですか。じゃ、ま、ひとつ、そういうことでいかがですか」

「承知しました。お時間作ってくださって、ありがとうございます」

「いえいえ、こちらこそ。では、後ほど」

そう言って、俺の後ろの方にいた男に会釈した。

「どうも、わざわざ」

「いや、お疲れさん」

と答えた男は、模型屋の大岳だった。俺が気付くと同時に、大岳も、俺に気付いた。

「ああ、あなたも。お疲れ様です」

「お知り合いで……」

と西口は言いかけて、俺と西口が会った時の仲介者が大岳だった、ということを思い出した。

「ああ、ま、そりゃそうですよね」

「では、後ほど」

俺は会釈して、その場を離れた。

華が、人の群れの中で、鮮やかに浮き上がって見えた。

「通夜の後は、どうする？　俺は、西口さんたちと、ちょっと話をすることになったんで、残る」

「私は、お店に出るわ。女の子が、四人、頑張ってくれることになってるけど、そんなに長い時間、任せてもいられないし」

「そうか」

と頷いた時、肩を軽く叩かれた。振り向くと、松尾だった。金浜もいっしょだ。

「来てたか」

「ふたりでいっしょに来たのか」

俺が尋ねると、松尾がムキになっていった。

「いや、そうじゃない。そうじゃなくて、入口でばったり」

「倒れたのか？」

「違うよ。ばったり会った、ということだ」

「わかってるさ」

「なら、いい。……それにしても、すごい人だな」

「ホントにな。有名人だったんだな」

「終わったら、どうするんですか？」

金浜が言う。

「俺は、西口さんから、ちょっと話を聞く」

「通夜の後か？」

「そうだ。お前たちは？」

「ススキノで、飲もうと思ってる」

「じゃ、ちょうどいいや。華をいっしょに連れてってくれ。〈バレアレス〉で飲むのもいいんじゃないか？」

華が微笑んだ。

「それもいいな」

松尾が言って、金浜の顔を見た。金浜も頷いた。

「車か？」

「俺は地下鉄」

「俺はタクシーで来ました」

「じゃ、華をよろしく」

と言った時、いきなり後ろから首を絞められた。反射的に肘を後ろに叩き込んだ。ウッ、と呻いて、よろけたが、力は緩めない。

「誰だ、これは」

松尾に尋ねた。松尾は首を振る。加勢をしようとしないのは、冗談だ、ということがはっきりわかるからだろう。それにしても、どこのどいつだ。

後ろの奴は、力を緩めて、離れた。離れる時、警戒しているのがはっきりとわかった。振り向いた。スキンヘッドのダブルのダークスーツ。見た顔だ、と思った瞬間、すぐに思い出した。

萩本源だ。廃バスの産廃業者。

「ひでぇな。こんな人目の多いところで、暴力を振るうとはな」

萩本は、肋のあたりを撫でながら、苦笑いしている。松尾と金浜が、警戒する表情で、ちょっと後ろに退いた。華は、おっとりした顔で、動かない。俺の周囲に、少しずつ空間が広がった。

「なにか用か？」

「謝らねぇのか」

「そっちが悪い」

萩本は、あっさり認めた。

「ま、そりゃそうだわ」

そう言って、大声で笑った。

「なんの用だ」

「いや、見た顔があったんでな。懐かしくて、つい。……あんたも近藤先生のファンだったのか」

「そうじゃないが、友だちだった」

「ふん……」

しげしげと俺の顔を見て、それから華に目を向けた。華が、俺に身を寄せて、俺の左腕に腕を絡ませた。

「あ、そうだ。……この前の、あの女、ありゃ、男か？」

そう言いながら、自分の言葉のおかしさに、ニヤリと笑っている。頭は悪くない、と感じた。

「まぁな」

「そうか。……なんだかわからねぇ。あっちの連中は、複雑だ」

そう言いながら、華を上から下まで眺めた。値踏みをしているような目つきだが、性別を見極めようとしているのかもしれない。

「あんたは、ファンだったのか」

「俺？……ああ、近藤先生のか？　おう、そうだ。いっぺん、俺んチに来てみな。近藤先生のリキテックスのがあるぞ。十号のが三枚ある。五十五万で買ったんだ。ハヤカワ文庫のカバーの原画だ。ウィルキンソンの〈砂漠の楼閣〉三部作のだ」
「面識があったのか」
「まさか、そうじゃない。ネット・オークションで買ったんだ。お前、あんな偉い芸術家の先生に、俺なんかがノコノコ会いに行っても、会ってくれるわけ、ねぇだろ」
「そうかな。そんな人じゃなかったぞ。酒の一本でも持って遊びに行けば、喜んで家に上げてくれるような感じだったけどな」
「……そういう人か……」
萩本源はしみじみ呟いた。すると、見てはっきりわかるほどに、目が潤んできたので、こっちの方がどぎまぎした。萩本はサッと目を擦った。そして気分を変えるような咳払いをひとつして、手を背広の内側に入れた。おそらくは十八金か二十四金であるらしい名刺入れを取り出して、一枚寄越した。
〈一般廃棄物・産業廃棄物
処分　リサイクル
どこよりもお安く　親切丁寧
㈱萩本興産
代表取締役
萩本　源〉
住所、電話番号、パソコンのメールアドレス。住所は、石狩市生振無番地。

「近いうち、電話くれ。近藤先生の話をしながら、飲もうや。この前はちょっと失礼したけど、謝る。だから、な？　とにかく、電話くれ。俺んチは、あのバスのちょっと向こうにあるんだ。ログハウスで、狭いけど、仲間が集まって飲むためのハウスだから、冷蔵庫とキッチンはあるから。な？　電話くれよ。迎えに行くから。な？」

「わかった」

「名刺、くれるか？」

一枚、渡した。しげしげと見てから、「変な名刺だな」と不思議そうに言う。

「それで、充分役に立つ」

「ま、そりゃそうだ。じゃ、とにかく、電話くれよ。な？　必ずだぞ。な？」

くどいほどに念を押して、それから手を差し出す。仕方がない、その手を握った。力強く俺の手を握り、再び「電話しろよ」と念を押してから、祭壇の方に向かって行った。

「誰なの？」

「萩本源、というんだ」

「誰なの？」

「……ま、知り合いだ」

「イヤな人」

吐き捨てるように言う。

「確かに」

人混みの間から見ると、萩本源は、遺影を見上げて、じっとしている。

「あれが萩本源か」

松尾が呟いた。

「噂通りの強面《こわもて》だな」

「そうだな」

「焦りましたよ、俺」

金浜が、甲高い声で言う。

結局、萩本源は、近藤の遺影を、じっと見上げて、五分以上も動かなかった。

曲がグレン・グールドに戻っていた。

＊

アンジェラや高田も来ているだろう、とは思ったが、探し出せなかった。アンジェラが萩本源と出会ったらどうなるだろう、とちょっと楽しみだったが、結局、遭遇はしなかったようだ。

俺たち通夜の参列者は、遺影の前で、ひとりひとり、好きなように近藤を悼む、という式次第だった。数珠を採みながら手を合わせたい者はそうするし、最敬礼だけの人もいた。白い菊が盛ってあって、それを遺影の前の白い布で覆われた台に載せる人もいた。俺は、遺影を見上げて、最敬礼した。華は、菊を台に置いて、手を合わせて頭を下げた。

一度に複数の人々が遺影の前に出るように、という案内があって、五つの行列ができたが、それでも参列者全員が終わるまでに二時間近くかかった。華は途中で「帰るわ」と言い出したので、松尾や金浜に都合を尋ねると、ふたりも、帰る、と言う。で、三人は、離れたところから遺影に頭を下げて、出て行った。

午後八時をだいぶ回った時、ようやく全員が終わった。

そのあと、西口秋が主催者として、挨拶をした。手際のいい、気持ちのいい挨拶だった。日本美術家協会名鑑と、グラフィックデザイナー協会のメンバー紹介を参考にした、と述べて、近藤雅章の生涯を簡潔にまとめ、業績をひとつひとつ、丁寧に語った。それから、自分の母が、近藤雅章に命を救われたことを語った。

それが終わると、今度は老人がマイクの前に立った。受付でもらった紙には、〈南区東明第四東明町内会　会長　落合倫惟氏〉とあった。町内会長として、葬儀委員長の経験が豊富であるらしく、そつのない語り口で、隣人としての近藤雅章のあれこれを語った。ちょっと長めのスピーチだったが、生前の近藤雅章の、ぶっきらぼうだが繊細な人物の輪郭が伝わって来るようだった。人混みの間から、萩本源の後ろ姿がちらちら見えた。肩を震わせている。

落合の話が終わると、その次に、五十代前半くらいの男が出て来た。会場全体が、ちょっとどよめいた。手許の紙を見ると、〈HAN　『もりてるの夕方ドンピシャ』MC　高梁盛瑛氏〉とあった。

「えー、この度は……」

と語り出した声は、さすがに張りがあって、しかし穏やかで適度に低くて、プロの声だった。神妙な調子で始まり、そのうちに、本人は淡々と語りながらも、通夜の会場に微かな笑い声が聞こえるような、軽妙なエピソードで、近藤雅章の日常を語った。気さくで、気取らず、しかし結構照れ屋だった、そしてまた、子供や小動物がとても好きだった、というような故人の性格を、鮮やかに語った。参列者たちは、笑いながら泣いた。

いやぁ、プロってのは、すごいもんだな、と感心していたら、いきなり奇声が響き渡った。「グア」というか、「ギャ」というか、「ゲヘェ」というか、とにかく、とても人間のものとは思われない、不気味な声だった。

主催者席のあたりで人が動いた。周囲の人間が、みんな椅子に座っているから、はっきりと見えた。小柄なタエさんが立ち上がり、前の方を異様な目つきで睨みながら、「わあわあ」と叫んでいる。それから、よろめくように身を翻し、全参列者の前を、ヨチヨチと、しかし、本人としてはおそらく必死の全速力なのだろう、出入口に向かって走って行く。

高梁は、そっちを見て、一瞬困惑した表情になったが、とにかく無視して続けることに決めたようだった。途切れることなく、話を続けた。

走り去ろうとするタエさんの後を、喪服の裾を乱して西口夫人が追った。追い付いて、そのまま、なにか語りながら、前方のドアから出て行った。西口秋が困惑した表情で立っている。その向かいの椅子に座っていた大岳が、椅子に座ったまま身を乗り出して、西口になにか話しかけた。西口は腕を組んで、重々しく頷いた。大岳の隣には、〈西口書店〉の隣のリサイクル・ショップの社長が座っていた。ほかにも何人か、中郷通り商店街で見た顔がそのあたりに座っている。昔の顔馴染みが集まっている一画、ということらしい。近藤雅章とはどういう関係だろう、と思ったが、むしろ、西口一家を手伝う、ということかもしれない。……往々にして、葬儀ってのは、昔の仲間が集まるきっかけになったりするもんだ。

そんなあれこれとはまったく関係なく、高梁は淡々とスピーチを続け、あんな出来事の後なのに、二度も参列者を泣き笑いさせた。

高梁は、最後に、渋い声で、低く、しかし、しっかりと「近藤さん、本当に、ありがとう！」と言って最敬礼した。会場全体に嗚咽が広がった。

プロは、本当にすごい。

もちろん、俺は泣かなかったが、鼻を二回啜ってしまった。

35

残った人間は、ごく僅かだった。西口一家、落合倫惟会長、俺。落合会長は、「ほんの一口」と何度も言い、言葉通り、杯のやり取りを二、三度しただけで、三十分も経たないうちに車を呼んで、帰って行った。

その三十分のうちに、秋は結構酔った。あまり酒には強くないようだ。俺は、上着を脱いで、ネクタイを解き、腕をまくり上げて、和室の畳の上であぐらをかいて、西口秋と飲んでいた。そこに、別室で西口タエさんの枕元に付き添っていた「アッコ」が戻って来た。

「ぐっすり寝たわ。もう落ち着いたみたい」

「飲むか？」

秋がジョッキを差し出すと、「アッコ」は「私は、こっち……」と言って、テーブルの上のコップを手に取った。

「母さんの……あれは、何だったんだろ？」

「さぁ……」

夫人は首を傾げた。

「あ、それで、こちらは、さっきちょっと話したけど」

「は、はい。あの時、近藤さんと……本当に、ありがとうございました。その節は……」

「あ、いいえ。そんな。あれはもう、近藤さんの活躍でした」

「いえ、本当に……」

喪服の膝をきちんと整えて、手を突いて頭を下げた。その横で、高校の制服であるらしい、セーラー服とブレザーを着た少年少女が丁寧に頭を下げた。これが、ミヨとテツだろう。

「ま、ま。どうぞ。ビールでいいですか。日本酒も、焼酎もありますが」

「ええ。今は、このビールで」

「そうですか。ま、なんでも言ってください」

「ありがとうございます。……厚かましく、お邪魔しちゃって」

「いや、それは。……近藤さんも喜んでますよ、きっと」

「……しかし、それにしても、ものすごい数の参列者でしたね」

「そう。本当に。私も、実際、驚きましたわ」

そんなようなところから話をして、タエさんの話題に持って行った。

西口夫妻は、ふたりとも、西口タエさんが、なにかのトラブルに巻き込まれているような徴候はない、と言う。

「だから、なおさら、不思議なんですよ。さっきの、あれ。なんだろうなぁ。あんな風に取り乱したのは、初めてですよ」

秋が首を傾げる。

「ありゃ……なにか、恐いものを見た子供みたいだったたなぁ……」

そんなことを言って、しきりと不思議がっている。

「ほら、お母さんは、蜘蛛が嫌いだから……」

「え？　そうなのか？」

「そうよ。蜘蛛は、本当に……」

「そうだったかな」

「蜘蛛を見たら、あんな感じに……」

「そうか？」

秋はふたりの子供に尋ねたが、子供はふたりとも無言で首を傾げる。

「ああやって、走って逃げ出す……」

「さっき、蜘蛛なんて、いたか？」

「いなかったと思うけど……」

「それにしても、この二、三日で、ホントに母さん、変わったよな。ボケた、ホントに」

夫人は、それには同意せず、黙って畳を見ている。

「なんだ。また、それか。元からああだった、と言いたいのか」

「そうじゃないけど……」

「ん？　けど？　『けど』、なんだ？」

「……なんでもないけど……」

「けど？　だから、『けど』、なんだ？」

雲行きは、険悪だ。

「またあれか？　自分はほとんど一日中、いっしょにいるからわかるんだ、ってか？」

「……」

夫人は無言で顔を背けた。

「お前ひとりしかいない時と、ほかの人間がいる時じゃ、全然違うってか？　ん？　またそれか？」

子供たちが、辛い表情の顔を見合わせた。

「あの、西口さん」

俺が言うと、四人全員が俺を見た。そりゃそうだ。四人とも、西口さんだ。

「いやあの、秋さん。というか、そうですよね、皆さんにお伺いしたいんですけど、近藤さんは、刺される前、誰かを、金銭トラブルから救い出そうとしていたらしいんですよ。そのために、金銭トラブル処理に詳しい、と言われていた人と接触を持ったりしてるんです。そして、その人と、うまく話がまとまって、困っている人を助けることができるようになったらしくて、その人と祝杯を上げたりしている。……で、もしかしたら、その誰か、というのが、タエさんじゃないか、と考えたりしているんですけど、なにかお心当たりはないでしょうか」

俺の話を聞いているうちに、西口秋の顔が、どんどん険しくなってきた。

「なにかな。お宅、うちにケチを付けに来たのかな？」

「いえ。そういうつもりはありません。ただ、友人を刺した人間を捜しているだけです」

「警察に任しておけないの？」

「それもひとつの手ですが、……ま、黙って座っているのも辛いので」

「なに。それで、こうして通夜に来て、うちにケチ付けるわけかい」

「そのように思われたとしたら、本意ではありません。御不快だったら、お詫びします」

「なに、気取った口、利いてるんだ」

「失礼しました」

「うちはねぇ、ボランティアでやってんだよ。この葬式。ええ？　これっぱかりも、メリットなんか、うちには、ないんだよ」

「ええ。わかってます」

「それを、なんだ、キタバヤシのやつ。香典、集まりましたね、って、なんの話だ！　うちの弁護士の助言で、全部、札幌地裁に供託するんだぞ！」

この場合の、うち、というのは彼の勤めるデパートのことだろう。勤め先の顧問弁護士に相談したわけだ。

「御立派です」

「それで、こんなにクタクタに疲れて。母さんは、騒ぐし、女房はブスッとしてるし」

「本当に、お疲れ様です。御立派なことをなさる、と尊敬しております」

「……もう、いい。気分が壊れた。帰ってくれ」

「わかりました」

俺は、脱いで置いてあった上着を手に、立ち上がった。頭を下げて、そのまま出口に向かった。

玄関で、ゆっくりと、とてもゆっくりと時間をかけて靴を履いている最中に、「アッコ」が、駆けて来た。手に俺の黒いネクタイを持っている。

「あの、これ、お忘れです」

「あ、どうも申し訳ない」

ネクタイを寄越す時、「アッコ」は、小さく畳んだメモ用紙を俺に握らせた。小さく頷く。俺も頷いた。

丁寧に頭を下げる「アッコ」に、お辞儀を返して、セレナニーホールから出た。そのまま真駒内通りまで歩き、セブン・イレブンがあったので、店の光の中でメモを見た。

ケータイの番号が書いてあった。

やった。こういう場面のために、俺はひたすら、俺に難癖を付ける西口に対して、言葉遣い丁寧に応じたのだ。そうじゃなければ、殴り倒しているところだ。報われた、と思った。

そして、違うな、と思った。俺は、どんなことを言われても、さっきの場面で、西口秋を殴り倒したりはしなかっただろう。

子供が見てたからな。

ま、とにかく、このメモが手に入ったのならば、ま、結果オーライ、ということだ。

＊

松尾と金浜は、まだ〈バレアレス〉にいた。と言うか、俺を待っててくれたんだろう。

華が、大きな瞳を半分閉じたような気怠い顔で、「お疲れ様」と言いながら、冷たいおしぼりを手渡してくれた。

「デ・ロマテのオロロソをグラスで一杯」

「はい。お腹は空いてる？」

「空いてる。なにも食べてないんだ。ビールを一杯くらい、飲んだだけ」

「わかりました」

ゆったり微笑んで、向こうに行く。

すぐに、アルバイトの若い娘が、酒を持って来た。礼を言って受け取って、一口飲んだら、幸せな気分になった。とりあえず、テーブルの上に並んでいるタパスをあれこれつまんだ。

「すごい人気者だったんですね」

金浜が甲高い声で言う。ちょっと酔いが回り始めたようだ。松尾が苦笑いを浮かべて言う。

「またその話か。さっきから、これぱっかりでさ。よっぽど驚いたらしい」

「いや、俺」

「事件まで、近藤さんのことを、まったく知らなかったんだろ？」

「……ええ。ま、そうです」

「これで百回目だぞ」

「それはないでしょう。百回も言ってないっすよ」

「こっちは、それくらい聞かされた気分だ」

「すみませんね」

ムッとした顔で、唇を尖らせて、天井を見上げる。しばらくそのままだったが、気分が収まったらしい。俺に顔を向けて、言う。

「しかし、参列者、すごい数でしたね」

「またその話か！」

松尾が顔をしかめた。

「あ、すいません」

今度は金浜も素直に謝った。

「で、刺した犯人の方はどうなってる？」

「……居場所を突き止めた、と思ったんだがな。姿を現さなくなっちまったみたいなんだ」

「なんだ。気付かれたのか」

「どうかな。少なくとも、俺のミスじゃない」

「どうだかな」

「警察の捜査は、どうなってるんだ？」

「情報が全然出て来ない。ネタ元の刑事からもなにも言ってこないから、あまり進んでないんじゃないか？　公開動画の反響も、今一つらしい。……とにかく、物証が皆無だからな。足跡《ゲソコン》は、ひとつ採取できたらしいけど、それくらいだ。今は、あのトレイナーを探してるらしい」

「あのトレイナーは、正しくはパーカーと呼ぶらしい」

「そうか。で？」

「非常に特徴のあるパーカーで、キラー・ミッキーって有名なレア物らしい」

説明した。

「なるほど。……きっと、……生ゴミに混ぜて、捨てるんだろうな。……もう捨てたか」

「だろうな」

「血まみれだろうしな」

「ズボンもな」

「パンツってんじゃないのか？」

「ああ、そうかもしれない」

俺は頷いた。

「ボトムスってんじゃないですか」

金浜はそう言ってから、「あ、そうだ」となにかを思い出して、意気込んだ。

「なんだ？　また、参列者が多かった、って話か？」

「いや、そうじゃなくて。五輪会館の件、どうなってんすか？」

「いろんな利権が複雑に絡んで、ま、新規まき直しってとこかな。あのタイミングで炎上するのは、既決事項だったようだ」

「……俺らが殺されそうになったのは、なぜなんすか？」

「わからない。……でも、そんなにマジじゃなかった、って話だ」

「え？　マジじゃなかったって？　なんすか、それ。意味わかんないすよ」

「いい機会だから、ついでにやってみるか、と。運良く、死んじゃえばいいな、と。死んだら儲け物、みたいな感じだったんだろう、ってんだな」

「まぁ……ガチガチの鉄板レースの本命に百万円ぶち込んで、ついでにちょっと色気を出して、万馬券の大穴を五百円買っておく、という感じか？」

「だろうな。本気でやる気なら、別なやり方があった、と」

「えぇ～！」

金浜が、何とも言えない厭な顔をした。

「そんなんで、俺が……」

「俺、なんとなくぼんやりとだけど、事情がわかりそうな気がするんだ」

松尾が言った。

「事情？」

「っていうか、状況。今、お前が言ったように、そんなに真剣にじゃなくても、お前か私か、どっちかを運良く亡き者にできたらいいな、と思ったやつがいるとして、そいつが、私なり、お前なりを、おびき出そうとしたんだろう、と思うんだ。でも、あの時、我々はすっかり酔っ払っていて、仲良しな気分になってたから、『こいつが行くなら俺も行く』みたいなことになって、離れなかったんじゃないかな。で、向こうも面倒になって、ま、元々そんなに殺意も強くなかったんだろうけど、三人まとめて、〈ダーザイン〉に押し込んで、あとは火を点けて逃げて行ったんじゃないか、と」

「……」

「ところどころ、そんなような記憶の名残があるんだが」

「じゃ、松尾のその記憶の名残の中で、実際に狙われたのは、俺か？　それともお前か？　その記憶の名残はあるか？」

「……どうもお前が狙われた、という感じがするんだがな」

俺は頷いた。実は、俺もそんな感じがしていた。全然覚えてはいないが。

「とにかく、ま、気を付けような」

松尾が、気安い口調で言った。金浜が、大きな溜息とともに甲高く呟いた。

「友だちを選べばよかった……」

なにを言ってる。真正M男が。

36

目が醒めたら、腕の中に華がいた。華のベッドで寝ていた。ベッド・カヴァーの上で、ふたりとも、服を来たままだ。思い出した。結構酔って、ふたりで帰って来た。で、なんとなくベッドに倒れ込んで抱き合って、そのまま眠ってしまったらしい。カーテンの向こうは、明るい。ベッドサイドのデジタル時計は、am4:42だった。眠気は全然ない。もう一眠りしよう、と思ったが、不可能であるようだった。こういうこともある。眠るのは諦めて、でも、ほかにすることもないから、華の寝顔を眺めた。二分ほど眺めていたら、まさかとは思うが、視線でも感じたのか、華が静かに目を開いた。俺と目が合った。すぐに目を閉じて、一度固く閉じてから、パッチリと目を開けた。

「おはよう」

照れ臭そうに言う。

「おはよう」

「もう、起きたんだ」

「なんだかね」

「そういうこともあるわ。……なにか食べる?」

自分に尋ねてみた。腹は減ってない。

「いや、今は食欲はない」

「そう」

「……ちょっと、用事を思い出した。部屋に戻る」

「そう。気を付けて」

手を解いて、ベッドから降りた。華は、起き上がろうとしなかった。横になったまま、俺を見上げて、顔のそばで左手を小さく、振った。

「じゃ」

「……よく気が付く人ね」

「ん?」

「部屋に、戻る、って言ったでしょ」

「そうだった?」

「立派、立派。部屋に帰る、という男は最低」

「そうか」

俺は頷いた。華は静かに二度、頷いて、また顔のそばで左手を振った。

「気を付けてね。殺されたり、しないように」

「もちろん」

＊

例の通り、パソコンにはメールが溜まっていた。中に、「萩本源です」というのがあったので、面食らった。発信は、昨夜23:22。

〈通夜では、どうも。

近藤先生の、生前の話が聞けて、小生、満足でありました。

厚かましいお願いではありますが、今日明日、つまり土日は、当社の定休日で、時間があります。勝手を言って申し訳ないが、もしもそちらが都合悪くなければ、今晩、来ませんか。酒はあります。食い物も用意します。近藤先生の絵を見ながら、先生のことなど教えてください。絵は、J・S・ウィルキンソンの〈砂漠の楼閣〉シリーズ、三部作の、ハヤカワSF文庫のカバー装画の原画で、非常に気に入っているものです。ちょっとお目にかけたいな、という気分で。

御返事、お待ちします〉

なかなかまともな文面だ。いきなり、女（だと思い込んでいた相手）の胸を握るような男には思えないが。

スケジュールをあれこれ考えた。それにしても、いきなり夜に、あんな森の奥に行くのは、なんだか気が進まない。なにかの罠かもしれないし。

で、返信した。

〈メール拝受。

昨夜は、お疲れ様。思いがけない人出で、故人の人気を再認識しました。

私は、今夜、先約があり、明日以降も、夜はちょっと用事があって、時間が作れません。

それで、本日の昼過ぎ、というのはいかがでしょうか。私はタクシーで行くので、酒も飲めます。もしよろしかったら、午後一時、というのはどうでしょうか。御検討下さい。

あるいは、近藤氏の告別式にご出席なさいますか。もしそうであれば、別な日に致しますが。

取り急ぎ、用件まで〉

送信ボタンをクリックする前に、一瞬、ためらった。

「罠じゃねぇか？」

だが、いい。どう出てくるのか、見てやろう。ボタンをクリックした。

すぐに後悔した。

＊

後悔したら、腹が減った。一階に降りて、〈モンデ〉でナポリタン・スパゲティを、スーパー・ニッカのストレート、ダブルで腹に流し込んだ。で、部屋に戻ってシャワーを浴びて、腰にバスタオルを巻いたままでベッドに寝ころんで伸び伸びした。華を抱いて眠っていた時に、結構体に無理がかかっていたらしく、手足を伸ばして大の字になると、体の節々が喜んでいるのが感じられた。

やっぱ、寝るのはひとりが一番だな。

などととりとめもなく考えているうちに、眠ってしまったらしい。目を覚ました。ということは、それまで眠っていた、ということだな。時計を見たら、もう九時になるところだった。

ジーンズをはいてTシャツを着て、メールをチェックした。思いがけず、萩本源からの返信があった。

〈拝復

わかりました。お忙しいところ、お時間作ってくださって、感謝します。私は、告別式には出席いたしません。昨夜、充分にお別れを致しました。今日は、先生の絵を見て、生前の話を貴殿から伺い、先生を偲ぶ一日にします。

では、午後一時に、おいでください。場所は御存知と思います。もしも場所がはっきりしなかったり、近くまで来て迷った場合は、下記まで御電話ください。お迎えに参上します。では、後ほど。お待ちしております〉

なかなか丁寧な男だ。

華からもメールがあった。

〈お疲れ様。相談するのを忘れてましたが、今日の告別式は、どうしましょう。私は、なんだか、気が引けます。お通夜の時、あんなにたくさんの人がいて、私はなんだか、芯から疲れてしまいました。近藤さんには、申し訳ないけれども、告別式は失礼しようかな、と思います。取り急ぎ、近況まで〉

俺も告別式には出ない、と返信した。

そのほか、メールに関わる雑用を片付けていたら、電話が鳴った。表示は、〈非通知〉。受話器を取った。

「もしもし」

「……」

「もしもし」

「……あのう……」

「はい？」

「あたし……オオタキと申しますが……」

聞き覚えのない声だ。誰だ。オオタキ？　え？　大瀧？

「え？」

「あの……」

「大瀧敏志さんですか？」

「ええ、あの。……はい。……大瀧です」

おどおどした、情けない声だ。

「あ……それは、どうも、わざわざ……」

「あのう……桐原さんから、こちらに電話すれ、っちゅわれまして……」

「あ、あの。ええと、こちらから掛け直します。電話代、結構かかるでしょう。こちらから掛け直しますから、番号を教えてください」

「はぁ……」

今にも電話を切りそうな気配だ。

「いやあの、お嫌でしたら、それは別にいいですけど、電話代が結構かかると思うので」

「……はぁ……じゃ……」

「もしもし、あの」

「したら、……あのう、一旦、切ります」

「いや、ちょっと待って。電話番号をおっしゃるのがお嫌なら」

「いや、わかりました。電話を受けられる場所に移動して、改めます」

「いや、今のこの電話の番号を……いや、それなら、とにかく、今、お話を伺います。お願いします」

「とにかく、後ほど、また電話しますから」

「あの、それじゃ、ええと、私、出かける場合もありますので、その場合は、これ、留守録もOKですから、伝言が残せますから、ですから、必ず、私が出なかったら、伝言を残してください」

「はぁ……わかりました」

「いつ頃、御電話いただけますか？」

「はぁ……じゃ、明日……日曜日の午前中に……」

曖昧な空気の中で、電話は切れてしまった。

クソ。またしくじった。

これは、ちょっとダメージが大きかった。俺はすっかりぐったりしてしまって、しばらく、動く気力が出て来なかった。明日の午前中か。大瀧さん、必ず電話くれよ。俺は祈るような気分で、呟いた。……そうか。「祈る」ってのは、こういうことなのか？

＊

空が曇って蒸し暑かったので、白麻のスーツを着ることにした。ロングターン、サイドベンツで、ほんの少し、黄色味が入っている。薄い灰色のシャツに、サマー・ニットの白いネクタイを締めた。このスーツ専用の、白とベージュ、ツートーンの靴を履いて、駅前通りに出た。実際、蒸し蒸ししている。風はあまりない。通りかかったタクシーに手を上げた。

「石狩市、生振なんですけど」

「えぇ？　オヤフル？　ちょっと、俺はわからないなぁ……ウチの会社、東札幌なもんで、石狩とか、あっちの方はわからないんだ」

「近くにJAのガソリンスタンドがあるんですよ。それを目印に行けば、そこから、私はわかります」

ネットで調べた生振のガソリンスタンドの住所を告げた。運転手はナビに入力して、頷いた。

「はい、わかりました」

車を発進させる。

だが、話はこれで終わりではない。

「ところで、運転手さん」

「はい？」

「お願いがあるんですが」

運転手は、リヤヴュー・ミラーから俺の方をチラリと見た。白麻スーツの男なんか、乗せるんじゃなかった、と後悔しているような顔つきだ。

それが狙いで、これを着たんだ。

「半日、五万円で貸し切りにすること、できますか？」

運転手が、振り向いた。

「半日、五万？」

「そう」

「う～んと……」

「……今日の目標は、いくらくらい？」

「いや、まぁ、それは……ま、ウチの料金体系じゃ、一日貸し切りでも、五万もしないけど……なに？　ヘンな話は、お断りだよ」

「そんなにヘンな話じゃないんだ。ただ、いつ終わるかわからないから、待っててください、って話」

「……」

「その生振のガソリンスタンドの近くに住んでる知り合いの家に行くんだ。で、酒を飲むわけ。で、帰りの足を確保しておきたいな、と」

「ウチには無線があるから、電話で呼べばいいですよ。いや、別に、ほかの会社でもいいけど。石狩のタクシーを呼べばいいんじゃないですか？」

「そりゃそうだろうけど、結構、来るのに時間がかかると思うんだ。それに、石狩のタクシーは、きっと帰り道がよくわからないだろう、と。札幌の地理はね。で、俺も、多分酔ってるからね。モタモタするだろう、と思うんだ。でも、だからって札幌のタクシーを呼ぶと、それも、なかなか面倒だと思うんだ。場所を説明するのも。なにしろ、そいつの家の住所は、生振無番地なんだ」

「はぁ……」

「俺は、酒を飲む時、なんか、こう、完全に、安心して飲みたい方なんだな」

「はぁ……」

「そんな、帰りの足の心配なんかしてると、落ち着いて飲めないし、酔っ払えないしさ」

「はぁ……」

運転手の肩の線が、だいぶ柔らかくなってきた。きっと、この男も酒飲みなんだろう。

「だから、どうだろう、……そうだな、今から、午後五時まで。それで、五万円でお願いできないかな。五時前に終われば、それで解放。その場合でも、五万円は、そのままってことで。つまり、四時でも三時でも、五万円」

「……」

「で、午後五時を過ぎたら、三十分ごとにプラス五千円、てのはどうだろう」

「……いや、そりゃ、値段は文句ないけど……なんか、ややこしい話じゃないの？」

「全然。知り合いが、いい絵を買ったんで、自慢したいってんだな。で、それをサカナに、飲みましょう、って話さ」

運転手は、ミラーから俺をチラチラと見た。考えている。

「……わかった。いいよ。受けた」

俺は即座に五万円、差し出した。

「じゃ、お願いします」

「承知しました」

そして、もしもなにかあったら、すぐに逃げ出して警察を呼んでね、ということは、言わなかった。ま、焦ることはないだろう。ことが起こりそうになったら、お願いするさ。

運転手は、なんとなく浮き浮きした気分になったらしい。弛んだ表情で、陽気に車を走らせた。

＊

延々と走った。途中、酒屋に寄って、アードベックのウーダガールを買った。そしてまた延々と走り、最後に未舗装路をガタガタと相当揺れつつ走破したが、運転手はそこそこ機嫌がよかった。

「なんも、あれだ。俺らが子供の頃はさ、こんな道ばっかりだったもな」

「そうですよね」

俺も話を合わせて、愛想笑いをした。

で、迷うことなく、廃バスに辿り着いた。確かに休みらしく、車の数は、前回の時とは遥かに少なくなっていた。人影は、見えない。駐まっている車は、フーガと、ゴジラ、マーチ。

それらの前を通り、やや広い空き地に回った。

　ゴジラの前を通る時、ナンバーを見た。西線十六条停留所の近く、三階建てのアパートの駐車場にあったゴジラと同じナンバーだ。

　やや驚いたが、さっきゴジラに気付いた時、もしかしたら、と思ったのも事実だ。これに乗ってる連中は、今、どこにいるんだろう。

　とにかく、ひとりで来なくて、よかった。

　俺は、後部座席から運転手の後頭部を見つめ、心の中で手を合わせた。

　よろしくお願いします。

「運転手さん」

「はい？　あと、ここで、待ってればいいんだね？」

　車は、停止した。

「ええ。……あのう、そうなんですけど、……あのう、もしも、このゴジラがどこかに行ったら、その後をつけて、どこに行ったか、確認してもらえませんか……どうでしょうか。お願いしたいんだけど」

「えっ？」

　再び運転手は、警戒心のカタマリになって、振り向いた。

「なんで？」

「いや、ちょっと行き先を知りたいからですよ」

「なんで？」

「特に理由はないですけど」

「危ないこと？」

「そんなことは、ありませんよ」

「……」

「……あの、失礼ながら、お礼は……」

「ま、待って。聞いておく。その時になってから、考えるから」

「お願いします」

「……一応、参考までに、あの……」

「お礼ですか？」

「そう」

「五千円くらいでどうでしょうか」

十万円払っても悔いはない、とは思う。だが、そんな金額を提示したら、絶対なにかある、と警戒して、きっとさっきの五万円を突っ返して、逃げるに違いない。

「ま、考えときます」

運転手は強張った顔で言った。そして、俺の脇のドアを開けた。もしかすると、俺が降りたらそのまま走り去るのではないか、と思われた。俺に五万円を投げつけて。

「あのう、よろしくお願いします」

そう言って、アードベックを手に車から降りた。運転手は、「まぁ、ああ、うん」と曖昧な声を出した。

外は、相変わらず蒸し暑かった。いや、相変わらずどころか、おそらくは今日のピークだろう、と思われる暑さだった。廃バスから、萩本源が降りて来た。ダークスーツを着て、ミラーサングラスをかけている。肩を回し、足を放り投げて近寄って来る。

「涼しそうで、いいな」

「それほどでもないんだがな」

「特に、デブは大きく見えるな」

「だろうね」

腰を屈めて、タクシーの運転席を覗き込み、「御苦労さん！」と右手を上げた。

「ああ、実は、ここで待っててもらうんだ」

「はぁん？　いいよ、誰かに送らせるよ」

「手間かけさせたくないし」

「じゃ、俺が送るよ。フーガで」

「……酒飲んで運転するのはやめた方がいい」

「おめ、なぁ～にを……」

「俺は、警察と揉めるわけにはいかないんだ」

そう言うと、萩本は、眉をひそめて、一瞬考えた。それはこいつも同じはずだ。

「ま、そりゃそーだわ」

投げ捨てるように言って、また腰を屈めた。運転手に、「おう、御苦労さん！」と機嫌よく言って、俺に背中を向ける。

「こっちだ」

俺は運転手に御辞儀をしてから、萩本の後について行った。

＊

確かに、言う通りの小さな平屋のログハウスだった。

「二間ある」

「へぇ」

「庭に置いて、子供の勉強部屋にするとか、ま、そんな用途を考えて作ったらしい。知り合いの工務店がな。カナダから、安い木材を輸入して作ったらしいんだ。キットにして売ってる。素人でも、六時間で組み立てられますってな。それが、なかなか売れないんだと。見本にってな。一個、置かせてやってんだ」

そしていきなり怒鳴った。

「開けるぞ、おらぁ！」

窓から、中で数人がバタバタと動き回っているのが見えた。すぐに扉が開いた。「トップスはパーカー」の連中が、五人、ぞろぞろと出て来た。

「用意、できたか?」

五人は揃って頷き、声を揃えて「う〜す」と言って、お互いにニヤニヤした。五人とも、痩せている。バカな面をしている。顔のあちこちでピアスがちらちら光っている。思い思いのキャップをかぶっていて、そこからはみ出している髪の毛は薄汚い。みんな、布でできた小さなバッグを左手にぶら下げている。そして全員、両耳にイヤフォンを付けている。そして全員、腰のあたりで鎖が揺れている。そして全員、ケータイを持っているのだろう。今は見えないが。

俺は、自ら進んで制服を着る連中の心事がまったく理解できない。

キラー・ミッキーを着た男はいなかった。あの写真の顔もない。俺は、表情が意味を持たないように気を付けて、五人を無視した。

「事務所、片付けとけ」

「う〜す」

五人は声を揃え、廃バスに向かって、フラフラと足許が定まらないようすで、ノロノロと歩み去る。

「かめてんのか?」

俺が尋ねると、萩本は、ちょっと顔をしかめた。

「シャブか?」

わかり切ったことを聞くな。

「ん～……どうかな」

ぬらり、と話題をそのままどっかにやってしまった。だが、おそらくあの連中は、この中で、覚醒剤を摂取していたのだろう。おそらく、注射器《ポンプ》ではなく、ランプで炙って蒸発させて吸い込んだのだろう、と思った。ログハウスの中に、独特のニオイと、火を燃やした気配が残っていた。

靴を脱いで上がり込むと、八畳二間、という感じだった。片方は萩本の寝室らしく、ベッドがあって、壁には、クリーニング屋のビニールをかけたスーツが、二十着くらい、ずらりとぶら下がっていた。その下に、クリーニング屋の袋に入ったシャツが積んである。そのほか、雑多なものが散乱していた。絵はどこにも掛かっていなかった。

もう片方、奥の部屋は、酒を飲んだり、仲間と宴会をするための部屋であるらしかった。やや大きめの、丈の低いテーブルがあり、巨大な冷蔵庫があり、サイド・ボードにはグラス類と酒が並んでいた。その奥に、キッチンがあるらしい。

「あ、そうだ。これ」

アードベックを渡した。

「なんだ？」

「アードベックだ」

「ほぉ」

こっちの部屋にも絵は掛かっていない。

いささか、緊張した。

絵は、俺をここまで来させる、ただの口実だったのか？　実際には、絵はないのか？　俺は、これっきりで、そして可哀相に、あの運転手も……

「どうした？」

「絵はどこだ？」

「あ、先生のか？」

「ああ」

「しまってある。……あまり光に当てるのもよくないような気がしてな」

冷蔵庫を開けて、市販のオードブルセットを取り出してテーブルの上に置いた。

「さっき買って来たんだ。ま、つまみながら、ゆっくりしてくれ」

テーブルの上には、ふたり分の箸や小皿、グラスなどが並んでいる。藺草《いぐさ》で作った座布団が木の床の上に置いてある。さっきのガキどもが働いたんだろう。大きな壁に向かって、ふたり並んで座るようなセッティングだった。

「じゃ、そこ、座って待っててくれ」

藺草の座布団を指差し、寝室の方に行った。後をついていくと、腰を屈めて、ベッドの下から額装した絵を三枚、取り出した。俺の方を見て、照れ臭そうな笑顔になった。

「ま、精一杯、大事にしてるわけよ」

それを慎重に運んで、一枚一枚、丁寧に壁に並べてかけた。傾いていないかどうか、何度も後ろに下がって、真剣な目つきで調整する。本当に、大切にしているのがわかった。

五分ほどあれこれやって、やっと満足したらしい。

「じゃ、ま」

そう言って、再び冷蔵庫を開け、酒をあれこれ取り出してテーブルの上に並べた。ボルヴィックも並べた。それから、腰を屈めて大きな引き出しを引っ張り出し、バットに山盛りの氷を持って来て、テーブルに置いた。

「ま、こんなとこか」

嬉しそうに言い、スーツの上着を脱いだ。濃い紺色のシャツの袖をまくった。刺青の切れっ端が覗いた。俺も白麻の上着を脱いだ。とにかく、暑い。そして、あぐらをかいて座り込んだ。

萩本は、アードベックの栓を開け、グラスにちょっと注いで、一口、グッと飲み込んだ。

自然と顔をしかめ、飲み下し、ニヤリと笑った。

「うん。うまい。匂いが独特だな」

俺は頷いた。

「好きな酒なんだ」

「いいな。うん。いい酒だ」

そして俺たちは、目の前に並ぶ三枚の絵を見た。

萩本の言う、ウィルキンソンの〈砂漠の楼閣〉シリーズというのは読んだことはないし、どんな世界なのかも知らないが、近藤の作品は、迫力があり、そして思わず見とれたくなる、美しい絵だった。

「右端のが、第一作、『遠くから呼ぶ者』のカバーだ。クレネリアの王女が、星の声を聴く場面だ」

赤茶けた空に、二つの太陽が光っている。地面も、どうやら砂漠であるらしいのがわかる。そこに、戦闘美少女、というのだろうか、少女ではないな、とにかく、甲冑に身を固めた、若く美しい娘が空を見上げて力強く立っている。目のあたりが、きりりとして、独特の美しさだ。空には、浮揚しているらしい軍艦の、船尾部分が描き込まれている。そして、地平線のあたりに、四つん這いで近付いて来る、巨大なロボットのようなものが見える。

萩本は、無言で見とれている。堪らない、というようすで、何度も溜息をつき、オン・ザ・ロックにしたアードベックをしみじみと啜って、飲み下した。

そのまま、時間が静かに流れた。

37

萩本は何度か、「先生の絵は、こういうのだけじゃないんだ」と強調した。「むしろ、こういうSFのカバー装画は、珍しいんだ。ちょっと見れば、ま、ワイドスクリーン・バロックの、ありがちな戦闘美少女の絵だ、と思うかもしれないけど、やっぱり先生は、パターンにはまることを巧妙に避けて、独特の主張をなさってる」などと熱心に語った。

あまり熱心に繰り返すので、俺は、ＪＴＢのポスターを見たから、近藤さんの絵はまだほかにもいろいろな世界がある、ということは知ってるよ、と言った。萩本は、嬉しそうに、うん、そうなんだ、と言った。

それから立ち上がって、寝室の方からＣＤラジカセを持って来た。三枚並べて掛けた絵の、真ん中の下に置いた。こっちを見て、ニヤリと笑う。

いきなり、とんでもない音量で、ＹＭＯの『東風』のイントロが空間を揺るがした。萩本は笑顔のまま戻って来て、俺の横に座った。まるで、絵と音楽を吸い込むように、ゆっくり、大きく深呼吸をしながら、見とれ、聞き惚れている。

もちろん、『東風』は悪い曲じゃない。だが、部屋全体が軋むような大音量で聞くと、どんな曲でも、頭が痛くなる。俺はひたすら耐えた。結局、ＹＭＯの代表作を三十曲、連続して聞くことになった。

＊

「いい時代だったよなぁ」

三十曲が終わって、静けさの音が聞こえそうな中、萩本の呟きが、俺の痺れた耳に届いた。

「いつが？」

「いって……この時代だよ。『東風』『テクノポリス』『ライディーン』。あんたもやっぱ、聞いただろ、YMO」

「いや」

「ん？　そんなやつ、いるか？」

「俺は、クラフトワークの方が好きだった」

「……」

萩本は、実に厭そうな顔をした。

「音楽の話はやめよう。俺の好みは、世間と全然違っててな。俺と音楽の話をすると、大概みんな腹を立ててるらしい」

「……ビートルズとストーンズ、どっちが好きだった？」

思わず、溜息が出た。

「どっちも好きじゃなかったよ。だいたい、俺は流行りってのが嫌いなんだ」

「変なやつだな」

再び、実に厭な顔になる。

「みんな、そんな顔になるんだ。だから、やめよう」

「……じゃ……ま、じゃ、怒らないから、ひとつ教えてくれ。なにが好きだった？」

「サード・イヤー・バンドだ。高校の頃は、もっぱらこればっかりだった」

「……知らん」

「このバンドのことを知ってる人間には、未だに会ったことがない」

「……本当にあるバンドか？　自費出版か？」

「もちろん、ちゃんとした活動をしていたバンドだ。イギリスのな。ポランスキーの『マクベス』の音楽を担当したこともある。……ま、このLPは、あまり好みじゃないけどな」

「……知らん」

「ネットを見ると、ファンが皆無、というわけでもないし、一部では非常に高く評価されているらしいんだけどな」

「……ヘンな人だな、あんたは」

いつの間にか、萩本は飲み物を瑞泉に替えていた。ロックでぐいぐい飲んでいる。咳払いをして、「そう言えば」と呟き、俺の顔を見て言った。

「ところで、先生とは、どういうきっかけで知り合った？」

で、俺は地下鉄プラットホーム事件の話をした。萩本は、その事件は覚えている、そうか、あれでか。と頷いた。

「俺はテレビは見ないもんでな。だから、先生がちょいちょいテレビに出てるってことも知らなかったんだ。もちろん、どんな顔かも知らなかった。ただ、ハヤカワ文庫のカバー画で知って、ずっと昔から、好きだった、ってだけの話だから。その先生が、いきなり有名人になったんだから、おれは驚いたよ。札幌にいる、ってウワサはあったんだけど、本当に札幌在住だって知ったのは、あの事件のおかげだ。ちょっと思い付いて、ネットを見てみたら、ファンサイトがいっぱいあるのな。全然知らなかった。まるっきり、バカみたいだな、俺」

もっと早く知っていたら、直接会いに行くこともできたかもしれないのに、と言いたそうな口ぶりだった。残念さが滲み出ていた。

「文庫のカバー画は、結構描いてるの？」

「ああ。ＳＦ、ファンタジーに多い。俺は最初、マックブライアンの〈ネオ・ベドウィン〉シリーズで、先生を知って、好きになったんだ。その直後だ。『ライディーン』が発表されたのが」

そして悔しそうな顔になる。

「くそ」

「ん？」

「いや、〈ネオ・ベドウィン〉の文庫本、こっちに持って来てないんだ。あったら、こういう絵だ、って見せられるんだけどな」

「残念だな」

「すげぇぞぉ……だいたい、宇宙空間を舞台に活躍する遊牧民、てのがすごいよな。さすがはマックブライアンだ」

俺は、曖昧に頷いた。その作家を知らない。

だが、俺の無知を無視して、萩本はあれこれ夢中になって話し始めた。近藤のこと、絵のこと、ＳＦのこと、ＳＦの挿絵のこと、ＹＭＯのこと。クラブ・シーンの分析。ポップ・ミュージックの変遷。

あれこれ語るのを聞いているうちに、だんだんわかってきた。この男は、一足早く生まれ過ぎたオタクなのだった。さぞかし、青春時代は孤独だったろう、と思われた。そして、そのせいで、体に彫り物を入れるような人生を歩むことになっちまったのだろうか。

結構酒には強いようだったが、飲むペースが速すぎた。萩本は、なんだかあやふやな感じになってきた。

「ふん。クラフトワークか。わかるよ、そりゃあな。でもさ、人間には、やっぱ、劇的なものが必要なんだよ。だからさ、ＹＭＯが、『ライディーン』をぶっこんでくれた時ゃあよ、俺ぁ、ＹＭＯがやってくれた、って、もう、大感動したね」

などと熱烈に語る。そして、文庫本や画集、ＬＰレコードなどを、何度か寝室の方に取りに行った。で、「あんた長岡秀星って知ってるか、アース・ウィンド・アンド・ファイヤーの『太陽神』のジャケを描いた人だ。あ、『太陽神』は確かこっちに持って来てたはずだ」、と言い出して、また寝室に行き、「やっぱ、なかった」と戻って来た時、窓から外を見て、顔をしかめた。

「どうした？」

「……あんたが乗って来たあのタクシーな、いなくなってるぞ」

ヒヤリとした。そして、ゴジラは？　と尋ねようとして、危うく踏み止まった。ゴジラの動向に興味を持っている、ということを知られてはならない。そこで、「ええ？」と間抜けな声を出して、慌ててみせて、立ち上がった。窓から眺めると、確かにタクシーはいない。ゴジラも消えている。

「ま……きっと、トイレにでも行ったんじゃないか」

「んなもん、お前、そこに簡易便所があるのに」

「勝手に使っちゃ悪い、と思ったんだろ」

「なんも、こっちに声をかけりゃいいのに」

「そうだよな」

「……ま、立ちションしなかっただけ、褒めてやるか。それよりな、あんた、ワガママドウ、知ってるか？」

「なんだ、それ」

「俺が、知り合いにやらせてる、中古レコード屋だ。いいもんが腐るほどあるぞ」

＊

うつらうつらしていた萩本が、なにかの拍子に、ぽっかりと目を開けた。きょとん、としている。そして「ん？　今、何時だ？」と言って左腕の腕時計を見た。お約束のロレックスで、左腕を上げた時、まくり上げていたシャツの袖が動いて、彫り物の端が覗いた。萩本はそれを隠そうともせずに、ショボショボと瞬きを繰り返し、「四時か」と呟いた。それから、俺に気付いて、「あ、こりゃ失礼」と言った。「いいんだ、今日は。もう、用事はないから、ゆっくりしててくれて」

「いや、せっかくだけど、こっちに用事があるんだ。いやぁ、すっかり御馳走になった。今日は、これで失礼する」

「そうか？　ま、今日は、いろいろと楽しかったよ。ああいう話を聞いてくれる相手ってのが、なかなかいなくてな」

そりゃそうだろうな。

「また、来てくれや」

俺は頷いて、立ち上がった。頷いただけで、返事はしなかった。萩本は、別に気にしなかった。窓の外を見て、「お」と呟いた。

「あんたのタクシー、戻って来てたな」

内心、大きく安堵した。

「そう言えば、さっきいた若いの……」

「ん」

萩本は、ちょっと聞こえなかったような風を装った。

「さっきの、五人の若いの、あれはあんたんとこの若い者《もん》か？」

「いや、そうじゃない。ただのフラフラしてるバカどもだ。なにやってんだか、ま、なにもやってないんだろうけどな、暇らしくてな。なにが楽しいんだか、嬉しいんだか知らないが、萩本さん、源さん、なんて言ってたまに来るんだ。なんの能もない連中だけど、ま、たまにはほら、草むしりとかよ。掃除とか。便所掃除とか。そんなことをさせて、小遣いやってるんだ。特にどうのこうのってわけじゃない」

「そうか」

「人手がいるんだったら、使っていいぞ」

「いや、そういうわけじゃない。……どっか、そこらへんで草むしりでもしてるのか？」

「いや、よそに行ったみたいだな。車がないから。ま、俺には関係ない」

俺たちは、狭い玄関で譲り合いながら靴を履いた。

「あんた、ＳＯ－ＲＡＮダンスをやるのか？」

俺が尋ねると、靴べらを差し出しながら、笑った。

「まさか。あんなバカ踊り」

「この前、そこで練習してたのがいただろ」

「ああ、あれな。知り合いの、そのまた知り合いのチームが、練習の場所を貸してくれってな。専用の練習場を確保できないんで、いろんなところを渡り歩いてるらしい。俺は、なにが楽しいのかさっぱりわからないけど、とにかく、センズリかいてる小学生みたいな顔で、夢中んなって喜んでるんでな。ま、奉仕の心で、使わせてやってる」

俺たちはログハウスから出て、タクシーの方に向かった。

「ま、本当に、今日はよかった。また来てくれ」

「機会があればな」

「じゃ！」

と片手を上げてから、腰を屈めて、タクシーの運転席のウィンドウをコンコンと叩いた。

「おう、ゴクローさん！　お役目、終了！　って、まだ終了じゃないか。とにかく、お疲れさん」

ガラスを下げて、運転手が「はぁ」と半端な笑顔になって、頭を下げた。

「便所、勝手に使って、よかったんだぞ」

「はぁ……」

後部ドアが開いた。俺は、「じゃ！」と萩本に言いながら中に入った。運転手が発進させた。萩本は、一度頷いて、あっさりと廃バスに向かって歩き始めた。やや、ふらついている。

酒に弱いのではなく、スピードが速かったし、量も飲んだ。実際には、相当飲める男だろう。

俺は、警戒しながら飲んだせいもあるが、ダラダラと三時間あまり飲んだにしては、ほとんど酔っていなかった。

今日も、長い日になりそうだった。

運転手が、ミラーから俺の方を眺めている。

「大丈夫。酔ってないから」

「はぁ……」

「で、あの連中、どこに行った？」

「あ、それなんですけど」

運転手は、ちょっと興奮気味だ。

「いやぁ、私もね、いろいろ考えたんですよ。あのゴジラが動き始めてから、後を追ったら、もう、尾行してる、って見え見えじゃないですか」

「ああ、そうだね」

「だからね、あの連中が、バスから降りて来て、ゴジラに向かって集まって来たからね。私、無線を手に持ってね、会社と話してるふりしたわけ」

「なるほど」

「で、連中が走り出す前に、……ちょっとどうかな、って思ったは思ったんだけど、先に出てさ。で、ナビで見たら、そもそもこの道、ナビにないんだけど、周囲を見たら、さっきの来た道に戻るしかないわけ。向こうに行ったら、どっちにせよ、川にぶつかるから」

それは知ってる。経験済みだ。などとは、もちろん、言わなかった。

「そうなんですか」

「そう。だから、いずれにせよ、私らが来た道を戻るしかないのね。で、この……ほら、この三線、て道があるでしょ？」

ナビを操作して、俺に見せようとする。それはいいから、前を向いて走ってくれ。

「ああ、ありますね」

「これに出るしかないのね。だから、先に走り出して、この三線に出て、で、ガソリンスタンドに入ったんだ」

「なるほど」

「スタンドから、この道の出口が見えるからね。で、休憩してるふりして、見てたわけ。そしたら、すぐに出て来てね。で、あとはずっと後について走ったわけ」

「なるほど」

「いやぁ、面白かった。自分の考えがドンピシャってのは、これはなかなかいいもんだわ」

「ですよね」

「あいつら、思った通りに、出て来てさ。……運転、下手でね。トロトロ走ってるから、もう、イライラしたけどさ」

「それで、連中、どこに行きました？」

「澄川のマンションだったよ」

「澄川……」

「ま、最終的にね」

「……つまり？」

「まず、澄川のマンションに行ったわけ。でも、車の駐め方がね、すぐにどこかに行くって駐め方で、しかもひとり残ってたからね。どっかに行くんだろうな、と思ってたら、段ボール箱を持って出て来たわけ。……あれで、三往復くらい、したかな。相当の量のを詰め込んで、それで走り出したわけ」

「……」

「で、白石の商店街に行って、なんか、本屋の裏口から、その荷物を搬入してたね」

「……それ、中郷通り商店街ですか？」

「ああ、そう。そこ」

「その、西口書店？」

「ああ、表の看板は、そうなってた。連中、荷物を搬入した後、商店街をトロトロ走って、女の子たちに声をかけてさ。でも、相手にされなくて、……ま、声をかけたのも、別に本気でもないだろうけどね。ま、その時に、あ、さっきの建物は、西口書店、っていうんだな、ってわかったわけさ。今日は休みみたいだったけどね」

「……」

「で、澄川に戻って、マンションの駐車場にゴジラを置いて、で、みんなで降りて、中に入って行ったよ。……で、これで終わりだな、と思って、生振に戻ったわけ。こんなもんでよかったかい？」

「ありがとうございます」

よかった、なんてもんじゃなかった。俺は、なんていい人材に巡り会ったのだろう。ほぼ満点じゃないか。……いや、違うな。ほぼ、じゃない。満点だ。

ありがとう。

「じゃ、その澄川のマンションに向かってください」

「……お客さん、……これ、なに？」

途端に警戒する声になった。だから、もっともらしい嘘をつこうと思ったが、さすがに俺も疲れていた。萩本のお喋りの相手をした後では、嘘を捻り出す元気が失せていて、「いや、まぁ、いろいろとあるんですよ」と答えることしかできなかった。

「なんだかなぁ……」

不安そうな表情で、ミラーの中から、俺をしげしげと見る。……そう言えば、さっき萩本は、上着を脱いだシャツ姿で出て来て、運転手のウィンドウをコツコツしたわけだが、その時、まくり上げた袖から彫り物がちょっと見えていた。

……怯えるのも、無理はないな。

澄川のマンションに着いたのは、五時少し前だった。これでお別れだが、もう少し付き合ってもらいたかった。

「じゃ、五時前だから、これでＯＫですね。ありがとうございました」

「いやあの、もうちょっと……少しお礼もしたいし」

運転手は、露骨に警戒する顔になった。

「いや、あの、いいっすよ。そんな。まだ五時前なんだから」

明らかに厄介払いの顔になって、ドアを開ける。さっさと降りろ、という感じだ。

仕方がない。俺は降りた。そして、心からの感謝を込めて、頭を下げた。運転手は、もう二度と会いたくない、という顔で、一目散に走り去った。

38

澄川の入り組んだ街に建つマンションを見上げた。七階建てで、わりと新しい。一階入口脇に貼ってあるプラスチックのポスターによれば、この建物は、〈プリマベーラ澄川〉という、まぁ素敵、な名前なのであった。内容は、ワンルームが主体の、単身者向け賃貸マンションであるらしい。

裏に回った。駐車場があって、ゴジラが駐めてある。ここの駐車場も、入居者が車を入れる場所は決まっていた。ゴジラは、611のスペースに駐まっていた。

それを確認してから、太い道に出た。コンビニエンス・ストアがあったので、そっちに向かった。道々、あれこれ考えた。桐原に電話するのはいやだったが、結局、それが一番手っ取り早い、という結論に達した。アンジェラのことも、高田のことも考えたが、あまりに急すぎる。で、コンビニエンス・ストアの前の緑電話から、桐原に電話した。若い男の声が出て、すぐに桐原に代わった。

「おう。どうした？　相変わらず、暇そうだな」

「さっき、大瀧から電話があった」

「そうか。……ま、ついでがあったら、電話してやれ、と言っといたんだ。役に立ったか？」

「時間がなくて、詳しい話ができなくてな。明日、また電話してくれることになってる」

「そうか。ま、いいことだ。……なんだ？　その報告か？」

「いや、それだけじゃない。……実は、ドライバーをひとり、貸してくれ」

「あ？」

「車は、俺が用意する。一日五万でどうだ？」

「いつ」

「それが、急な話で、……これからなんだ」

「一日五万てのは、今日これから、零時まで五万、ということか？　それとも、時間割りで計算するのか？」

「いや、これから零時までで五万だ」

「それはあれか？　あの画家の絡みか」

「そういうことだ」

「今、どこだ？」

「澄川だ。これから、駅に行く。で、駅で待ってるから、来てくれればいい。澄川は、改札が一カ所しかないから、その前に俺が立ってるから。で、いっしょにレンタカー屋に行って、なにか借りる。もちろん、車代は、俺が出す」

「……面倒だろ。車で行かせるよ」

「いや、もしも……」

「いいよ。車代を出せ、とか言わないから」

「それはわかるけど……」

「澄川だな」

「ああ」

「じゃ、駅から藻岩山方面に出ろ」

「藻岩山って……要するに、平岸通りに出ろ、ということだな」

「ああ、そうだ。駅前に、ちょっとした広場があって、左の方にバス停がある」

「平岸通り沿いにな？」

「そうだ。そのバス停で待ってろ。待合室があるから。その中で待ってろ」

「わかった」

「いいか、見逃すと困るからな、だから、必ず、待合室の中にいろよ」

「わかったって」

「ヒャハハハハハ」

変な笑い声を残して、桐原は電話を切った。

*

澄川駅を平岸街道の方に抜けたら、確かに桐原の言った通り、小さな広場があって、バス停があった。待合室もあった。透明なアクリルの板でできた大きなキューブで、中にベンチが設置されている。中に入った。入った途端、さっきの桐原の笑い声の意味がわかった。

中は、初夏の日差しのせいで、とんでもなく蒸し暑くなっている。汗が一挙に噴き出した。こんな中に座っていられるわけがない。俺は、外に出て上着を脱ぎ、アクリルの壁により掛かった。

空は、相変わらずバカみたいにすっきりと晴れ渡っている。とにかく、地球にも、宇宙にも、何の悩みもないらしい。そりゃ、地球は、「人間」という癌が増えて、すっかり腐ってるんだろうけど、こいつらもそのうちに絶滅する、と安心してるんだろう。そうすりゃ、悩みも消える、と。そんなような、あっけらかんとした青空だった。

そこで、「アッコ」、つまり西口夫人のことを思い出した。西口秋の悪口雑言を耐えに耐えて、やっと手に入れた番号だ。葬儀で忙しくしているだろう、と電話を控えているうちに、電話すること自体を忘れてしまった。

澄川駅に戻って、緑電話から西口夫人のケータイにかけた。

「もしもし……」

不安そうな声が言う。俺は、名乗った。

「あ、昨夜は……」

「御葬儀、お疲れ様でした」

「こちらこそ、……あの、ご参列いただきまして……」

「もう、落ち着かれましたか？」

「ええ、とりあえず、なんとか……」

「あのう、それで、……まぁ、西口さんからお聞きかもしれませんが、私は、近藤さんを刺した男を、見付け出したいな、と思っているんです」

「ええ、それは……、昨日も……」

「それでですね、……そのう、ちょっとお話を、ですね。オバアチャン……タエさんのこともちょっと関係あるようなんで、そのあたりのことを、お話、伺えたら、と思いまして」

「……はぁ……」

「できましたら、タエさんと、奥さん、お二人と、タエさんの部屋で、お話を伺いたいんですが、いかがでしょうか。もしもよろしかったら、できるだけ早く、そういう機会を持ちたいのですが」

「はい、あの……近藤さんともども……」

「はぁ」

「義母《はは》の命を救って……くださって……」

「ああ、いや、ま、それはそれとして」

「あのう……」

「はい」

「あのう……実は……」

「はぁ」

「明日は、日曜日で、義母には内緒なんですけど、西口は、中郷通りに……」

「はぁ」

「あの、……大岳さんの所に……電車の模型を持って……」

「あ、はい」

「今、中元戦で、忙しくて……」

「らしいですね」

「それで、とにかく明日一日は、模型に浸るんだ、ということで……」

「なるほど」

「子供たちは、ふたりとも、明日はお友達と遊びに行く予定……」

「ええ」

「ですから、……あの、明日の……」

「はい」

「……明日の、お昼過ぎなどは、あの……」

「はぁ」

「いかがでしょうか」

しかし、この女性は、どうしてこんな話し方になったのだろうか。慎重に言葉を選び、そして語尾を濁し、しかし、曖昧ではない。不思議な人だな、と思った。

「わかりました。お時間作ってくださって、ありがとうございます。では、明日の昼過ぎに参ります」

「宅の住所は……」

「あ、大岳さんから伺いました。でも、一応念のために」

俺は覚えた住所を口にした。

「あ、はい……その通りです……そのマンションの、一〇一二が宅で……」

「はぁ」

「一〇一三が義母の家……」

「わかりました」

「ええと……最初に、義母のいないところで、ちょっとお話ししたいので……」

「あ、じゃ、一〇一二で？」

「はい。……まず、……一〇一二で……お待ちします……」

「わかりました。では、明日、お昼過ぎに」

「ごめんくださいませ……」

なんだかぼんやりした気分の中で、電話が切れた。

受話器を戻して、待合室に戻った。アクリルの壁に寄りかかって、ぼんやりと車の流れを眺めた。西口秋のことを考えた。丸一日趣味の模型に浸る。楽しいのだろうな。

十分ほどして、俺の前に古ぼけたマークⅡが停まった。助手席のウィンドウが下りて、なんと、石垣が顔を見せる。

「どうも。社長に言われて、来ました」

「ありがとう……」

なんとなく不思議な気分で、助手席に座った。

「社長からは、待合室の中にいなかったら、無視して通り過ぎるように言われたんですけど、冗談だ、と判断したんです」

わかった。適切な判断だった。

「相田の介護は？」

「私は、今日は休みなんです。社長が、毎週土曜日曜を休みにしてくれたんです。土日は、社長の知り合いの看護婦……看護師さんが三人、八時間交替で付き添ってます」

「じゃ、君はどこにいたんだ？」

「……ま、相田さんのベッドのところにいて、本を読んだりしてました」

「……休日にか」

「はぁ。……あの、どこにいても、同じだし」

「……」

よくわからないが、ま、本人がそう言うんだから、そういうことでいいんだろう。

「で、どこに行くんですか？」

「ここから、ちょっと行ったところにある、マンションなんだ。道順は、説明する」

「わかりました」

「……この車は、君のか？」

「いえ、父が、使わなくなった車です」

「……」

「今回の、就職祝いに、くれまして」

「……」

「私が就職したのを、本当に喜んでくれました」

……いい話だ、と思うことにした。

「じゃ、次の信号を、左折してくれ」

「はい」

石垣は、わりと堅実で、そして滑らかな運転をする男だった。

＊

男ふたりが並んで車に乗って、ずっと動かずにいると、目立つ。だから、マークⅡを駐めておいて、〈プリマベーラ澄川〉の駐車場を眺めることのできる場所に、ガラスの大きな窓のある喫茶店があればいい。だが、残念なことに、そんな都合のいい喫茶店は、ないのだった。石垣の運転で、あたりをウロチョロ走り回ったが、なかなかいいポイントは見付からなかった。

で、まず近くにあったコンビニエンス・ストアに行った。荷造り用の布テープを買って、プリマベーラに戻った。石垣を車に残して、六階に上がった。六一一まで行ってみた。六一一と六〇九、二つ並んだ部屋のドアに、同じようなデコレーションがあった。なんと呼ぶのかは知らないが、画材屋とか、ファンシーショップで売っているような、色とりどりのビーズやテープをメチャクチャに貼ってある。本人たちは、「可愛い」と思っているのであろう、薄汚い装飾だった。ドアに直接、「いらっしゃいませ！」「WELLCOME」などとスプレーで大書してある。こいつらの英語能力は、東京オリンピック当時の専売公社と同レベルであるようだ。

まず、耳を澄ませて、慎重に、六〇九の郵便入れの蓋を押した。中を覗くと、さっきの連中が履いていたような、ゴム草履やサンダルが散乱していた。話し声も、聞こえる。

次に、六一一の郵便入れの蓋を押した。玄関のようすは、同様だった。

ＯＫだ。なにがわかったかというと、この二つの部屋にいるのは、さっきの五人やその仲間であること、そして、彼らの部屋の窓は、プリマベーラの表側に向いており、建物裏側の駐車場を見ることはできない、ということだ。

＊

石垣の運転で、駐車場に戻った。で、ゴジラの近くに駐めて、マークⅡから降り、ゴジラの右の後尾灯に、布テープを貼って覆った。

「なんですか？」

石垣が不思議そうに言う。

「ジャック・ニコルソンに教わったんだ」

「はぁ……そうですか」

「本当は、ポランスキーが指示したんだろうけどな」

「はぁ……」

「でも、とにかく実行したのは、ジャック・ニコルソンだ。ポランスキーは、鼻切り担当だった」

「……」

石垣は、だんだん疲れた顔になってきた。無理もないな。休日返上で付き合ってくれてるんだ。

「君は、ケータイを持ってるのか?」

「え!?」

非常に驚いた表情で、俺の顔をまじまじと見た。

「……持って……ますけど……」

まるで、「君は名前を持っているのか?」と尋ねられたような顔だ。あまりに当たり前のことを質問されたので、存在の基盤が一瞬揺らいだ、というような目つきをしている。

「そうか。じゃ、番号を教えてくれ」

「はい……」

ケータイを取り出して、番号を読み上げる。そうなんだよな。最近、自分の電話番号を知

39

らない奴が多くなった。以前なら、とても考えられなかったことだが。ま、どうでもいい。

石垣の言った番号を、三回、頭の中で繰り返して、刻み込んだ。

「それじゃあな、ここで、……ま、ちょっとゴジラから離れて、どこか適当な場所に駐めて、シートを倒して、仮眠してくれ」

「はぁ……」

さっき、プリマベーラの正面入口を出入りしたとき、ちょうどその向かい側、正面入口が見える場所に、〈古書店　澄川堂〉というのがあるのを発見したのだ。

「俺は、古本屋で立ち読みしながら、正面のあたりを見張る。で、連中が出て来たら……」

そこまで言った時、駐車場に、例の五人連れが姿を現した。俺の表情が動いたらしい。

「あいつらですか？」

石垣にも丸わかりだったようだ。まだまだ未熟だな。

「そうなんだ」

「例のゴジラに乗り込むみたいですね」

「そうだな。このまま先に出て、グルッと一回りして、向こうの角で待機しよう」

「わかりました」

タクシー運転手が言った通り、ゴジラはモタモタと走った。挙動不審、という言葉そのものの走りだ。運転者の頭の悪さがもろに出ている。ブレーキ操作がぎこちなくて、後ろを走るのが非常に恐ろしい。

「うわっ」

と石垣が何度か小声で叫んだ。その度に、「すみません」と謝る。

「いいんだ。君のせいじゃないから」

「いや、でも……」

連中の運転の下手さ加減に、なぜか責任を感じているらしい。これじゃ、生きていくのは大変だよなぁ。

モタモタ走るゴジラは、しかし、やっぱりエンジンがあってタイヤのある、普通の車だ。バカが運転していても、そこそこ進む。ちょっと細い道に面した、小さなコンビニエンス・ストアの駐車場に駐まった。石垣も、ゴジラに続いて駐車しようとした。

「ダメだ」

「え?」

「通り過ぎて、角を曲がれ」

「あ、はい……」

「角を曲がって、駐めろ」

「はい」

俺は、上着を脱いでネクタイを解いた。白麻のスーツを着て来たことを後悔した。

「なんかあったら、ケータイに電話する。流れが読めないが、とにかく待機していてくれ」

「あ、じゃ、車の頭の向きを変えます」

「ああ、そうだな」

歩いてコンビニエンス・ストアに向かった。ゴジラからは、未だに誰も降りて来ない。サイドとリヤの窓はスモークになっていて、中の様子はわからない。俺はそのまま店の中に入った。雑誌をざっと眺めた。おお週刊新潮がある。おや、こっちは週刊文春だ。なぁるほどなぁ～！　と熱心に雑誌の表紙を眺めた。

だが、いくら雑誌の表紙に夢中になっていても、変化があれば、気付く。なんだか雰囲気のおかしい小男が、駐車場に姿を現した。小走りで駆け込んで来る。痩せていて、目つきが定まらない。

ゴジラのドアがスライドした。バカな面をしたガキどもが、「イエーイ」などと、走って来た男を迎えた。男は、おどおどしたようすで、自分のケータイを差し出した。それから、運転免許証かなにかのカードを渡したらしい。引き替えに、カードを一枚受け取って、小走りに近付いて来る。

「いらっしゃいませ、今晩は～！」

店員が言った。まだ明るいが、午後六時を過ぎたら「今晩は」だ、とかなんとか、マニュアルで決まっているのだろう。男は、そんな声をまったく無視して、ＡＴＭに近付く。

その時、ゴジラからガキがひとり、降りて来た。ガラスの壁の向こうに立って、男の動きをじっと見ている。俺は、つとめてそっちの方を見ないように意識しつつ、おお、週刊現代だ、おお、女性セブンだ、と感心し続けた。

小走りの男が、俺の後ろを通り過ぎた。そのまま、「ありがとうございました～！」の声を無視して、外に出た。見張っていたガキに、札束とカードを渡した。ざっと見、百五十万はありそうだ。明細書の紙切れも渡す。ガキは受け取って、札を二枚か三枚、男に渡して、残りはパーカーのポケットに突っ込んだ。それから、男にケータイと免許証かなにかを返した。

俺は、目立たないように静かに外に出て、店の前の緑電話から、石垣を呼び出した。

男が小走りで去り、ガキはゴジラに向かう。

「はい！」

「戻って来てくれ。出るみたいだ」

「わかりました！」

ゴジラが出て行った。

それと入れ違いに、マークⅡが入って来た。

「行きましたね。そこですれ違いました」

そう言って、すぐに道に出る。

「あ、いました。まっすぐ進んでます」

「じゃ、また尾行してくれ」

「はぁ……連中、なにやってたんですか？」

「振り込め詐欺の、騙し取った金の回収だ」

「へぇ……」

よくわからなかったらしいが、それ以上は聞かなかった。

長生きの秘訣のひとつを、身に付けている。俺は、これがどうしてもできない。

＊

ゴジラは、コンビニエンス・ストアを次々と移動しながら、同じことを繰り返した。毎回、現れる人間は異なっていたが、似たような連中に見えた。目つきがおどおどしていて、落ち着きがない。暗くなってからは、こっちもやや大胆になって、店の駐車場に乗り入れて、出金作業を眺めるようになった。次々に登場する人間たちを見て、石垣が言った。

「ああいう連中ですよ。ネットカフェに寝泊まりしてるやつらって」

「そうか」

「どうやって、こういう仕事を受注するんでしょうね」

「そりゃ、ネットカフェにいるんなら、ネットで探すんだろ。わりのいいバイトあります、なんて板を」

「……前の前の店の時のは、ホームレスでしたよ。身ぎれいにしてたけど、あの荷物は、ホームレスのものでしたよ」

「いまのホームレスは、みんなケータイを持ってるさ。今は、そういう時代だ。家賃を滞納しても、電気水道を止められても、住む部屋がなくなっても、子供の給食費を滞納しても、とにかくケータイだけは持ち続けるし、料金を払い続ける。一昨年あたりから、人間は、ケータイがないと生きていけない生き物になり果てたんだ。再来年あたりには、ケータイがないと缶コーヒーが買えない、なんてことになってるぞ、きっと」

「あなたは、ケータイを持ってないんでしょ？」

「そうだ。その一点を見るだけで、俺がどれほど優れた、卓越した存在であるかが、わかるだろ」

「……はぁ……まぁ……」

「冗談だ」

「……」

「お。出て来たな。また頼む」

「了解です」

古いマークⅡのアナログ時計を見た。もう九時を過ぎた。あたりはすっかり暗くなっている。ゴジラの右後尾灯は、布テープを通して、やや光量が落ち、茶色に光っている。だが、思ったほどの効果はなかった。何重にか、重ねて貼らなければならないのだった。ひとつ、覚えた。

「あのテープ、あんまり役に立たなかったな」

「いや、そんなことないです。あれで結構、目立ちますよ。見失う恐れが、だいぶ減りました。安心して、走れます」

にっこり笑って、そう言った。

……いや、しかし……君は、本当に、いいやつだなぁ。

＊

ゴジラは十時過ぎまで、あちこち走り回った。必ずしもスムーズに作業を行なったわけではなくて、コンビニエンス・ストアの駐車場に入っても、誰も現れないこともあった。また、駐車場に男が現れても、追い返す場合もあった。連絡が不調だったのかもしれないし、なにか、身元を確認する手順がうまくいかなかったのかもしれない。おそらく、警察の現場も、こういう作業の実態を把握するために、内偵を進めているはずだ。だから、ゴジラのガキどもも、手順を慎重にやれ、とかなんとか、「上」から指示されているのだろう。

誰も現れなかった場合は、どうやら指示を仰いで、別な地点でやり直しているようだった。一度、ふたりの男が現れたことがあった。この時は、ゴジラはすぐに走り去った。結構なスピードで逃げるように走るので、石垣は、ついて行くのにやや苦労した。

そんなこんなで十二軒の店を回り、出金作業を七回行なった。それから、ゴジラは中央区に入り、中島公園の近く、南大橋のたもとでスピードを落とした。大きなビルと小ぶりな飲食店ビルの間、なんとなく残ってしまったような空き地にゆっくりと乗り入れ、駐まった。エンジンを切ったようだ。

「どうしましょう」

「じゃ、あっちのビルの向こうに、同じような空き地があるから、そこに駐めてくれ」

「はい。……で、どうしますか？」

「待機していてくれ。俺は、降りる」

「はぁ……」

やや、心細そうな声を出した。

「なにかあったら、ケータイを鳴らす」

「……私に、なにかあったら、どうしましょうか」

なるほど。それは理屈だ。俺はケータイを持っていないしな。

「ま、走って逃げろ」

「はい……」

マークⅡから降りて、飲食店ビルに入った。このビルのことはよく知らない。とにかく、最上階の六階まで昇った。エレベーターから出ると、屋上に出る階段室があった。扉は開いていた。階段を昇ると、屋上への出口の扉も開いていた。

幸運二つに恵まれたのだった。

まず、今日は暑い日だった。そして、このビルは古いビルで、全館冷房などがない。よかった。

屋上に出た。

目が眩んだ。

屋上には、手摺がないのだった。

キンタマの袋の付け根がキューッと痛くなり、タマが完全に吊り上がった。俺は、一歩も動けなくなった。みんなそうなのか、それとも俺だけなのか、それはわからないが、俺は高いところが苦手だ。手摺さえあれば、なんとか動けるが、手摺のない屋上では、一歩も動けなくなる。たとえ、相当の広さの屋上の真ん中に立っていても、動くのは無理だ。なにかの拍子に、たとえば転んだ勢いで、屋上の端までゴロゴロと転がってしまって、空中に飛び出して落下する、というような光景が、なぜか思い浮かんでしまい、動けなくなるのだ。

だが、とにかく、一歩でも前に出よう、と思った。だが、そう考えるだけで、蟻の戸渡りに疼痛が走った。タマが滅茶苦茶に暴れている。

俺は、階段を下りて、六階に戻った。股間が、清々しくなっている。よかった。

気付いてみれば、エレベーター前の空間に、灰皿が置いてあって、大きな窓がある。曇りガラスだが、やはり暑いせいだろう、スライドさせて、少し空けてあった。さっきは屋上に出るつもりだったので、こっちには目がいかなかったのだろう。この窓から見下ろすと、ちょうどよくゴジラが見えそうな位置だ。

曇りガラスをもう少しスライドさせて、開口部分を広くして、頭を出してみた。すとん、と地上まで真っ直ぐに見える。

だが、この場合は壁にしっかり守られているので、タマも安心して、おとなしくしている。いいことだ。

どこかで、フィリピン女性らしい声が、『アナク』をタガログ語で歌っているのが聞こえる。ジンギスカンの匂い。街の喧噪。ゴジラは、動かない。

そこに、白い大きな車がやって来た。真上からだと、車種はよくわからなかった。ま、クラウンとか、そのクラスだろうな。どうやら白麻のスーツを着ているらしい男が降りて来た。手にアタッシェ・ケースのようなものを持っている。ゴジラのドアがスライドした。ガキのひとりが、スーパーのビニール袋のようなものを差し出した。白麻スーツはそれを受け取り、アタッシェ・ケースを開けた。ガキがそれを受け取り、開けたまま、手で支えた。

白麻スーツが、ビニール袋から札束を出して、数え始めた。何枚かまとめて、それをアタッシェ・ケースに入れる。

全部数えるのに、そんなに長い時間はかからなかった。金額に納得したらしい。白麻スーツはビニール袋から出した白い紙を、札束の上に置いて、ケースを閉じた。

一旦、自分が乗って来た白い車に戻り、アタッシェ・ケースを助手席に置いたようだ。それから後部ドアを開け、スーパーのビニール袋を両手にひとつずつぶら下げて、ガキの方に戻った。ビニール袋を、ガキに向かって放った。

ゴジラから、残り四人のガキどもが出て来た。地面に落ちたビニール袋を拾い上げた。中には、また札束が入っているらしい。五人がかりで数えている。五分もかからずに数え終わった。

白麻スーツがガキどもに背を向けて、白い車に戻った。ガキどもが、思い思いに頭を下げた。うっす、というような声が、小さく聞こえた。白い大きな車は走り去った。

ゴジラは動かない。

だから、俺も動かずに、じっと見ていた。

三十分もそのままだったろうか。俺は時計を持つのが厭なので、正確な時刻はわからない。だが、それで死ぬわけでもないし。

タクシーが一台、やって来た。空き地に入り、ゴジラのすぐそばで駐まった。運転手が降りて来て、ゴジラのサイド・ウィンドウをコツコツしたようだ。ゴジラのドアがスライドして、運転手は中に入った。二、三分で出て来た。タクシーに乗って走り去った。

しばらくして、もう一台来た。同じようなことが繰り返された。二台目が走り去って、五分ほどしたら、もう一台来た。

そのうちに、次から次からタクシーがやってくるようになって、いつの間にか行列ができた。タクシーばかりではなく、普通の乗用車や、中には歩いて来た人もいる。

そのうちに、行列が乱れ始めた。まず、行列の中に混じって立っていた人が、前の車を追い抜いて、走ってゴジラに近寄った。

それをきっかけに、タクシーや普通の乗用車からも人が降りて来て、ゴジラに駆け寄る。ゴジラは、すっかり取り囲まれた。ドアがスライドする度に、人々はもみ合い、中に入ろうとする。時には押されて転ぶ人や、襟首を引っ張られて引きずり出される人も出始めた。人を押し退けてゴジラに入った男が、出て来たところで袋叩きにされたりした。とんでもない騒ぎになった。

そのうちに、ゴジラは全く反応しなくなった。人々は、のろのろと、無念そうに去って行く。最後まで、未練がましく残っていた男は、のそり、と動き出したゴジラに押し退けられるように、後ろ向きに進んで、転んだ。

ゴジラは、モタモタした、頭の悪そうな動きで、南大橋の方に走り去った。

*

ビルから出て、マークⅡに戻った。石垣が、不安のカタマリになって、ハンドルを握っていた。俺が近付くと、嬉しそうな笑顔になった。

「ああ、よかった」

「怖かったか」

「まぁ……」

「今、何時だ？」

「あ、日付が替わりましたね。零時……八分ですね」

「なるほど」

「で、なにやってました、連中」

「あれは、タクシー金融だな」

「え？　タクシー金融って？」

「タクシーの運転手相手の、闇金だ」

「ああ……」

「タクシー運転手は、日銭を扱うからな。闇金のいい客なんだ。それに、今、タクシー運転手の待遇は苛酷だ。大の男が、精一杯働いて、生活保護費以下の給料しかもらえない、なんてのも珍しくない」

「……」

「タクシーじゃない客もいたけど、あれは、常連なんだろうな」

「……」

「あの分じゃ、客にはホームレスもいるな」

「ホームレスに、金を貸すんですか？　金を返せるホームレスなんて、いるんですか？」

「金が目的じゃないのさ。一万二万貸した、それが返せない、だったら、ってことで、戸籍を取り上げたり、原発作業員として売り飛ばしたり、多重債務者と養子縁組させて、名字を変えるネタにしたり、本番サロンの代表者にしたり。ホームレスの用途は、無限にある。最悪でも、殺してペットフードの材料にすれば、いくらかの儲けは出る」

「……」

「おそらく、毎日、あの場所で、十一時から零時までの一時間、金を貸すんだろうな」

「一時間……」

「だから、零時近くになったら、もう、ものすごい騒ぎだった」

「相当、……困ってるんでしょうね」

「ん？　客たちがか？」

「ええ」

「そりゃそうだ。闇金に手を出すってのは、ほとんど死んでるのと同じことだ」

＊

澄川のプリマベーラに戻った。駐車場に、ゴジラは戻っていた。６０９のスペースに、白いステーション・ワゴンが駐まっていた。中郷通り商店街で、俺を襲おうとしたガキを乗せて逃げた車に似ていた。ナンバープレートは、黒いテープで覆われてはいなかった。車種は……ランサー？　ランサーにステーション・ワゴンがあるのは知らなかった。ま、俺は車のことは、ほとんどわからない。ナンバーを覚えて、マークⅡに戻った。

「じゃ、君の職場に戻ろう」

「了解です」

40

ハッピービルの前に着いた。

「どうぞ。降りてください」

「君は？」

「私は、社長から、今日は、終わったら真っ直ぐ帰れ、と言われてます。私が相田さんのそばにいると、看護師さんが、ちょっと抵抗感じるんだそうです。だから、帰った方がいい、お疲れさん、と言われました」

「そうか。じゃ、……非常に助かった。ありがとう」

そして、やや悩んだが、剝き出しで悪いけど、と断って二万円差し出した。思った通り、受け取らなかった。で、「オヤジ丸出しだ」とは思ったものの、ダッシュ・ボードに無理矢理突っ込んで、逃げるように車から降りた。

返すために降りて来るか、と思ったが、俺がそのままビルの裏側に回ったので、諦めたのだろう。マークⅡは、あっさりと走り去った。俺は、ドアの脇のインターフォンの、赤いランプを見つめながら、ボタンを押した。

「お疲れ様です。社長は、四階におります」

聞き覚えのある、若い声が言って、プッと解錠する音が聞こえた。

桐原は、赤い目をして、疲れたようすで起きていた。そんなに酔っていない。やや珍しい。

「おう。お疲れさん。石垣は、どうだった？」

アードベックを飲んでいる。俺も付き合った。

「非常に助かった」

「よく気が付くしな。真面目だ。いいやつだろ」

「ああ」

俺は頷いて、五万円、差し出した。

「ありがとう」

「ん……」

桐原は二秒ほどその金を眺めて、それから頷いて受け取った。

「領収書は、いるか？」

俺は思わず、笑った。桐原も笑った。

「石垣は、週休二日か」

「そうだ。……なにしろ、通常の勤めが半端じゃないからな。仮眠を取りながら、ほぼ一日二十四時間、相田につきっきりだ」

「……そんなに働くのか」

「すごいぞ。主な仕事は、下の世話と、体の向きを変える、それから食事だ。一、二時間くらい、細切れに仮眠して、いろいろとやってる。石垣がパンクしたら、こりゃ相当困る。だから、週休二日にした。……でも、休日にも来て、ベッドのそばで本読んだりしてるんでな。ちゃんと休め、と言うんだが、……ま、居場所がない、みてぇなことを言ってな。そこらへんでグズグズしてるわけだ」

「なるほどなぁ……そんな人間もいるんだなぁ……」

「で？　なんか、面白いこと、あったか？」

大雑把に、見たことを話した。

「ふ〜ん……要するに、あの、近藤とかいう画家の腹を刺したやつが、ハッコウカイの末端《こども》だってわけか？」

「それがな、……車は同じゴジラなんだが、メンバーが変わったようなんだ。場所も、ついこの前までは西線十六条のアパートだったのが、今は澄川になった。車は同じだが、ガキどもの面子はちがうようだ。……で、なんだ、そのハッコウカイってのは。どんな字を書く？」

「八紘一宇、の八紘だ。全世界、ってことか」

「振り込め詐欺のグループか？」

「神戸に集金センターがあってな。日本各地に、フランチャイズみたいな感じで、広がってる。ケータイ一個でできる詐欺だが、ま、ノウハウや名簿は不可欠だからな。神戸が全体を見て、きちんと指示を出す。それを、各地のアタマが、うまく按配して、都道府県単位で人間を動かしてるわけだ。もちろん、ゼロから始めるわけじゃない。闇金や、友達同士の金の融通で、なんとなく気心が知れた相手を選んで、ネットワークを作ってるわけだ、関西資本は」

「じゃ、北海道では？　北栄会か？」

「ってーか、ま、桜庭ンとこだな」

「……なるほど」

「そのガキ、もう、生きちゃいねぇな」

「そう思うか？」

「下手したら、その西線十六条にいた五人とも、まとめてバラされてるかもしれないぞ」

「……」

「警察の内偵も進んでるからな。いつ、いきなり拠点を急襲されても不思議じゃない状態らしい。とりあえず桜庭は、中央署や道警本部の要所要所に、いろんなルートから注射をして、一斉逮捕を先延ばしにしてもらってる、ってウワサだがな。もう、そろそろ限界じゃねぇか、という読みだ。ここんところは、なかなか見てるとスリルがあるぞ。桜庭が、資産を全部スイスに移すのと、道警幹部が痺れを切らして、いきなり踏み込むのと、どっちが先か。……今この瞬間にも、桜庭は、必死になって、金を洗濯してるはずだ」

「……そういう話か……」

「そんな最中に、バカがひとり弾けて、よりによって、人を殺した。しかも、市民のヒーローをだ。警察に、本気になる口実を与えちまったわけだからな。桜庭の注射のことが、チラッとでも北日や道新に漏れてみろ、またもや道警裏金騒動の再現だ。道警頂上は、それだけは避けたいからな。何の躊躇もなく、あっさりと桜庭を潰すさ。……ま、その後にまた何人か、チャチな小売人ひとりふたりと、高卒警部補クラスが何人か、自殺するんだろうけどな」

「……」

「じ、さ、つ。じ、さ、つ。な？」

そう言って、猪首に乗っかった、肉の厚い顔に、くどい笑いを刻み込んだ。

「それに、犯人の写真をバラ撒いて歩いてる、めんどくさいバカも出て来たしな。弾けたガキを、あっさり切り捨てたんだろう」

「……」

「桜庭の系列は、札幌で、三チーム運営してたらしい。それのどっかが交替した、というところだろう」

「……なるほど……最近は、どこに埋めるのが流行りだ？」

「……どうかな。ウチは、そういうおっかない話とは無縁の、合法的な会社だから」

そう言って、桐原は爆笑した。

「もう、消えちゃってるかもな。細かく刻んで……いや、不人か。そんな手間は掛けられないな。金がかかりすぎる。……埋めるのも、大変だぞ」

ま、すでに殺られた、という確証があるわけじゃない。もう少し、あのガキの足取りを追ってみよう。……まだ生きている、と思いたい。やったことを後悔させることができる、反省させることができる、殴ることができる、と思いたい。

そして、もしもすでに始末されていて、なにもできないのだとしても、それならそれで、もう死んでいる、という確証が欲しい。

……明日の午前中、大瀧の電話で、なにかがわかるかもしれないさ。

「いろいろと、助かった。ありがとう」

「ん」

「じゃ」

「お、そうだ。タクシー金融も、って言ったな」

「ああ」

「じゃ……」

桐原もまた、時間を知る時にケータイを見るようになっていた。ロレックスが泣いてるぞ。

……タグ・ホイヤーだったか？

「そうだな。この時間なら、巴《ともえ》ビルの前に行ってみな」

「創成川沿いの？」

「おう」

「なにがある？」

「行けば、わかる」

「……」

「急いだ方がいいぞ。タイミングがうまく合わないと、なにもわからないから。……あと五分以内に着かなきゃ、意味がないぞ」

＊

ハッピービルを出て、通りかかったタクシーを拾って、巴ビルに向かった。零時を回り、地下鉄の最終便が出た後は、ススキノのタクシー乗り場には空車の行列ができる。その行列は、ススキノを遥かに越えてずっと伸び、何度か交差点を突き抜けたり曲がったりして、創成川沿いの巴ビルあたりまで到達する。

そのことは知ってはいたが、現実の光景として見ると、改めて、驚く。札幌のタクシー業界の苛酷さ、そして業界を覆う、どんよりとした、厭な空気をはっきりと感じた。

どんなことが起こるのか、なにを見ればいいのか、わからない。だから、ぼんやりとタクシーの列を眺めているしかなかった。そのうちに、ノスタルジックなフォルムのボンゴが、何度も繰り返し姿を現すのに気付いた。タクシーが並んでいる一方通行の道を、徐行と言っていいような、ゆっくりしたスピードで通過する。それを何度も繰り返す。どうやら、この一画を、陸上競技場のトラックを周回するように、グルグル回っているらしい。

なんだ？　と思った時、ボンゴが、キッと小さな音を立てて、客待ち空車の列の脇に駐まった。ドアがスライドして、ジャージ上下のような恰好の若い男たちが四人、バラバラと降りて来て、その空車を囲んだ。特に騒ぎになるわけでもなく、そいつらは窓を開けた運転手と言葉を交わし、そして金をいくらか受け取ったようだ。そのまま、ゾロゾロとボンゴに戻ろうとした。その時、彼らの前方、やや離れたところで、一台の空車が列を離れた。そのまま、走り去ろうとしたらしい。ボンゴが、仲間を待たずに急発進した。そのまま猛スピードで追いかけ、追い越し、前に出て急停車した。逃げようとしたタクシーは、際どく停まった。俺は思わずそっちの方に走って行った。

離脱しようとしたタクシーを、追い付いた若い男たちが取り囲み、声を荒らげて喚いていたが、結局、勢いに怯えたのか、運転手がドアを開けてしまったらしい。若い男が腕を突っ込んで、運転手が引きずり出された。殴る蹴るされている。俺は、思わず近寄った。だが、すぐにその騒ぎは収まり、運転手はノロノロと起き上がって、運転席に戻った。その時には、若い男たちは運転手のバッグを手にしていた。札を何枚か取り出してポケットに入れた。そしてバッグを運転手の膝の上にポイ、と落として、ボンゴに戻った。

ボンゴは、再びノロノロと走り出し、遠ざかって行く。

殴られた運転手は、俯いたまま、しばらく動かなかった。俺は、目を離すことができずに、ただ黙って眺めていた。

どれくらい、そうしていただろう。タクシーの列は、順調に前方に進んでいる。さっき、この殴られた運転手がいた場所は、後ろの運転手が優しい人だったのだろう、そのまま一台分のスペースが空いていた。その一台分の空間が、タクシーの列が進むのと同じペースで、ゆっくり、ゆっくり、前に動いていた。そして、殴られた運転手の隣に、その一台分の空間が到達した。一台分を空けて、守っていた運転手が、プップッ、とクラクションを鳴らした。殴られた運転手は、それに気付いて、慌てて、隙間にタクシーの頭を割り込ませた。そして、運転席に座って、ハンドルに両手をおいたまま、声を放って泣いた。

そのタクシーに乗って、話を聞こう、とも思った。だが、その気になれなかった。

＊

なんだか気分が重くて、タクシーを拾う気にもなれなかった。巴ビルから、俺の部屋があるビルまでは、歩いて十五分。ぶらぶらと、歩いて帰った。運転手が泣いていた時、いや、暴行を受けていた時、俺になにができただろうか。そんなことを考えても始まらない、と何度も考えを消しゴムで消すのだが、思いは何度も甦って、止まらない。

クソ。

嫌な気分のまま、〈モンデ〉の深夜アルバイトの女の子に、ガラス越しに手を振って、エレベーターに乗り込んだ。で、自分の部屋のドアを開けて、中に入った。

靴を脱いで上がり込んで、俺はなんだか、非常に懐かしい気分を味わった。ここ二十年ほど、かつて味わったことのない、ノスタルジックなしみじみとした思いだった。

なんだろう、と思った時、すぐに結論が出た。

部屋の中が、メチャクチャなのだ。引き出しがすべて開いていて、服は全部撒き散らしてあって、椅子もテーブルもひっくり返っていて、パソコンは床に転がって、モニターのブラウン管は割れている。本や新聞が床に散乱している。

二十年以上昔、この部屋は、常にこんなありさまだったのだ。で、当時、俺は中学校の日本語教員をしていた女と結婚した。その結婚以前、その女はこの部屋に泊まるようになり、この部屋を掃除するようになったのだ。ちゃんと掃除した部屋の快適さを知った俺は、以来、自分とダスキン・メリー・メイドの努力のおかげで、この二十年ほどを、きちんと掃除が行き届き、整理整頓された部屋で暮らして来たのだ。

だから、この大混乱の部屋のようすは、ほぼ二十年ぶりに見る、この部屋の昔の姿なのだ。そういうことか、この懐かしさは……と、過去を思い出す気分をしみじみ噛み締めてから、気付いた。

どこかのクソバカどもが、俺の部屋を、こんなにしやがったのだ。

殺す。

激怒したが、懐旧の念で怒りが一拍遅れ、そんなに派手には怒ることができなかった。その代わり、「ヤバい」という警戒心がむくむくと大きくなって、爆発した。

俺の部屋には、と言うか、俺には、盗まれて困るようなものはほとんどない。だがとにかく、必要最低限のものはある。盗まれると、他人に迷惑が及ぶものもある。また、ここでうかうかしていて、殺されるのも本意ではない。

クロゼットの奥から、GTホーキンスのばかでかいバッグを引きずり出して、スーツ、シャツ、ネクタイを三セット、詰め込んだ。それと、パソコンを、モニターやキーボードはそのままにして、本体をショルダーバッグに押し込んだ。それから気付いて、ファックスを外して、パソコンといっしょにショルダーバッグに収めた。

バッグを二つ肩にかけて一階に降り、ビルの前で客待ちをしていたタクシーに乗り込んだ。幌平橋まで行って、豊平川通りを豊平橋まで行って、三十六号線をススキノに戻って、東急イン正面玄関で下ろしてくれ、と頼んだ。

こういう行き先を断る運転手も、かつては多かった。だが、今は大概の運転手が受けてくれる。不景気だからだ。

タクシーはなんの問題もなく、ススキノを大きく迂回して東急イン正面玄関に着いた。走行中、後ろを気にしてみたが、尾行の有無は確認できなかった。こういう時は、尾行されている、と考える方が無難だ。

タクシーを降りて、東急インを突き抜け、中小路に出て、リラストリートに入った。それを西に抜けて、五番街を左折、新宿通に入り、高瀬ビルから裏に抜けて、ススキノ0番地に降りた。で、東に抜けて、駅前通りに駐まっていたタクシーに乗り込んだ。荷物が重くて、細い道やビルの隙間に入れないので、非常に単純なルートだが、予想していなければ、追い付くことはできないはずだ。どこかで見失ったはずだ。

その後、タクシーを二台乗り継いで、桑園の方の、一度も入ったことのないビジネス・ホテルの前で降りた。泊まりたい、と言うと、ありがたいことにダブルが一部屋空いていた。観光シーズンなのに、運がいい。その代わり、保証金を要求された。数日連泊するかもしれない、と言って、五万円渡した。コンシエルジュは、非常に機嫌がよくなった。

　自分で荷物を運び、部屋に入り、ベッドに座って、やっと落ち着いた。

　俺の部屋。あのようすが、ありありと目に浮かぶ。誰の仕業だ。いや、それは明らかだ。頭の悪いチンピラ共だろう。パソコン本体とファックスを持って行けば、とんでもなくいろんなことがわかる。誰でも知っている事柄に頭が回らない、薄バカのチンピラ共だ。

　だが、誰に言われて来たんだ。

　そして、目的は何だ。

　俺がもしも部屋にいたら、連中はどうするつもりだったのか。

　なにもしないで逃げた。

　それとも、なにか警告でもしたか。

　それとも、殴る蹴るしようとしたか。

　あるいは、殺そうとしたか。

　とにかく、やるべきことが幾つかある。

　スーツやシャツをバッグから取り出した。慌てて詰め込んだので、シワになっている。それらをランドリーの袋に詰め込んだ。パソコン本体とファックスをクロゼットの片隅に安置して、ランドリーの袋を持って、部屋から出た。

　フロントで、スーツとシャツのプレスを頼み、明日の昼前までに頼む、と言うと、承知しました、と言ってくれた。助かる。で、インターネットは使えるか、と尋ねたら、「そちらのは無料でございます」とロビーの隅のパソコンを指差す。「そして、あのビジネス・センターは、一時間五百円で御使用いただけます」と言う。センターを使いたい、と言ったら、「畏まりました」と言って、番号札の付いた電子キーを渡してくれた。コンシエルジュが差し出す使用者リストの紙に、部屋番号を記入して、サインした。

ドアを開けると、横長の小さな部屋で、パソコンが載っているデスクが二台並んでいて、それでいっぱいだった。右側のデスクを選んで、椅子に座った。

俺が会員になっているプロバイダのホームページからメールボックスに入り、メールチェックをした。相変わらずの迷惑メールを削除した。細々した用件を片付けて、華のメールに返信した。

〈現在、部屋を空けている。誰かが、俺の留守中に入って、部屋を滅茶苦茶にしたので〉

このホテルの名前と住所、電話番号を書いて、なにかあったら連絡をくれ、メールでもOK、と書いた。それから、身辺に気を付けて、できたら数日、濱谷のおばちゃんのところで寝泊まりするのも一案だ、と。

それから、松尾にざっと状況を説明し、居場所を知らせ、華に気を付けてやってくれ、と頼んだ。

それから、考え込んだ。

桐原のケータイのメールアドレスがわからない。……このプロバイダのメールソフトは、いつも使っているのとは違うので、いささか使い勝手が違う。

もしかしたら、と淡い期待を胸にゴミ箱を開けてみたら、膨大な量の送信済みメールが溜まっていた。送信メールが、俺自身も知らないうちに、保存されているらしい。ちょっと不気味だ。

だがとにかく、俺は、いつだったか一度、桐原からのケータイメールを受けて、返信したことがある。〈急な話で悪いが、今晩、パーティに付き合ってくれ〉というもので、うまく人を集められなかったスジ者パーティに義理で出てくれ、という内容だった。このテのパーティには、素人も普通に顔を出すので、俺も付き合ってやったのだ。アドレスは覚えていないが、@の前に、確か、m.kiriharaという部分があったような気がする。で、それで検索すると、ヒットした。で、そのアドレスに送信した。

〈どこかのバカが、俺の部屋を荒らしたので、場所を移った。メールは通じる。もしも大瀧と、まだ連絡があるのなら、この電話番号を教えて、ここに電話してくれ、と伝えてくれ。よろしく頼む〉

このホテルの番号とルーム・ナンバーを書いた。

その頃になって、ようやく気分が落ち着いた。そして、自分がサンダルを履いているのに気付いて、心から驚いた。部屋の玄関にいつも置いてあるサンダルを履いて、俺はスーツ姿で歩き回っていたのだった。

知らなかった。

受信ボタンを押したら、華と桐原から返信があった。

〈驚きました。大丈夫？
私は、大丈夫です。ご心配なく。
でも、別に泊まる気はないけど、おばちゃんの顔を見に、昼間に行ってみます。なにか御伝言はありますか？　華〉
〈Re：桐原満夫様　了解〉

41

電話のベルが鳴ったので瞬間的に目覚めた。ベッドサイドのコンソールのデジタル時刻は、9:24 だった。

「もしもし」

「フロントでございます。大瀧様から御電話がかかってきておりますが、お繋ぎいたしますか？」

心拍数が激増した。

「はい、お願いします」

すぐに切り替わった。

「あのう……大瀧ですが」

「あ、どうも。御電話、ありがとうございます」

「あの、桐原さんが、電話、こっちに、と……」

「ええ、ちょっと事情がありまして」

「はぁ……ええと……それで……」

「ええ」

「あのさ、今から電話番号言うから、そこに電話してもらえるかい」

「わかりました」

「ええと……」

0172で始まる番号を、二回、繰り返した。

「その番号に電話して、木村を呼んでもらえば、あたし出るから」

「今すぐ、でいいんですか？」

「ああ、そうだ」

「では、すぐに」

かけ直した。

「御電話ありがとうございます。弘前ホクモンホテルでございます」

弘前か。また中途半端なところに。

「木村さんをお願いします」

「はい。木村様でございますね。失礼ですが、お客様のお名前様、頂けますでしょうか？」

名乗ると、「承《うけたまわ》っております」と言って、電子音の『おお牧場は緑』が鳴り響いた。何でこの曲が、と思った時、大瀧の声が出た。

「あ、あの……大瀧です」

「わざわざ電話してくださって、ありがとう」

「……桐原さんには恩があるから」

「はぁ……で、あのう……早速ですけど、近藤さんは、なぜ、大瀧さんにアプローチしたんですか？」

「はぁ……ええと、あるお婆さんがいて、ですね。その人は、自分も、家族も、あまり気付いていないけども、実は相当、痴呆……っちゅのか、認知症ですか、それが、だいぶ進んでる、っちゅワケで」

「なるほど」

「なんか、今はお嫁さんが頑張って面倒を見てる、サポートしてるんで、まだなんとかなってるけど、実際には、なかなか大変だ、っちゅワケです」

「なるほど」

「そのお婆さんは、ま、少しは自覚もあるんだけど、息子や孫には、絶対知られたくない、っちゅわけです。頑固に。この点は、ちょっとでも意見すると、興奮して喚き出す、っちゅう話です」

「……」

「ま、そんな感じのオバアチャンがひとりいるわけなんですけどね」

「はぁ」

「それが、どうやら、老人を狙った詐欺に引っかかったらしい、っちゅ話で」

「そのオバアチャン、西口さん、というお名前ですか？」

「ああ、そうです、そうです。西口タエさん。あたしも一度お会いしたけど、可愛らしいオバアチャンさ。愛想のいい」

「なるほど。……で……どんな詐欺なんですか？」

「それがねぇ、……もう、オバアチャンも、そのきっかけについては、記憶がアヤフヤでね。ま、とにかく、なにかの健康食品と称するものであるようですね。……いや……それが最初なのかどうか、もう、今となっては、はっきりわからんくなっちまってね。とにかく、次々といろんなものを押しつけられて、あれこれ買った、ちゅのは間違いないね」

「現金で？　クレジットで？」

「っちゅうか……まぁ、借金して、ちゅことになってんのね。そういうことになってますけど、実際に金銭を借りたのか、そのあたりも全然はっきりしないんです。西口さんの記憶が曖昧だし、金銭貸借の書類はなにもないしね」

「じゃ、なにを根拠に、相手方は金を回収してるんですか？」

「いや、根拠もなにもないですよ。……あたしの経験からすると、こういう闇金、というか違法金融はですね、こう……法外な利息がどうのこうのとか、そういう問題じゃないのさ。

全然違う。そこ、わかんないもんだもなぁ……。よく弁護士が、法定利息の何十倍だ、とか、年一千何百パーセント以上の、とんでもない違法利息だ、っちゅうことを言うっしょ。そりゃね、その点は、その通りなんですけど、そういう方向からのアプローチじゃ、はっきりしない、っちゅの。あたしは。物事の本質が、隠れちゃうんだ、っちゅってるわけさ。何遍も何遍も」

朴訥な口調の中に、法律用語が、ちょっと不自然に混じるあたりに、この男の経験と、そしてノウハウと弱点が見えるような気がした。

「つまりさ、弁護士は、訴状や調停書を書いたり、払い過ぎた金を取り戻すために、いろいろと計算する必要があるから、利息の計算などをするわけだ。そのやり方は、間違いでない。したけど、実際には、業者も被害者も、そんなこと、全く関係ないのさ。業者は、取れるだけ取る、っちゅだけのことだ。言わば。して、被害者は、なぜか、払えるだけ、払うのさ」

「……なぜでしょう」

「蛇に睨まれた鼠、ってやつでないの？　あたしもそうだったけど。蛇が、『俺は、この鼠を食う』と決めて、寄って行くわけです。こっちに来るわけだ。なぁ。で、食い尽くす。鼠は、食われるままさ。逃げるも何も、できたもんでないんだわ」

「……」

「ああいう業者の金は、一旦借りたら、もう、絶対に完済できないんだ。ちょっとしたことがあって、二万円借りる。翌日に二万円返しても、終わらない。三万円返しても、終わらない。翌日三万円払って、これでカンベンしてくれ、と言っても、その翌日には、金を取りにくる。そして、むしり取っていく。そういうことさ。連中のやり方は、そういうこと。計算も、利息も、なんもかんも、全然関係ないの！」

「……」

「ああいう連中の、女の扱いと同じことさ」

「あ……なるほど」

「一回、関係をつける。それで、もう、終わりです。どこまで逃げても追って来て、ボロボロになるまで利用して、最後には田舎の温泉の色街に沈める。お～んなじことなの！」

「西口さんは、そういう目に遭っていた、と」

「いや、色街とかじゃなくて。金の話の方です」

「え？　ああ、はい。わかってますよ」

なにしろ八十近いオバアチャンだし。

「あ……そうですよね」

「つまり、一度、なにかのきっかけで、金を借りた、か、借りてもいないかもしれないのに、ただもうひたすら、目を付けられて、金をむしり取られていた、ということですね」

「そういうこと」

「おそらくは、なにかのきっかけで、認知症である、ということを知られたかもしれない」

「そうね。それがきっかけかもね。ああいう連中、電話だメールだで、釣るからね。変な電話かけたり、金戻す、みたいなハガキを出したりさ」

「ですよね……」

「で、西口さん、どうやら、キャッシュ・カードも通帳も取り上げられたんでないか、っちゅってたんだ。近藤さんは」

「実際は、どうなんでしょう」

「……やられたんでないかな。近藤さんは、きっとそうだ、っちゅったし、俺も、そんな印象、持ったんだわ」

「……」

「いくら言っても、バッグに入ってる、っちゅだけで、見せなかったしね」

「……」

「……これは、絶対に知られたくない、っちゅことなんだろうな。家族には一言も言ってないらしいんだ。……近藤さんに、なんとなく、ポロリと漏らして、泣きじゃくったそうです。それで、近藤さん、放っておけなくなった、っちゅってたね」

地下鉄に飛び込んだのも、そのせいか？

「ぼんやりしてる時は、ま、それでもいいんだろうけどさ。西口さんは、ぼんやりしてる時と、しっかりしてる時と、交互にあったもんさ。したら、その、しっかりしている時に、全部思い出す、っちゅんだわ。まず、今までぼんやりしていたな、っちゅ不安あるしょ？　それと、常に金をむしり取られ続けている苦しさあるしょ？　して、それを絶対家族に知られたくない、ちゅう思いあるしょ？　そんなのが、全部いっぺんに襲ってくるわけだも。したから、しっかりしている時は、常に、死ぬための場所、その方法を考えている、ちゅってたね」

「……地獄だな」

「……ほんとさ。あたしも、つくづく、そう思った。……なにしろ、年金も取り上げられてっからね。もちろん、貯金は一銭も残ってないし」

「……」

「今、西口さんは、業者から、月々二万円貰って、それで凌いでる、っちゅ話だよ」

「……家族は、本当に、誰も知らないんですか？　お嫁さんは？」

「お嫁さんは、なんとなく感じてはいるみたいだけど、まさか、キャッシュ・カードまで渡している、とは思ってないんでないかな。それに、……ま、嫁っちゅのは、ま、結局は、他人だからね。やっぱし、姑の財布の中身を気にする、というのも、どうしても気が引けるんでないの？」

「……」

「ま、そんなようなことを、近藤さんから相談されたわけさ」

「でも、近藤さん、よくそんな話を聞き出しましたね」

「だねぇ……やっぱり、他人だからでないの？　家族には絶対知られたくないけど、他人には相談したい。……それに、近藤さんは命の恩人だし、なんて言っても、それにテレビに出てるしさ」

「はぁ……」

「意外と、大きいんだわ。ああいうオバアチャンには、テレビに出てる人、っちゅのが」

「で、そういう相談を受けて、それからどうしたんですか？」

「あたしかい？」

「ええ」

「話を聞いた当初は、そんな手こずる案件でないな、と思ったのさ。だから、そんなに苦労しないで解決できると思いますよ、っちゅ話をしたわけさ」

「わりと簡単なケースだ、と？」

「……それがねぇ……そうなんだなぁ……読み誤った、っちゅことかねぇ……いやぁ、ホント、近藤さんには申し訳ないこと、したよなぁ……それ思うと……」

泣いてはいないのだろうが、泣きそうな声ではあった。演技だとは思わない。

「あたしが、わりとあっさり助けれる、っちゅったもんだから、近藤さん、喜んでね。祝杯を上げよう、っちゅことんなってさ。あたしはあんた、生まれて初めて、カウンター・バーっちゅ所に入ったよ。テレビとかで見る、カクテル飲む店さ。そして、生まれて初めて、葉巻を喫ってさぁ……いやぁ……悔やまれて悔やまれて」

「簡単、とお考えになった、その理由は何ですか？」

「そりゃもちろん、あんた、連中がやってることは、犯罪だからさ。もう、ただの泥棒だ、あいつらは」

「それは、間違いなく、そうですね」

「でしょ？　何の根拠もなく、目を付けた老人から、キャッシュ・カードを取り上げて、貯金を全部盗んで、二カ月にいっぺんの年金まで取り上げてる。これは、明らかな犯罪だ。そのほかに、もしかしたら、西口さんの口座を、振り込め詐欺の道具として使ってるかもしれないっしょ」

「考えられますね」

「したから、お前らのやっていることは犯罪だ、と。タエさんから取り上げた金を、全部返せ、と。返さないと、警察に行くぞ、っちゅう話をすれば、それで大概、折れるもんさ」

「そんなに簡単に？」

「いや、そりゃ、押したり退いたり、言葉のやり取りはあるよ。コツもある。刃物が光ることもあるさ。場合によっちゃ。でも、どこまで行っても、こっちの主張は正しい。被害者が、弱気で、相手に呑まれてたから、唯々諾々と金を払ったり、あるいは、キャッシュ・カードを取り上げられて、月二万もらって堪《こら》えたりしてるわけだ。だから、被害者が、これは犯罪なんだ、と。警察に行って話したら、それで相手は牢屋に入るんだ、っちゅことを、きちんと理解して、毅然とした態度で出れば、大概の相手は、折れるんだ。連中は、もっともっと、いっぱい、いろんな人間を相手にして、金を毟ってるんだから、ひとりの人間から巻き上げた金を返すくらい、痛くもなんともない。下手に揉めて、本当に警察に話を持って行かれたり、裁判沙汰になったりすれば、困るのは向こうなんだ。タエさんに、数百万円返すのを渋って、連中が苦労して作った、システム、何億も稼ぐこのシステムをパァにするのは、いくら何でももったいないべさ。あいつらは、商売でやってんだから、損になることはしないんだ。ちゅか、損害を最小限に留めようとするのさ。だから、この場合は、タエさんに金を返すのが、一番利益のある途なんだ。タエさんひとりに時間かけるよりは、あっさり手放して、別な餌食をとっ捕まえる方が、ずっと儲かるワケなんだから。それくらいのことは、わかるはずなんだ。あんたもやってみるとわかるけど、合法的なサラ金よりは、違法の闇金の方が、むしろ簡単に話が付く面もあるのさ。犯罪者は、もちろん、その存在その物が弱点だからさ」

「でも、今回は……」

「あ〜、そうなんだよなぁ……相手が未熟だった、ってことかな」

「相手が？」

「そう。いや、近藤さんにも話はしておいたんだ。先方にアプローチしたわけだから、これから、いろんなことがあるよ、っちゅたのさ」

「たとえば？」

「ギリギリで車に轢かれそうになったり、家の石油タンクの周りにマッチがバラ撒かれたり、無言電話がひっきりなしにかかって来たり、時には、さらわれて、事務所に連れて行かれることもあるよ、ってさ」

「なるほど」

「それくらいの覚悟を、こっちはするわけさ。最初の交渉で、ちゃんとこっちは名乗って、達磨会の住所も電話番号も何もかんも、明かす。火を点けたかったら、この住所だぞ、と。俺は、毎晩、ここで寝てるぞ、っちゅわけだ。やりたかったら、やってみろ、っちゅわけだ。やるならやってもいいけど、やったら、お前たちの破滅だぞ、っちゅわけだ」

「……」

「これで、大概の、まともな相手は……ま、『まとも』ったって犯罪者だけどさ……ま、ものを考えるやつなら、きちんと対応しよう、と覚悟を決めるわけだ。……ま、弁護士の先生の名前なんかも、効果のひとつではあるんだろうけどな」

「じゃ、この場合は……そうだ、この時の、相手は、何という業者だったんですか？」

「業者……というか、会社でも何でもない、ヤクザに支配された、チンピラ共のグループですよ。愚連隊、っちゅうか」

「どうやって、彼らを捜し出したんですか？」

「向こうから、電話して来ましたよ。あたしは、いつもそういう式で」

「……」

「要するに、タエさんに、今度連中が来たら、この紙を渡しなさい、っちゅうわけです。達磨会の通告書、っちゅのを作ってあるわけさ。で、お前たちのやっていることは、明らかな犯罪だから、連絡をしなさい、と。何月何日何時までに連絡がなかったら、警察に話をする、っちゅわけ。連中は、タエさんの所に、毎月一日に、二万円を持って来てたわけね……な？ これでもわかるだろ？」

「え？」

「なんであいつらが、毎月二万円、タエさんに渡してたか。別に、オバアチャンがお金がないと困るから、っちゅわけでないよ。一銭もやらないと、いくら何でも、警察に行くだろうからさ。でも、このおばあちゃんなら、毎月、一日に二万円やれば、黙って我慢してるだろうな、っちゅことを見切ってるわけだ」

「……」

「だからとにかく、警察に行く、っちゅのが、こっち側の最大の武器なのさ」

「で、連絡はあったんですか」

「あったよ。その日のうちに。すぐに電話して来た。ってことは、ビビってる、ってことだ。桜庭組の組長、ってのが、直接電話してきた」

桜庭が、直接。本当だとしたら、よほど焦ったのだろう。追い詰められている、ということか。

「いろいろと、おっかない口調や言葉で、おっかないことを並べてたけど、あたしも、こういうようなことをするようになって、おっかなきゃおっかない程、こいつ、追い詰められてんだな、っちゅことがわかるようになってきたからね。電話でおっかないこと言ってないで、一度会ってお話ししましょ、っちゅことにしてさ」

「……どこで会ったんですか？」

「そりゃ、桜庭は、事務所に呼び出したがるわなぁ」

「でしょうね」

「それはいくら何でも、こっちはお断りだ。で、ま、いろいろと話し合って、グランドホテルのロビーにしたのさ。……あそこ、改装して、コーヒーが値上がりしてなぁ。……痛かった」

「先方は？」

「桜庭の代理だっつって、ヒゲの男と、中年ふたり。ま、三人ともやくざだわね。こっちは、私と、近藤さん」

「ふたりですか」

「そ。二対三」

「どんな話をしたんですか？」

「なにも」

「え？」

「代理人相手には、話をしない。そう言って、それで終わり。相手は、あんたらだって、バアサンの代理人だろう、ちゅったりしたけど、そうじゃない。タエさんに頼まれたわけじゃなくて、あんまりひどいので、黙っていられなくなった隣人であり、つまり俺らは、俺ら本人として、ここにいるんだ、っちゅったさ。ま、最初は、そんなもんなんだ。三人とも、達磨会のことは知ってて、あの時の雰囲気では、返すものを早く返して、さっさと次の仕事に戻った方が利口だな、と思ってるようだったんだけどねぇ……」

「……」

「後はね、もう、毎回、パターンは同じなんだ。いろんな駆け引きや、押したり退いたりがあるけど、それはもう、完全に、相手、っちゅかな、連中の、顔を立てるためのもんでさ。結局、返すものを返すのが、一番得だ、っちゅことは、連中はわかってるんだ。だから、最終的には、そうなるの。もちろん、粗暴なやつは、暴力に訴えようとするかもしれないけどね。でも、そうなったら、警察に、介入する口実を与えるだけのことだしね。何十万、何百万を惜しんで、何億をフイにする、そんなバカはあまりいないのさ」

「……」

「だから、今回も、いろいろあって、で、結局は、金は戻る、と思ってたんだけどね。常識が通じなかった、っちゅわけだ」

「なにがあったと思います?」

「だから、さっき、未熟だった、っちゅったわけ。そこらへんのことがわからないチンピラが、暴走したんでないかな」

「暴走か……」

「タエさんを担当してたチンピラが、責任を感じたか、いいカッコしたかったか、仲間に顔を売りたかったか。そんなこんなで、近藤さんを呼び出して、手を引け、みたいなことを言ったんでないかな。なんか事情があって、北斗通り商店街の自転車置き場のことを知っててさ。自分の生活地域じゃないけど、全く知らない場所でもない、そこの、脅すのに手頃な場所として、あの自転車置き場を思い付いて、呼び出したんじゃないか？」

あり得る話だ。こじつけて考えれば、北斗通り商店街と西線十六条は、車で五分ほどの距離だ。ゴジラで北斗通りを走ったこともあるかもしれない。返り血を浴びても、西線十六条のマンションに走って逃げれば、人通りの少ない未明のことだ、人に見られずに済んだだろう。

「もしもし？」

俺が黙り込んだので、不審に思ったらしい。

「生きてる？」

「ああ、聞いてますよ。ちょっと考え事をしてました」

「ま、とにかく、充分に気を付けた方がいいよ。人殺しも怖いけど、バカも怖いからね。なにするかわからないから」

「ですね。……そこは、弘前なんですね」

「そうなんだ。知ってる人間が、ひとりもいない。だから、ここまで逃げて来たの。……まさか、とは思うけど、バカは何するかわからないからね」

「そうですね」

「これで、桜庭組ってのも、もう終わりになるんでない？」

「そうでしょうか」

「多分ね。警察は、本気で潰しにかかると思うよ。あんた、この手の詐欺のセンターが神戸にある、っちゅのは知ってる?」

「ああ、ええ。聞いたことはあります」

「そこが、桜庭組をトカゲのしっぽにしようとしてる、っちゅ話もあってさ」

桜庭の、気取った下品な面を思い浮かべた。あいつが消えれば、人ひとり分、ススキノが住みよい街になる。……人ひとり分にしか過ぎないけど。

「そうなんですか……」

「なんか、結構綻《ほころ》びて来たっしょ。東京とか、愛知とか、あちらこちらでグループが摘発されるようになって来たからね」

「ああ、確かに」

「警察の捜査が、段々実を結んできた、っちゅことだろうな、とあたしは思ってんだけどね。神戸のセンターは、相当追い詰められた気分だろうさ」

「でしょうね」

「こういう時が、一番要注意なの」

「なるほど」

「追い詰められて、あちらこちらで、小爆発、みたいなことが起きる、そんな時期なんだ」

「なるほど。わかります」

「あんたも気ぃつけたほうが、いいよ」

「そうですね」

「……あ〜あ、……なんか、疲れた。こんなに話すつもりじゃなかったんだけど。……ほかになんか、あるかい？」

「ありがとうございました。長々と。とても勉強になりました」

「じゃ、ホントに、気ぃ付けな」

そう言い残して、電話はあっさりと切れた。

俺は聞いたことを頭の中で反芻しながら、服を脱いだ。

シャワーを浴びて、ハンドルに手を置いて泣いていたタクシー運転手の記憶を洗い流そうとした。

無理だった。

42

サンダルを履いて、近くの巨大スーパーに行った。靴と、ポケットに収まる小さな懐中電灯を買った。それから朝食を食べようと思ったが、相変わらず、食欲がない。ホテルの朝食はすでに終わっていたので、コーヒーだけ飲んで、部屋に戻った。

ベッドに、プレス済みのスーツとシャツが置いてあった。助かる。とりあえず、一階に降りてプレスの礼を言い、ビジネス・センター使用を申し込んだ。

パソコンでメールをチェックした。ま、たいしたものはない。華からの、〈お元気ですか。大丈夫?〉で始まる簡単な近況報告のメールがあった。窓の外の、小鳥用の餌場に、見たことのない小鳥が来たのだそうだ。写真が貼付されていた。俺も、見たこともない小鳥だった。その俺は、今日もいろいろと忙しいけど、時間があれば、電話する、元気で、と返信した。その他には、松尾から、用件はわかった、くれぐれも気を付けろ、というメール。ほかには大したものはない。迷惑メールを削除して、桐原にメールを送った。大瀧から電話があった。いろいろと、ありがとう。

それから、ネットで八紘会を検索してみた。いろいろな八紘会があるのがわかった。どうも振り込め詐欺の八紘会の関係者は、ネット空間では、この言葉を使うことはないらしい。

その他、中郷通り商店街や北斗通り商店街のあれこれを漫然と眺めた。特に収穫はなかったし、触れた情報の量もそれほど多くなかったが、あっと言う間に一時間と少々が経過してしまった。

これが、ネットで情報を得る時の不思議のひとつだ。検索のスピードが早いし、検索する範囲も広いように感じるから、自分で書籍をあちこち調べて情報を得るよりも、ずっと「仕事量/時間」の効率が優れているように感じるわけだが、ま、俺の技術が低いせいもあるんだろうけど、実際には、時間のわりには、得た情報は貧弱、という場合の方が多い。

ま、俺が古いタイプの生き物だ、ということなんだろうが。

そろそろ時間だ。部屋に戻り、ロングターン、サイドベンツの、おとなしい紺色のスーツを着て、グレイのシャツにおとなしい水色の立て縞のネクタイを締めて、部屋から出た。このホテルはそんなに大きくなく、ファサードがあるものの、タクシーは一台も駐まっていなかった。で、道路に出て、通りかかったタクシーに手を上げた。

*

西口夫人の名前は、亜紀江というらしい。一〇一二号室の表札に、そう書いてあった。長女は美代、長男は哲展。ミヨとテツはわかるが、亜紀江でアッコというのは、よくわからんな。……ま、そんなこともあるだろうけど。などと考えながら、ドアの脇にあるインターフォンのボタンを押した。

「はい……」

西口夫人の、警戒心に満ちた声が応えた。と同時に、「あ」と言ったのは、きっとカメラのモニターを見たんだろう。

「お待ちしてました。お入り下さい」

シュッと小さな音がした。

「開いてますので、どうぞ」

鍵は開いていた。ドアを引いて、中に入った。正面に延びる通路の突き当たりに、西口夫人が出て来た。

「どうぞ。こちら……」

言われるままに、入ったら、きちんと片付いたリビングだった。続く部屋への引き戸が半分開いていて、十畳ほどの部屋に、十畳ほどの広さのジオラマ……じゃなくて、レイアウトが設置されていた。見事なもので、ただ、人のいる場所がほとんどない。模型や、そのための道具、材料などは、全部壁に作った棚に、ぎっしり詰め込んであった。

「すごいですね」

思わず感嘆の声が出た。

「あ、はい……」

そう言って、西口夫人は引き戸を閉じた。

「いつも、空気を入れ換えるように、って……閉めるのを、忘れて……」

「はぁ」

「あ……どうぞ……お座りに……」

言われるままに、ソファに座った。西口夫人が、おそらくはダイニングであるらしい方に消えて、そこでゴソゴソしている。

数分後、お茶と、菓子を盛った中くらいの皿をトレイに載せて戻って来た。菓子は、小さな袋にひとつひとつ入った、小さな煎餅のようなものだった。

「あ、どうぞお構いなく」

「はい……」

そう言って、俺の前に座り、視線を逸らして俯いた。黄色の半袖のカットソーに、ごく普通のグレイのスカート。全く平凡な姿だ。ただ、自信なさそうに俯いているのが、妙にこちらを不安にさせる。

「あのう……」

俺が無意味に声を出すと、さっとこっちを見て、目を逸らす。

「まず、タエさんがいらっしゃらないところで、というお話でしたが」

「あ、はい……」

「それは、なにか理由がおありなんでしょうか？」

「あ、はい……」

「……」

「実は……」

という口調で、西口夫人が、「……」と曖昧な語尾と、さまざまな逡巡とともに、時間をかけて語ったことは、要するに、タエさんは、他人がいると、全く態度が違う、しゃきっとする、ということだった。交わされている会話の内容がわからなくても、いかにもわかっている、という表情で、頷きながら、内容を理解して聞いている、というふりをするのが、とてもうまい。だが、相手が自分の時だけ、だらしなくなり、混乱し、変なことを言う。そのギャップがあることを、知っておいてほしい、ということだった。このことは、誰も理解しないので、西口夫人は非常に苦しい。タエさんの息子である夫も、最愛の孫であるミヨもテツも、タエさんの混乱した姿を知らない。それはそれで、喜ばしいことだろうし、タエさんとしては、自分の尊厳を守るために必死なのはわかる。大切なことだと思う。しかし、その間に挟まって、誰にも理解してもらえずに、自分は非常な孤独感の中にいる。この家にいると、まるで、言葉のわからない国に来たような感じなんです、などと言う。

「それは……大変ですねぇ……」

「ただ、今まで、ひとり……」

「……ひとり？」

「近藤さんにだけは、……義母も……」

混乱した姿を見せていた、と言うのだ。どうやらタエさんは、近藤さんを、その時々で、父親、夫、そして息子である秋、だと思い込んで、話をしていたらしい。義母と近藤さんが話をしているところに、そうそう何度も同席したわけではないが、近藤さんが一〇一二に声を掛けて一〇一三を訪れ、そして声を掛けて帰った後、タエさんは、だいたい機嫌がいいのだが、「今まで父さんと話をしてた」とか「今日、ひょっこりマコトさんが遊びに来た」とか「秋も仕事が順調だって、よかったよかった」などと言うことがあったんだそうだ。そんなようなことは、秋も美代も哲展も知らない。ですから、そのつもりで、お話しください。

ということを、西口夫人のペースで聞くだけで小一時間が経過した。タエさんは、本当は全然様子が違うのだ、ということを、こんこんと何度も何度も、「……」とともに聞かされてから、ようやく、俺は、西口夫人といっしょに、一〇一三を訪れることになった。

＊

西口夫人は、インターフォンのボタンを押して、すぐにドアを開けた。鍵はかかっていないらしい。

「おかあさん、アキコです」

と気安い口調で言って、サンダルを脱いで、上がり込む。

亜紀江と書いて、アキコと読むのか？　どうでもいいことだが。

「どうぞ」

俺にそう言い置いて、すたすたと中に入って行った。

「こちらです」

間取りは、一〇一二とは違っていた。1DKという感じだ。どうやら、一〇一二と一〇一四が広く大きい部屋で、その間の一〇一三が、単身者用の1DKなのであろう、と思われた。ま、独り暮らしのタエさんにとっては、手頃な広さだろう。

「お母さん、近藤さんのお友達がお見えになりましたよ」

リビング、というか、居室なのだろう。いろいろなものがあるが、整理整頓はされていた。掃除も行き届いている。八畳ほどの部屋の真ん中に、木製の小ぶりなテーブルがあり、木でできた、ややモダンなデザインの椅子が四脚、テーブルを囲んでいる。その椅子の、テレビに向かった椅子に座って、タエさんは、目の前に新聞を広げて、右手に大きな虫眼鏡を持ち、しかし新聞は読まずに、大画面液晶テレビを見ている。ＮＨＫの〈のど自慢〉だった。

「お母さん」

西口夫人が呼び掛けると、タエさんが、嬉しそうな、純粋な、真っ白な笑顔で、西口夫人を見た。ぼんやりしている。

「近藤さんのお友達が、お見えになったのよ」

そう言って、西口夫人は、手を開いて伸ばし、俺を指し示した。タエさんは、その掌を見てから、俺の方を見た。急に顔が引き締まった。なにかを考えているような表情になる。

「あら。いらっしゃい。なんか、アッコがいつも御世話になって」

「お母さん、近藤さんのお友達なのよ。お母さんも、一度お会いしてるはずよ」

「そう、そう。なんか、アッコがいつも御世話になってねぇ。ありがとうございます」

「お元気ですか。近藤さんと、一度お会いしたんですが。……本当に、近藤さんのことは、残念でした」

「ああ、本当にねぇ。残念でしたね。あたしも、もう、残念で残念で。あなたは？　なんともなかったの？　近藤さんは」

「ええ。私は大丈夫でした」

「そりゃよかった。本当に。ねぇ、あんなことになってねぇ。……アッコは御存知でした？息子の嫁なんですけど」

「ええ」

「あ、そうでしたの」

「……近藤さんの御葬儀、お疲れになったでしょうね」

「いいえ、それは、いいの。……アッコ……嫁とね、息子がね、全部、きちんとね。……うちの人もねぇ……ま、いい加減、歳だったからね。この歳になるとね。いろいろと、諦めるコツを身に付けるもんなのよ」

俺は、なるほど、と心の底から納得して、大きく頷いた。タエさんは、「本当に、そうよ」と言って、肩をすくめて、笑った。

＊

十分ほど、タエさんととりとめのない話をして、西口夫人と二〇一二に戻った。

あまりものを喋る気分ではなかったが、とにかく知りたいことが幾つかある。

「あのう、失礼ですが」

「はい……」

「お名前は、アキコ、とお読みするんですか？」

「ああ、はい。そうなんです。よく言われます。親は、子供の子、の亜紀子にしたかったらしいんです。でも、姓名判断かなにかで、亜紀の字を使うんなら、子供の子は、よくない、と言われたらしくて、で、画数から、江戸の江、揚子江の江で、コと読ますことにしたんだ、と言ってました。父が。……母も」

「なるほど。ま、もともと、名前の漢字は、使用には制限はあるけど、法律上は、読みには何の制限もありませんしね」

「あ、……そうなんですか……」

自分の名前について話す時は、しゃきしゃきとした口ぶりだったが、すぐにまた、考え考え「……」を多用する話し方に戻ってしまった。

「ところで、……タエさんが、なにか金銭トラブルに巻き込まれている、というようすはありませんか？」

「さぁ……なにか、……家族に知られたくない、大きな失敗は……」

「ないですか」

「いえ……」

「あ、じゃ、大きな失敗が、ある、と」

「はい。……そうじゃないかな、と……」

どんなようなことだと思うか、と尋ねたが、首を傾げるばかりだった。ただ、タエさんが、自分で自分の財産などをうまく管理することはできないのではないか、と感じていることは伝わって来た。

中郷通り商店街の、西口書店の不動産はどうなってるんですか、と尋ねたら、実はあれは、もうずっと前から人手に渡っているらしい、と教えてくれた。書店を廃業する二十年以上前から、亡くなった秋の父が、商店街の模型屋に、土地建物を売ったのだ、と言う。

「え？　〈ホビーショップ大岳〉ですか？」

「あ、はい。……そうですけど……」

商店街の小さな書店の経営は、なかなか苦しく、いよいよ追い詰められた時、ホビーショップの先代、今の店長の父である〈大岳模型店〉の社長に融資してもらったらしい。西口書店社長と、大岳模型店社長は、中郷通り商店街開業の頃からの知り合いで、気の合う友人同士だった、と聞いているという。西口書店は、友人の援助で一時苦境を脱したが、それでも借りた金を返すことはできず、大岳による何度かの追加融資の後、土地建物は大岳のものになったらしい。ただ、先代大岳にはその取引で儲けるつもりはほとんどなく、西口書店はそのまま、大岳模型店に、非常に安い家賃を払って営業を続けた。

で、西口先代が亡くなった時、すでにデパートに就職していた秋には、店を継ぐ気が全くなく、西口書店は廃業し、土地建物はそのまま、現在の大岳が、亡父から相続して、以来放置してある、ということらしい。西口夫人によれば、大岳は、西口書店の場所にカラオケボックスを作る計画を持っているらしい。だが、西口書店の建物がなくなると、タエさんがショックを受けるのではないか、と危惧して、そのまま塩漬けにしてある、という話だった。

「御主人は、書店を継ぐのはいやだったんですね」

「ええ。……模型が……」

「え？」

「義母が、模型を厳禁した……」

「はぁ……」

「勉強の邪魔……という……」

元々、秋は書店経営には興味がなかったらしい。だから、大学卒業後は、デパートに就職したわけだ。家業を継いでくれ、そのために、お前を大学にやって、経営学をやらせたんだ、と言う両親を、デパートで物販や物流を基礎から勉強するんだ、という理由で説得したらしいが、なに、元々書店を継ぐ気はなかった、と夫人にはよく話していたらしい。

書店を継がない理由の第一は「模型」だ、というので、俺はちょっと首を傾げた。

タエさんが、秋に模型を厳禁したのだそうだ。秋があまりに夢中になって、模型に没頭して、勉強をしなかったからだ、と夫人は言った。秋が中学生になった春、タエが、秋が夢中になってあれこれ作っていた模型や工具、材料などを、全部店の裏に叩き出して、当時は札幌のあちこちにあった、家庭用の焼却炉で燃やしてしまったのだという。西口は、今でもその時の話をすると、涙目になります、と夫人は言った。

そのせいで、秋とタエ、そしてタエを容認した父は鋭く対立するようになり、秋は、元々興味のなかった書店経営に対する興味を完全に失った。そして、両親に隠れるように、〈ホビーショップ大岳〉に通って、現店主の大岳に、模型のあれこれを教わり、製作し、作品は、大岳の倉庫に保管してもらったらしい。

秋は、亜紀江と結婚後、しばらくの間は、西口書店の居住スペースで、両親と同居した。

そこに長女長男が生まれた。住居は狭かったが、なんとか三世代が折り合って暮らしていたらしい。しかし、タエさんの夫、秋の父が亡くなると、秋はすぐに、以前から目を付けていたらしい豊平のマンションを、ローンを組んで購入した。で、土地建物を大岳に返し、自分たちは、豊平のマンションで暮らしている、というわけだ。

自分は、書店の女房、という立場もいいな、と思っていた。西口亜紀江は、何度かそう言った。そして、タエさんは、秋が店を継ぐのを、心から願っていた、と言う。だが、秋はどうしても店を畳む、と言って譲らなかった。

「義母が、今でも時折、中郷通り商店街に戻るのは、よほど……」

「あの店が、惜しいんでしょうね」

俺が言うと、亜紀江はしみじみ頷いた。

「なるほど。……あの時……近藤さんが、タエさんを助けた事故の時も、最初はタエさんは、中郷通り商店街で書店をやってる、息子夫婦や孫たちとそこで暮らしている、とおっしゃってました」

「きっと、その時は、本当に、そのように思い込んで……」

そう言って、亜紀江はゆっくり頷いた。そして、ポツリと呟いた。

「夫の夢で……」

「え？」

「自分の、模型のレイアウトを作る、そのスペースのある家で暮らす、というのが。……それは、絶対に、お母さんと同居していてはできない……」

「でしょうね」

「だから、こうして……」

「タエさんと別居して、ということですね？」

「はい……隣の部屋の、あれ……」

「すごいですよね」

「あれは……、アマチュアにしては、相当……」

「でしょうねぇ……」

夫人は、深々と溜息をついた。

「で、休日は、ホビーショップ大岳に行っている、と」

「ええ……」

眉のあたりに苦さを漂わせて、亜紀江は微笑んだ。

「すると、やはり、タエさんが直面しているかもしれない金銭トラブルは、現金について、ということでしょうね」

「そうじゃないかと……あのう、……キャッシュ・カードも、……通帳も、隠す……？」

「はぁ」

「……私が、……盗んだ、と……？」

「あ、いや、それはないでしょう」

「……認知症の？……症状で……」

「ああ、盗まれた、という妄想を持つこともある、ということは言われてますね」

「だから、隠すのか、見せないのかな、と……だとしたら、あんまり、哀しくて……」

今にも泣きそうな顔になる。

「あ、いや、……まだ、そう簡単に短絡的に考える必要もないでしょう」

「なら……いいんですけど……」

さっきから、気になっていることがあった。

「西口書店の戸締まりは、どうなってるんでしょうね」

「さぁ……商品などは、廃業の時に……全部精算……」

「なるほど」

「……必要なものはそれぞれ運びましたから、今はなにも……」

「タエさんが、たまにお店に入り込んでいる、というのは？」

「あ、そうですね。……そう、……鍵は、まだ替えていない……」

「あのお店は、出入口は、表と裏と、ありますよね」

「はい……」

「どんな鍵が付いてるんですか？」

「表は、……昔風の……本当に昔風の、マンガに出て来るような鍵……」

「なるほど。裏口は？」

「裏口は、鍵は……なかった……？」

「ほぉ」

「……当時は、中郷通り商店街……裏口の鍵をかけるなんて……」

「あ、のんびりしてたから、という……」

「はい、……いい時代でした……」

「昔風の南京錠なんかは、かけてませんよね」

「え？……はい……そういう記憶は……」なるほど。俺は頷き、緊張した顔の亜紀江に、ちょっと微笑んだ。亜紀江は、びっくりしたのか、あわてて俯いた。

43

お茶とお菓子の礼を言って、西口宅を後にした。国道三十六号線に向かい、途中、蕎麦屋があったので入り、蕎麦焼酎の蕎麦湯割りと焼き海苔、蕎麦味噌、板ワサを頼んで、電話を借りた。桐原のケータイにかけたが、電波の届かないところにいるか、電源を切っている、と女の声が言った。で、ハッピー・クレジットに電話した。金を借りたい人間は、曜日に関係なく、いる。だからハッピー・クレジットは日曜日も営業している。

「お電話ありがとうございます！　皆様のハッピー・クレジットでございます！」

名乗って、三階に回してくれ、と言うと、固い口調で「少々お待ち下さい」と答えて、声は消えた。しばらく待たされた。

「おう。どうした。藤丈《ふじたけ》だ」

桐原の中堅のひとりだ。古典的な地面師に出入りして、古風な詐欺に熟達しようとしている、ヘンな奴だ。コンピュータが全く使えないから、と自分では言っている。俺と同い年で、酒が一滴も飲めないのに、酒場が好き、という不思議な男でもある。

「石垣、いるかな」

「ん？　三千夫か？　ちょっと待て」

しばらく無音だったが、すぐに声が戻った。

「いた、いた。熱心なやつだ。休みなのに。今、降りて来るから」

俺の返事を待たずに、電子音が『戦争を知らない子供たち』を奏で始めた。「平和の〜歌ぁを〜」のところで、石垣が出た。

「お電話替わりました」

「日曜も休みなんだよな」

「はぁ。……でも、特にしたいこともないので」

「じゃ、また、手伝ってもらえるか」

「はぁ……いいですけど……」

「ちょっと、困ってるんだ」

「あ、じゃ、お手伝いしますよ」

石垣の性格を利用している、俺は卑劣か？

「助かる」

「また、運転手ですか？」

「ま、そういうことだな」

「どこに行けばいいですか？」

「今じゃないんだ。夜遅くなってからだ」

「そうですか。……何時頃……」

「真夜中……零時、なんてのでもいいか？」

「……はぁ……いいですよ。私は特に、休みは予定がないですから」

つくづく、いいやつだ、と思う。

「じゃ、午後十一時に、五号線沿い、円山西町のファミリーレストランに来てくれ」

名前と住所を告げた。

「メシを食ってから、行こう」

「ファミレスなんかで食事をするんですか？」

「まさか。そこはな、クックチルで、とってもまずいんだ。今はそういうのが流行りらしいが、俺はわざわざ金出してまで、解凍した冷凍食品を食おうとは思わないんだ」

「はぁ……あ、そうだ」

「ん？」

「ひとつ、約束してください」

「なんだ？」

「昨日みたいに、別れ際に金を出したりするのは、やめてくださいね。もし、今回もああいうことをするんだったら、お断りです」

「……わかった。悪かった。……失礼かな、とは思ったんだが。感謝の気持ちなんだ」

「わかりますけど、失礼だ、と思います」

「わかった。悪かった。今回は、君の友情に甘える」

「え……」

石垣の声が、なんとなく明るくなった。

「どうした？」

「友情、ですか。私の」

「……うん。そう言った」

「そうか。……いいですよ。甘えてください」

石垣は、朗らかな声でそう言った。

＊

俺は、映画を観る時は、最前列か、前から二番目の真ん中に座る。だが、今回は特別だった。札幌駅北口の近くにある「名画座」で、「監督　小林正樹特集」というのをやっていたので、『切腹』を観に入り、最後列の右端に座った。入口も含めて、全席が見渡せる。

この映画館は、昔の名画座とは若干異なり、上映中の出入りは禁止だ。だが、そういうことを気にしない人間も多い。特に、俺を襲おうとしてつきまとっているやつがいるとしたら、そいつはきっと、映画館のルールなど、無視するやつだろう。俺は非常に緊張しつつ、最後まで見た。上映開始後は、誰も出入りしなかった。気を配りながら外に出た。誰かが尾けているようすはなかった。

とりあえず一安心して、JRに乗り、小樽駅で降りて、近くの蕎麦屋に入った。カシワ抜きと卵焼きで、蕎麦焼酎蕎麦湯割りを何杯か飲み、一体俺は何をやっているのだろう、とふと考えた。さっきも蕎麦屋に入っただろう。小樽まで来てなぜまた蕎麦屋に。

と考えて、気付いた。

俺は、なんだか怖がっているのだった。ススキノ、あるいは札幌にいて、居場所を把握され、襲撃されるのを、なんとなく恐れているのだった。それに気付いて、自分に腹が立った。ムッとして、残っていた焼酎を飲み干し、立ち上がった。勘定を済ませて、そのままのムッとした気分で、駅に戻り、JRに乗って桑園で降りた。タクシーでホテルに戻り、部屋に入って、寝た。焼酎の酔いが、ちょうどよかった。

目が醒めたら午後七時を過ぎていた。まだ、外は明るい。シャワーを浴びて、日中着ていた衣類をランドリー袋に入れて、別なスーツを着た。もちろん、スーパーで買った小さな懐中電灯は、忘れずにこっちに移した。で、特にすることは今のところなくなったが、とにかく午後十一時までは、飲まずにいよう、と決めた。なんだか休日を潰して付き合ってくれる石垣の前で、酔っているのは申し訳ない、という気分だ。

なるほど。

真面目な人間には、このように、道を誤った人間の行ないを正す、そういう力があるのだな。俺は、善人の効用を、身に沁みて、深く深く、知った。

だが、せっかくの改心も長くは保たず、ホテルを出てタクシーを探しながら桑園駅に向かう途中、新しくできた立ち飲み屋を発見し、思わず中に入ってしまった。まだ時間は早いし、ま、一杯二杯なら、というか、酔う前に切り上げればいいだろう、という適切な良識が働いたのだった。で、ついつい九時過ぎまで粘ってしまったが、ま、酔いはそれほど深くない。

金を払って外に出て、通りかかったタクシーに手を上げた。

五号線沿い、円山西町のファミリーレストラン、と頼んだら、「お客さん、あそこは国道五号線じゃないよ、北五条手稲通りだよ」と口答えする。ま、確かにその通りだ。

「ああ、そうですね。ま、言ってることはわかりますよね」

「わかるけどね。あたしは、そういう間違いが我慢できない方でさ」

「ああ、わかりますよ」

相手にならない方がいいような、そんな感じがした。

＊

俺が指示したファミリーレストランの、国道、ではない、北五条手稲通りを挟んだ向かい側にも、大きなファミリーレストランがある。こっちは、そば・うどん・寿司などの和食レストランだ。そっちの方に入店して、大きなガラスの窓から、向こう側のファミリーレストランをじっくり眺めた。ガラスの壁に沿って伸びるカウンターの、ひとり掛けの席だが、日曜日の夜で、午後十時過ぎになっても、子供を連れた家族客でほぼ満員だった。そんな中で、コーヒー（しかもおかわり自由だ）でずっと粘っているのだから、店のスタッフの表情は、どんどん険しくなる。

申し訳ない。気持ちはわかるが、こっちにも事情はあるんだ。

それにしても、こんな夜中まで、子供を寝させない、そんな親たちの気持ちが、俺には到底想像できない。……ま、連中は連中で、ケータイも持たずクルマも持たず、フラフラ生きている人間の気持ちが想像できないんだろうが。

古ぼけたマークⅡが、向かいのファミリーレストランの駐車場に入って来た。周囲には、特に気になる動きはない。俺は急いで金を払って、店を出た。向かい側に渡るのに、横断歩道はない。車の切れ目を待った。こんな時、『トレーニング・デイ』のデンゼル・ワシントンなら、車の流れを完全に無視して横断するのだろうが、これは映画ではなくて現実であり、俺は丸腰で拳銃を持っておらず、悪徳警官ではなく、一民間人なので、そんな目覚ましい真似はできない。

なんとかタイミングを見計らって、うまく渡り、店の中に入ろうとする石垣の肩を叩いた。振り向いて、パッと明るい顔になる。

「来てくれて、ありがとう」

「はぁ……約束ですから」

いいセリフだ。

「すぐにメシを食いに行こう」

「あ、はい。……でも、日曜ですよ。しかも、こんな時間だし。どっかやってますか？」

「探せば、結構あるもんだ」

＊

豊平橋の近くに、昔は私娼や労務者が屯していた一画がある。そのあたりはすっかり様子が変わって、大きなホテルが建ち、結婚式場などもできたが、三角形の小さな公園が忘れられたように残り、その脇に、その当時のその店の造りそのままの木造二階建ての店舗が並んで残っている。その真ん中の一軒が、年中無休で午後十一時から午前五時までやっているラーメン屋だ。ススキノの住人、特に菊水・白石方面に帰るススキノ従業員（男女問わず）なら、大概は知っている店だ。

味はうまい。石垣の口にも合ったらしい。「いやぁ、おいしい」と言って残さず食べたが、この男なら、たとえまずくても、同じことを言い、同じように食べるのだろうな、と思った。

それから俺たちは、中郷通り商店街に向かった。

＊

日曜深夜で、中郷通り商店街は、ほとんど寝静まっていた。煤けた赤い提灯に「ホルモン」と筆文字で書いた木造の飲み屋と、コイン・ランドリーが明るかったが、その他には、街灯があたりに光を投げているだけで、人通りも皆無だ。俺は石垣に指示して、西口書店の裏に回り、駐めてもらった。

マークⅡから降りて、裏口に近寄った。あたりを見回したが、おかしな動きはない。そもそも、誰もいない。

裏口の戸の南京錠は、非常にチャチなものだった。指で捻ればすぐに壊せる、と思った。だが、指が痛くなって、無理だった。で、マークⅡに戻って、なにか工具はないか、と石垣に尋ねた。

「どんなものがいいんですか？」

「バールかなにかが……」

石垣は素直に降りて来て、トランクを開けて、中を掻き回す。そして、バールを手に、体を起こした。

「ありました」

「貸してくれ」

「どうするんですか？」

「あの鍵を壊して、中に入る」

「え⁉」

目を丸くして、驚いている。

「それ、……犯罪ですよ」

「そりゃ、そうだ。器物損壊。家宅不法侵入。君の意見は、全く正しい」

「……」

「でも、必要なことなんだ」

「でも……」

「あれは、今はもう、使われていない建物なんだ。そこを、振り込め詐欺か、あるいは老人相手の悪徳商法の連中が、倉庫にしているらしいんだ。だから、中を調べる」

「……そういうことは、警察に任せるべきです」

「……全くその通りだ。正論だ。だが、この段階で、話を警察に持って行くと、いつの間にか、その情報はどこにも届かずに消えてしまったりする場合がある。マトモに取り上げられても、警官が踏み込んだ時には、荷物がなかったりすることもあるんだ」

「なぜですか？」

「ま、必ずそうだ、とは俺も言わないが、北海道じゃ、大金が絡めば絡むほど、警察に話せば、スジがおかしくなる」

「だから、なぜですか？」

「さぁな。どっかにカフカが好きなやつがいるんじゃないか？」

「……」

石垣が、考え込む表情になった。その一瞬の隙をついて、俺はバールを手に裏口に近寄り、南京錠の、何というのか知らないが、金具を裏口に取り付けている部分にねじ込んで、力任せに捻った。金具は簡単に外れて、南京錠は地面に落ちた。錆びた取っ手を摑んで、戸を引いた。頼りないベニヤ板でできた戸は、静かに開いた。

＊

中に入ると、石垣もついて来た。ひとりで待っているのが怖いのか、あるいは、俺がそれ以上に罪を重ねるのを阻止しよう、と考えたのか。あるいは、なんとなくか。

俺が土足で上がり込むと、「あ、土足ですか？」と小声で尋ねる。

「そうだ。こういう場合と葬式の時はな」

「え？」

「家で葬式をする場合、の話だ」

「はぁ？」

なんの話ですか、というような声と足取りで、土足のまま、ついて来る。

一階は、文字通り、本が一冊もなくなった書店だった。なんとなく不気味な光景だった。一階には、そのほかに家族の居間や便所などがあった。俺は階段を昇った。石垣もついて来る。

二階は、元は畳の部屋だったんだろう。今は、畳はすっかりなくなって、木の床に新聞紙が敷いてあるようだった。何部屋かあったのだろうが、襖などを全部取っ払ってあるので、ひとつの広間のようになっている。そして、段ボール箱が、何十個も、いや、百個や二百個ではきかないほどの量に見えるが、床と壁を覆い尽くして積み上げられていた。

俺は、懐中電灯を点けて、箱の表面を見た。テレビのCMや新聞の広告でよく見聞きする、健康食品やサプリメントの名前が印刷してあった。

いろいろな会社のいろいろなものがあったが、それ以外にも、よくわからないがアロマテラピーの道具や素材であるらしいものとか、〈ミネラル活性炭　小分け二百ケース〉などと書いてあるものもたくさんあった。それらは、明らかに機械で梱包され、包装された「正規の荷物」だった。だが、そのほかに、あり合わせの段ボール箱になにかを詰め込んで、布テープで封をした「手作りの箱詰め」もあった。で、その手作りっぽい箱をひとつ選んで、テープを慎重に剝がして、中を見てみた。

小さなビニール袋に、白い粉末を入れたものが、ぎっしりと入っていた。思わず溜息が出た。

「見てみろ」

「……なんですか、これ」

「シャブだ。一回分ずつ、小分けして入れてあるんだ。いわゆる、パケ、ってやつだ」

「……それは、覚醒剤のことですか？」

「そう。これは、覚醒剤なのですよ、君」

「……」

目をまん丸にして、見つめている。

「きっと、どれかの箱の中には、拳銃もあるだろうな」

「……」

とりあえず、出よう、危ない、と言おうとした時、車が近付いて来る音が聞こえた。通り過ぎるだろう、と思ったのだが、この建物の裏口で駐まった。

なんだ？

車から降りて来たようだ。裏口が開いた。

石垣が、泣きそうな顔で俺を見る。

階段からは降りられない。相手が昇って来るから。窓からは飛び下りられない。山積みになった段ボール箱が邪魔だ。

押入がある。半分、戸が開いている。

「石垣、押入に隠れろ」

小声で命令した。

「あなたは?」

小声で尋ねる。

「ここに誰もいなかったら、絶対おかしい。探すだろう。ふたりとも捕まって、共倒れだ」

「え?」

下から、話し声が聞こえる。

「早く、押入に隠れろ」

「でも」

「なにがあっても、出て来るな。で、誰もいなくなったら、こっそり出て、あのマークⅡは置いたまま、逃げろ」

「でも、だって」

「俺は、自分でなんとかできる。いいか。なにがあっても出て来るなよ。静かにしてろよ」

下の連中が、上がって来そうな気配になってきた。

「早く入れ。絶対見付かるな」

首を振って抵抗する石垣を、引きずって押入に押し込んだ。

「いいか。なにがあっても、絶対に出て来るな。見付かるな。あんたが見付かったら、俺たち、ふたりとも、死ぬぞ」

なにか言おうとした。左手で口を塞いだ。石垣の唾が、俺の左手を濡らした。

「なにも言うな。静かにしてろ。絶対だぞ」

押入の上段に押し込んで、半分開いた襖はそのままにして、シャブの箱を閉じ、その他の段ボール箱を懐中電灯で照らして、書いてあることを読んでいるふりをした。ふりをしているだけで、書いてある言語は日本語なのに、いくら読んでも意味がわからなかった。俺は、心の底から、震え上がっていた。

階段を昇って来る足音は、警戒心に満ちた、慎重な、そして静かなものだった。階段降り口のあたりに、黄色いツララのような光の筋が動いている。俺は、勇気を奮い起こして、のんびりした声で言った。

「どうしたぁ？　誰だぁ？」

光の筋が、さっと消えた。階段の足音が一度止まった。なにか、小声で話し合っている。

「あんた、誰だ？」

下から呼び掛ける。声に聞き覚えがある。

「いいから、上がってこい。顔を見せてくれや」

俺が言うと、下からの声が不思議そうな口調に変わった。

「あれ？……あんたは……」

その声と口調で、なんとなく相手の正体が分かったような気がした。俺は、希望を込めて尋ねた。

「萩本さんか？」

階段の降り口から、さっと光が射した。男がひとり、徐々に姿を現す。俺は、懐中電灯の光を向けた。スキンヘッド、ミラーサングラス、屈強な体にスーツ。その後ろに、まだ何人かいる気配だ。下から昇って来た男は、萩本源だった。緊張が解けた。

「あんたか。こんなところで、なにやってるんだ？」

夜なのに、暗闇なのに、ミラーサングラスをかけている。俺の声に応えずに、真っ直ぐ近付いて来た。俺の懐中電灯の明かりが目印か。今更消すのも不自然だった。俺は、別に敵対しようとしているわけじゃない。流れによっては、どこかこの近くで、一緒に飲みながら、近藤雅章の話をしてもいい。

「……なにか言えよ。どこから来たんだ？　まさか、生振からじゃないだろ？　どっか近くに……」

「あのマークⅡは、あんたのか」

「そうだ」

「……俺の知り合いが、あんなようなマークⅡを見たことがある、と言うんだな。そのマークⅡは、連中のゴジラの尾灯にテープを貼る、なんて洒落たイタズラをしたんじゃねーか、と」

「はぁ？」

思いっ切り、ミゾオチを殴られた。突然だった。思わず体を屈めた。後頭部で苦痛が爆発した。おそらくはスラッパーだ。気を失う直前、革のニオイを嗅いだ。苦痛が、一瞬にして俺の全存在を包み込んだのまでは、覚えている。俺のアタマは、垂直に、床に激突したようだ。

44

寒い。目が醒めた。すぐに吐いた。めまいがする。体が動かない。土の匂いがする。なにかが腐っている。非常に不気味な腐臭だ。また吐いた。起き上がろうとした。わかってきた。俺は、両足を縛られている。手も、背中で縛られている。俯せに、剝き出しの土の上に……大きな穴の中に転がされている。どうやらなにも着ていない。少しずつ、思い出した。細切れの記憶。いろいろと連れ回された。紫色の明け方の街のあちこちで、手荒く転がされ、壁に叩き付けられ、殴られた。桜庭の顔があった。俺は左右から押さえつけられていた。桜庭は嬉しそうに俺を見下ろし、俺の顔を蹴った。途切れ途切れの記憶は、順番がよくわからない。とにかく、このままだと、明らかにヤバい。体を揺すった。体を傾けて、上を見ようとした。穴はそんなに深くない。のけぞって向こうを見ようとした。背中になにかが落ちて来た。大きな石か。激しく痛む。誰かが、走り去った。首を横に向けた。若い男の顔があった。死んでいた。表情は静かだが、皮膚の色は濁っている。灰色混じりの紫色だ。臭っていた。思わず腹と肩と太股を動かして、離れようとした。だが、そっちの方の感触もおかしい。

……考えるのも厭だが、どうやら俺は、数体の死体の上に転がされているらしい。何日か前に埋めたのを、再び掘り返した？

　俺は、思わず首を持ち上げて、傾け、空を見上げた。よく晴れ上がっている。今は何時だ。空気は冷たく、まだ五時前だろう、と思われた。こんな天気のいい日に。なにが起きているんだ。

　……センサーがあったんだろうな。だから、萩本源は、誰かが中にいることは承知の上で、来たんだろう。じゃなきゃ、あんなに慎重に近付いて来たはずはない。偶然通りかかって、マークⅡがあったから不審に思って入って来た、というのではない。西口書店の建物のどこかにセンサーかカメラがあって、人の出入りを監視しているのだろう。で、侵入者の存在を感知して、やって来た。

　とすれば、おかしい。

　萩本は、どこにいたんだ。生振か。生振から中郷通りまでは、いくら深夜の交通量の少ない時間帯でも、三十分以上はかかるはずだ。どこにいた？　澄川か。やや遠いが、あり得る。……西口書店に、向かっていたか？　定例の在庫調査かなにかで。そして向かう途中で、センサーの情報をキャッチした、あるいは、センサーの情報を得た誰かから、ケータイかなにかで連絡を得たか。

　臭い。また吐いた。

　これからどうなるんだ。

　そう思うと、いきなり心臓がバクバク始める。考えるな、と自分に言い聞かせた。

これで終わりか？

考えるなって。

息子は元気だろうか。もう会えないのか。

考えるなって。

石垣はどうしたろう。

この穴の中には、生きている人間は、俺しかいないようだ。

とすると、あいつは、無事隠れ通して、逃げることができたのか。

だったらいいが。

俺が、彼にものを頼んだせいで、あの男が死んだりしたら、もう生きては行けない。

いや、おそらく俺は、すぐに死ぬのだろうけど。

そういう問題じゃなく。

考えるなって。

数人の足音が近付いて来た。

心臓のバクバクが激しくなり、自分の耳で直接拍動が聞けるようになった。

「起きたか」

萩本の声が聞こえた。俺に質問したのではなかった。独り言だった。俺は、精一杯、首を持ち上げて、のけぞった。萩本の顔を正面から見ようと努力した。だが、できなかった。どんな顔をしているのか、わからない。

「申し訳ないが、ちょっと、こっちの都合でな。桜庭の言いつけを、守らなきゃならなくてな。気が進まないんだが、ま、やんなきゃならないこともあってな。悪く思うな」

なにかを言おうと思った。だが、なんと言えばいいのか、なにも思い付かなかった。

「おい……」

やっとの思いで、そう言った。それしか言えなかった。

「俺も別に、桜庭が好きなわけじゃない。むしろ、ああいう下品な男は嫌いだけどな。ま、しゃーねーんだ。誰が悪いんでもない、俺が、自分で選んで桜庭に近付いたんだからな。ま、せいぜい利用しましょう、ってことでよ」

金属同士が触れ合う音や、なにか、大きな布のようなものがドサリ、と土の地面に落ちる音がした。なにが起きているのか、見たい。だが、体が動かない。重量のある自動車が、徐行してくる音も聞こえる。なにかの重機か？

「しかし、桜庭は、本当に、ゲスだな。……ってぇか、あんたは本当に、桜庭に嫌われてるんだな」

「なぜ」

やっと、返事をすることができた。

「なぜって、……バラす前に、爪を全部剝いで、指を全部切り落として、腕と足を切り落とせ、両目をくりぬけ、舌を切れ、なんてことを、俺に言うんだぞ。俺を何だと思ってる。場合によっちゃ、バラすこともあるけど、ヘンタイじゃねぇんだ、って」

「……」

「でも、ま、いろいろとアレでな。ひとつだけ、願いを叶えてやることにした」

「なに？」

「……どっちかひとつにしろ、って言ってやった。目か、舌か」

「……」

「そしたら、『じゃ、舌』ってよ。即答したぞ。よっぽど、あんたのお喋りが嫌いらしい」

「待て……」

「安心しろ。生きたまま切ったりはしないから。桜庭には、あんたの舌を見せればそれでいいんだ。だから、バラしてから、切り取る。舌を切って、写真をケータイで送れ、なんてことを抜かしたから、床に唾を吐いてやった」

「……」

「俺は、別にあんたを苦しめたいわけじゃないんだ。ただ、……まぁ、仕事……というか、業務上の付き合いだ。ま、そういうわけだ」

俺の体を、激情が突き抜けた。切羽詰まった衝動が、俺の体中で暴れた。俺は、メチャメチャに動いた。暴れた。だが、それは主観的な問題で、実際には、手足をぎっちりと縛られていて、ほとんど動けなかった。

「動かない方がいい。的がぶれると、即死できないかもしれないぞ」

カチッと音がした。撃鉄を上げた音のようだった。俺は思わず、全身の力を込めて、叫んだ。

その時、電子音の『ライディーン』が鳴り響いた。

萩本が舌打ちをした。『ライディーン』が止まった。「お」と小さく口の中で言った。

「見てろ」

周りの人間に言って、「萩本でございます。御無沙汰しておりました」と言いながら、遠ざかって行く。

数分、寿命が延びたのか。

俺は、大小便を漏らしていた。

＊

萩本が戻って来た。あっと言う間、という感じもしたし、何十分も、という長さにも思われた。

「おい、そいつ、出してやれ」

面倒臭そうな声で言う。何本かの手で持ち上げられ、乱暴に引きずり出された。何人かが、吐いた。

「くっせ！」

「そこに転がしとけ」

そして、近付いて来た。

「お前ら、ここはもう、終わりだ。どっか行け」

「え？」

若い声が、何人も、呆気にとられた声をあげた。

「うるせぇ。やめだ、やめ。車に乗って、どこでも行け」

周りを見ようとしたが、相変わらず縛られて腹這いなので、全く視界が利かない。

萩本が、近付いて来る。俺の顔のところに膝をついた。

「あんた、トウリュウを知ってるのか」

「トウリュウ？」

「斗己誕の、センザキってお方を知ってるのか」

思い出した。

「ああ、知ってる。随分、世話になった」

それだけ言うのにも、何度も呼吸を整えなければならなかった。

「そうらしいな。もしも、今度お目にかかることがあったら、勇払《ゆうふつ》の萩本が、道中お健やかに、と言ってた、と伝えてくれ」

「勇払？」

「ああ。わかるだろ。厚真《あつま》とか、鵡《む》川《かわ》とか、あのあたりだ」

「ああ、それは知ってる」

「そう言や、わかる。くれぐれも、よろしくな」

「……今の電話はセンザキさんからか」

「そうだ。……ヘンな縁で、ヘンなことになっちまったが、ま、怒るな」

俺は思わず動いた。

「安心しろ。紐は外してやる。そのままじゃ、死んじまうからな」

萩本は立ち上がった。それからちょっと間があった。「ところでよ」と言葉を続けた。

「近藤先生を殺させたのは、桜庭だってのは、本当か？」

咄嗟に、話を作った。

「……少なくとも、俺は、そう思っている」

「なるほど。ツジツマは合う。……礼を言う」

こめかみが爆発し、俺は革のニオイがチラリと漂う闇の中に落ちていった。誰かが背中の紐かなにかをナイフで切ったらしいことを、ぼんやりと感じた。

＊

ふと気付いたら、俺は歩いていた。靴下は履いていないが、靴は履いている。スーツの上下を身に付けている。だが、下着やシャツはなしだ。朦朧としながら、穴の周囲を、スーツや靴を探し回ったのを、なんとなく覚えている。穴の中には、半分土に埋まったガキどもの死体があった。吐き気がした。俺自身の体も、同じように臭っている。厭なニオイだ。汗、排泄物。だけではなく、腐臭。立ち止まって、吐いた。また、歩き始めた。ほとんどなにも思い出せない。萩本に、穴の脇で後頭部を殴られた。革のニオイを嗅いだ。そのあとは？記憶も、自分の存在も、すべてが朦朧としている。

俺は、ただひたすら歩いている。両側は、深い森だ。どっちに向かってる？　どっちでもいいさ。石狩は、札幌の隣の市だ。アマゾンのジャングルじゃない。歩いていれば、どこかには出る。出たらどうする。俺はズボンのポケットに手を突っ込んだ。金はいつも、剝き出しで、ズボンのポケットに突っ込んである。だが、金は全くなかった。俺は一文無しだ。キャッシュ・カードもない。電話すらできない。

どうすればいいのかわからないが、とにかく、歩き続ける。歩き続けることはできるし、そして今は、それしかできない。

太陽の高さからすると、まだ朝方だ。あとどれくらい歩けば、……どこに出るのだろう。世界のことが、根本的に、わからない。

真っ平らに真っ直ぐ伸びる、砕石をバラ撒いた道の向こう端に、自動車が見える。助けてもらうか。だが、俺は今、非常に臭い。自動車は、どんどん近付いて来る。人間と顔を合わすのが厭だった。俺は、道ばたの藪に踏み込んでしゃがみ、車をやり過ごそうとした。

ビッグ・ホーンが、俺のすぐ脇に駐まった。

運転席のガラスが降りた。アンジェラが俺を真正面から見て、言った。

「早く。乗って。なにしてるの？」

「……俺は、今、臭いんだ」

アンジェラは、ハハハ、と笑った。

「いつものことよ」

*

助手席にいた石垣が、俺の面倒を見てくれた。ビッグ・ホーンは車高が高い。乗り込む時に、苦労した。石垣は、後ろから腰を押してくれた。俺はもう、ヘトヘトで、すべてを石垣に委ねた。石垣は、あれこれと俺の状況を整えながら、何度も「心配しないで」「いいですよ。その調子」と言った。その度に、ああ、心配しなくていいんだな、この調子でいいんだな、と心が安らかになった。

ウトウトしながら、石垣が誰かとケータイで話しているのを聞いていた。現状を説明し、そして、なにか指示されたことを復唱したり、「わかりました」と答えたりしている。それはわかるが、具体的に、なんの話をしているのか、わからなかった。アンジェラは、なにも言わずに、黙々と運転に集中していた。

結局、アンジェラはハッピービルまでほとんどなにも言わなかった。で、俺と石垣を降ろして、「じゃ、私もちょっと用事があるの。元気でね」とひとつ頷く。

「車、ニオイが移っただろ。消臭、丁寧にやった方がいいぞ」

アンジェラは、ハハハ、と笑った。

「いつものことだって」

俺も、笑った。傍目には、痙攣のように見えただろう、と思う。

石垣は俺を支えながら、ビルの裏口までゆっくりと進んだ。そしてエレベーターに入り、六階のボタンを押した。

「おい、いいのか？」

六階は桐原の居室で、滅多に人を入れたりしない。

「社長から、言われてます。今は出てますが、六階で、体を洗って差し上げるように、と言われてます」

「なんでだ？」

「……わたしの命を救ってくれたから、だと思います。言われました。一生、あなたに感謝しろ、と」

「……そんなことはない。そもそも、俺が君に仕事を頼んだから……」

「ええ。私も、理屈ではそう思いますけど、こういうのは、ホント、理屈じゃないですね」

俺も何度かしか入ったことのない、ま、文字通り豪華金ピカな部屋の、豪華宏壮なベッドの上に、シャネルのロゴ入りの、新品のバス・ローブが置いてあった。これを使え、ということだろう。手伝う、という石垣を何とか断って、バス・ローブを手にシャワー・ルームに入った。

シャワーを浴びると、体の表面いたるところが痛んだ。擦り傷切り傷の類だろう。大した傷ではないが、化膿したら厭だな、などと考えながら、いつもよりも時間をかけて、丁寧に体を洗った。

バス・ローブを着て、石垣が差し出したピースを喫ったら、ようやく生気が蘇るのを感じた。

「本当に、お疲れ様でした」

しかし、こんなに大事にされる謂れはない。どうもおかしい。

「桐原は？」

「ミーティングに行く、と言ってました」

臨時幹部会だろうか。なぜ？　ま、連中の業界の事情など、俺には関係ないが。

「ずっと、隠れてたのか」

「ええ。あの二階で、あなたが意識を失った後、すぐに三人がかりであなたを持ち上げて、そそくさと出て行きました。……で、社長にケータイで状況を説明して、早く戻れ、と言われたので、マークⅡは置いて、走って南郷通りに出て、タクシーで会社まで戻りました」

長々と人の話に耳を傾けるのは、まだ不可能だった。理解するエネルギーが足りないような感じだ。

「わかった。もう、いい」

「……大丈夫ですか？」

「ああ」

話を聞くエネルギーはないのに、つい尋ねてしまった。

「アンジェラが登場したのはなぜだ？」

「高田さんが、昨日、あなたの部屋に行ったんだそうです。で、部屋が滅茶苦茶になっていたので、心配して、アンジェラさんに連絡を取った。アンジェラさんも心配して、社長に、なにか知らないか、と尋ねて、あなたを最後に見たのは、生振に行った時だ、という話をしたんだそうです」

「そうだ……斗己誕のセンザキさんに連絡を取ったのは、相田か？」

「ええ。私が、西口書店の二階でのことを報告したら、社長が、非常に動揺して、絶対ヤバい、と。命がなくなる、と。で、その時階段を昇ってきたのは誰だ、と言われたんですけど、全然知らない男でした、と言ったんです。それはそうだろうが、なにか名字だけでもわからないか、と言われて、それで、あなたが、萩本さんか、とかなんとか、尋ねていたのを思い出して、そう言いました」

「そうか……」

「で、社長が、最悪だ、と言って頭を抱えたんです。で、私には直接、どういうことなのかはわかりませんが、社長が、出たり入ったり、あちこち電話したりしてたんですけど、状況がどんどん悪くなってるのは感じました。そのうちに、明るくなりかけた時、相田さんが日を覚まして。で、社長が、相田さんに状況を説明したんです。そしたら、相田さんが、必死になって目を動かして、声を出されたんです。で、夢中になって話を始めて、私には、また、相田さんのお話は、ちょっと聞き取れないんですけど、社長はわかって、それでケータイをかけたんです。……いろいろと、聞き慣れない言葉を使って、不思議な言い回しで、挨拶してました」

「そうか」

「……相田さん、なんだか相当偉い方なんですね。……ま、とにかく、その電話の相手が、そのセンザキさん、という方だと思います」

「そうか。わかった」

「その後、センザキさんから電話が来て、社長と長い間、話してました。社長は、何度も、お礼を言ってました」

「……」

「それから、アンジェラさんに電話をして、生振の場所を尋ねたんです。そしたら、アンジェラさんが、自分で行く、と……」

俺は、立ち上がった。まだふらつくが、大したことはない。階段で、四階まで降りた。階段室から出ると、すぐに相田の部屋だ。ベッドに寝ている。俺の方に目を向けた。

「こんな恰好で、申し訳ない。……服がなくてな」

相田が、いいんだ、という雰囲気で、瞬きをした。

「助かった。ありがとう。本当に、ありがとう」

俺は思わず相田の右手を握った。相田は、よかったな、という雰囲気で、瞬きをした。

「おうあ」

と言った。俺は思わず、涙を流してしまった。

＊

俺は、相田のベッドの脇で、石垣が用意してくれた、背もたれ付の椅子に体を預けながら、ここからどうやって出ようか、とあれこれ考えていた。問題は、一文無しだ、という点にある。カードもないから、金も下ろせない。とにかく、服をなんとかしなくてはならない。服がなければ、服を買いに行くこともできない。石垣に、ホテルまで行ってスーツを持って来てもらう、という手もあるが、そうそうこの男を使うわけにも行かない。だいたい、今は石垣は勤務中だ。俺が私用を頼むわけには行かないだろう。

などとあれこれ考えているところに、桐原が帰って来た。機嫌がいい。俺の姿を見て、

「よう、無事だったか。何よりだ」と言った。

「バス・ローブ、借りてる」

「やったんだ。持って帰れ。いい品物だぞ」

「それはわかる。あと、シャワーも借りた」

「ああ。石垣に言ったんだ。体、洗ってやれってな」

「さすがに、それはひとりでできた」

「そうか。ま、なによりだ」

「……で、なにがどうなった？」

「萩本が、ケツまくって、フケた」

「ん？」

「なんもかんも放り出して、消えた。出て行く時に、桜庭を殺《と》ってった」

「なにぃ？」

俺が咄嗟に思い付いて言ったセリフのせいだろうか。だとしたら、ちょっと後味が悪い。

……だが、ま、大した問題ではないな。

「いや、気持ちはわからないでもない。もう、たくさんだ、と思ったんだろ。あんな下品なやつに、ヘイコラするのは、もうたくさんだ、と。四つん這いんなって、桜庭の靴の爪先を舐めるのは、もうゴメンだ、と。そういうことだろう」

「……」

「どっか突き抜けた、吹っ切れたやつだったからな。役所相手の、ネチョネチョしたやり取りも、いやんなってたんだろうよ。……大丈夫だ。あいつなら、一本で、どこでもなんとでもなる」

「別に、あいつのことを心配しちゃいないが。……それに、俺を殺そうとした男だし」

「そういう点じゃ、俺も同じだぞ」

「ああ、そんな昔もあったな」

「へへへへ！」

機嫌良さそうに大声で笑った。

桜庭が死んだ。そりゃ、嬉しくもなるだろう。……そのきっかけのひとつが、俺か？　だから、こんなにサービスがいいのか。なるほどね。

「おい、お前、もう相田には礼は言ったか？」

「当然だ」

「だな。……お前、これから、毎朝目が醒めたら、相田のいる方角に向かって、最敬礼しろよ」

俺は黙って、頷いた。八割ほど、本気だった。

＊

結局、高田のケータイに電話して、雑用を頼んだ。高田はアンジェラに電話して、ふたりであれこれとやってくれた。高田が金を貸してくれて、ホテルの支払い、荷物の引き取りをした。そして高田が金を出して、アンジェラが、ジーンズやTシャツ、それに下着類を選んで、買ってくれた。その間、俺はシャネルのバス・ローブを身にまとい、悠然と椅子に座って、桐原のスプマンテを飲んでいたのだ。いつか、バチが当たるだろうな、とは思っている。

45

日常に復帰するまでに、ちょっと時間がかかった。華は、初めて俺の顔を見た時、泣いた。二分で泣き止んで、部屋を片付け始めた。

ふたりで部屋を片付けたり、静かに過ごしたりしているうちに、時間をかけて徐々に日常が戻って来た。カード類がないので、しばらく不便だった。自分の口座から、ネット経由で華の口座に金を移し、それを下ろして使った。俺は、カードの再発行手続きのような、事務手続きが、極端に苦手だ。苦手、というか、面倒臭い。だが、とにかく、書類の枡目を細々と埋めて、なんとか手続きをした。金が自由に使えるようになった。嬉しかった。

ススキノは、桜庭がいなくなっても相変わらずで、桐原たちが、目に見えて羽振りがよくなる、なんてこともなく、あまり変化は感じられなかった。

桜庭が死んでもススキノには大した変化はなかったが、道警幹部たちの頭痛のタネ、身から出た錆がキレイさっぱり消え失せたわけで、道警は活き活きと活躍し始めた。

札幌や近郊のあちこちで、振り込め詐欺のグループが摘発された。中でも凄惨だったのは、老人に羽毛布団や健康食品を押し付けて、法外な金を取り上げていた若い連中が、おそらくは金の配分などで揉めて、マンションの一室で殺し合いになり、五人全員、遺体で発見された、という出来事だった。鑑識によると、まず三人が、ほぼ丸一日の間に死んだらしい。死因は三人とも、失血死。その後、残ったふたりが殺し合いをしたらしく、最後に残った男も、動けなくなったようで、四人目が死んだ後、丸二日生きて、「その後死亡したものと思われる」ということだった。その二日間、意識はあったのだろうか。あったとしたら、なにを考えていたのか。

生振の、未成年を含む五人の遺体が発見された事件は、北日のスクープになった。報じたのは、匿名の情報提供を受けて、現場に確認に行った、北海道日報報道局札幌圏部部長の松尾だった。もちろん、匿名の情報提供者は、俺だ。松尾はその他、中郷通り商店街元西口書店二階の覚醒剤大量備蓄事件をもスクープしようとしたが、こちらは、現場に行ってみたら、二階は空っぽになっていた。松尾は、「無駄足になった」と、匿名の情報提供者に愚痴をこぼした。

会社社長で、北栄会花岡組二次団体の暴力団組長、桜庭秀彌（62）を射殺した会社社長、萩本源（53）は、全国指名手配されたが、行方は全く摑めない、とテレビや新聞は報道した。

俺は、部屋の整理をなんとか済ませて、それから華とふたりでインテリアをあれこれ整えた。そして、三日ほど、市立中央図書館に通い、それから大麻《おおあさ》の道立図書館で一日過ごした。

そして、中郷通り商店街に行った。どんよりとした曇り空の、蒸し暑い日だった。

＊

大岳は、突然訪れた俺を見て、驚いた顔をした。ま、当然だ。

「御無沙汰してました」

「ああ、本当に。……どうしたんですか？」

「ちょっと、思い出したことがあって」

「それにしても……近藤さんの件、イヤな終わり方でしたね。あれでしょ？　生振で掘り出された五人の若者の死体、あのうちのひとりが、犯人だ、って……」

「そうですね。テレビや新聞を見ると、どうも、そうらしいですね」

「あれは……わけのわからん事件ですな」

「本当に」

「あ、そうだ。なにか冷たいものでも……」

「ありがとうございます」

長い話になる、と気付いたのか。覚悟したのか。

一旦奥に消えた大岳は、ゴソゴソと音をさせていたが、トレイにコップを二つ載せて戻って来た。コップには、氷と麦茶が入っていた。

「ところで、どんな御用件ですか？」

「西口書店の二階が、ヤクザどもの倉庫になってたのは、御存知ですか？」

「え？　初耳ですが……」

その一瞬の表情は、思いもよらないことを聞かされた驚きなのか、隠していたことを言い当てられた狼狽なのか、どちらなのかは、はっきりとはわからなかった。

「パケに小分けした覚醒剤が、……あれで……よく言う、末端価格、あれで言うと、……六千万円くらいかな。ざっと見」

「……まさか……」

「ところで、こういう本、御存知ですか?」

尻ポケットから、コピーした紙を一枚、広げて渡した。表紙のコピーだ。

〈北に侠ありき　ススキノ激闘史三十年〉

「北にキョウあり……」

不審そうに呟いた。

「それで、オトコ、と読ませたいようです。著者はね」

「……ホンジョウ……ショウリュウ?……」

著者の名前を呟いた。心底不審、という表情だ。表紙から顔をあげて、俺の目を見た。

「昭和五十年、本庄組結成三十年を記念して刊行された本です。本庄昇竜は、いわゆる書画骨董に幅広い趣味を持っていて、文章も書いた。ま、老境に入って、自分史を書きたくなったんでしょう。ありがちなことです。ただ、ヤクザだ、というところが、ややユニークだ」

「はぁ……」

全然意味がわからない、という顔つきだ。

「学生時代、古書店で見付けて、興味を持って買ったんですよ。文章も、そんなに下手じゃない。結構、面白かった。……当時、中郷通りに住んでいた女の子と、一カ月ほど付き合ったことがあってね」

「え?……」

キョトンとしている。

「ただ、せっかく買ったのに、いつの間にか、なくなっちゃってね。で、今回、中央図書館で、市立図書館各所の蔵書を探したけど、なかった。やっと、道立図書館で、一冊、見付けました」

「なにが……」

「ここのところ、読んでみてください」

尻ポケットから、コピーをもう一枚出して、広げて渡した。

〈中郷通りの新井君

さて、そのほかに、近郊業界の豪傑たちを列挙すると、まず、白石（当時は札幌郡白石村）の新井一家を挙げねばなるまい。元々は、白石村各神社などの賑わいに、小店を連ねる神農の大物であったが、戦後は、ススキノ周辺、および狸小路の闇市抗争に対しては、超然無関心の態度を貫き通した。

それは、ひとつには、当時は飯野、柴浦、垣根、佐久ら、「新井四天王」が、未だひとりも復員していなかったため、手勢が薄かった、ということがあり、もうひとつには、中郷通り建設開発計画が進んだこともある。

一面の畑作地だった、現中郷通り一帯に、商店街を中心とした住宅街を形成し、戦後の成長が見込まれる札幌の、衛星都市として、理想的な街作りをせん、と願った当時の裡山札幌市市長を始め市役所の意向と、地主たちの意向が見事に一致、そこに新井君も参加して、官、農、民、一体となった街作りが始動し、新井君は、新たな郷土建設のために砕身鏤骨の働きを見せたのであった。

農地の真ん中に、住宅街や商店街を造ってどうなる、という声も大きかったが、そこはアイデアマンの新井君のこと、北海道電気通信公社白石支局の局長と、新たな郷土建設の思いを熱く語らい、北電通社宅を大量に誘致することに成功、また、新井君自身も中郷通り住宅街に、ささやかな一軒家を建て、息子夫婦と共に、一家五人、暮らし始めたのである。当初は、水道電気の普及も中途半端で、商店も僅少だったものが、どんどん環境は整備され、とうとう念願の中郷通り商店街完成式典が行なわれたその前日、新井君は、かねて身ごもっておられた御長男の細君が出産、初孫を授かったのも、慶事だった〉

大岳が、俺の方を見て、困ったような顔をした。

「こういう歴史があったんですか。この街には……」

「中郷通りに彼女がいたのでね、当時。それで、その記述を覚えてたんです」

「はぁ……」

「大岳さんも、この商店街ができた、その年にお生まれになった、とおっしゃってましたよね」

大岳の顔が、ほんのり赤くなった。色が白いから、はっきりわかった。

「この本の中に書かれている、新井君、というスジ者の初孫の、新井という子供と、大岳さんは、お知り合いなんじゃないですか？」

「新井ね。……ああ、そうですね。同級生でした」

あっさり認めた。ま、卒業アルバムやOB名簿を調べればすぐにわかる、と思ったんだろう。今は、五年前と違って、こういう情報を入手するのは、なかなか難しい、ということは知らないようだ。

「その、新井、というのは、今は杵谷という名字に変わって、杵谷組ってのをやってるんですけど、御存知ですか？」

「いえ……新井が、そんな名字になってるんですか。初耳です」

「杵谷組というのは、北栄会花岡組桜庭一家の系列の、ま、いわゆる三次団体です」

「そうですか……あいつ、……根はいいやつなんだけどなぁ……」

「あなた、……杵谷正造経由で頼まれて、西口書店の二階を、連中の倉庫として提供してたんでしょ？」

大岳は、はっとした顔を真正面から俺に向け、俺の目を見つめた。じっと睨んで逸らさない。こういうやつもたまにいる。真正面から目を見つめて、逸らさなければ、自分の言い分が正しい、ということになる、と思い込んでいるやつだ。

「……ま、いいや。私が勝手に、自分の妄想を話します。肯定する必要はない。ただ、聞いていてください。で、間違っていたら、違う、と言ってください。私は、ただ単に、自分の好奇心を満たしたいだけだから」

ピタリと俺の目を睨み付けている。いささか不気味だ。構わず、話を続けた。

「ヤクザに倉庫を提供するだけじゃなくて、……あなた、客まで紹介したでしょ」

「違う」

「豊平のマンションに、西口タエさん、という、やや認知症の症状が出始めた、ひとり暮らしのお年寄りがいる、と教えたでしょう?」

「違う」

「そう考えると、いろいろとツジツマが合うんだ。なんで、タエさんは、息子の秋の模型を全部、焼却炉で燃やしたのか」

「違う」

「……近藤さんの通夜の時、タエさんが、変な声で叫んで、走って出て行ったのは、あれはあなたを見て、興奮して、逃げたんだな。違うか?」

「違う」

「あなたは、蜘蛛みたいに嫌われてるんだな?」

「違う」

「あなた、……高校生の時、中郷電気館で、タエさんに痴漢行為を行なったでしょう」

「違う」

「秋さんが中学校に入った年の春、タエさんが、いきなり秋の模型を、全部焼却炉で燃やした。勉強の妨げになるから、という理由だったそうだけど。どうかな。……秋さんが中学生になった春、というのは、あなたが高校生だった頃だ。そうですよね」

「違う」

「いや、これは違わないさ。……図書館で調べました。北日の縮刷版のマイクロフィルムによると、昭和四十二年の八月までは、中郷電気館のタイム・テーブルは掲載されている。だから、閉館したのは、その頃だろう、と思います」

「……」

「この時、秋さんは、十三歳だ。で、あなたは十七歳か。男が、一生で最もスケベになる年頃だ」

「違う」

「中郷電気館は、北日のマイクロフィルムによると、閉館謝恩週間として、昭和四十二年のゴールデン・ウィークに、一日替わりで、番組を入れ替えて、いろんな映画を上映してますよ」

「違う」

「違いません。大概、……午前中は、東映動画や東宝怪獣映画だ。で、午後は、若大将シリーズやクレージーキャッツだ。で、夜になると、温泉芸者とかなんとか」

「違う」

「違わないって……もちろん、なんの根拠もない憶測だけど、あなたがこの時、タエさんに痴漢をした、と考えると、いろいろなことのツジツマが合うんだな」

「違う」

「あなたが、タエさんに憧れていた、というのは事実だと思う。で、その想いが余って、…

…そして、その年頃の男は、魚心あれば水心、なんてことを勝手に思いがちだし、偶然映画館で一緒になったりしたら、『これは偶然じゃない』なんてことを考えたりもする。で、つい、近付いて、手が動いた」

「違う！」

「ま、どんなことがあったか、具体的にはわからないけど、タエさんが、ぴしゃりと拒絶したんだろう。映画館や警察に突き出されなかっただけでも、幸運だった。おそらくあなたにとっては地獄だったろう。いつ警察が来るか、いつ親に知らされるか、ずっとびくびくと怯えてたんだろ。そのうちに、タエさんを憎むようになったのかもな」

「違う」

「可愛さ余って、憎さ百倍ってな」

「違う」

「タエさんは、激怒したんだろう。家に帰って、怒りのあまり、秋に、模型を禁止して、全部燃やした。以後、秋は、この店に入り浸って、模型第一の人生を突き進む。ちょいとした復讐の気分だったか」

「違う。秋は、本当に、一途な模型ファンだ、というだけのことだ。俺が仕向けたわけじゃない。そういう風に生まれついた、幸せな人間なんだ」

「なるほど。……西口書店の経営不振に、資金を融資して助けたのも、もちろん、あんたなりの父親の判断と温情もあっただろうけど、あんたの意見も反映されてるんだろうな。拒絶した女の家庭、夫、そんなのを救ってやる、というのは、ちょっとした快感だろう」

「違う。あれは、純然たる、隣人としての好意だ。父も、もちろん、商売人だから、損するようなことはしなかった。ただ、損さえしなければ、そんなに儲からなくても、ご近所のために融資してやろう、土地建物を担保にお金を融通しよう、というのは、ごく自然なことだ。私の意見がどうこう、ということはない」

「ま、それはそれでもいい」

「……」

「……杵谷から、いくらもらってた？」

「違う」

「……ま、いい。とにかく、そんなわけで、ヤクザに倉庫を提供して、客として、タエさんを紹介したわけだな」

「違う」

「昔、恥をかかされた相手に、復讐した、というわけか。……タエさんはな、キャッシュ・カードを取り上げられて、貯金全額と、年金まで、全部もってかれてるんだぞ」

得意そうな表情が、一瞬、大岳の顔を走り抜けた。なんだ？　と思ったが、すぐにわかった。今俺が言ったことは、大岳は既に知っていたのだ。そりゃそうだ。現状どうなっているか、ということは、大岳は当然、杵谷に尋ねるだろう。

「ま、知ってて当然か。杵谷から聞いたか」

「違う」

「で、あんたは、なにか部品を工夫して、手製のセンサーみたいなのを作って、西口書店の裏口あたりに仕掛けただろ」

「違う」

「そのセンサーのデータを受けるアンテナや、解析する装置は、この店の奥にあるだろ」

「違う」

「桜庭が射殺された前日の夜、ここに萩本源がいただろ。なんの用かは知らないが」

「違う。全部、違う！」

「いろいろと、よくわかったよ。すっきりした。じゃあな」

背中を向けた。いきなり、大岳が喚きだした。

「違う、違う、全部違う！　あの時は、タエさんから、誘って来たんだ！　俺が座っていたら、タエさんが、わざわざ俺の横に座ったんだ！　だから、手を握ってみたら、逃げなかったんだ！　だから、胸に触ったら、急に席を立って、それっきりだったんだ！」

俺は、振り向きざま、大岳の右顎を思い切り、殴った。大岳の大きな体が、傾いて床に転がった。

「そういう嘘をつくな。他人に迷惑をかけるぞ」

「いや、本当だ！」

俺は大岳の大きな尻を思い切り蹴った。

「残念だな。あんたが嘘をつかなけりゃ、俺はこの自分の妄想を、この場限りで忘れることにしてたんだけどな」

「違う！」

「タエさんは、仕事の合間を見て、若大将か、クレージーキャッツか、なにかを観に入ったんだろ。で、その映画の終わり近く、温泉芸者かなにかを見るために、あんたは、番組入れ替え前に、中に入ったんだ。そして、タエさんを見付けたんだろ」

「……」

「ま、どうでもいい。あんたが、あくまで嘘をつき通すんなら、俺にも考えがあるぞ。警察に話して、あんたの尿検査を……」

「いや、……そうだ、そうだった。先にタエさんが、座ってたんだ。俺は、タエさんに気付かずに、空いてた席に座った。そしたら、隣にタエさんがいたんだ。偶然だったんだ」

「なるほど。少しは話がまともになって来たな」

「でも、後は全部、本当だ。手を握っても、なにも言わなかったんだ」

「そりゃそうだ。怖かったからだ。勇気を振り絞って、逃げたんだよ」

「……」

「じゃ、あとひとつ。杵谷に、タエさんのカードを返すように言え。タエさんのカードが戻らなかったら、あんたは警察の尿検査を受けることになるし、杵谷もヤバいことになるぞ」

「……」

「いいな」

「……」

「もしもスキミングして偽造カードを作ってあるんなら、それをハサミで切れ。そう、杵谷に伝えろ」

「……」

「今日以降、タエさんの口座から、勝手に金を下ろしたら、その後はどうなっても知らないぞ。わかったか」

「……」

「いいな」

返事を待たずに、店から出た。大岳は震え上がっていた。間違いなく、ちゃんとする、と確信が持てた。

46

翌週、西口亜紀江のケータイから、俺のパソコンにメールが届いた。西口タエ宛てに、差出人不明の封書が届き、キャッシュ・カードが入っていた、というのだ。

〈義母が、こんな郵便が来た、と私に見せたのです。中に入っていたのは、義母のキャッシュ・カードで、どういうことかわかりませんが、義母のキャッシュ・カードについて、疑問をお持ちだったのは、近藤さんとあなただけだった、と思い、とにかく御報告いたします。……せっかく、カードは戻って来たのですが、義母は、もうカードがなにをするものなのか、わからなくなってしまいました〉

俺はとりあえず、わざわざお知らせありがとう、と返信した。タエさんの認知症については、いろいろ考えたが、結局、触れなかった。

それから、華のケータイにメールを送った。

〈今晩、お店に行くよ。

ちょいといいことがあったので〉

すぐに返信が来た。

〈おめでとう。

どんないいことか、詳しく教えてね。

イキのいいイカが入りました。腕によりをかけて、おいしいものを作ります。どんな料理にするかは、秘密。

待ってます〉

読み終わって、自分の顔がにやけているのに気付いて、赤面した。パソコンの液晶モニターの脇に置いてある、フォト・スタンドの中で、華がこっちを見て、微笑んでいた。

俺は、思わず自分を叱りつけた。

「しっかりしろよ！」

それから、ヒンズー・スクワットを百回やって、シャワーを浴びた。

解説

福井健太《レビュアー》

一九九二年に『探偵はバーにいる』でデビューして以来、東直己は多くの私立探偵小説を生み出してきたが、その源泉が〈ススキノ探偵〉シリーズにあることは疑いない。ススキノで便利屋を営む「俺」が活躍する同シリーズは、九冊の長編と一冊の短編集が刊行されており、本書はその第八長編『探偵、暁に走る』の文庫版にあたる（二〇〇九年末現在）。文庫待ち派のファンにはまさしく待望の一冊だろう。

旧来の読者には「言わずもがな」の話になるが、本作が初対面だという方のために、まずはシリーズの流れを辿っておこう。語り手の「俺」（本名は不明）はススキノ在住。イカサマ賭博で日銭を稼ぎつつ、時には探偵めいた仕事も請け負っている。『探偵はバーにいる』で二十八歳だった「俺」は、第三長編『消えた少年』で中学校の国語教師・安西春子に出逢い、続く『探偵はひとりぼっち』で彼女の妊娠を告げられる——と、ここまでが八〇年代を背景にした〈ススキノ探偵〉第一期。その後、春子（および息子）と別れた四十五歳の中年男として『探偵は吹雪の果てに』で復活した「俺」は、本作でついに五十代を迎えている。大胆に時代をシフトさせることで、本シリーズは二十年以上の歴史を内包したわけだ。

ちなみに著者はシリーズに縛られる書き手ではなく、第五十四回日本推理作家協会賞に輝いた『残光』は〈始末屋・榊原健三〉と〈ススキノ探偵〉の共演作だった。シリーズの異なる作品群（『ススキノ、ハーフボイルド』『駆けてきた少女』『熾火』）で大きな物語を構成した試みからも解るように、著者のモチーフはススキノの四半世紀であり、シリーズはその断片を切り取るための補助線に過ぎないのである。

知人の料理屋で仕事を済ませた「俺」は、地下鉄でチンピラと揉める画家の近藤雅章を止めたことから、二人で酒を酌み交わすことになった。その直後、居酒屋で見かけた老婆が駅のホームから飛び降り、近藤が助けるという事件が発生。かくして近藤の友人となった「俺」は、やがて思いがけない報せを耳にする。近藤が商店街で刺殺されたというのだ。そして調査を始めた「俺」も命を狙われることに……。

これは本作の前半のプロットだが、奇妙な魅力を持つ男との出逢い、その死を解明するための調査行、徐々に浮かび上がる陰謀といった正統派ハードボイルドの要素が揃っていることは一目瞭然だろう。そこへ〈ススキノ探偵〉流のアレンジが加わることで、本作は独特の味わいを備えているのだ。

それでは〈ススキノ探偵〉流とはどんなものか――これには様々な回答が考えられるが、

台詞回しや緩急の巧みさについては『消えた少年』や『ライト・グッドバイ』の文庫解説に詳しいので、ここでは著者のモチベーションに着目してみたい。語弊を恐れずに言えば、好悪（とりわけ後者）を訴えたいという原初的な欲求は、作家・東直己の強力なエネルギー源にほかならない。たとえば本作における「ＳＯ－ＲＡＮ」の扱いに「（同意はするけれど）単に嫌いだから書いたのでは？」と感じる読者は多いはずだ。「コンビニ」という言葉を嫌う「俺」に「ケータイ」を連呼させ、テレビの言葉遣いをチェックさせ、エッセイではラーメンの両手食いを「醜悪」「下品」と罵倒する――そんな人間臭さに満ちた東直己の怒りをファンは愛している。旧来のハードボイルドが排除したような些事を批判する一言居士の感性こそが〈ススキノ探偵〉の世界を醸造したのである。

　そこで本作に視点を移すと、チンピラを「田舎モン！」と叱責し、フィリピン人を「ちゃんとした国を作る能力がない」と断じる近藤は印象的なキャラクターだが、彼の中に著者を見出すのはいたって自然なことだろう。安易な同一視は避けるべきだとしても、近藤の「目先の端金と、公の補助金に頼って、都会に流れ込んで来た連中」という発言が「北海道の地場産業は公共事業であり、人口減少が続く北海道の人々は、東京のサラリーマン諸氏が納めている税金を国から恵んでもらって生きている」という『探偵は吹雪の果てに』のあとがきに通じるように、両者の類似性は明白だと言わざるを得ないのだ。

　東直己の怒りは「俺」の独白として綴られることが多いが、近藤という格好のキャラクターを据えることで、本作ではより直接的な演説の形で語られている。近藤は（いささか誇張された）著者の代弁者であり、その調整役が「俺」というわけだ。本作がシリーズ最長の物語になったのは、著者の内圧がダイレクトに反映された結果に違いない。さらに好ましい相乗効果として、興に乗った著者は――多彩な関係者たちを掘り下げることで――多段構造のプロットにも冴えを見せている。こうして本作は質量ともに〈ススキノ探偵〉第二期の最高作となり得たのである。

最後に少しだけ続編を紹介しておこう。二〇〇九年十一月に上梓された〈ススキノ探偵〉シリーズ第九長編『旧友は春に帰る』は、かつて『探偵はバーにいる』に登場した元デート嬢のモンローに助けを乞われた「俺」が、正体不明の敵から彼女を逃がすことでトラブルに巻き込まれるというストーリー。「俺」たちが歳を取るという設定を活かし、歳月の重みをビターに描いた快作である。順当に行けば文庫化は二年後なので、早く読みたい人には単行本でチェックすることをお薦めしておきたい。

本書はフィクションであり、登場する団体名、店名、個人名等はすべて虚構上のものです。

本書は、二〇〇七年十一月に早川書房より単行本として刊行された作品を文庫化したものです。

ススキノ探偵／東直己

探偵はバーにいる

札幌ススキノの便利屋探偵が巻込まれたデートクラブ殺人。北の街の軽快ハードボイルド

バーにかかってきた電話

電話の依頼者は、すでに死んでいる女の名前を名乗っていた。彼女の狙いとその正体は？

向う端にすわった男

札幌の結婚詐欺事件とその意外な顚末を描く「調子のいい奴」など五篇を収録した短篇集

消えた少年

意気投合した映画少年が行方不明となり、担任の春子に頼まれた〈俺〉は捜索に乗り出す

探偵はひとりぼっち

オカマの友人が殺された。なぜか仲間たちも口を閉ざす中、〈俺〉は一人で調査を始める

原尞の作品

そして夜は甦る

高層ビル街の片隅に事務所を構える私立探偵沢崎、初登場！　記念すべき長篇デビュー作

直木賞受賞
私が殺した少女

私立探偵沢崎は不運にも誘拐事件に巻き込まれる。斯界を瞠目させた名作ハードボイルド

さらば長き眠り

ひさびさに事務所に帰ってきた沢崎を待っていたのは、元高校野球選手からの依頼だった

愚か者死すべし

事務所を閉める大晦日に、沢崎は狙撃事件に遭遇してしまう。新・沢崎シリーズ第一弾。

日本冒険小説協会賞最優秀短編賞受賞
天使たちの探偵

沢崎の短篇初登場作「少年の見た男」ほか、未成年がからむ六つの事件を描く連作短篇集

サラ・パレツキー／V・I・ウォーショースキー

サマータイム・ブルース〔新版〕
山本やよい訳

たったひとりの熱き戦いが始まる。女性たちに勇気を与えてきた人気シリーズの第一作！

レディ・ハートブレイク
山本やよい訳

親友ロティの代診の医師が撲殺された！　事件を追う私立探偵ヴィクの苦くハードな闘い

バースデイ・ブルー
山本やよい訳

ボランティア女性が事務所で撲殺された。四十歳を迎えるヴィクが人生の決断を迫られる

ウィンディ・ストリート
山本やよい訳

母校のバスケット部の臨時コーチを引き受けたヴィクは、選手を巻き込んだ事件の渦中へ

ミッドナイト・ララバイ
山本やよい訳

失踪事件を追うヴィクの身辺に続発するトラブル。だがこの闘いは絶対にあきらめない！

ハヤカワ文庫

レイモンド・チャンドラー

長いお別れ
清水俊二訳

殺害容疑のかかった友を救う私立探偵フィリップ・マーロウの熱き闘い。MWA賞受賞作

さらば愛しき女よ
清水俊二訳

出所した男がまたも犯した殺人。偶然居合わせたマーロウは警察に取り調べられてしまう

プレイバック
清水俊二訳

女を尾行するマーロウは彼女につきまとう男に気づく。二人を追ううち第二の事件が……

湖中の女
清水俊二訳

湖面に浮かぶ灰色の塊と化した女の死体。マーロウはその謎に挑むが……巨匠の異色大作

高い窓
清水俊二訳

消えた家宝の金貨の捜索依頼を受けたマーロウ。調査の先々で発見される死体の謎とは？

著者略歴　1956年生，北海道大学文学部中退，作家　著書『探偵はバーにいる』『バーにかかってきた電話』『猫は忘れない』（以上早川書房刊）他多数

HM=Hayakawa Mystery
SF=Science Fiction
JA=Japanese Author
NV=Novel
NF=Nonfiction
FT=Fantasy

ススキノ探偵シリーズ

探偵《たんてい》、暁《あかつき》に走《はし》る

〈JA981〉

二〇一〇年一月二十五日　発行
二〇一三年四月　十五日　十三刷

（定価はカバーに表示してあります）

著者　東《あずま》　直《なお》　己《み》
発行者　早川　浩
印刷者　青木宏至
発行所　株式会社　早川書房

郵便番号　一〇一‐〇〇四六
東京都千代田区神田多町二ノ二
電話　〇三‐三二五二‐三一一一（大代表）
振替　〇〇一六〇‐三‐四七七九九
http://www.hayakawa-online.co.jp

乱丁・落丁本は小社制作部宛お送り下さい。
送料小社負担にてお取りかえいたします。

印刷・株式会社精興社　製本・株式会社川島製本所

ISBN978-4-15-030981-7 C0193

本書は活字が大きく読みやすい〈トールサイズ〉です。